一个人的城堡

北京上河行思文化传播有限公司　出品

一个人的城堡

黄昱宁自选集

黄昱宁 著

北京联合出版公司
Beijing United Publishing Co.,Ltd.

图书在版编目（CIP）数据

一个人的城堡 ：黄昱宁自选集 / 黄昱宁著. —北京 ：北京联合出版公司，2022.8

ISBN 978-7-5596-6226-2

Ⅰ. ①一… Ⅱ. ①黄… Ⅲ. ①散文集—中国—当代 Ⅳ. ①I267

中国版本图书馆 CIP 数据核字（2022）第 098983 号

一个人的城堡：黄昱宁自选集

著　　者：黄昱宁
出 品 人：赵红仕
策 划 人：杨全强
责任编辑：李　伟
特约编辑：唐　珺
封面设计：少　少

北京联合出版公司出版
（北京市西城区德外大街 83 号楼 9 层　100088）
北京联合天畅文化传播公司发行
北京启航东方印刷有限公司印刷　新华书店经销
字数 267 千字　850 毫米×1168 毫米　1/32　14.75 印张
2022 年 8 月第 1 版　2022 年 8 月第 1 次印刷
ISBN 978-7-5596-6226-2
定价：78.00 元

自序

“一个人的城堡”最早是我 2007 年发表的一篇随笔。在某次伦敦的旅行中，我被一个英国建筑师的执念所震撼，居然到了不写两句就无法释怀的地步。这几乎可以算是一种偶然——因为我不懂建筑，纯粹是从这个人、这些房子以及这个故事里依稀窥见那些我一直好奇的主题：人与文化的关系，人与欲望的对峙，人如何成为自己的故事的“虚构”者，人如何徒劳地抵挡时间的流逝……

三年之后，我在出版第二本个人随笔集的时候，找不到比这个篇名更适合当书名的句子。于是，那本叫“一个人的城堡”的小书，收容了各种“个人”和“城堡”。无论是卡波蒂的狂想，柯南·道尔的诅咒还是莎士比亚的剧场，都被索恩爵士的疯狂梦想映照出别样的、饶有意味的色泽。私心而言，至今这仍然是我个人随笔生涯里我最喜欢的一本集子，因此当好朋友杨全强提出再版《一个人的城堡》时，我难免有几分知遇的窃喜。我相信，这部集子里的大部分篇什，面对时光的淘洗与侵蚀，还是能够抵挡一阵的。

整理这些旧文时，我几乎是一头坠入了时光隧道里。三分之二左右的篇目完整保留，甚至编排顺序都差不多，只做了少量文字上的疏通与勘误。剩下三分之一，有的内容上稍显不合时宜，有的风格上略感冲突。既然在初版

《一个人的城堡》面世以后的十多年里有更好的选择，我就坚决替换了它们。如此一来，尽管工作量不小，但展现在眼前的书稿，比原来更扎实，也应该更扛得住当下乃至未来的眼光。所以新版的《一个人的城堡》，实际上更像是我的一本随笔自选集，时间跨度长达二十年，大致可以算是我多年随笔写作的一份小结报告。

收录在这本集子里的作品，起初大都发表在《万象》《书城》《东方早报・上海书评》《南方都市报书评周刊》《译文》和《上海壹周》上。如今，我仍然可以从每篇的文体和语气中，分辨出当年这些纸质平台各自的面貌和风格来。随着传播方式的更新换代，随着媒介的量变与质变，上述种种特质（文体，语气，面貌，风格……），有的魂魄尚存，有的面目皆非，有的则随风而逝。就像我在那篇《楼顶上的狐狸》里写的那样："那些年，好作家和好编辑之间更少精确的测算，更多随性的发挥，在规模庞大、分工精细的流水线出现之前，还残留着一点手工作坊式的温暖……"也因此，某种程度上，除了充当我个人文字生涯的一点记录，这本小书或许也能多一重意义，对于某些已经消失或者正在消失的现象，提供一星半点的动态见证。

最后，感谢杨全强促成本书的出版。感谢所有赋予这些文字以灵感的师友。感谢耐心读完其中任何一篇的读者。感谢无尽岁月。

黄昱宁

2021 年岁末

目录

当作家遇上作家

一

普鲁斯特第一次也是最后一次见到王尔德的时候，自己尚且寂寂无名。1891 年末，王尔德到法国小住两个月，趁便在当地文人圈里游历一番，自然少不得有好事者引荐几位素来仰慕王氏盛名的新手，这其中便有普鲁斯特。普鲁斯特对英国文学一向有心得，也译过罗斯金的《亚眠的圣经》，满以为自己是有底气跟王尔德对话的。却说那日，普鲁斯特兴冲冲地赶回自己的寓所，比约定的时间略晚了一些。仆人告诉他，王尔德一个人躲进了盥洗室里不肯出来。普鲁斯特摸不着头脑，抵着厕门直唤王尔德的名字，问他是否有恙。后者少顷现身，言："非病。本欲与君共进晚餐。然恭候大驾时不幸于起居室面晤令尊令堂，遂勇气殆尽（my courage fail me）。先行告退，告退……"

无从考证普鲁斯特的双亲究竟是长相面目狰狞还是言行举止有哪里开罪了王尔德，抑或，这根本就是他对普鲁斯特居然敢迟到的惩戒。总之，谱摆到这个分上，是拿定了主意要绝后路的——当时的王尔德自然不会觉得可惜，只是，后人看起来，不免要为少了段文坛佳话而扼腕。

时隔三十余载，就像当年的王尔德一样，普鲁斯特终于也修来了无须考虑别人感受的境界。1922 年 5 月，他在一场晚宴上撞见了詹姆斯·乔伊斯。其时乔伊斯已经写完了《都柏林人》和《尤利西斯》，但生活仍然窘迫，不得已装出喝得烂醉的样子掩饰自己没有穿晚礼服（更准确地说，他根本就没有晚礼服可穿）的窘态。关于普鲁斯特与乔伊斯的这一番遭遇，目击者有好几种说法。版本之一称，自始至终，他们俩一直在自顾自地抱怨身上的病痛（至少普鲁斯特说的是真话，因为那一年年末这些病就要了他的命），听来虽是一唱一和，细辨却搭不上调。版本之二要激烈得多：普乔二人互不买账，坚称从没有看过对方的作品。乔伊斯自己也曾对朋友描述过相似的情节，说他和普鲁斯特的对话里充斥着硬邦邦的 NO。待晚宴告终，普鲁斯特叫来一辆出租车，邀请英国小说家西德尼·斯奇夫（Sydney Schiff）到他的寓所去，乔伊斯也顺路跟了一段。刚钻进车门，他就忙不迭地打开窗，惹得普鲁斯特心头大怒——谁不晓得他普鲁斯特是个老哮喘，最怕通风？好容易捱到家门口，普鲁斯特连礼数也顾不得了，扭头便走。此时乔伊斯倒像是酒醒了一般，急急地想再聊上几句，却见对手已经冲进了门，只留下斯奇夫把怅然不已的乔伊斯打发走了完事。

许是这份怅然在乔伊斯心里结了痂，不期然倒促成了他日后善待塞缪尔·贝克特的佳话？这段渊源始于 1928 年，那时贝克特刚满二十二岁，怀里揣着朋友的推荐信冒冒失失地登门拜谒乔伊斯。或许是因为有同乡之谊，两人居然一见如故，自此往来频仍，乔府千金露西娅甚至一眼便相中了贝克特。虽然小贝最终也没当成老乔的快婿，但后者仍不忘在对方遭难时雪中送炭：贝克特曾在大街上无辜被疯子刺成重伤，靠了乔伊斯的资助才住进了医院的私人病房，病榻上还有幸尝到了乔夫人亲手烤的蛋奶冻馅饼。

乔伊斯晚年染眼疾，几近失明，据说他的最后一部小说《芬尼根守灵夜》大半都是贝克特听写下来的，以至于圈内流传开这样一个段子：贝克特埋头听写，没留神有人叩门，却把乔伊斯的那一声“请进”给记了下来。校稿时乔不明就里，贝则坚持他确实亲口说过这两个字。却见老爷子沉吟片刻，一锤定音：“且留之！”

据说还真有人在《芬尼根守灵夜》里找过“请进”二字，结果大失所望，然而贝乔二人的情谊是确凿的——在作家与作家的碰撞中，难得的，这一瞬的火花悦目而温暖。

二

常常的，某位作家独立于作品之外的面目，是因为另一位作家的勾勒，才血肉分明起来的。像特德·休斯（Ted Hughes）与西尔维亚·普拉斯（Sylvia Plath），无论是在生活中还是在信札内诗行间，都纠缠了一世，仿如两个绑在同一副绳索上的登山者——你读懂了一个，也就参透了另一个。站在读者的立场上，这或许可以算是一种幸运。然而这幸运似乎直到十八世纪晚期以后才渐成气候。在此之前的游戏规则是，作家习惯于戴上神圣的面具，若不惮犯忌把墨水泼到圈中同人身上——无论下笔是赞是弹都是不合时宜的。比如卢梭，在圈里是出了名的孤僻，几乎谢绝一切文人的造访，据说原因之一便是他不愿意轻易被人写了去——肥水不流外人田，好材料自然是宁可留着给自己写《忏悔录》的。多年以后继承他衣钵的有塞林格，他在《麦田里的守望者》里入木三分地描摹出霍尔顿读完一本书以后便渴望亲近作者的念头，但在现实生活中，塞林格隐居得比谁彻底，终于把自己变成了二十世纪最亲近不得的作家。

约翰·奥布里（John Aubrey，1626—1697）对这套规矩不以为然，他对研究其他名人的兴趣甚至比对自己擅长的文物收藏还要高。在他笔下，哲人托马斯·霍布斯最苦恼的一件事，是不知道该怎么把苍蝇从光头上赶开。这种执着于鸡毛蒜皮的行文方式自然为正人君子所不齿，以至于直到奥布里死后很长一段时间，他仍然是文坛的笑柄。

突破这个准禁区的里程碑无疑是1763年博斯威尔发表的《约翰逊之生涯》（*Life of Johnson*）——甚至，英语里从此就多了一个叫“Boswell”的词条，专指那些为密友写传记的人。然而，博斯威尔在当时并不得意，不夸张地说，这本书几乎让他身败名裂：不但与约翰逊（Samuel Johnson）结下了梁子，评论家也一致苛责，说他在轻慢约翰逊的同时，也贬低了自己。公允地说，所谓的“轻慢”，现在看来，只是敢于把前人所不屑提的小节充塞于字里行间，使得约翰逊的形象在他同时代的作家群落里显得格外可亲罢了。由此，读者了解到这位大文豪爱眨眼睛的习惯，摇摇摆摆的蹒跚步态，用餐后夸张的、心满意足的表情，对鱼汤、小牛肉馅饼配李子近乎贪得无厌的偏好以及把橘皮当宝贝一样珍藏起来的怪癖，就像熟知一位远远地见到便会微笑的友人。

即便是一百年之后，活跃在十九世纪末的亨利·詹姆斯也还是不赞成把作家神圣的面具卸下来的。在他看来，诸如出版作家的私人信件、披露他们的生活琐事，都是“以沾满血污的仪式，把他作为牺牲摆到我们好奇心的祭坛上。”——如果刽子手竟是另一位作家，则更是罪不可恕了。

然而作家与作家之间的故事终于还是越来越多地见诸于文字：他们相互窥视、合作、扶助、拒绝扶助、仰慕、厌弃、借债、资助、争吵、倾轧、做朋友、做敌人、做异性/同性恋人、私奔、结婚、离婚，风生水起，枝蔓丛生，精彩不输于他们笔下的小说。

三

《欲望号街车》的作者田纳西·威廉斯（Tennessee Williams）与写《蒂芬妮的早餐》的杜鲁门·卡波蒂（Truman Capote）一度过从甚密，据卡波蒂回忆，那段日子是他一生中“最有趣的时光”。有一次他们一块去泡吧，那里人声鼎沸，同性恋异性恋混杂。角落里坐了一对夫妻，显然是喝醉了的样子。那个女的上身穿颈部系带的三角背心，搭配一条宽松裤。她一眼认出了卡波蒂，于是摇晃着凑拢来，掏出一支眉笔，要大作家在她的肚脐上签名。

说起来卡波蒂也算是少年得志的风流才子，见了这等阵势却只有丢盔卸甲的分，讪笑着说：“哦，不行。离我远点。”

“你怎么可以如此残忍？”一旁的田纳西冷不防杀出来，睽睽众目之下，接过眉笔，在女郎的娇脐上写了卡波蒂的名字。女郎心满意足而去，而她的丈夫却按捺不住，腾地站起来。他一把夺过眉笔，大踏步走到两位作家跟前，拉开裤链，亮出内里乾坤，扬言道：“既然你今天在什么物件上都敢签名，何妨在**此处**也如法炮制？”霎时间，酒吧里三百来号人鸦雀无声。卡波蒂已慌作一团，只愣愣地盯着那人看。

好个田纳西，欠身，接笔，发话：“我可看不出您有足够的**空间**让杜鲁门把名字全签上去，”他朝卡波蒂挤挤眼，“也罢，只好来个缩写了。”

不紧不慢的，话音若银珠落地，再弹上来，已笑瘫了一屋子。

四

海明威与菲茨杰拉德的缘分，始于二十年代的巴黎。当时《了不起的盖茨比》刚刚问世，两人初次相见，菲茨杰拉德就“害羞而高兴”地提到了这本书——在海明威看来，这是“所有谦虚的作家写出了非常优秀的作品时都会流露出的表情”。

两人晤谈甚欢，不久又结伴去里昂。一路上，海明威渐渐发现，身边这位“年长而有成就”的作家身上有太多太多匪夷所思的东西：他会莫名其妙地错过一趟火车，会为莫须有的“肺部充血”或者找不到一支体温表而惶惶不可终日，会为结婚以来第一次分居两处而彻夜难眠，甚至，会像一个不谙世事的小男孩那样向海明威讨教生理问题。对于他那位长着一双“鹰一般眼睛”的妻子泽尔达（Zelda Fitzgerald），海明威始终没有好感——他本能地感到，泽尔达以及她所代表的财富与傲慢，正在毫不怜惜地吞噬着菲茨杰拉德的才能。

后来在《乞力马扎罗的雪》初次发表于 Esquire 杂志上的版本里，菲茨杰拉德惊讶地发现，海明威借男主人公之口，指名道姓地揶揄了他一把：“司各特认为他们（指豪门巨富）是特殊的富有魅力的族类，等到他发现他们并非如此，他就毁了，正好像任何其他事物把他毁了一样。”此时在文坛上江河日下的菲茨杰拉德当即致信海明威，恳求他“请在以后的小说里谨慎措辞，不要再用我的名字了!”，虽然海明威后来把这部小说出版单行本时将“司各特”改成了“朱利安”，但他同时也回了一封措辞很不谨慎的信。信上他大谈特谈自己是一个多么伟大的作家，进而怀疑菲茨杰拉德是否能比他活得更长久——想来应该不仅指寿命，也有创作后劲的意思在里面。接到这样的信，菲茨杰拉德的愤怒和伤感是可以想象的，他在给朋友的信里写道，“要回答这样的问题，就像跟一只点燃了的爆竹一块儿犯傻……然而我还是喜欢那个人的，不管他说什么做什么，不过，但凡这只爆竹再响一次我就只能拼上我这百八十斤把他放倒了……对话的时候，我倚赖的唯有失败，而他凭借的是成功。我们再也无法坐在同一张桌上了……”

很难弄懂海明威对菲茨杰拉德的哀其不幸究竟是怎么变成落井下石的，不过，海氏性情暴戾乖张，与菲茨杰拉德放在一起，正是阳刚与阴柔的两极，两下里犯拧也是早晚的事。福克纳便不吃海明威那一套——你只管嚣张，我这厢冷眼旁观，自有让你下不来台的时候。海明威结婚四次，每一次都元气大伤，在福克纳看来，这绝对是个笑柄。有一回他在给评论家马尔科姆·考利的信里说："这可怜的家伙，非得结三次婚（当时还只有三次）才能发现婚姻是一场败局。其实，唯一能息事宁人的办法就是跟第一个厮守下去，尽量离她远远的，指望能比她活得更长。这样一来，至少你就可以避免跟另外一个人结婚的危险了。显然，男人能治好吸毒、酗酒、豪赌、咬指甲、抠鼻孔，但治不好婚姻带来的创伤。"

关于海明威，一度与他十分亲近的约翰·多斯·帕索斯也有不怎么愉快的回忆。说起来不过是一桩小得不能再小的事：某个晴朗的日子里，帕索斯夫妇到基韦斯特岛上探望海明威和宝琳，冷不丁在前厅发现了一尊新雕的海明威半身石膏像。照帕索斯的说法，那玩意着实可怕，活像是用肥皂刻出来的。夫妇俩免不了拊掌大笑，笑声免不了有些夸张，居然让一旁的海明威当了真。偏偏帕索斯毫无察觉，他兴头上来了便在基韦斯特岛住了好一阵子，每一次来找海明威都随手把自己的帽子戴在那尊半身像头上。终于有一次，海明威酸溜溜地扫了他一眼，猛地把那顶帽子摘下来。那一天大家都过得闷闷的。

"我们再也没说什么，然而，"帕索斯无奈地说，"事情从此以后便不妙了。"

五

比起海明威来，诺曼·梅勒（Norman Mailer）的傲慢与偏见有过之无不及，与他有过节的作家范围甚广，阿瑟·米勒（Arthur Miller）和詹姆斯·鲍德温（James-Baldwin）都是典型的例子。米勒与梅勒结怨，问题主要出在梅勒自说自话地为米勒那位著名的太太——玛丽莲·梦露立传，而且书里把米勒写得很不堪。米勒的反击相对温和，只把当年曾与梅勒做过邻居的琐事抖出来，平实中也是藏了几块骨头的：

> 当年（1947）我们住在皮尔庞特街上的一幢改建过的褐砂石屋里，那里通常是静谧的，但那天下午例外——突然听见门厅有人嚷嚷着在吵架。我以为要发生什么暴力事件了，打开门却发现一个身穿军装的矮个子青年，身边还有一位漂亮的女郎，我认出他们正是住在我们楼上的邻居。他们一看见我便不做声了，于是我猜想事态已经得到了控制，便转身回屋。后来，我在大街上又碰到那位年轻的士兵（此时他已经脱下了军装），他凑过来作自我介绍，说他是个作家，姓梅勒。他说他刚看过我写的戏。“这样的戏我也写得出。”他说。这通宣言发布得如此莽撞而直接，我禁不住笑了起来，可他完全是认真的，在以后的许多年里他确实时断时续地做了一些写剧本的尝试……虽然我和梅勒做过多年的邻居，但我们各自的路径鲜有相交的时候（our paths rarely crossed）。

黑人作家詹姆斯·鲍德温与梅勒也有类似的短兵相接。他们相识在一场派对上，鲍德温对梅勒的第一印象是"他看人，至少是看我，有一种技巧，多少总有些嘲讽的样子，仿佛你站在他周围人群的边缘，等着他来注意你"。寒暄既罢，鲍德温因为几天以后要坐船离开，便请梅勒以后再打电话给他。"哦，不，"梅勒露齿而笑，"你打电话给我。"

然而没过多久，鲍德温就在梅勒的新作《替自己做广告》（*Advertisements for myself*）上读到了梅勒对他的评价。照他的话说，在梅勒评点的作家里面，他还算是比较幸运的——顶多就是被扣上类似"不敢在作品里说粗话"这样不算罪名的罪名罢了。可鲍德温还是觉得自己受到了莫名的伤害——"他要真的这么看我，为什么不跟我说呢?"

梅勒的《鹿园》上演之际，他再度见到了鲍德温。鲍故意到得很晚，两人的视线越过某人的肩头相碰，梅勒马上笑逐颜开。鲍提出有话不吐不快，两人便一起去了酒吧。话一摊开来讲，梅勒的振振有词倒让鲍德温想不出话来反驳了："我总觉得事情理该如此……如果你觉得这里面确实讲了真话……你瞧，如果这样的事也会破坏我们的友谊，那么其他事情也一定会以同样的速度破坏它……你是唯一一个我有点后悔不该攻击得如此厉害的人。"话已至此，鲍德温恼不得怒不得，心里虽不自在，脸上也不能发作了。

如此这般文人间的磕磕绊绊，是清波下乱拨的红掌，外人欲体味而不深入其境，也难。像约翰·厄普代克（John Updike）与约翰·契佛（John Cheever）当年结伴出访苏联，一路上波澜不惊，似并无陡生嫌隙的条件。厄普代克撰文回忆那次出游，也是劲吹和风，大赞契佛的人格力量以及想象力令旅途增辉，云云。

不料到了 1990 年，契佛身故，他的私人信件发表，厄普代克这才发现，关于那次出游，契佛的记忆全然是另一个版本：

> 本以为厄普代克是个精彩绝伦的人，然而去年秋天同他一起出访苏联，让我下定决心今后哪怕花再大的代价也要避免与他同行。我认为，他的宽宏大量是徒有其表的，而激励其投入工作的，似乎是贪婪、自我表现的欲望和一副铁石心肠。

如此似是而非的恶评让厄普代克着实摸不着头脑。反复搜索了几遍记忆之后，他的结论是：“许是妒忌吧。我比他年轻二十岁，但我的作品译成俄文的要比他多。”

据厄普代克回忆，当时两人同时在公众场合亮相，观众完全忽略了契佛。厄普代克觉得有些不妥，便上前介绍了一通契佛的作品，而此时，他话题所指的主人公却坐在一边沉默不语。

或许，敏感如作家者，是只能独自出行的。

六

没有什么能比一个作家见证另一个作家蹒跚着挨近

生命的终点——毋宁说，是目击夕阳残照当楼的断片——更戏剧化地凄美了。菲利普·罗斯（Phlip Roth）与伯纳德·马拉默德（Bernard Malamud）在1985年7月的相遇便验证了这一点。

其时，刚从英伦返美的菲利普·罗斯与克莱尔·布鲁姆（Claire Bloom，一位在罗斯的提携下走上写作之路且出版了畅销书的女演员，若细说她与罗斯的渊源，则又是一个作家与作家相遇的故事了）结伴驾车北上，从康涅狄格州一路驶往本宁顿，同马拉默德夫妇共进午餐。就在一年前，马拉默德夫妇还曾沿着这条路到康涅狄格拜访过他们，而眼下，新近做的心脏搭桥手术以及三年前的那次中风已经耗尽了马拉默德的心力——他再也没有可能旅行了。

车刚刚停下，罗斯就见到了孱弱得像一片树叶的马拉默德。一如既往的，他穿着毛葛上衣站在汽车道上迎候他的客人，只一个颔首那样轻微的动作，便让他禁不住往边上摇晃了一下，好不容易才撑住了身子没倒下去。无论怎么努力，罗斯也无法从这个老人身上辨出当年那个"和蔼的面貌掩不住坚硬内核的工作狂"的影子：

> 作祟的是他的心脏，是那次中风，是所有的治疗，然而，对于一个多年阅读他和他的小说的读者而言，这种说法并没有什么意义。在那个读者看来，仿佛他与他笔下那么多人物所共同拥有的永不枯竭的渴望——打破环境与自身的铁的桎梏从而寻求一种更美好的生活的渴望——最终耗尽了他。

那个“多年阅读他和他的小说”的读者无疑就是菲利普·罗斯。虽然马拉默德很少跟他提起自己的童年，但作为多年的密友，罗斯对他母亲的早逝、父亲的一贫如洗以及弟弟的残疾还是略有耳闻的。面对风烛残年的马拉默德，罗斯的感慨是由衷的——“这是一个不得不在太久太久以前就成为男子汉的男子汉”(a man who'd had to be a man for just too long a time)。

那个下午过得极尽哀婉。马拉默德挣扎着试图集中精神，但显然做不到；他的视力很弱，弱到平日里每次剃须都形同冒险；吃午饭时他的四周洒满了面包碎屑……然而，就在这样的景况下，他告诉罗斯，要给他念自己的新作，他刚刚完成了头两页。

午后。窗外树叶的影子斜斜地打在书桌上。老人气若游丝。然而念小说的声音是稳定的，略有些拘谨，甚至是羞涩。这位得过普利策奖的老人知道，他的听众也是一位好作家。

罗斯不想说谎，但他也不知道该怎么说真话。这是一个太过简略的开头，一切还来不及开始，还没有什么内容是可以让他喜欢或者不喜欢的。“What comes next（后来怎么样)?”他问。

老人柔弱的声音里充塞着无助的愤怒，他的回答是：“What's next isn't the point.（后来怎么样没什么要紧。）”

握笔的手已如风中之烛，今夕不知明日身在何处，又如何能掌控笔下故事的“下一步”？没有人会比罗斯更能体味作文者力不从心的痛楚：马拉默德希望能有人告诉他，他忍受了那么多折磨写出来的东西是有某种价值的，比他自己所能探知的还要多。他相信，能发现这种价值的，只能是另一位作家。

那年秋天，罗斯在动身前往英国之前写了封短笺给马拉默德，邀请他和妻子安妮明年夏天到康涅狄格去——这回该轮到他们作东了。回信简单极了，典型的马拉默德风格：多谢盛情，然而，毕竟，“明年夏天又是明年夏天的事了（next summer is next summer）”。

他死在次年的3月18日，离开春还有三天。

卡波蒂狂想曲

2004 年

菲利普·西摩尔·霍夫曼知道这是他绝对不能失去的机会。如果拿不出一个有说服力的杜鲁门·卡波蒂，他将永远不能摆脱只在大片里跑跑“演技派龙套”的命运。《卡波蒂》的电影剧本就放在霍夫曼手边，“每个字都毛骨悚然”——霍夫曼忧心忡忡地对记者说。

霍夫曼可能会羡慕纪德，后者的名字虽然被卡波蒂在书信中反复提及（“我昨天与纪德共进晚餐”），他本人却对卡波蒂的光环木知木觉。“文艺双馨”的跨界全才戈尔·维达尔在自己的回忆录里刻薄地说，他曾无意中问起纪德，“你怎么会认识杜鲁门·卡波蒂的？”

“谁？”纪德说。

霍夫曼不能轻轻巧巧地问一句“谁是卡波蒂”，不能像扮演某个无名小卒那样轻装上阵。谁说过的——“美国从来不是一片适合阅读的土地，整个二十世纪，真正家喻户晓的美国作家只有两位，一个是海明威，一个是卡波蒂。”

但海明威没有留下那么多影像资料。他不曾主持过电视节目，不曾以一种阴柔、琐碎、阴晴不定的语调让模仿者望而生畏。卡波蒂甚至本人就是个取得好莱坞资格认证的演员，在《临终谋杀》里的戏份比霍夫曼在《天才莱普利》里更多。

那部电影，刻意安排各路名探（分别以波洛、马普尔小姐、塞缪尔·斯佩德等为原形）攥着某古堡主人下的英雄帖齐齐聚首，侦破一场“即将发生”的谋杀案，或者说，恶作剧。情节经不起推敲也没必要推敲，台词倒有无厘头化的莎剧风范，字正腔圆地直点笑穴。卡波蒂演那个见首不见尾的古堡主人，陷在一堆明星里，既胖且白，活像涂满了糖霜的炸面圈。炸面圈的一招一式有板有眼，哄得该年度的金球奖评委开开心心地给了个表演奖提名。

那个顿悟的瞬间渐渐逼近霍夫曼——演卡波蒂的“演”，强调那种做作的、始终处于剧场状态中的亢奋、挣扎与自我怀疑，才是抓住这个人物的关键。霍夫曼注意到，在别人评介卡波蒂的文章中，重复率最高的字眼是“阶级攀缘”（social-climbing）和“自我推销”（self-promoting）。对了，卡波蒂自己是怎么说的？

“我创造我自己，然后我再创造一个世界去适应我。”

类似的警句，在接下去的足不出户的四个月里，反复敲打着霍夫曼的听觉和视觉。传记，书信，访谈……与卡波蒂那些被记录被引用的言论相比，他的作品数量之少，足以教人印象深刻。而毕生，他用来与“比例失调”抗衡的武器，就是变本加厉，以更高的密度向别人定义自己。

“问：家在哪里？答：家是挂着你帽子的地方。”

“问：爱是不是意味着一切？有爱就够了？答：是啊。问题是，你得一直找它，没完没了地找。”

“我能滑冰。我会滑雪。我倒读如流。我滑板如飞。

我能用一把点三八左轮手枪打中抛起的罐子。我开‘玛莎拉蒂’豪华车（黎明，在德州一条平坦而孤独的公路上）飙到过一百七十码。我会做 souffle furstenburg（一种类似巧克力熔浆蛋糕的甜品）。我会跳踢踏舞。在打字机上我一分钟能敲六十个词儿。”——与之遥相呼应的是出版商写在他的小说勒口上的话：“他替一个三流政治家写过发言稿，在一艘河船上跳过舞，在玻璃上描花赚了笔小钱，替一家电影公司审读剧本，跟著名的琼斯太太学过算命，在《纽约客》打过工，为一家文摘杂志选过趣闻逸事。”

“我必然能成功，而且我必然早早地就能成功。像我这类人，素来知道自己要干什么。许多人过了半生还不知道他们要干什么。我是个很特殊的人，所以我非得有很特殊的生活不可。我生来就不宜在寻常办公室里工作，尽管我无论做什么都一定成功，但我始终知道我要当个作家，知道我能够既富有，又出名。”

“我是酒鬼。我是嗑药者。我是同性恋。我是天才。当然，尽管如此，我仍然可以成为一个圣人。”

滔滔不绝的“语流”中，卡波蒂孜孜不倦地播撒着“我、我、我”，浪花层层卷起，隔着时光隧道打过来，几乎要将霍夫曼淹没。

1943 年

“这辆车车顶上有一扇天窗，可以让人看到鸽子在飞，白云和高楼仿佛朝他们倾倒下来。太阳发射着带夏日尖头的箭，叮当作响地落在格蕾迪紫铜色的短发上……”

这是《夏日十字路口》。重新梳理杜鲁门·卡波蒂（Truman Capote，1924—1984）的一生，我选择从这本书读起。实际上，也唯有这部不足八万字的小长篇是我之前未曾涉猎过的。2004 年，纽约布鲁克林区一间旧公寓的看房人病逝，他的侄子从垃圾堆里找出了卡波蒂当年居住在此地时留下的一叠笔记本。其中四本的内容彼此衔接，构成了这部写于 1943 年、但从未发表过的小说。当时，卡波蒂年方十九岁。

卡波蒂的创作史就此刷新：他的长篇处女作不再是《别的语声，别的房间》了，评论家对其一生为数不多的虚构作品的解析，也多了一个饶有意味的依据。在此之前，人们一直怀疑《夏日十字路口》只是卡波蒂又一个信口开河的例子。他曾经明确提起过这部稿子和这个标题，但宣称因为成品离自己的期望值太远，早就将它亲手损毁。这难道不是卡波蒂在编造传奇么？就像那部他收下过不菲预付金的“普鲁斯特式巨作”《应愿的祈祷》，不是直到卡波蒂去世，人们才证实，穷其后半生，他也只不过写了一小段吗？每次访谈，人们都听到巨作处于进行时态，作家正在努力完工，但结果呢？

但《夏日十字路口》并不是烟雾弹。它不仅真实存在，而且，比起卡波蒂的大部分小说来（它们的典型套路是：短小，易碎，总像是“没有写完”），《夏日》无论在篇幅上，还是在结构的完整性上，都是少见的从容，看不到一丝作者疲于奔命的痕迹。出版商声称《夏日》的女主人公格蕾迪塑造得过目难忘，其魅力可以与卡氏代表作《蒂凡尼早餐》里的郝莉相提并论。而书评人大多出言谨慎，似乎还没想好该不该附和，或者该怎么附和。时过境迁，参照系早已变化，谁也无法假设，但凡这本书在六十多年前就顺利出炉，“格蕾迪”是不是会改变卡波蒂的一生。

我喜欢《夏日》。我喜欢刚刚读完十页时就被某种异样的“杂音”击中的感觉。在此之前，有人认为卡波蒂的早期作品刻意模仿尤朵拉·威尔蒂（Eudora Welty）和卡森·麦卡勒斯（Carson McCullers），但是，现在有了这篇更“早期”的，他们都该闭嘴了。如果一定要为《夏日》找一个“同质异构”，那么，去数数作品里氤氲着的酒精和唱片吧，将那些绮丽然而“即兴”的描写噙在口中，看看是不是合得上比莉·哈乐黛的节拍吧……是不是有一个名字呼之欲出了？F. 司各特·菲茨杰拉德。

菲茨杰拉德死在《夏日》完稿的两年前。他是爵士时代的孤儿，他的《了不起的盖茨比》走了一条没有前人的路，这条路至今寂寞，不见来者。以卡波蒂与生俱来的中性气质，以他对于阶级差的近乎贴肉的敏感性，以他能将“刻意”经营得如同“天意”一般的本领，他在创作生涯的第一个“路口”拾起爵士时代的绵长尾音，在我看来，真是再自然不过的事。小说开场，情窦初开的富家名媛（格蕾迪）第一次身边没了父母的督导，顿时有了离经叛道的可能性。危险的男人们来了，紧张的气息一点点聚集在酒杯里。格蕾迪知道跟另一个世界的男人（犹太人，家境窘困，童年创伤）玩性游戏加婚姻剧不会有结果，但她不需要结果——事情推进到最后，她简直是在故意摧毁“结果”。主旋律在急速卷入黑色旋涡，可是伴奏呢——那些轻慢的口吻，一丝不苟、色彩绚烂的描写，从头到尾不错节拍，若即若离地盘旋在那里。很奇妙的“不搭调”。

“不搭调”正是青春的主题。青春在自娱式的演奏中忧伤然而坚定地走向残酷。“恐慌袭上心头，如同扯动了降落伞的开伞索——人就顺着跌落下去。车在第五十九街往右拐，一打滑冲上了昆斯伯罗大桥。”卡波蒂写到这里都没有手软，他让“桥下行驶的船只拉响沉闷的汽笛，天色变幻，清晨将临”。然而，“他们却看不到这个早晨了。只听冈普喊道：‘该死的，你会要了我们的命！’但他无法使她松开抓着方向盘的手。她说了一声：‘我知道。’”《夏日》至此，戛然而止。

又一个熟悉的句子从我的记忆里跳出来——没错，还是《了不起的盖茨比》。同样是一辆贯穿始终的行驶中的汽车，菲茨杰拉德在将近结尾处这样写：“于是我们在稍微凉快一点的暮色中向死亡驶去。”

你可以说《夏日》的结构还谈不上完美，但那种有天分的处女作所特有的“易燃性能”清晰可见。卡波蒂为什么一辈子都会羞于以《夏日》示人？在他看来，《夏日》是征服不了别人，还是取悦不了自己？在写作的路径上燃起第一团火焰，再静静地将它熄灭（在他此后的作品里，风格如《夏日》般“爵士化”的再也没有出现），这究竟需要多么强大的自我怀疑？

1947 年

六年后，二十三岁的卡波蒂，终于不再怀疑，走出经营自己的第一步棋。彼时面世的“官方处女作”《别的语声，别的房间》几乎剔除了所有洋溢在《夏日》里的华丽气息，改走“乡愁三叠+问题少年”路线。这部小说当时最引起轰动的是封底上卡波蒂倚在沙发上阴柔气十足的照片——端的是眼波流转、刹那风华。时任蓝登掌门的贝内特·瑟夫对于这帧肖像的宣传效果满怀信心，但他绝对想不到书还没出版，这张照片已经登上了《生活》杂志，且占去了整整一版。“那是杜鲁门自己张罗的，”瑟夫悻悻地在回忆录里写道，“我至今都不知道他到底是怎么办到的。”在后来的访谈中，卡波蒂宣称自己很不喜欢这张照片，“但是，在商言商，我知道，这款‘吸毒成瘾’的造型对‘生意’有好处（good for business）。”

而今，时光拂去了书里书外的浓妆，再重读，倒是能品出更多属于小说本身的东西。十三岁的乔尔，那个“太漂亮、太脆弱、皮肤太苍白、宛似女孩的温存让他的眼睛显得无比柔和”的南方男孩，一开场就给送到阿拉巴马的一栋大房子里，去跟一个素未谋面的、据说是他父亲的男人碰头。这个到处寻找父亲，结果却稀里糊涂地迷上了某个颓废的易装癖的少年，实在晃动着太多卡波蒂本人的影子。乔尔怯生生的祈祷，震响在读者耳边：“上帝啊，就让我，被人爱吧！”

从这里开始，到《草竖琴》，人们将在卡波蒂自传痕迹浓重——而且他很乐意让人知道那是“自传”——的小说中，越来越熟悉作者本人的童年。这个模式到了那三个著名的“节庆小品”（《一个圣诞节的回忆》《一个圣诞节》《感恩节来客》）里，已是拿捏得格外圆润，哪怕藏着讨好的心机，也晕开得不露痕迹。那些心灵需要常规滋养，但对文字的需求比《心灵鸡汤》更高端一点的人，那些对《读者文摘》式的故事抱有好感，却希望它们能用《纽约客》式的语言来讲述的人，都会对卡波蒂笔下的“童年往事”心生好感。

故事一“梗概”就俗。这么说吧——鉴于天才的通行标准，卡波蒂若没有自幼父母离异、童年寄人篱下的经历，倒显得不可思议。卡波蒂出生于新奥尔良，自小长在阿拉巴马，姓氏来自继父（后随其迁居纽约）；而他对于亲生父亲阿齐·珀森斯的一腔怨气，委婉而优美地表达在《一个圣诞节的回忆》里：

“可爸爸两样都有。他似乎什么都有——一辆带后敞座的汽车，更不用说法国区一座古老精致的粉色小别墅，铁镂花阳台，隐蔽的露台花园里点缀着各色鲜花，一个人鱼形状的喷泉喷洒着凉意。他还有半打，哦不，整整一打女朋友。像妈妈一样，爸爸还没有再婚。但他们都有执着的仰慕者，最终，不管情愿与否，他们走向了婚礼的圣坛，实际上，爸爸走了六次。”

能与之相映成趣的，是多年后，已成名的卡波蒂，在信里断然拒绝向珀森斯家的人提供资助，其借口之轻慢潦草，与大作家的生花妙笔并不相称。信末，他并没有忘记彬彬有礼地请父亲转达对其妻子——第六任珀森斯太太——的问候。

卡波蒂有理由这样做。儿时，无论是被老师判定为“低能”，还是被精神病学家裁决成“神童”，他的早慧抑或早熟，何曾得到过家人的悉心栽培？除了《一个圣诞节的记忆》中苏柯小姐的原型（卡波蒂的某个表亲，善良的老处女，在《圣诞》中显然被诗化处理），栽培卡波蒂的只有卡波蒂自己。他的孤独无可救药，只能以写作拯救——而后者，恶性循环地，让他陷入更深切的孤独。

“大约十一岁，我开始一本正经地写作。我说的‘一本正经’，就好像别人的孩子回家弹钢琴或者拉小提琴之类，我呢，每日里一放学，便回到家里写，一写就是近三个钟头。我乐此不疲。”

因为偏科严重、思维怪诞（加法勉强会，减法完全不行；学代数的第一年考试便一连三次不及格；不能准确地背诵字母表，哪怕在催眠状态中也不能），卡波蒂从来没有念完过高中。如果那时的美国也有“新概念”，卡波蒂一定比韩寒还要韩寒。在本该大学毕业的年纪，卡波蒂赢得了显然要比“新概念”更富学院色彩的欧·亨利奖。顺理成章的，登上《生活》封面时，他身上已经背负起一连串策划周密的商业概念，他有了一个仿佛随时能掉下一地碎钻的新名字——金童（Golden Boy）。

1953 年

“亲爱的玛丽，难道我这辈子老得陷在这种情形里吗？”

在这一年写给朋友的信件里，“金童”的口气总隐隐含着哀怨。他告诉女作家玛丽·路易斯·阿什维尔，“可是，可是，他总是闹着要拗断……”

“他”叫杰克·邓菲，二流作家，年长卡波蒂十岁，早年在百老汇当过舞蹈演员，1948 年初遇卡波蒂时，正陷在与前妻离异后的绝望里——那时他们应该都没想到，这次邂逅将彻底改造他们的后半生。

卡波蒂的性向，一直都是前狗仔队时代的文学圈里窃窃热议的话题。他或许是美国战后最著名的不“写同性恋”（write gay，发明这个词组的是著名文论家爱德蒙·威尔逊）的同性恋作家。一个著名的段子是，卡波蒂对好朋友——同样身为同性恋的作家詹姆斯·鲍德温颇有微词，认为他在小说中直接挑破禁忌的做法“不但很粗俗，而且无聊得教人‘蛋疼’（balls-aching boredom）”。大概卡波蒂自己也发觉听者未免会琢磨“蛋”在此处“疼”得有多微妙，赶紧打圆场：“有时候我想，至少他的散文还算写得聪明，尽管它们到头来几乎总是停在某个貌似充满希望、哼哼唧唧的音符上。”

透过文本的褶皱和作者的轨迹，评论家发现，“蛋疼”确实不是个小问题。写《蒂凡尼早餐》（1958），叙述者“我”始终处在旁观状态，并没有像后来电影里的乔治·佩帕德那般“直”（straight）来“直”去，眼神直勾勾地想摄走奥黛丽·赫本的魂魄。如今的文本分析家告诉我们，小说中的“我”具有典型的卡波蒂式的“同志”倾向，因此霍莉和“我”的关系绝不可能发展到电影结尾那般皆大欢喜——霍莉可以跟他躺在一张床上全无肌肤之亲，啜泣着入睡，但绝不可能在大雨滂沱中那样圆满地投进他怀里。他们之间的距离，只可能保持在一个无法度量的范围内：比最亲近的朋友还要近一点，比最疏远的情人还要远一些。即便放下文本分析，单单本着八卦精神，我们也无法忽略，在《蒂凡尼早餐》的扉页上，卡波蒂把小说献给了杰克·邓菲。

评论家的逻辑是：正因为卡波蒂如此回避鲍德温式的“粗俗”（这种回避既有商业上的考虑，也有卡波蒂潜意识里的排斥），正因为他一写到男女/男男/女女关系时就不知道该“直”还是该“弯”，他才始终难以把小说写长、写深，他的题材才那么受局限——因而，他在虚构之路上也就越写越闷，越写越窄（当然，从另一个阐释角度看，这种“欲言又止”也构成了他最鲜明的特点，具有某种带着奇妙弧度的现代性）。一定绕不过了，他也写男欢女爱，但你别想找到眉目清爽的细节，顶多是躲在人物回忆或间接叙述中，朝你暧昧兮兮地挤挤眼，要不就干脆让孤男寡女柏拉图到底。

让评论家继续绕下去吧，我们还是回到 1953 年，瞥一眼卡波蒂本人的情感世界。那一年，他第一次在信里提到与邓菲的纠缠，但他们并没有真的“拗断”——日后这一幕将不断重演。至于其他插曲，传说众多，真假莫辨，比较出名的是下面两段：

与美国文学专家纽顿·阿文的缘分，1964 年始于雅斗艺术村。纽顿之于卡波蒂，更像是导师而非情人。纽顿其人，不仅学识渊博，而且行事不羁（曾因收藏色情书画被捕），卡波蒂本人的总结陈词是：纽顿，是我的哈佛。

与现代艺术家安迪·沃霍尔的关系，最是浪漫迷离。据称有整整一年，安迪与卡波蒂鱼雁频传，尤其是安迪，每日必写一封。而安迪本人的说法可能更符合其“波普一代宗师”的赫赫声名：他和卡波蒂曾秘密订婚达十年之久，互相交换的信物不是戒指，而是裸照。

但唯一不可取代的还是邓菲。七十年代之后，卡波蒂的私人信件已少得可怜，因而那一封给邓菲的信显得格外刺目——“……你的出现，是我这辈子碰上的仅有的一件好事。我是那么爱慕你，那么敬重你……”卡波蒂去世后，邓菲在自己的回忆录里追思他的伴侣在晚年是如何如何难缠，以至于在这一团乱麻的反衬下，他们早年曾拥有过的“规律而勤勉”的生活恍如隔世：“有时候想想，我们在西西里的陶尔米纳共同度过的那两年，就像是从来没有存在过似的。就连我们在那里住过的那栋房子的名字，我都想不起来了。”

卡波蒂的同性恋渊源，无数次地被人用来解释他与女性——尤其是女明星之间的闺蜜式友谊。玛丽莲·梦露是卡波蒂在娱乐圈里寻到的一面千疮百孔的镜子，他甚至比她的丈夫阿瑟·米勒，更懂得怎样平视而不是俯视她的灵魂。世人皆知某期《时代》封面上有一帧抓拍“卡波蒂与梦露共舞”的照片（作家约翰·马尔科姆·布里宁一看到该期杂志，就质问卡波蒂：“乔伊斯的座右铭是‘沉默，流放与狡黠’，那你的呢?”），却未必想得起来，卡氏曾以梦露为主角、亦真亦幻地写过一个短篇《美人儿》。在结尾处，仿佛是舞台脚本的提示般，作者一唱三叹地吟出一段“话外音”来：

> 光线逐渐黯淡。她似乎要混合着天穹和浮云随着光线一起消逝，远远地消失在云天之外。我想提高嗓门盖过海鸥的嘶鸣，把她唤回来：玛丽莲！玛丽莲，干吗什么事情都得这样终结？干吗人生就得这样糟？

1966年

“那个美人儿不是梦露吧？”

“不是。琼·芳登小姐——比《蝴蝶梦》那会儿可是老多了，”侍者A告诉侍者B，“她和梦露小姐一样，都喜欢跟我们的卡波蒂先生，黏在一起。”

“我们的卡波蒂先生”正穿梭在满座宾朋中。虽然今晚（12月28日）名义上的贵宾是《华盛顿邮报》总裁凯瑟琳·格雷厄姆，但到场的人谁都知道主角是卡波蒂，庆贺他刚刚出版的巨著《冷血》大获成功。他一身黑色无尾礼服——通常他会再加上一点弹眼落睛的饰物，好比一条火红的围巾，一顶古怪的帽子——但今晚没有。他知道在纽约最豪华的“广场饭店”里，主持规格如此之高的派对，应该维持怎样的身段。今晚，他身上唯一略显夸张的东西是一副名牌店里淘来的黑色面具。

杰克·邓菲隔了几张桌子的距离，凝视着他的情人。四十二岁就迎来一生的高潮会不会太早？邓菲拿不准。他知道，为了筹备这场能与任何巨片首映、豪华婚宴、颁奖仪式、加冕典礼媲美的化装派对——多年后，人们将把这个晚上定义为“世纪派对”，以此为题，一部三百多页的研究专著将于2007年出版——卡波蒂已经忙碌了大半年。

“一场黑白舞会中，卡波蒂先生需要享受您的陪伴。”雅致的白色卡片上，黄橙两色的边框之间，印着这行黑字。“黑白”的意思是，当晚，来宾身上只能穿这两种颜色。很难想象，在传媒业远不如今天发达的上世纪六十年代，仅仅靠上流社会“闲话”圈的层层渗透，卡波蒂是如何早在数月前，就让这则消息与名流们的肾上腺素产生某种化学反应的。总而言之，事情几乎顺利到了失控的地步：但凡拿到这张卡片的人，既欣喜又焦躁，生怕砸下的银子换不来别出心裁的行头（他们只有七周时间可以准备），不管他们在各自的领域里有多著名，此时一律成了小小孩，等待记事以后的第一个万圣节；至于那些没有收到请柬的——邓菲知道，卡波蒂更感兴趣的恰恰是他们的反应。有沮丧的，有慌张的，有到处打电话问价的。

五百四十人。名额只有这么多。请柬是非卖品。卡波蒂不接电话，弃城而走，对外宣称失去联络，拒绝公布名单。那份名单，邓菲知道，就写在他的黑白相间的作文簿上，伴随着精心斟酌、反复勾画的笔迹。

“杜鲁门·卡波蒂，哪怕你请，我们也不会来!”这行大字印在《老爷》杂志的封面上，配合一组表情愠怒的人物漫画——吉米·布朗，金·诺瓦克，托尼·柯蒂斯……他们全都没有收到请柬。

这是典型的 11 月的纽约之夜。阴冷，下雨。饭店外早早聚拢了瑟瑟发抖的记者和自发赶来的追星族，生怕错过了晚上九点以后才可能陆续进场（派对将于十点开始）的名人。比他们更早进入临战状态的是全纽约顶级的化妆师、发型师、服装设计师，他们手里攥着主顾们打算惊艳全场的绝密造型，连同行之间都守口如瓶。

“我上次采访卡波蒂先生，嘿嘿，他说葛丽泰·嘉宝活像个死人……”红地毯上暂时没出现新的身影，记者 A 见缝插针，跟记者 B 咬起耳朵来，“当嘉宝晒完日光浴的时候。”

“可我听说……嘉宝并不认识杜鲁门。”

“管他认不认识呢，他给什么料我就写什么。昨天他说奥森·威尔斯想请他主演一部电影……”

“哦？然后呢？”

记者A鬼鬼地一笑，飞起媚眼，捏起嗓子，学着卡波蒂的腔调说：“‘当然啦，我婉言谢绝了。’”

场内，邓菲在满耳窸窸窣窣的衣裙曳地的声响中，一阵阵恍惚。迎面撞来一对中年夫妇。他觉得面前这男人眼熟，凹眼窝，鹰钩鼻……卡波蒂的富豪朋友实在太多，总是让邓菲不知所措。

“嘿杰克，我们的大作家呢？”那男人说，“我们刚读完《冷血》，真太惊人了——我是说，杜鲁门竟能写出这样的文字……他在哪里呢？”

邓菲也不知道他在哪里。一恍神的工夫，卡波蒂矮小的身影就逃出了视野。邓菲茫然地微笑，他还在想这男人是谁。汽车大亨亨利·福特？不对，老亨利早就去世了——当他的黑色流水线改变了整个美国的交通格局和生活形态时，他就已经心满意足地去世了。哦，那就是他的儿子小亨利——没错，邓菲记得名单上有他。

难以复制甚至复述当晚的情状：奢华，喧嚷，混乱。电影《卡波蒂》的剧本甚至根本没有勇气（也欠缺成本）将这场派对纳入其中。那一晚，替卡波蒂的公寓开电梯的男人将混进舞场，和某个富家女子跳上一整夜；那一晚，作家诺曼·梅勒将一直喋喋不休，吹嘘他的越战历险记；那一晚，女明星坎迪斯·伯根将百无聊赖，惨作壁花；那一晚，通宵达旦，卡波蒂都将是广场饭店——乃至全纽约的主宰……

只是，这一刻，正式开场前的几分钟，他在哪里？

让我们替没有预算拍这场戏的电影设计一个煽情特写：也许是一段回廊的尽头，也许是某个化妆间的门口，阴影重叠的角落里，卡波蒂努力想驱走一段回忆。是的，多年前，也是在一家饭店，或是某间租来的房子，或者——干脆那就是一个梦？——那时母亲长得有多美啊，她一出门就扭上锁，直到深夜，才被某个男朋友送回来。那时候他才几岁？那种一点点扩张的孤独和恐惧，是怎么让几小时变得像几年那么长的？此刻，这感觉再度袭来，几分钟被压扁、拉长，成了几小时……

快起来，卡波蒂对自己说，再没有什么噩梦能控制你了。达官贵人们该登场了。约翰和杰姬，最亲爱的弗兰克，米娅，吉米，对了，还有，永远神奇的克里斯汀[①]……我来了。

1959 年

时钟倒拨六年，卡波蒂正穿着克里斯汀·迪奥设计的粉红色天鹅绒大衣，跟女助手哈泼·李（《杀死一只知更鸟》的作者）坐在驶往堪萨斯的火车上。《冷血》，那本在“世纪派对”中出尽风头的书，正是从这里开始，进入实质性启动阶段的。

① 卡波蒂对他的名流朋友向来直呼其名或者昵称，略去姓氏。以上几位分别是肯尼迪夫妇、演员弗兰克·辛纳特拉和米娅·法罗，作家詹姆斯·鲍德温（小名吉米），以及名牌设计师克里斯汀·迪奥。

“我敢打赌，”卡波蒂告诉堪萨斯州立大学的一位博士，“我是第一个穿着迪奥大衣抵达堪萨斯州曼哈顿市的人。”“是的，不管是男人还是女人，您都是第一个。”

这个细节被搬到了电影里，只是迪奥大衣被改造成了“波道夫古德曼”围巾。那是美国的顶级奢侈品牌，想来编导是藉此——上世纪不朽的时尚先锋卡波蒂先生——向他们的民族工业致敬。

等待卡波蒂的是一场灭门血案的现场——那是卡氏从未涉猎、却敏感地嗅到了绝佳写作题材的领域。起初，他以为这只是一段小插曲，因而，第一轮采访完毕，他马上飞去欧洲散心，随身带上“二十五件行李，两只狗，一只猫和我的好朋友杰克·邓菲”。然而，此后漫长的调查、取证、诉讼过程，至少把庆祝派对推后了三四年，也将《冷血》最终定格成一个当日轰动一时，之后又饱受争议的文本——在新闻史和文学史的交集上，它占了面积不小的地盘。

争议集中在两点：其一，卡波蒂凭借《冷血》首创了“非虚构小说”的概念，前无古人，后则有以诺曼·梅勒的《刽子手之歌》为代表的大批仿效者。然而，既是小说，又要“非虚构”，比例怎么界定，分寸如何拿捏？卡波蒂愈是把事件再现得栩栩如生，就愈是显得与“非虚构”准则背道而驰。他著名的采访习惯——投笔而弃录音——更使人们对于其“因文害义”的指控，显得有根有据。曾为卡波蒂的其他作品担任过助理的南希·莱恩说：“没错，他确实会杜撰一些东西，可是，他从不会损害事件的基本真实性和其中真正的精神。”另一位研究者详细比对了《冷血》最初在《纽约客》上连载的版本和后来单行本的版本，发现涉及基本事实的更改就有上千处之多，似乎从另一个角度暗示：令《冷血》一时纸贵的“真实性”，或许应该基于某种更宽容的层面才能说得通。更耐人寻味的是，《冷血》之后，非但《纽约客》再未冒险涉足“非虚构小说”，而且主编肖恩在八十年代中期曾私下兴叹，从自己手里发出《冷血》一文，实在堪称今生之憾。何以为憾，肖恩始终缄口不言。

其二，几乎所有卡波蒂的传记作者和研究者都把《冷血》看成了他一生中最关键的转折点，把这个事件当成剖析其分裂人格的最佳样本。整个过程中，卡波蒂成了凶手之一佩里·史密斯最知心的朋友，他甚至在给佩里的信里倾诉母亲是如何过量服用安眠药自杀，他又是如何在佩里的惨淡身世里看到了自己的影子（“佩里就像我的一个兄弟，只不过，当我从前门走出去的时候，他选择了后门……”电影里，霍夫曼把这句台词念得意味深长）。然而，当死刑一次次被延迟执行时，卡波蒂的沮丧又近乎歇斯底里。也难怪至今都有人质疑，在这六年光阴里，卡波蒂与凶手之间，究竟形成了怎样的情感纠葛，他的采访以及图书的出版计划究竟在多大程度上介入了调查取证乃至最终量刑的过程……从《蒂凡尼早餐》到《冷血》的文风激变，始于随意，终于枯竭，是否与卡波蒂本人的性情以及他当日奔赴堪萨斯的初衷完全相悖？以其整个创作生涯考量，《冷血》的成功，是否不足以补偿整个事件对于卡波蒂脆弱心理的毁灭性打击？

真或假，顺应或扭曲，正与邪，法律、艺术或良心……它们浓缩在《冷血》和关于《冷血》的故事里，足以令后来的写作者持续迷失，足以令我对我正在书写的文本产生某种无可言传的虚无之感——我还能像执笔之初那么心安理得，以为自己凭借着大量史料，就能“还原”一个特殊人物吗？谁能证明，我不是在书写一个被修饰、被篡改、被误读的卡波蒂？高潮已过，结局将临，那一声紧似一声的，不是在宣告文本——无论是伟大的《冷血》还是并不伟大的《卡波蒂狂想曲》——必死的丧钟吗？

2005 年

“《冷血》使卡波蒂成为全美国最出名的作家。此后他再没写完过别的书。1984 年，卡波蒂因酗酒去世。”

大银幕上隐去最后一行字幕。灯亮起，菲利普·西摩尔·霍夫曼终于第一次看完了他演的卡波蒂。整整一百十四分钟，他都不觉得那个胖胖的、戴着黑领结的男人跟自己有什么关系。但他知道，这个男人不会有敌手——无论是与索尼公司紧急上马的同题材影片《声名狼藉》（同样以卡波蒂为传主）竞技，还是明年，在金球奖、奥斯卡奖的影帝大战里。

“霍夫曼先生，您到哪里去？”

“回家。忘掉他。”

“他？”

“是的。忘掉卡波蒂。”

然而霍夫曼并没有把握。“过去从来没有人像我，等我走了，再也不会有人像我。”[①] 回家的路上，这个句子莫名在他耳畔响起来，轻柔的，做作的，带着绵长的尾音。

---

① 这是卡波蒂某次对他的传记作者亲口说过的话。

我和你

一

我是帕特。你是玛丽。

“那是1948年底，那时我在纽约，刚完成《列车上的陌生人》。”帕特里夏·海史密斯（Patricia Highsmith）下笔，无论小说还是散文，总是习惯将时间地点人物交代得格外清晰：“那年圣诞前夕我很沮丧，也很缺钱，于是到曼哈顿一家大百货公司当售货小姐。

“有天早上，伴随着噪音与交易的混响，走进来一个身穿皮草大衣的金发女人。她走到玩具娃娃柜台，脸上带着不确定的表情（她该是买娃娃还是别的东西?），心不在焉地把一副手套往手上一拍。或许，我之所以注意到她，是因为她独自一人前来，也可能是因为貂皮大衣很稀少，也可能是因为她一头金发散发出的光芒。我拿给她看了两三个娃娃，她若有所思地买下一个。我把她的名字和地址写在收据上。整个交易没什么特别，那个女人付完账之后就离开了。但我脑中出现了奇怪、晕眩的感觉，几乎要晕厥，同时精神又格外振奋，仿佛看到某种异象。

“那天一如往常，我下班后回到家，我一个人住。当晚我构思出一个点子、一个情节、一个故事，全都和那个穿皮草大衣的优雅金发女子有关，我在我那个日记本或者活页簿上写下八页文字，这便是小说《卡罗尔》的源起，后来标题改成‘盐的代价’。这个故事好像凭空从我笔下流泻而出：开头，中间，结尾。我大概只花了两小时，或许更短。隔天早上的感觉更加奇怪，而且我发烧了……但从另一个角度看，这次遭遇也成了一本书的种子：发烧会刺激想象力。”

最后这句很难不让人联想到法国导演特吕弗，他宣称自己的电影追求的目标是：让观众觉得这片子是这伙人在体温达到华氏 112 度（相当于摄氏 44 度多）时拍下的。

历经几家出版商的婉拒之后，发表于 1952 年的《盐的代价》被定义成女同性恋文学的早期代表作，而上述这段交代写作缘起的短文直到 1989 年才完成，海史密斯没忘记在短文收尾处，轻松地揶揄：“贴标签是美国出版商爱干的事儿。”那些往她的《列车上的陌生人》或者《天才雷普利》上面贴“悬疑”或者“推理”的标签的出版商，也同样被她嗤之以鼻。“那只是单纯的，一部，小说。”她说。不过，有时候比美国出版商更叫人哭笑不得的是美国评论家。比如，斯坦福大学某文学教授一口咬定纳博科夫在写《洛丽塔》之前一定深受《盐的代价》的影响，因为后者的两位忘年恋女主角“为了追求自由、忠于爱情，展开一场横跨全国的飞车之旅，类似的情形也出现在《洛丽塔》中，亨伯特和洛丽塔也有相似的年龄差距，也有突破禁忌的性爱，也在书中携手亡命天涯……”沿着这样轻佻的逻辑，恐怕电影学院的教授们也能毫不费力地论证出，几乎所有二十世纪后半叶的美国公路片——尤其是《末路狂花》——都是《盐的代价》的衍生产品。

在那篇短文中，海史密斯故意不说清楚，那位光顾她玩具柜台的女神究竟是谁，后来发生了什么事。为她写传的琼·申卡做足功课，也不过提供了寥寥几条补充信息：当时，帕特（帕特里夏的昵称）之所以缺钱缺到非得去百货公司打工的地步，是因为她一直为自己暧昧的性取向苦恼，需要定期支付昂贵的心理咨询费；那女人是凯瑟琳·魏金斯·西恩太太，住在新泽西州，帕特曾把自己在百货店里的工号留给她，但没有任何迹象表明西恩太太后来使用过这个号码。有人说帕特曾两次跟踪过西恩太太，但这就像她日后与哲学家汉娜·阿伦特之间的所谓"情事"一样，终究只是未经证实的传闻而已。也就是说，尽管作者流露出刻意隐藏自传倾向的痕迹（比如反复修改书名，出版时以笔名示人，扉页题献的是三个子虚乌有的人名），但这部在女性文学史上赫赫有名的《盐的代价》，很可能只是一部类似于《格林童话》的幻想曲。正如帕特自己所言，西恩太太的惊鸿一瞥，既在她的性向问题上推波助澜，又在她未来的小说道路上扔下一颗种子。以帕特那样时时处于"发烧"状态的虚构能力，只需一颗种子，她就足以开垦出一大片田来——田里长满罂粟，艳丽而有毒。在她的想象中，半老徐娘卡罗尔非但与年轻女子特瑞斯约会，而且扔下自己的女儿，领着后者走遍美国，收获一个此类小说（想想《断背山》吧）从未收获过的美满结局。

扔下自己的女儿。这个细节让所有熟知帕特生平的文本分析家浮想联翩。他们几乎能想见海史密斯构筑这样的细节时嘴角浮起的冷笑。记忆像探针，每每尚未戳及痛处，帕特就预备好要像她养的那只名叫“蜘蛛”的猫一样惨叫起来。童年的混沌岁月，是心理学寻根溯源的沃土，亦是文学想象萌芽的温床，帕特总能在那里找到说服自己的理由：归根结底，我为什么会成为现在的我？

“那是因为你，”帕特总是这样告诉自己，“因为你，我的母亲。”

玛丽·海史密斯，美国得克萨斯州沃斯堡市的一名时尚插画师，瘦削，极聪明，不算美，懂打扮，爱交际，用烟嘴抽烟，据说面相“比菲茨杰拉德夫人泽尔达更像狐狸”。在任何派对中，她都不曾失去过那种叫人过目不忘的天分。帕特的诞生纯属意外，因为同为商业艺术家的父母当时并不愿意让孩子打乱事业的节奏，加剧本来已经开始激化的家庭矛盾。为此，玛丽甚至屡次拿松节油充当堕胎药。不幸的是，堕胎未果，父母甚至赶在帕特出生前九天就办妥了离婚手续（1921）；更不幸的是，帕特从小就知道自己是个不受欢迎的孩子，童年有一半时间在外祖父家寄人篱下，另一半时间跟着玛丽“嫁”给了另一位商业艺术家斯坦利·海史密斯。多年以后，帕特最尴尬的一件事，就是听玛丽讲那个冷笑话：“真滑稽，如今你长大了，怎么居然还会喜欢闻松节油的味道？”

这故事其实了无新意。尤其，对于像帕特那样从小就把自己封闭在书桌前、九岁就熟读陀思妥耶夫斯基和卡尔·门林格尔的《人类心灵》（一部研究人类病态行为的科普论文集）、十三岁就在卧室里挂上两把交叉的军刀的女孩子来说，这样的童年际遇几乎必然通往一种俗套的规定情境——代入其中的，则必然是一个外壳坚硬内心脆弱的少女。

继父待帕特并不比别的继父更差，正如表面看来，帕特的童年——就物质条件而言——也不比别人的童年更糟糕，她甚至有条件到纽约的贵族女子学校——巴纳德学院上学，这其实是略微超出她生母与继父的实际经济状况的。掏空玛丽钱袋的是她的信念：帕特是天才，她一定会让我骄傲。可她不知道，她的天才女儿每晚都在做同样的梦——一群医生和护士瞪大眼睛盯着她看，眼里全是惊奇和恐惧；她的无处宣泄的恨意全莫名地集中在继父身上，她想杀了他！好吧，精神分析学者会告诉你一堆绕口令：她想杀了他，因为他是入侵者，因为她以为他赶走了生父，霸占了母亲本应给予她的关注。

翻阅这些材料时，我总有一种生怕被海史密斯强大的虚构能力绕进去的恐惧。正如她的同居女友们，总是会暗自嘀咕，她和她母亲那种爱恨交缠、搬到任何舞台上都显得过分激烈的关系，究竟有多少出自帕特的臆想。究竟为什么，母女俩的通信里总是充斥着时而热烈时而暴烈的句子；为什么，帕特十九岁那年郑重其事地写下“我与母亲成婚，从此不嫁别人”，却又那么喜欢向朋友描述玛丽如何干涉她的写作、如何举起一把衣架威胁她，而这些细节又统统死无对证；究竟是为什么，帕特大半辈子在欧洲游荡，原因之一居然是想避开跟母亲过多地接触。甚至，有一回，她的朋友亲眼见到帕特一听说玛丽突然千里“奔袭”、要带个“惊喜”来给她时，竟会恐惧得昏死过去。

还有一次，玛丽和帕特住在一起，帕特在楼上写作，两位法国记者闯进门来。按后来帕特的说法，玛丽至少用了五分钟时间试图说服客人，她就是帕特本人。他们为了取悦她，甚至给她拍照。“如果我重提旧事，”帕特控诉道，“我的母亲就会先抵赖，然后……然后她会说她是在开玩笑……我想只有心理医生能解释这事还有另一种含义。”

另一种含义？指身份迷惑，还是情感错位？无论如何，根据这些材料的表象，我们推论《盐的代价》里的卡罗尔或多或少承载着玛丽的投影，不能算离谱的猜想。否则，怎么解释那相似的年龄差距，相似地交织着截然相反感情（既崇拜又抗拒，既百般依恋又极度憎厌）的关系？特瑞斯和卡罗尔一路争吵，她们的互相敌视似乎比缠绵的机会更多，而且这种敌视神奇地杂糅着恋人龃龉与长幼分歧。冗长的吵架间歇，短暂的甜蜜时分，当特瑞斯与卡罗尔“目光交汇”时，她们是在充当帕特和玛丽之间的灵媒吗？

二

我是玛丽。你是帕特。

美国西蒙舒斯特出版社的大牌编辑拉里·阿什米德永远不会忘记，他在六十年代末电话约见帕特时，对方劈头便是一句：“记住，别指望会有什么罗曼司。”

“当然不会，”阿什米德镇定地回答，“我们只是头一次见面。”

会面现场并不尴尬，她健谈与擅饮的程度成正比。她用那种毫无挑逗感的语调讲她的法国走私经历：由于法国人嗜吃蜗牛，所以据说有条规定是不准携带活蜗牛入境（很难理解其中的古怪逻辑），但帕特却总是会偷偷带着她的宠物蜗牛顺利过关，因为她把它藏在胸罩底下……听到这里，阿什米德几次想放下刀叉，就着她的胸罩和乳房说两句俏皮话，转念一想，“那显然太有‘罗曼司’之嫌了。”于是只好作罢。

那个年纪，正映照着帕特前半生美貌的最后一抹霞光（四十岁之后，常年酗酒导致的种种疾病几乎将她完全变成了另一个人）——那时的她，对桌子对面的男士而言，确实构成某种“只可远观”的折磨。在此之前，那些留在帕特私人相簿上的身影——“像中国女孩”的帕特，穿骑装的帕特，垂下一绺头发的帕特，半裸着身体的帕特，优雅地抱着猫回眸的帕特——都记录着德国摄影师罗尔夫·蒂特根斯受过的折磨。他想娶她，她那时也努力顺应着母亲的期许，“学会爱男人”。他们一度成为关系最稳定的异性朋友，罗尔夫亲眼见证了帕特在“正常人”与“那种人”之间徘徊不定的最迷惘的时光，直到某天，帕特终于在床上痛定思痛——“男人不会让我有快感。”根据帕特自己在日记里的含糊指涉，她与生父的第一次重逢可能是将她的“厌男症”推至绝境的契机：当时他也许拿出了一堆淫秽照片，欲加轻薄……当然，像所有有关她的狗血家庭剧一样，这本身也是个俗套的桥段，来自帕特的单方面说法。

禁忌一旦彻底撕裂，此后的报复性反弹便可想而知。帕特一个接一个（或者同时维持几个）地换女朋友，她需要用狂放不羁的做派来掩饰心里始终残存的愧疚与不安。

有趣的是，当年“纯属虚构”的《盐的代价》的情节模式被她执着地照搬到生活中：四十岁前，她通常是特瑞斯（帕特），对方是卡罗尔（玛丽）；四十岁后，她似乎悄悄挪到了卡罗尔（玛丽）的位置，老练地勾引青涩的“特瑞斯”，就好像，征服当年的自己。

如是，到了六七十年代，海史密斯首先是拉拉文艺圈里的女王，其次才是作家，《天才雷普利》的作者。什么是女王？就是哪怕红颜已老、沟壑纵横的面庞上完全寻不到当年美貌的痕迹，五十五岁的海史密斯小姐仍然可以端坐在她的寓所里，不紧不慢地对着来朝拜她的文艺女青年挑三拣四。法国小说家兼翻译家玛丽昂·阿布达朗初出道时，就在觐见女王时深受打击。“走吧，”女王说，“你不是我要的型。”

玛丽昂得承认这话虽然伤人，但很诚实。女王此时的裙下之臣大多是那种比玛丽昂更年轻（对海史密斯而言，当时刚满四十岁的玛丽昂已经太“老”了）、更苗条、更有女人味的“型”。在这一点上，海史密斯的口味与那位将她的第一部小说《列车上的陌生人》改编成电影的大胖子希区柯克惊人的一致：美丽、娇弱、教养良好而稍微有点神经质的金发女郎，永远是第一选择。那次会面，甚至玛丽昂带去的女伴从女王那里收获的目光都要比玛丽昂本人更多些。“我估计，”玛丽昂事后说，“当时她是宁愿要她的。”

帕特从未爱上玛丽昂，而玛丽昂尽管心平气和地接受了这个事实，却还是按着自己的节奏追随她。据说，在海史密斯的个人资料中，玛丽昂写给她的情书是最风趣最讨人欢心的。渐渐的，女王开始向玛丽昂唠叨她的心事，甚至在玛丽昂着手将一本英语女同性恋小说（彼时类型小说细分的程度已非《盐的代价》问世的时代可比）翻译成法语时给予指导性意见。事情照例如此：海史密斯以为对方在依赖自己时，她本人依赖对方的程度也达到了峰值——而玛丽昂最明智的地方在于，她知道这一点，却从不说破。

有一次，女王卧病在床，玛丽昂试着引诱她喝下一碗汤，用那种大人哄骗倔强孩子的方式。“喝一勺吧，这一勺为了爱伦·坡。”她知道，坡是海史密斯的文学偶像，而且《天才雷普利》获得的第一个文学大奖就是“爱伦·坡奖”。这一勺顺利地沿着食管滑落。

第二勺为了莎士比亚。

“第三勺，呃，阿加莎·克里斯蒂?”帕特没再往下咽，她抬起因为长期酗酒抽烟而显得格外浑浊的眼睛。

“不，”她说，“不要阿加莎·克里斯蒂。她的书比我卖得多。”

尽管这话很符合海史密斯的一贯毒舌风格，却未必像它的字面意思那样直白。海史密斯对克里斯蒂的那种直觉性的排斥，恐怕更多的不是出于羡慕嫉妒恨，而是风格上的南辕北辙。一样是杀人如麻的虚构世界，克里斯蒂走的是传统的侦探主导路线，悬念系于“凶手是谁”，诱人的是在以正压邪的过程中展现的逻辑之美——但“正必压邪”的结局本身并无悬念，这个预设的前提里裹挟着推理小说的铁杆粉丝们不可或缺的安全感。到了海史密斯笔下，“凶手是谁”的答案一早就扔给你，你明知人是雷普利杀的，还是不由自主地跟着他的视角一路担惊受怕，承受某种无法言说的困扰。到后来你发现，案子居然是可以破不了的，正义居然是会被邪恶欢乐地吞噬的，坏人居然是会逍遥法外的。更为惊悚的是，你甚至开始同情他，你的三观在这个邪恶的、分裂的天才面前渐渐无法统一在同一个平面上。按纽约书评人角谷美智子的说法，这叫“诱使读者暗暗和主人公背德的观点合流”。

三

我是帕特。你是汤姆。

四十年代，女作家（她更著名的身份是亨利·米勒的情人）阿娜伊斯·宁将所有创作热情都倾注在炮制她那些以色情著称，实际上却并不色情的日记上（仿佛是为了给未来的导演提供足够拍《情迷六月花》的题材），以至于完全没有时间应付某参议员要求定制的、两美元一页的色情小说。宁小姐挥挥衣袖，就把任务转包给别的作家，支付一美元一页——这已经是可以让写字界捉刀人趋之若鹜的稿费标准了。而当时刚刚毕业的帕特里夏·海史密斯，却能在福西特出版社接到每页四至八美元的差事，前提是她得暂时压制住写小说的冲动，专心替漫画写故事。

在海史密斯的研究者看来，就其整个创作生涯而言，这一步走得并非可有可无，至少不仅仅具有经济意义。在维基百科上翻翻心理学术语 alter ego（没有约定俗成的译法，可以看成“他我”或“另一个自我”），就有一大段是拿美国漫画举例的。白天戴眼镜穿正装的克拉克·肯特和夜晚披上斗篷满城乱飞拯救世界的超人，构成了最出名也最典型的 alter ego。这样的虚构模式在利润远远高于小说界的漫画产业，如同病毒般被大量复制，帕特就是效率很高的复制者之一。《黑色恐怖》《美国战士》《摧毁者》这些“作品”，从标题到内容都与帕特的智商不甚匹配，但你确实很难说，通过这样高强度的复制，它们没有将具象的“分身”，顺便植入帕特的头脑中——尤其是，她本来就觉得，自己同时是另一个人。

“当我正式开始写小说时，”帕特后来这样回忆，“我曾下定决心，不能让这些连环漫画影响我的写作。我相信它们确实没有‘影响’。正相反，从这些愚蠢但是紧凑的情节设置上，我倒是可能受益良多。”

这也就可以理解，帕特的第一部小说，为什么一开头就会出现两个男人在火车上相约交换身份，好完成对方谋杀诉求的情节。到了 1955 年发表的《天才雷普利》，“身份错位”索性发展成了统摄全局的写作动机。那时的帕特，每天都被各种各样的“念头”（idea）折磨，她说那感觉“就好像耗子动不动会有性高潮一样”。在所有这些念头里，有一个是最能激发她想象力的——非但激发，而且让她本来就过剩的想象力躁动、游荡，进而不得不用来创造：她觉得，人行道上，每一个从身边经过的人都有可能是个施虐狂，一个有强迫症的小偷，甚至是一个杀人犯。

于是，在意大利阿马尔菲度假时，她站在饭店阳台上偶然看到一个在海滩上散步的男子，突然就像遭了电击。这种说法与《盐的代价》的缘起是那么雷同，以至于你反而很难质疑它的真实性——如果海史密斯是在编造的话，一个像她这样的作家难道没有能力虚构另一种"灵光乍现"的模式吗？总而言之，她替那个素不相识的男子取名叫汤姆·雷普利（名字是托马斯的昵称，姓氏则取自街边的服装店招牌），她为他设计的人生道路一半袒露在世人艳羡的目光中，一半龟缩在阴暗的角落里。

某种程度上，她确实是在用漫画的方式打量周遭的世界，试图从每个人的躯壳中析出另一种人生。如果没有足够的事实根据（那几乎是一定的），她就调动想象中的细节来填补："我写小说，开头总是慢热，甚至平静如水，使读者渐渐地适应那个既是'英雄'又是'主角'（在英文中这两者都是 hero）的罪犯，以及他周围的人。"这导致的必然结果是，你一边读一边会暗暗丈量自己与那个罪犯的距离，然后发现那个数字越来越小。

那么，作家与人物之间的距离呢？帕特的法文译本编辑阿兰常常略感困扰，因为帕特有时候谈论起雷普利来，就好像世界上真有这么一个人，就在她身边，甚至，就是她本人。索隐派不用费多大劲就能发现，海史密斯在"雷普利系列"里，有几次——虽然仅有几次——提到他签的全名应该是托马斯·P. 雷普利，中间的这个 P 既可以代表"帕特"也可以指涉她生父的姓氏普朗曼（Plangman）。专家们据此断定，比起那些曾经题献给母亲、女朋友和宠物猫的小说来，唯独没有题献页的《天才雷普利》是作者留下来偷偷献给自己的。

更有意思的是，在这个系列的第四本《跟踪雷普利》中，为了救一个追随他、依恋他的孩子（显然跟雷普利也构成了互为“他我”的关系），雷普利乔装成一个女人，柔声说：“别叫我汤姆……”

别叫我汤姆……也许，在转瞬即逝的情难自已中，写书的女作家想说“请叫我帕特”？

四

我是汤姆。你是迪基。是乔纳森。是德瓦特。

恰恰首先是阿兰·德隆那张脸，将1960年的法国版雷普利（片名直译过来是“太阳背面”，内地曾上映过上译厂的配音版，当时的译名叫“怒海沉尸”）引向了与小说《天才雷普利》相反的路径。导演克莱芒太想将德隆的偶像魅力用到极致了，后者一登场就吸走了银幕内外所有女人的目光。在这部片子里，连德隆当时的正牌女友罗密·施耐德都只配打个酱油，向他投以深情的注目礼，再依依不舍地离去（这简直是他们日后戏剧性情变的缩影）。帅得过分的雷普利注定不会为了阶级差而黯然神伤。当雷普利偷偷换上富家子迪基的衣服时，当这一幕被迪基撞见而他仍然保持着慵懒的节奏时，观众只会认定：这是一个“天生丽质难自弃”的故事。只有阿兰·德隆才配穿这样的衣服，才配过这样的生活，才配有这样的女朋友。偶像是正午的太阳，故事的其他部分都被阳光照耀成一摊亮白，细节无从辨认。没有了雷普利对迪基的暗生情愫，没有了迪基对雷普利“那种癖好”的严词拒绝，导演毫不可惜地抽走了杀人迷局中最微妙的那张牌，也顺便抽走了审查上可能遇到的麻烦和粉丝们必然会发出的抗议——伟大的阿兰·德隆怎么可能爱上另一个男人？

阿兰·德隆的粉丝们不知道，或者不愿知道，小说里的雷普利，会在第一次收到“祝你一路顺风的礼篮”时，“突然双手掩面，啜泣起来”，因为“对他而言，这本来都是些摆在花店橱窗内、价格贵得离谱、只能让人一笑置之的东西”。初见迪基时，雷普利刻意不让自己的浴巾碰到迪基的浴巾，被压抑的情欲在迷你高压锅里静静焖烧。在雷普利眼里，迪基的房间里没有一点女朋友玛姬的痕迹，屋里有一张“不比单人床更宽的床”——至少在他眼里，迪基是不爱玛姬的；玛姬这样傻乎乎的女人，也是完全不值得他像阿兰·德隆那样，用杀一个人的代价去追的。

到了导演安东尼·明格拉那里，镜像终于被颠倒过来。这一回，那个帅到让人心疼、眼睛和下巴颇有几分当年德隆风采的裘德·洛，是被明格拉请来演迪基而不是雷普利的。如此这般，尽管牺牲了帅哥的戏份，但马特·达蒙凝视他的目光是羞怯而爱慕的仰视而非俯视，就显得顺理成章。明格拉似乎在借此暗示，当雷普利选定另一副躯壳注入其“临时性”人格（他究竟有没有恒定的、专属于自己的人格？）时，那至少得是个让自己的旧皮囊相形见绌的品种。

让我穿上你的衣，让我既是我也是你。为了让我自由地在这两种身份之间穿梭，我就要杀死你。这一条逻辑链被明格拉娴熟地化用到影像中，他甚至改动原著，让整部片子从雷普利“借一件外套”开始——正是这件借来的普林斯顿大学校服，使得迪基的父亲误以为雷普利是迪基的校友，从而花钱把雷普利送上越洋轮，好把自己的儿子找回来。也正是这件校服，有效地呼应了海史密斯本来就在小说中打上高光的“换装”桥段，使后者成为整部电影的转折点。

雷普利的故事在该系列的后四本里继续延伸。雷普利无恶不作，但仗义起来也让人唏嘘。他在欧洲各国游荡，跟白道黑道灰道都过从甚密却又神奇地不受制于任何人。他甚至还有貌似美满的婚姻和貌似完整的家庭——当然，一切仅止于“貌似”而已。他仍然在寻觅各色各样的“外套”，他的身份已经从“演员”（《天才》里也确实提到他儿时未遂的理想是当一名演员）升级为“导演”。无论是身患白血病的油画店老板乔纳森，还是所谓的已故（或失踪）画家德瓦特，都是他在芸芸众生中觅到的好角色。如今，老练的他已经不需要亲自上阵，他只需要调动心理暗示之类的手段，就可以干预并改变这些角色的人生轨迹，让他们蜕变、重生，如催眠般按照他的安排把这场大戏一幕幕演下去。帕特说过，在所有的犯罪门类里，她最不可能去写的就是抢劫，倒不纯粹是技术含量不高的问题，而是因为“抢劫是没有什么激情和动机的，唯一的动机就是贪婪”。

贪婪不是雷普利杀人的主要原因。在他的对面，站着迪基、乔纳森和德瓦特们，站着所有他想要扮演、想要驱动的角色，所有他乐意虚构的人生。

五

你是美国。我不是欧洲。

“日子一天天过去，汤姆发觉这城市的气氛变得日益古怪，纽约仿佛少了些真实性或精髓之类的东西，整个城市正为他一人上演一出场面宏大的戏，戏中出现了穿梭往来的巴士、计程车与人行道上神色匆忙的人群，夹杂第三大道上所有酒馆播放的电视节目，银幕上映着充足的日光，数以千计的喇叭喧嚣及闲聊漫谈的人声权充音效。好似待他周六一出航，整座纽约城将立即如舞台上的纸板般噗的一声完全崩塌。”（《天才雷普利》）

雷普利从纽约出发，奉命去欧洲寻找船厂老板的独子，毋宁说，去寻找一个陌生的、比纸板纽约更广阔华丽的舞台——那些即将被他虚构的角色在那里等着他；而虚构了雷普利本人的帕特，在1949年春天，也从纽约出发，从伦敦到巴黎到马赛到意大利，从此就像亨利·詹姆斯一样，成了“美国旅欧作家群”中对故国吝于表达乡愁的个体。她有理由这么做，毕竟，慷慨地给予她高度评价的，有一大半都是欧洲的文艺家：英国文豪格雷厄姆·格林、W. H. 奥登和德国名导维姆·文德斯。毕竟，她曾经一度被欧洲人推入诺贝尔奖提名者的行列。至于她的祖国——尽管杜鲁门·卡波蒂始终对她的作品赞许有加，并且引见她进入雅斗艺术村（作为“回报”，她将纽约的一处公寓转租给他），以为她会像他这个派对动物一样，在那里如鱼得水，可她终于还是辜负了这一番美意——任何人群都叫她害怕，哪怕打着“艺术”的名义。到最后，甚至卡波蒂本人在她眼里都不再是初次相遇时那样“甜美可人”，无论他用怎样夸张的字眼鼓吹她的作品、赞美她的风度，她都淡然处之，保持着警觉的距离。剩下的，就只有那位喜欢惹是生非的作家戈尔·维达尔替她狠狠地鸣过不平："让人无法理解的是，海史密斯这位现代最优秀的小说家之一，在自己的祖国却被当成一名侦探小说家。这点虽然也是事实，但更加肯定的是，她是二十世纪最有趣味的作家之一。"

"在自己的祖国"，维达尔的暗讽正是帕特的心病。她在《盐的代价》中让特瑞斯从卡罗尔的话语中辨认出高雅的欧洲口音，这一点成了特瑞斯最终弃男友与卡罗尔私奔的潜在原因。在帕特眼里，"自己的祖国"约等于"人傻钱多"，那里的片商只会将她的小说一本接一本买下版权，却从没想过是不是要拍，要不要拍出趣味来。以至于当初出茅庐的德国小伙子维姆·文德斯自己撞上门来表达对偶像的崇拜时，帕特跟雷普利一样出人意料地拿出一叠厚厚的手稿，往写字桌上一拍，说："就连我的经纪人都没看过这稿子。所以我十分肯定还没有哪个美国人买走它的版权，也许你想看?""你问我，想不想……看?!"文德斯激动得语无伦次。在坐火车回慕尼黑的路上，文德斯一口气读完了这部名叫"雷普利游戏"的稿子，并将它迅速改编成《美国朋友》。

《美国朋友》虽然奠定了文德斯日后蜚声欧洲影坛的基础，却也是一部处处可见粉丝心态的片子。文德斯非但让主演丹尼斯·霍珀（这位才子既导且演，美国公路片里程碑《逍遥骑士》就是他执导的代表作）戴上了得州人喜欢的牛仔帽（仅仅因为海史密斯生于得州），而且整个影片的情节铺排和舒缓节奏都跟原著亦步亦趋。雷普利的任务是要用心理暗示，一步步引导一个身患绝症的男人成为杀手，其间的绵韧迂回比一般的类型小说更长也更琐碎，但文德斯既有慧根咀嚼作者的用意，也有耐心用影像来捕捉人物心理渐渐失衡的过程。影片的后半部比小说更为浪漫化，两个在海滩上烧汽车的老男人尽管有点山寨新浪潮，到底不乏欧洲导演最拿手的温柔一刀，很能戳中文艺青年的泪点。不过，让文德斯大感沮丧的是，海史密斯第一次看到影片时反应很冷淡。在并不忠实却令人愉悦的《太阳背面》与很忠实却让人不安的《美国朋友》之间，海史密斯小姐显然更倾向于前者——这是不是恰恰反映了作者潜意识里对自我的拒斥？好在几个月以后，当电影在香榭丽舍大道上公映时，海史密斯改了口，宣称重看一遍之后，她发现“这个雷普利具有别的雷普利无法抓住的神韵”。

2002 年，《雷普利游戏》又上了大银幕，这回男一号换成了无所不能的约翰·马尔科维奇。这一版，每个镜头里包含的信息量至少是《美国朋友》的三倍。二十一世纪的观众，再也不可能忍受雷普利拿着宝丽来慢悠悠地玩味孤独，他们需要更多的动作。于是，《美国朋友》里对人物关系的精雕细琢，连同几个小说中的次要人物，都被轻松抹去，马尔科维奇的精力，更多地花在练习如何用一根绞绳，在火车上不露痕迹地置人于死地。如果海史密斯不曾酗酒过度，如果她活到 2002 年，看到这一版《雷普利游戏》的后半部，两个男主角像《小鬼当家》那样，守在宅子里等待伏击德国黑帮，也许会笑出声来。

让我们回到 1972 年。母亲玛丽写来的一封信进一步加剧了帕特对故土的恶感。“法国不怎么样吧？从照片上看，你现在的样子就跟吸血鬼德拉库拉一样可怕，”玛丽说，“要知道，你的书在美国已经被人彻底遗忘，如今，走遍沃斯堡，再也没有哪家书店还在卖你的书！”

问题在于，当美国已经在大洋对岸离帕特越来越远时，她有没有穿透欧洲的肌肤，深入其血脉，在那里找到真正的归属感？答案仍然是暧昧的。帕特搬家的次数就跟她更换女朋友的次数一样频繁，她仿佛需要凭借离开，才能激发或者固化对某人某地的些微温情。她的言论从来做不到政治正确，这一点在任何地方都比较麻烦。比方说，尽管帕特有很多犹太裔的朋友和情人，她却总会在遣词造句（无论是嘴上还是笔下）中毫无必要地流露出对犹太人的不敬。她甚至曾经身体力行，像雷普利那样伪造大量签名，投书报社或政府机关，抒发对以色列的强烈不满。据说在整个八九十年代，她都乐此不疲，有不少寂寞的晚年时光，是靠这个单调的游戏打发的。

那真是寂寞的晚年。年纪越大，她越喜欢独居，没有哪个女伴会比那只叫“蜘蛛”的猫，还有那些蜗牛更懂她，也没有哪个地方会比异乡（此时欧洲已成本土）更亲切。只是，如今的她，确实已经老得没法再搬到另一个“异乡”了。对于一个作家而言，这也许并非全是坏事。帕特自己很清楚这一点。“翻来覆去，”她时常这样自嘲，“我的小说的基本要素，总是一个在本世纪与周遭环境格格不入的个体。”

六[1]

我是作家。你是罪犯。

你是另一个我。

1978年，我在柏林电影节当评委。天知道他们为什么要让我加入，这些欧洲导演总是异想天开。我不喜欢从早到晚看那么多电影，更何况，这些电影里居然有那么多色情镜头。没错，我的私人生活离“检点”相去甚远，《盐的代价》还被他们说成第一部真正意义上的“女同性恋小说”，可是，并不是所有能做的、能写下来的东西都适合放大了呈现在眼前的。于是，每当看到肉体与肉体交缠，尤其是同性之间，我就会蒙上眼睛，听到暴力镜头的声音，我再睁开眼睛——还是后者更合我的口味。我知道这是我的怪癖，可我懒得去弄清这件事的心理学意义——是因为，如他们所言，我的潜意识又在排斥自我吗？也许吧。

评委当得很不成功。在别人眼里，我不是在打瞌睡，就是在发呆。我不做笔记，他们为一组剪接争得面红耳赤的时候，我就冷冷地袖手旁观。需要填表的时候我老想打发别人代劳。后来我听说，评委会主席——我已经忘了他是谁——跟别人抱怨：“请她来真是个天大的错误。”

我的存在也许本来就是个错误。“我个人的疾病和抑

---

① 这一节模拟帕特里夏的口吻虚构其自述，但其中所涉及的细节均有所本，取自其传记和访谈。

郁只不过是我这一代人和我所处的时代共同的症候，将其放大而已。”很久以前，我说过这话，无论说的时候多么振振有词，过后看起来总像是在推卸责任。我还开过这样的玩笑，“一种情况——唯有这一种——会逼我杀人：所谓的家庭生活，所谓的合家团圆。”应该没有什么人能听懂话里的意思：在一个正常的家庭里，一个人只能有一种统一的人格。我做不到。

对付那些访谈，我有自己的一套，我不介意重复或者放大我的——对，“病态”，他们是这么说的。我给“二十件你喜欢的东西”提供的答案是：独处；巴赫的《圣马太受难曲》；主人带着浓重的鼻音来电宣布晚宴延期；没有约会的周末；欧洲禁止进口小海豹毛皮；自然醒而非被闹钟电话铃吵醒；木制品皮制品旧衣服网球鞋瑞士军刀；柯克西卡和卡夫卡的作品……对了，还有，《欲望号街车》是我这辈子看过的最好的戏。

至于“二十件你不喜欢的东西”，那可远远不止二十件。我不喜欢我房子里的那台电视机，不喜欢记者——他们之所以采访我，只是因为知道可以把这些对话放在什么可以卖出去的地方而已。不喜欢莱热的画和西贝柳斯的音乐，正如我既讨厌法西斯主义者，也憎恨以色列的贝京—沙龙政府。我害怕那些必须设定闹钟叫醒自己的早晨，吃一顿非得上足四道菜的正餐，穿戴上任何会让我引人注目的服装首饰，哦，还有香水。我不明白那些用两只前掌搭在我的衣服上表示问候的狗有什么可爱的，我有我的“蜘蛛”和蜗牛就够了——它们都足够安静，足够矜持。在我看来，道德劫掠的危害一点也不比种族主义更小，那些相信这个或者那个神的无限威力（只是目前恰巧没有发挥出来而已）的人，还有那些相信死亡之后的世界，并且老想说服别人也皈依这种信仰的人啊，你们千万得离我远点。

说起信仰，我倒有个现成的例子。弗兰纳里·奥康纳，对，你们都看过她的《好人难寻》。卡波蒂说她才华横溢，是“又一个麦卡勒斯”。我知道他喜欢夸张，但在“雅斗”的那段日子里，我还是忍不住好奇心，跟她交往过一段。说起来雅斗真是个挺无聊的地方，每天晚上照例是大家出去喝几杯——说“几杯”只是自我安慰，有哪一次不是烂醉收场？可是奥康纳从来不去，某天晚上我们照例撇下她一个人待在阳台上。回来的时候雷电交加、风雨大作，只见奥康纳居然还待在阳台上——双膝跪地！“你在做什么呀？”我问她。“看哪，你难道看不见吗？!”她指着阳台上某根木柱子上的节疤，说：“那是耶稣的脸啊。”

我不知道如何理解这强大的力量，你可以说我排斥它，也可以说我惧怕它。反正从那以后，我再没亲近过奥康纳。

我的朋友说，如果不依靠文字在虚拟中体验罪恶，分泌罪恶进而排遣罪恶，我的归宿一定是牢房或者疯人院。他们多半是指我那次在派对里，独自斜倚在烛光边，把自己的头发一根根烧着。说真的，戏有点过。是从什么时候开始，我会掌握不好分寸和火候，只消灌下去几瓶威士忌，就开始失控呢？我不喜欢看到他们一个个恍然大悟的样子。我依稀听到他们说：原来她写的那些人，全是她自己，全是。

真的吗？我离雷普利有多远？当雷普利忙着物色一件

“新外套”时，我也在人群中观察可以“窃取”的形象、语气和性格，他们有时候只需要换个名字、改一身装束，就会出现在我的小说里——好吧，我得承认，最大的区别在于，那些“原型”并没有杀人，或者说，他们如果有那么点杀人的可能性，也是别人看不出来的。说真的，雷普利到底有什么特别高超的手段？他善于伪造文件和签名，熟知会计账目那一套花样，鉴赏音乐或美术的水准不俗——有哪一样超过我的能力范围？我甚至比他更偏执于一切有用或没用的生活细节，我会用看小说的热情来研究字典，我会用四五种语言写同一个单词，列出长长一张词汇表。我的日记本和活页簿上充满了日期、表格、地图。有一张表格与我的女朋友们有关，完全可以满足所有八卦记者的好奇心：时间跨度，年龄差距，体型（苗条或壮实），工作状况，头发的颜色（金色，当然是金色），分手的理由（不欢而散或无疾而终）——呃，不要问我它们的真实性，我至少能做到，让它们看起来都像是真的。

如果将来有人写我的传记（现在看来，有这个可能），我希望她是个女人。我相信我留给了她足够多的材料——看到那堆日记和活页的时候，她是会狂喜呢，还是会有片刻的崩溃？我知道他们学院派是怎么对待这些零碎的，我随手写在纸片上的东西他们都会去考证索隐。等等，她不会细心到那种地步吧——她不会发现我那些看起来很精确的时间其实是误植吧？比方说，上周发生的事情，我却要标上今天的时间——我只用现在时态。有时候，时间的错位确实能改变整件事情的性质……她的这个发现会让她推翻对那些材料的信任感吗？时间可以伪造，别的呢？

那些我向不同的人叙述的我对母亲的恐惧、对继父的仇恨呢？我的悲惨的、每天晚上都会被噩梦惊醒的童年呢？我那些与精神分析原理严丝合缝的人生故事呢？如果她发现她只能把我的日记当小说看，而把我的小说当日记读，她还有勇气写下去吗？

如果你是像雷普利那样的“天才”，嗯，我是想避免说“罪犯”两个字，其实你比我幸福多了。因为你对你虚构的、伪造的人物和事件，对你构建的整个世界深信不疑。你相信，只要你看中了那件衣服，它就一定会是你的；你物色到的那个人，哪怕今天还是个病人，明天就可以是杀手；你看中的艺术和艺术家，哪怕已经死了，你也可以让它和他都活过来。你一定能做到，因为我让你做到。你消灭一个肉身就像搬开一块石头，你展开一个世界就像展开一张地图。我不行。我望不到虚构的边界，我只是闭上眼睛，本能地站住。我会忍不住怀疑自己，嘲讽自己。我定时定量地看心理医生，我在纸上把你写得越是神乎其技，在心里就越是把防火墙砌得高一点。小说家是不是那样一种人——就在几乎要相信往前一步便能进入自己创造的那个世界时，悬崖撒手。我终究不能成为你。那个词儿是怎么说的……同质异构体。我和你。

我和你。我和另一个我。你和另一个你。他们为什么总是用“孤独”来形容我呢？独处的时候，你分明就在我身边。离死亡越近，这感觉越清晰。死没有什么大不了的，几年前我就写过一首诗：清晨，我去世后的几个小时/七点，太阳将如往常般照耀/在树木上空，我很熟悉那些树/它们会闪出绿光，以及深绿色的树影/太阳逐渐升起，柔软而没有感情/树木没有知觉，站在我的，我的花园里……

到了死的那一天，留谁在身边都是多余的。我只要太阳，树影，还有你。

1995年。临终，帕特里夏·海史密斯将最后一名访客——当然是个女人——从病房里赶走。“你该走了，你该走了，别说了，别说了。”她反复念叨，直到人去屋空。

没人能将她的辞世时间精确到某时某分某秒。正如她所愿，那一刻没有人在身边。

柯南·道尔的诅咒

引子

时间：2004 年 3 月 27 日中午。

地点：伦敦，理查德·格林（Richard Lancelyn Green）寓所。

案情：屋主格林的胞姐普莱西拉·威斯特女士欲探其弟，按铃而无人应答，遂唤来警方破门而入。屋内景象骇人而诡异——格林躺在宽敞的双人床上，已气绝多时；床上堆满了绒毛玩具和半瓶杜松子酒；床边，福尔摩斯系列小说和海报俯拾皆是。

凶器：致命的是缠于格林颈部的一根黑鞋带，鞋带上系了一只显然是用来借力的木调羹，发现尸体时调羹的位置就在死者本人的手边。

死者身份：学者，世界上最权威的福尔摩斯（Sherlock Holmes）/柯南·道尔（Conan Doyle）研究专家之一——就其知名度而言，基本上连这个"之一"也可以毫不犹豫地拿掉。

警方推断：现场无闯入者痕迹，按常规判断为自杀。至于轻生的动机，似乎也是现成的——近半年来，格林一直承受着来自外界与内心的双重压力。事缘 2003 年末，伦敦克里斯蒂拍卖行宣布将在次年 5 月受柯南·道尔三位远亲之托，拍卖三千余件道尔的私人遗物及档案，其中包括道尔六岁写的第一个小故事，他与父亲及王尔德、丘吉尔等名流的通信，能证实道尔何时开始与其第二任妻子相爱的信札。对于已追踪这些珍贵文件达二十年之久的格林而言，此项决定不啻为灭顶之灾——他毕生致力筹备的柯南·道尔传记权威定本，若缺少了第一手资料，将永远达不到他理想中的旁人无法逾越的高度。毫无疑问，这些遗物最理想的归宿是大英图书馆，而不是他格林乃至全世界福尔摩斯迷无缘亲近的某位富商手里——格林这样想，也这样说，在他触角所及的一切公众场合及媒体上摇旗呐喊。他不仅从道义上谴责，而且引经据典（甚至自称手中握有道尔幼女让夫人的遗嘱，宣称父亲遗物应馈赠图书馆）希望法院判定该拍卖无效。然而，随着时间的推移，眼看着拍卖行的木槌越举越高，单等着吉日良辰手起槌落敲定一溜天价来，他的心也越沉越低。亲朋密友均可作证，格林临终前的情绪，确实不胜凄惶，窥得见万念俱灰的征兆。

疑点：其一，选择以细绳勒颈方式自裁，纵然是靠了调羹帮忙，也是难度颇高、手段甚为惨烈的，似不合常理。其二，格林力竭声嘶的“噪音”，虽不足以喝止拍卖，却也扰得相关人员心烦意乱。种种迹象表明，格林生前数日，颇为自己的安全担心。他先是神秘兮兮地递给妹妹一张纸条，上面列出三个电话号码，并注明天机不可泄露；其后他又致电《伦敦时报》记者，暗示将有“某些事”发生在自己身上；而当“某些事”终于发生的那天晚上（3月26日），他见到的最后一个人是自己的多年密友劳伦斯·基恩，后者在餐馆里亲耳听到格林悄悄告诉他：“有个美国佬想置我于死地。”他们走出餐馆时，格林甚至还示意基恩，跟在后面的汽车就是来索命追魂的。其三，格林的另一位密友吉布森之前也曾在电话里听格林自述近日恐有血光之灾，3 月 27 日再度致电格林府上时非但无人接听，而且答录机上的声音让他不寒而栗——过去十年里早就听得烂熟的格林本人的牛津腔换成了浓重而突兀的美国调：“对不起，人不在。”吉布森在仓皇中又仔细拨了一遍号码，应答的还是那个美国口音。普莱西拉也证实，当日，答录机上的这个蹊跷变化也让她大感不妙，抬脚就往弟弟的寓所跑。其四，柯南·道尔本人晚年笃信“图坦卡蒙王金字塔的诅咒”之说，其最著名的福尔摩斯故事之一《巴斯克维尔的猎犬》里就设计了异曲同工的情节。自从道尔撒手人寰之后，他的遗物也鬼使神差地散发出既诱人又烫手的味道，似乎谁沾上就有厄运临头的危险。先是其子阿德里安（Adrian）擅自将其藏匿，正当他踌躇着想卖个好价钱时，突发心脏病卒于盛年，而其弟德尼斯亦属在花天酒地中早逝之流。此后，遗物几易其手，行踪扑朔迷离，“柯南·道尔的诅咒”一说由此盛传于坊间。莫非，毕其一生穷追不舍的格林，也中了这咒语的招?

（参见《万象》第六卷第七期彭伦撰写的《福尔摩斯权威的福尔摩斯式死亡》一文）

贝克街混混

不管从什么角度衡量理查德·格林的死，这都是一件让公众亢奋远胜于悲哀的事情——人们的好奇心总是在不合时宜处倔强而卑劣地冒出来，何况，那样一个人落得那样一种死法，而分外熟悉事件背景、关注案情进程的，又是那样一群人。

那是一群以福尔摩斯为偶像、深信万事万物皆可望闻问切的老少粉丝们。在“福迷”的网络聊天室里，在格林那些同样对柯南·道尔热度不轻的朋友圈里，格林之死如同滴乌墨入清水，须臾间就晕开了奇形异状——经他们的火眼金睛一照，警方苍白而平庸的结论，立时就现出千疮百孔的原形来：格林死前一天还在跟朋友们计划去意大利度假呢，怎么可能别转头就自杀呢？即便是真的想死，像他这么个喜欢做笔记的人，怎么可能连一份遗书都不留呢？平素格林常穿的鞋，都是那种不用系鞋带的，这现成的自杀工具又是哪里来的？还有，格林每晚都只喝红酒，怎么案发当日，床上偏偏是半瓶杜松子酒？

关于“这群人”的特质异秉，有必要做一个直观而感性的界定：他们麇集的相关民间协会及俱乐部至少找得出数百家来，究其根本又可细分位两大阵营——“柯南·道尔帮”（Doyleans）和“福尔摩斯派”（Sherlockians）。前者对道尔顶礼膜拜，后者却深度迷恋福尔摩斯——迷恋到拒绝相信福氏只是道尔杜撰出来的小说人物。他们认定，所有的侦探故事都实实在在地发生过，忠实笔录下来龙去脉的是以第一人称出现的华生——他才是小说，毋宁说是纪实报道的作者；至于道尔，那不过是华生的文学经纪人罢了，“福尔摩斯派”们是连他的名字也不屑一提的。“贝克街混混”（Baker Street Irregulars，显然是以福氏经常从寓所附近雇来帮助查案的街头混混得名）是“福尔摩斯派”中最具代表性和戏剧化的组织，“骨灰级福迷”方可得其门而入。那四部长篇、五十六部短篇是他们烂熟于心又不容旁人亵玩的“圣经宝典”（Sacred Writings），就连当年由于道尔时间仓促所造成的前言不搭后语的漏洞他们都有耐心一一补全。比如，某短篇里描述华生曾在阿富汗被子弹射穿肩部，而另一则故事却写他连连抱怨伤口在大腿上。诸如此类，“贝克街混混”们各显神通，撰文斗嘴，比试谁的版本最能自圆其说——这是他们最热衷的集体活动，也是赖以树立“混混”江湖地位的高难度标杆。格林本人，也常年游弋于“柯南·道尔帮”与“福尔摩斯派”之间，算得上左右逢源。但追溯到源头，他也是从单纯而痴狂的“贝克街混混”起家的。

说起格林的出身渊源，跳不过其父——儿童文学作家罗杰·格林。老格林擅长撰写荷马史诗和亚瑟王传奇的低龄普及版本，C. S. 刘易斯和 J. R. R 托尔金均与其过从甚密。而《红字》的作者霍桑在十九世纪五十年代担任美国驻利物浦领事期间，非但拜访过被称为“普尔顿厅”的格林府，甚至还在《旅英札记》上将弥漫于这栋老宅（当时已有三四百年历史）的诡秘氛围，巨细靡遗地铺陈了一番。不过，及至 1953 年理查德降生，格林家的经济已经很不宽裕，除了大而堂皇的旧宅几乎一无所有。

理查德的面相，自小便教人过目难忘：苍白丰满的脸庞，幼时因意外事故瞎了一只眼，所以戴染色眼镜；到老了五官都脱不了懵懵懂懂的孩子气，嘴角老是欲言又止、似嗔若喜地挂着一抹笑，魂灵儿悬在半空，随时要出窍的样子。家里人都晓得他不爱见人，小小年纪就整日里泡在父亲的书斋里梦游，将那些早年的初版儿童读物从积灰里拯救出来，凭那只看得见东西的眼睛饱读博览。如此艰难而幸福的心智饕餮在他十一岁达到高峰——那一年，格林迷上了夏洛克·福尔摩斯。

彼时柯南·道尔（1859—1930）已谢世多年，福尔摩斯热却仍然高烧不退。那个连同烟斗、鸭舌猎鹿帽、因弗内斯无袖披肩一道被符号化了的侦探，凝聚着维多利亚时代最诱人的特质：冷峻，睿智，秩序井然，技术攻克万物，方法主宰一切，理性无坚不摧。这些特质被怀旧镀了一层金边，在格林眼里越发显得美轮美奂。福尔摩斯没有失误，不需要妻子，仅凭客户袖口上蹭出的绒毛和夹鼻眼镜上的凹痕就能准确判定此人身份乃“高度近视的打字员”。他是屡遭挫败的芸芸众生里脱颖而出大智者，是从囚禁凡夫俗子的困境里神奇越狱的真英雄。他在小格林的脑海里铮铮有声地敲上了密不透风的信条：“我是一副头脑，其余的部分都是附加之物……没有证据即下结论是大错特错……永不可相信泛泛的印象，务必专注于细节……再没有比显而易见的事实更具欺骗性的了……”

或者可以这样说，福尔摩斯为格林悄然开启了一扇窗，凭窗远眺，格林依稀望到了某种接近完美世界的可能性。在完美世界的逻辑体系中，生活整个儿是一条结构精巧的锁链，只消窥见一环，就能够“推理”出所有的真相来。只要你有足够聪明的头脑，没有什么是不可以诠释不可以解决的——还有什么能比这样的信念更能鼓舞一个寂寞少年的士气呢？

十三岁那年，格林搜罗来一批旧货，统统搬到“普尔顿厅”里一个据说曾关过异教女死囚的阁楼里。阁楼很快就给布置得妖气森森：波斯拖鞋里塞满烟草，尚未付清的账单被一把刀死死地钉在壁炉架上，某瓶药标签上书“毒药”二字，空弹药筒、毒蛇标本令访客触目惊心……通往阁楼的阶梯正好十七级——福迷都晓得那恰是“福宅”的标准数据，房间里的录音机反复播放着维多利亚时代的伦敦市声。高潮凝聚在访客投向门口标示牌的那一瞥——“贝克街”（“福宅”所在地）三个字赫然在目，那是承载格林毕生信仰的梦之船。

梦想很快遍地开花，格林在“伦敦福尔摩斯协会”（他是其中最年轻的会员）和“贝克街混混”中找到了同道中人。他们穿戴上高腰裤和高礼帽频频聚会，为了推断华生有几个老婆（一个，还是五个?）、福尔摩斯究竟曾在哪家学府深造（反正不是剑桥就是牛津啦!）而争论不休，以七分非理性、三分超理性的方式表达对福尔摩斯之高度理性的崇拜。

如果柯南·道尔是嫌疑犯

1975年，格林自牛津毕业。此时他对福尔摩斯的狂热已经部分转化为学术研究的动力。他终于意识到，柯南·道尔才是处于旋涡中心、策动那股神奇力量的源泉，而道尔的生活轨迹还有太多脉络不那么清晰的段落是值得去探究的。从编写道尔的作品目录（那是一份堪称事无巨细的目录，连书稿所用纸张都标注得一清二楚）开始，格林一头扎进了所有现成的与道尔相关的生平资料、手稿、信件，亲赴道尔生前驾临的每一个地方考察、朝圣。此番沉迷，格林甚至比在“贝克街混混”那会儿陷得更深——或许最奇特也最恰当的比喻，就是柯南·道尔已宛然成了相隔迢迢时空的嫌疑犯，他所到之处，便是落下雪泥鸿爪的“案发现场”，理查德·格林则严格遵循福尔摩斯的金科玉律，大胆假设、小心求证，务使道尔其人其事无处藏身。

由格林发掘到的线索包括：柯南·道尔早年在爱丁堡大学学医，曾深受崇尚绝对理性的学者奥立弗·温德尔·福尔摩斯（Oliver Wendell Holmes）的影响——显然，后者在道尔构思小说主人公的性格乃至姓氏时都起了举足轻重的作用，因此可视为福尔摩斯的原型之一（其他原型包括该大学另一位教师约瑟夫·贝尔，甚至有人认为就是柯南·道尔的那位酒鬼父亲）；专家们曾一度为道尔辞世十年后于其遗物中发现的短篇《通缉犯》究竟是真是伪而唇枪舌剑，也是格林，举出铁证，判定其实为某建筑师的投稿——当初此人把小说寄给道尔是为了谋求合作的。此外，格林还耗费大量精力搜集与道尔相关的纪念品，比如最早刊登《血字的研究》的杂志、道尔亲手用过的钢笔和开信刀，甚至还珍藏了一片曾有幸贴在道尔居所里的墙纸。那种持之以恒、心细如发的劲头，大约跟福尔摩斯掘地三尺寻物证的绝活有得一拼。如此日积月累，格林的住所，也从虚拟的贝克街，越来越向真实的道尔纪念馆靠拢。

围绕柯南·道尔，格林发表了数量分量兼备的论文、辩才文采俱佳的札记，单单替某本企鹅出版社推出的柯南·道尔作品选写前言，就敷衍出一百多页来。对偶像的研究越深入，格林就越是觉得还有更多的真相有待发现——比如攀岩，目标仿佛触手可及，待他千辛万苦地捱近了，却发现原来它在更高处，就高那么一丁点的地方。1987年，格林在一篇关于柯南·道尔自传的书评中颓然叹道："好像柯南·道尔——他的性格看似和蔼可亲、信赖他人——实际上害怕别人亲近。当他描述自己的生活时，略去了内心（inner man）。"

格林深信，要真正揭示道尔的内心，既充当他的喉舌又侦破他的秘密（这样的角色似乎将华生与福尔摩斯合二为一了），完成自己撰写其传记定本的夙愿，唯一的途径就是得到——或者至少是看到那些神秘的遗物和档案。道尔膝下共有五个子女，其中三人共同继承其文学遗产。两个花花公子格林是没法指望的，他的希望全寄托在道尔的女儿让夫人（Dame Jean）身上。

让夫人颇有乃父刚毅果敢之风。二战期间，其兄德尼斯躲到美国逍遥，她却加入了皇家空军，并在六三年获得国家嘉奖。在父亲的遗产问题上，让夫人也向来挺直腰杆三缄其口，坚决捍卫道尔尘封已久的私人空间。但格林是个例外。一度，他非但与让夫人言谈甚欢，甚至还受邀到她家中，瞥一眼那些装着道尔遗物的箱子。让夫人告诉格林，鉴于家庭内部尚未达成一致意见，所以她现在还无法满足格林借阅这些文件的要求，但她心里早已拿定了主意，总有一天会将它们无偿赠送图书馆。

格林执着地等着"那一天"。可想而知，当拍卖的消息传来，兜头浇下来的，该是怎样一盆冰冷彻骨的水。让夫人于九七年去世，而其实在此之前，格林已经有很长一段时间与她音信隔绝。格林心里清楚问题出在哪里，他把一切归咎于“那个美国佬”，那个他在临终前念念不忘的美国佬。

那个美国佬

“美国佬”现居华盛顿特区，拒绝报章透露他的真实姓名，姑且称其为 A 君。A 君年逾五旬，是那种喜欢在前胸口袋上别一支墨水笔的高个子男人，看上去与他的身份——国际问题专家，尤其擅长冷战及核武器问题，现供职于五角大楼，官居要职——相得益彰。然而 A 君的生活远比他的相貌更立体更丰富，井水不犯河水地分成了两个世界：仕途天梯是要攀的，侦探小说里那条幽深诡异的地道也是要钻的。他经常挂在嘴上的一句话是：“恐怕整个五角大楼里没几个人能理解，我怎么会对一个小说人物如此痴心不改。”

也是拜福尔摩斯所赐，A 君与格林多年前即相识于“贝克街混混”。在那里，他们入会随俗，各自认领了在福尔摩斯故事里找得到出典的诨号。格林得名“三角墙”（The Three Gables，取自《三角墙山庄历险记》），而 A 君则被唤作“邪恶记忆中的罗杰·普里斯考特”（Roger Prescott of evil memory，《三同姓者历险记》中的人物）。当年，两位“混混”虽非刎颈交、忘机友，大抵也算志同道合，还“卓有成效”地合作过多次。A 君曾担任过柯南·道尔散文集的编辑，当时他不假思索地邀请了“当今活人中对柯南·道尔最为了解”的格林撰写其导读。他们的割袍断义是直到八十年代以后的事，其直接原因，毫无疑问，与让夫人有关。

按照A君的说法，让夫人本来以为格林是道尔的铁杆拥趸，后来在报章上陆续读到格林的言论，发现他并不如自己想象的那样忠心不贰，便有意疏远，最终断了联系。然而，格林的朋友们都认为问题没有那么简单。没错，格林的文风严谨而内敛，通篇鲜有阿谀之辞，务求真实再现道尔的悲乐喜哀——但他一向都是这么写的，以前让夫人并无半句微词。直到让夫人年迈之后，A君不知用了什么手段，得到了为其代理相关事务的特权，又不知进了怎样的谗言，从此让夫人再没有给格林好脸色看。而格林与让夫人一旦交恶，最容易从中渔利的人正是希望独揽大权的A君。既有合理的动机，又具备“作案”的条件，他实在很难洗脱这层嫌疑。

更可怕的嫌疑是谋杀。如前所述，种种迹象表明，格林临终前明确把所有矛头指向A君，认定他亦是拍卖的幕后主使。随着拍卖之日临近，两人二十多年的较量眼看就要分出胜负了。而就在这节骨眼上，格林在3月24日（即死前两天）得到消息，A君已抵达伦敦，且将在“伦敦福尔摩斯协会”的某次集会中与格林狭路相逢。格林闻言大惊，在给朋友的电话里慌张得像个孩子：“我不要见到他！我不去开会啦！”当晚的会议他果然临阵脱逃，并在此后永远地淡出了人们的视线。可以确定的是，当日直至两天后格林辞世，A君始终都没有离开过伦敦，这一点似乎又在他的嫌疑上加重了一块砝码。

然而，面对调查，A君还是略显尴尬地拿出了足以为自己辩护的证据：案发当日，他正偕妻参加某团体组织的“恶魔杰克疑案之犯罪现场”的旅游项目，可以充当“不在场人证”的为数众多。至于格林与他之间的宿怨究竟有几成真实性、是否直接间接导致了你死我活的完结篇，A君当然不愿意正面回答。他只是意味深长地提醒人们，福尔摩斯和柯南·道尔对于格林一生、尤其是晚年而言，与其说是“影响”，倒不如说是“消耗”（consume），是某种吞噬。“当你的生命里除了福尔摩斯外一无所有时，”他说，“危险不言自明。”

推理不下去了

或许，只有在所有表层的线索都相互矛盾、缠绕成一团乱麻时，我们才会转而去发掘某些似乎并不太重要的事情，才会意识到A君所谓的“危险”，到底藏在哪里。格林的心病是道尔，那么，不妨再回过头来探究一番，在他们之间，在文字之内、现实之外，还发生过什么？

如果柯南·道尔与理查德·格林穿过时光隧道相遇，那么，或许他们可以相约喝杯酒，互相倒倒苦水。在生命的后半程，至少有两桩烦心事反复困扰着道尔的神经，他的无可奈何，又透过文字，让格林不知所措。其一，福尔摩斯系列越是成功，道尔在“更严肃的”历史小说方面的尝试就越是被视而不见，以至于他一度痛下决心，在《最后一案》里愣是借“莫里亚蒂教授”之手，把福尔摩斯推下了悬崖。这件著名的文坛逸事最终以黑色幽默的方式结尾：读者们为大侦探戴上黑纱，群情激愤，义正词严地逼迫道尔安排大侦探在《空屋历险记》中复活。虽然此后道尔再没敢贸然行事，但他的厌“福”之心泛滥在言谈间、渗透在文字里，以至于让夫人曾由衷感叹——“福尔摩斯实在是对我们整个家族的诅咒。”其二，道尔的儿子金斯利在第一次世界大战中殒命沙场，这个打击对于本来颇为好战的道尔来说，不啻五雷轰顶，从根基上动摇了他的世界观。情感是最难缠的蠕虫病毒，于无形中蚕食心智的内存空间，再缜密坚实的理性程序，也渐渐地乱了章法散了框架，迟滞、减效乃至死机接踵而至。世界已然疯狂，道尔靠自己曾经深信不疑的科学和逻辑根本解释不了这种疯狂。他悲伤，他愤怒，他身心俱疲，他累得再也推理不下去了！

格林计划在道尔的传记里，用后三分之一的篇幅详尽剖析他晚年的思想剧变。但是当道尔大量迷恋“灵异学说”的言论铺展在格林眼前时，那种排山倒海的幻灭感，还是让格林难以招架。晚年的道尔，不仅从理论上研究鬼神幽灵，相信世界末日必将来临，而且开了一家专门出售灵异类书籍的书店，甚至言之凿凿、既喜且哀地记述了他与亡子魂魄相遇的过程。如是种种，招来《星期日快报》专文（1918年）质问，“柯南·道尔疯了不成?”

想必格林心里，也曾这样追问过道尔，而且一声比一声绝望。“难以理解，一个本来堪称基本常识及健康理念之楷模的人物，竟然会坐在黑乎乎的房间里，等着看神鬼显灵。”格林在一篇散文中居然开始讽刺起自己的偶像来，“柯南·道尔是在欺骗自己啊。”

当年，一个如同苏格兰格子呢图案般优雅、整洁、纹丝不乱的理性世界在道尔心上崩塌、湮灭，一寸寸化为齑粉——粉尘飞扬起来，呼啸着穿过泛黄的书页，迷了格林的眼，呛了格林的喉，直逼得他流出泪、咳出血来。他的信仰的船给凿开了洞，急速下沉；他指望那些遗物和档案能帮他找到将前后两个道尔连在一起的纽带，好破解这些剧变何以发生的理由——事情总该是有理由的，这是侦探小说的准则啊。然而，拍卖就要开始了，“美国佬”得意的狞笑已清晰可闻，最后一个救生圈也从视线里溜走了，漂远了……他，格林，真的推理不下去了！

“我将自己的一生，浪费在了一个二流作家身上！”一个朋友亲耳听到格林的仰天长叹。彷徨中，他用黑体字打印标语“固守证据”，在又一个不眠之夜后告诉妹妹，整个世界荒诞不经，“颇有卡夫卡色彩”。

案悬桥头

对于格林案的猜想，一个来自其密友吉布森的版本最为“福尔摩斯化”。然而，在罗列了上述材料以后，你又不能不被这种说法所诱惑——仿佛，唯有此说，才对得起格林惨淡经营了一生的福尔摩斯之梦。

先来参照柯南·道尔末期创作的一则福尔摩斯故事《托尔桥之案》(The Problem of Thor Bridge)：某女士命丧托尔桥，所有证据都指向她丈夫的情人——家庭教师。然而，福尔摩斯的结论出人意料，杀死那位女士的不是别人，正是她自己，是她的绝望，她的妒忌，她精心设计的圈套。她将家庭教师诱至托尔桥，骗其留下种种“犯罪痕迹”，然后不惜以自戕陷害情敌。她的布局阴毒而巧妙，几近成功，只是没有算准最后一步——她没有想到，在阴阳相隔的较量中，她的对手将是无所不能的福尔摩斯。

循着如此曲折的思路，格林之死能够在大部分环节上自圆其说。熟读福尔摩斯故事的格林知道该如何让自杀看上去更像他杀，调羹、杜松子酒、旅行计划、留给妹妹的三个电话号码（经查，其中两个属于曾采访过格林的记者，另一个属于拍卖行），答录机的突然改动（此机是美国品牌，原来的人声就是美国口音，格林只须将自己的声音抹去，就能“原音重现”了）不过是些小伎俩；将死亡时间定在A君身在伦敦之际，是寄寓了良苦用心的；此前格林通过各种渠道反复传达的对“美国佬”的恐惧，等于预设好了轨道，直通他希望人们得出的结论……

至于动机，无论是在心里堆积已久的痛，还是临终前促其决绝的哀，外人都很难逼真而完整地概括出来。孤注一掷、以死豪赌，好让他痛恨的“美国佬”身败名裂？对于福尔摩斯、柯南·道尔以及驻扎在他们身后的那个强大而脆弱的逻辑世界彻底幻灭，唯有以一种标准的“福尔摩斯式死亡”，以某种惨烈而迷离的行为艺术姿态，祭奠那个早已先于肉身死去的梦想？正如格林一辈子也没能看透道尔的内心世界，我们也不可能将格林的心理地图上的每一座高峰、每一条潜流细细勾勒出来，哪怕手里有再丰富的遗物、再详尽的档案，也不能。

尾声

与小说不同，至少截至目前，本案没有完美意义上的终结。设若比照一部悬念片，那么，待最后一个镜头隐去，悄然推上的应该是这样一列字幕：

格林死后，家里人才知道他是同性恋，情人劳伦斯·基恩的岁数只有他的一半，他就是格林生前见到的最后那个人。

2004年5月，拍卖如期举行。但格林并不知道，让夫人临终前曾把道尔的遗物均分成两半，拍卖的物品只是其中的二分之一，另一半——格林最看重的文件——将根据让夫人的遗愿，捐献给大英图书馆。也就是说，如果格林能活到现在，完全可以到图书馆里一窥其全豹，完成为道尔立传的宏愿。

按照格林早年立下的遗嘱，他留下的所有与道尔相关的收藏品悉数馈赠朴次茅斯的一家图书馆。藏品数量之大，远远超出他人预想，耗时两周才搬运停当。据估计，这些藏品价值数百万美元，似乎远远超出了那些他梦寐以求的拍卖品。

2004年5月22日，柯南·道尔诞辰日，理查德·格林追悼仪式在伦敦举行。会场上张贴着福尔摩斯故事里的警句："我瞥见了一颗伟大的心，一副伟大的头脑；他似乎对确凿、精准的知识怀有一腔激情；他的职业生涯卓尔不群……"

迷失的克里斯蒂

一

克里斯蒂的自传（1977），远观是温言软语织就的网，近看，却是质地硬朗的墙，是你进不去也窥不破的那种。墙上却有道天然的豁口，纵然作者晓得它既显要又险要，也拒绝修补。1926 年，12 月 3 日至 14 日，叙述空白。

自传不是日记，空白的又岂止这十一天？但所有期待拼接她人生版图的读者都失望了。他们知道，就在那十一天里，阿加莎·克里斯蒂，时年三十六岁的推理小说女王，以标准到近乎滥俗的悬疑方式，失踪了。

那是克里斯蒂的死穴。自传中涉及相关时间段的那一章，以济慈的诗句“往事历历在目，我将如何排遣”散漫影射，继而半咸不淡地说：“假若一个人想要回顾已经走过的人生旅程，他有权利对那些他不喜欢的往事不闻不问吗？或者，那是一种懦弱行为吗？”就算敷衍过去了。那一年，先是母亲克拉拉病逝，再是丈夫阿齐·克里斯蒂（Archie）上校背叛，“于是，疾病，忧愁，失望和令人断肠的事件接踵而至，现在不必详述……”再以后，阿加莎就要求读者翻过那一章，直接读她离婚以后如何环游世界了。

刻意的空白，为形形色色的阐释提供舞台。从案发当日的报纸，直到近年出版的后人为克里斯蒂新作的传记，构成了阐释文本的火炬接力。一路上难免展开破解与反破解的拉拉扯扯——戏，好看也就好看在这里。

二

事实以及准事实分批浮出水面，第一拨当然来自克里斯蒂的身边人。

失踪之前，阿齐最后一次见到妻子是在 12 月 3 日（周五）上午九点，在他们位于伯克郡日光谷的斯泰尔斯庄园里。他知道她打算下午带着女儿罗莎琳去看望婆婆汉姆斯雷夫人，之后可能会去约克郡度周末。没有争吵，阿齐说，一切正常。这个说法没有旁证，因为克里斯蒂的贴身秘书夏洛特那天正好去伦敦。不过，从后来收集到的信息判断，当天，“一切”都离“正常”相去甚远。阿齐本人的周末计划，是到詹姆西斯夫妇家去，而后者邀请的嘉宾名单里，也包括他的情人南希·尼尔（Nancy Neele）——据说，阿齐曾向阿加莎发过誓，至少三个月里不见她。可想而知，誓言最终成了空话的同义词，更有甚者，盛传本周末的派对，正是为了让他们在朋友圈里高调亮相，近乎心照不宣的订婚仪式，算是给南希吃定心丸的。

当晚，阿齐彻夜未归，阿加莎打发罗莎琳早早上床，待其入睡后驾车离开，家里只剩下一个用人，一个厨子。女主人留下两张便条，给阿齐的那张他本人看后就烧毁了，因此只能永远悬疑下去；而给秘书夏洛特的那张后来转到了警察手里。外人只晓得其中大意是取消原定的约会，她要开车出去转转，但具体的措辞、语气不得其详。

我们只知道，这张条子让接下这宗案子的肯沃德督察的脸色变得既凝重又亢奋，他就此认定，也许会在某处荒郊，发现阿加莎的尸体。当然，他也不会忽略，临走之前，阿加莎摘下了结婚戒指。

次日（周六）早晨，在距离斯泰尔斯东南约十二英里的纽兰兹角，那辆在阿加莎许多作品中露过脸的“莫里斯”被人发现丢弃在下坡路上。车里有阿加莎本人的驾驶执照，一件毛皮大衣，一只行李箱。车松着闸，吃在空挡上，车身前一半栽在一丛树篱里。看这情形，不用费神推理，就大致判断得出车主处于失控或故意失控的状态，不踩刹车，任凭其下坡加速，直到撞上树篱，遂弃车而去。数天后，唯一既见过人又见过车的证人出场：麦克阿里斯特先生声称，周六凌晨，就在同一地点，一位神情古怪的女士恳求他帮着发动这辆车。车似乎挨了整夜的霜冻，连女士的头发（她没戴帽子）上都凝满白霜。麦先生使尽气力，才让车转起来，然后目送着女士向克兰登方向驶去。按照时间推算，再要过两小时，才有另一位路人，在这里发现这辆空车。也就是说，在此期间，克里斯蒂开车兜了个圈子，又回到了纽兰兹角。

这番蹊跷的折返跑似乎大大刺激了肯沃德督察本来已经高度兴奋的神经。以至于 12 月 8 日（周三），当阿齐那位住在伦敦的哥哥宣称接到署名阿加莎的来信时，肯沃德大不以为然。邮戳显示，信是在周六上午九点四十五分从伦敦西南区寄出的——设若阿加莎弃车之后即刻坐火车赶到那里，也还来得及。然而，此刻的肯沃德，满脑子都是推理小说家喋血街头或者沉尸湖底的刺激画面，第一时间就判定这封信只是个不高明的障眼法，多半是阿齐串通其兄长设的局。否则，坎贝尔·克里斯蒂有什么必要以隐私为借口，当即烧毁信纸（看起来克里斯蒂兄弟都有从事谍报工作的潜质），只留下信封呢？既然信本身莫须有，那么坎贝尔转述的内容——“我身体不好，在约克郡的一处温泉区疗养”——当然可以忽略不计。警方只是象征性地查了查约克郡的旅馆，就忙不迭地宣告“没有克里斯蒂夫人的记录”了。

彼时，警方正忙着以纽兰兹角为圆心，以周边的山谷、采石场、湖泊（小小的 mill pond 成了打捞胜地）为重点，搜索假想中的女尸。据说惊动了苏格兰场，甚至还有人宣称在搜索现场看到了飞机。五百名警察，两千名志愿者（犯罪小说家多萝西·L. 塞耶斯也闻风而来，打算发掘第一手写作素材）……数字在报纸上将信将疑地攀升。有一点是确凿的，在野外寻找的人流里包括了阿齐和阿加莎的爱犬彼得，显然，后者的心理——假设狗也有心理的话——不如前者那么复杂。身体力行之余，阿齐开始接受采访，看起来他的分析判断能力和外交辞令并不逊于其妻：

“我的妻子确实讨论过故意失踪的可能性。前一阵，她对妹妹说，‘如果我乐意，我就会失踪，而且会经过精心筹划。’……对她的失踪有三种解释，一则故意，二则失忆，三则自杀。不过，我个人倾向于第一种……我不相信她会自杀。她从不曾以死相胁，不过，即便她真的有这个计划，我相信她也会把主意打到毒药上去。我不是说她以前跟我讲起过会服毒，而是她在小说里把毒药玩得得心应手。我以前跟她聊过小说里人物的死法，她好像一门心思地要让他们吃毒药。如果她想弄毒药，那么我相信她做得到。她向来善于得到自己想要的东西。”

与此同时，阿齐那位的寡居母亲也没有闲着——阿加莎失踪之前的那次拜访无疑具有新闻价值，这几天，当时的整个过程已经快在老太太嘴里嚼烂了：“她看上去很高兴，不过几分钟以后，又突然沮丧起来……我相信，一旦着手完成她的小说，她的脑瓜就失灵啦。临走之前，她嘴里念念有词，‘这些糟糕的情节哟！这些糟糕的情节哟。’……我相信，她现在已经死了，尸体在某某丘陵上……不过，公众应该可以确信，她的失踪不会是她故意策划、旨在自我炒作的。”

没有人注意到，12 月 9 日的《泰晤士报》上，就在跟“克里斯蒂失踪事件”连续报道隔了不远的角落，有一则通常需要花十五先令刊载的私人广告：“来自南非的特丽莎·尼尔盼亲朋主动联络。通讯地址：《泰晤士报》EC4，R702 信箱。”

三

特丽莎·尼尔太太独来独往。红头发，灰裙子，没戴戒指。在约克郡景区哈罗盖特的以水疗为特色的“天鹅饭店”里，她住在二楼的五号房间，每周房费五几尼。镇上的街道，最常见的就是与她年纪相仿的中产女性，轻易就在她身边织就了一层保护色。“我三周前从南非来，”她与那位和颜悦色的女经理闲聊，“我把大行李箱寄放在托基的朋友家里啦。”隔了几天，一个来自日光谷的包裹寄到了特丽莎手中，她从那里找到了一枚结婚戒指。

她喜欢在报纸上做填字游戏，当然啦，做完以后也会翻过来扫一眼新闻。填字游戏各个不同，新闻却千篇一律：“女作家离奇失踪”。“男主人否认与其妻争执”。“尸体打捞未果”……《每日电讯》上，女作家的大头照赫然在目，记者说她是个“美丽的女人”。

她逛街。买“美丽的女人”都爱穿的乔其纱连衣裙，兴致勃勃地搭配上合适的鞋子和帽子，再到镇上的 W. H. 史密斯书店买书。入夜，天鹅饭店的“冬园舞厅”总是很热闹，“快乐小子”六人乐队既是那里的表演明星，也乐意即兴发挥，替意欲展现才艺的客人，提供“前卡拉OK 时代”的音响效果。尼尔太太一上场就显示出其音乐素养不止朝夕之功，自弹自唱，信口拈来，曲目既有圣桑的歌剧《参孙与大利拉》选段，也有像《轻轻唤醒我的心》和《我曾经爱上一个男孩，一个很瘦很瘦的男孩》那样的流行曲。“她身上有种与其他客人截然不同的气质，”弹班卓琴的塔平先生（Tapping）在后来的某次访谈中告诉记者，“礼服也好，举手投足也好，都很特别，而且她看起来有点尴尬。”

在激情四溢的花腔咏叹中，尼尔太太的脸渐渐松弛下来。鹰钩鼻，略略下垂的眼角和嘴角……她的五官特征在塔平眼前愈来愈清晰，渐渐与报纸上的肖像重叠在一起。几乎在同一时间，乐队里吹萨克斯的黎明（Leeming）也看出了蹊跷，两个人一边议论，一边将饭店里所有的报纸都搜罗出来。两个怀着破案热情的乐师没来得及动用任何破案技巧，就得出了结论。12 月 12 日，他们联络肯沃德督察，后者再次嗤之以鼻，不愿意投入一个警力验证此说真伪。又隔了两天，经过约克郡当地警方的敦促，肯沃德才想到打发阿齐踏上了奔赴哈罗盖特的列车。

另一位一直在留意尼尔太太行迹的是皮特尔森先生。不过，在他眼里，她的特别，仅仅因为她是一个魅力十足的女人。皮特尔森大抵也是个音乐爱好者，也在饭店大堂里亮过嗓子。他请特丽莎跳舞，惊讶地发现这个神情茫然的女人不仅声乐造诣深厚，而且舞姿里也看得出童子功。他问她南非是个怎样的地方，她的华尔兹步伐纹丝不乱，却将话题轻巧地绕开去。“我是难民，被俄国革命逼到这里来的。”他只好自我介绍，“我到这里来休养，感觉真好。特别是乐队……是啊是啊，我真喜欢唱歌剧……真的吗，尼尔太太，您也这么看？也许我们可以一起玩点音乐……”

此后的几个晚上，他们果然一起玩音乐。她伴奏，他唱歌。唱完之后，应他的要求，她买了一份《天使保佑你》的歌谱，签好名字——“特丽莎·尼尔”——送给他。后来，皮特尔森先生怎么也想不起来，她在签下这个名字的时候，有没有流露出丝毫不自然的神色。

那天是 12 月 14 日，周二。等她重新换好衣服，回到饭店大堂时，壁炉边多了一个男人。阿齐·克里斯蒂上校守在大堂里。看上去，他整个人像是一块挤在憔悴和忧伤的面包片之间的肉馅。阿齐在等阿加莎，皮特尔森在等特丽莎，两个男人向同一个女人走去。缓缓的，女人侧转身，对着皮特尔森说：“瞧，你瞧，我的哥哥到啦，我来介绍一下……”（“当时，我可真是诧异，”皮特尔森后来绘声绘色地描述道，“想不通她的哥哥怎么会是这样一副垂头丧气的样子。”）

阿齐的脸部肌肉，已经没有多余的力气，能把这句话所激起的惊讶表现出来了。他伸出手挽住她的胳膊，转过身对大堂里的另一个男人——显然，那是一个警察——说：“没错，她是我妻子。”

四

从这一刻开始，特丽莎消失，但阿加莎并没有紧接着出现在公众面前。阿齐好容易洗脱了谋杀犯的嫌疑，但所有的报纸都拿阿加莎在天鹅饭店里的化名做文章。Teresa Neele 不就是 Teaser Neele（惹是生非者尼尔）的谐音变体吗？阿加莎用这样的方式将狐狸精南希·尼尔摆上台，不是意味着好戏才刚刚开场吗？

阿齐到底是经历过第一次世界大战的空军上校，很快就别别扭扭却毅然决然地稳住了局面。南希出门度假，阿加莎则被他推进后台，很长一段时间里不再公开露面。而她的亲朋密友乃至大小仆佣，似乎在第一时间就心领神会，自觉与阿齐统一口径，直到数十年后，仍然固守着下面这段声明：

“她患上了严重的失忆症。似乎有足足三年的光阴，从她的人生里消失了。她不知道她是谁。她没认出我，她也不知道她为什么会在哈罗盖特。我希望能带她去看病，希望静养能让她恢复正常。”

舆论哗然。严重失忆？一个写过《斯泰尔斯庄园疑案》的女人，怎么可能失去记忆？既然连记忆都没了，她又怎么可能在如此紧凑的时间段（12 月 3 日凌晨到上午）里，从汽车抛锚的荒郊迅速赶到伦敦，给丈夫的哥哥写信宣告她的计划，而后又不慌不忙、实实在在地履行这项计划呢？如果不是刻意为之，那么，住进饭店以后，她有必要起这么个恶毒的化名，以此表明自己是个不折不扣的高智商怨妇吗？她有必要花十五先令去登那个欲“彰”弥“盖”的广告吗？她是在嘲笑警方的无能吗？

事实上，一直在等待一具尸体、探究一场桃色命案的媒体确实把无名火发到了肯沃德督察头上。这个毫无责任心的家伙，对显而易见的证据视而不见，只顾着挥霍纳税人的英镑，出他自己的风头。是谁给了他这样的权力？报纸上的时评专栏如是质问。他们忘了，仅仅在几天前，他们比肯沃德更津津乐道于这位失踪女子的特殊身份，更起劲地根据她的小说揣测案情“理应错综复杂”，更不屑于坎贝尔提供的所谓“证据”。肯沃德显然知道这是一个能带来成名机会的案件，它“不应该”如此草草收场，因而，在办案过程中，他拒绝相信任何“浮于表面”的东西，执着地挖掘更耸人听闻的元素……凡此种种，专栏写手们洞若观火，这实在是个适合他们发挥英式幽默的公共传播事件。可怜肯沃德百口莫辩，没办法从《每日电讯》或者《每日快递》那些见风使舵的报道中，揪出个把足以与其“潜意识”构成精神同谋的家伙来。

总而言之，这场声势浩大的寻人运动，结局完美，却乏人喝彩——除了阿加莎的女儿罗莎琳和私人秘书夏洛特，似乎没有人希望她能以这样的方式平安归来。记者们找不到深居简出的阿加莎本人，就只好百无聊赖地替警察局算账，各家报纸都给出了他们对此次搜索费用的估价，从一千镑、三千镑，一直喊到两万五千镑。警方不得不出面澄清，所谓的直升飞机、苏格兰场特派员纯属子虚乌有，因而，花在这桩案子上的额外费用，不过区区二十五镑而已。

即便是这二十五镑，仍然足以在报刊上掀起口水战。评论员假公众之名，宣称克里斯蒂家应该承担全部费用，从而为这个欺骗了世人的“无聊事件”谢罪。而阿齐，在断断续续地充当病情发布员（“她正在恢复中”“她已经能认出罗莎琳”……）的同时，也终于找到了机会表达他的愤怒：我是合法纳税的公民。我没有义务支付这笔费用。这是你们的事！

阿齐的愤怒直到多年后仍未消解。成年之后的罗莎琳在父亲的信中，读到他以貌似闲笔的调调，指控“当年的失踪，不过是一种宣传伎俩（publicity stunt）罢了”。可见，在为了家族体面苦苦坚持了那么多年的“失忆说”之后，阿齐或是于内心深处认定媒体与阿加莎不过是互相利用的关系，或是君子报仇十年不晚，在前妻声名显赫之时，背后泼点儿脏水。

五

时隔一年多之后，事件的后续报道仍然时不时地出现在报纸上。某种程度上，阿加莎的行为似乎成了“表里不一”（duplicitous）的名词解释。或许是迫于压力，1928年2月16日，阿加莎接受了《每日电讯》的专访。彼时，这位小说家已经对外宣布恢复记忆，而距离她与阿齐的正式离婚，也只剩下一个多月的时间。访谈中，关于“失踪门”，她第一次也是最后一次发表了自己的版本，其实质与一年前的“官方说法”并没有多么显著的不同，只不过在起承转合处加了润滑剂而已。“起”是母亲的突然去世和阿齐的突然背叛，是她的悲痛欲绝，是每晚只能入睡两小时、食量一天小似一天的严重神经衰弱，“承”则是一些将惊心动魄压抑成平铺直叙的句子：

“（事发当天）我万念俱灰，只想了结余生……整晚我都在漫无目的地行驶……我曾想跳入一条河中，却又意识到我水性很好，或许没那么容易溺死。”

“转”发生得像一部悬疑剧里被信手写坏的情节：“那辆车突然猛地碰到了什么东西，骤然停下。我一个趔趄，身体甩往方向盘，一头撞上去……车祸之后，不知为何，我什么都记不起来了，脑中一片空白。”

至此，“合”呼之欲出：“失忆”既然成为前提，那么此后所发生的一切，阿加莎都可以在逻辑上卸责，在情感上推托。为什么偏偏记得阿齐兄长的地址？为什么偏偏记得阿齐情人的姓氏？还有信、广告和戒指，又该怎么解释？阿加莎的回答一律是：“我……受伤了。我……不知道。”

结果可想而知，读者至多只是耸耸肩，一半是因为新闻已经不再是新闻，一半是因为这样的陈述听上去远不如她小说里的案情分析那般具有不容置疑的说服力。

1934年，阿加莎以笔名“玛丽·威斯特玛考特”发表了略具悬疑特质的心理分析小说《未完成的肖像》（Unfinished Portrait）。在商业上，哪怕与她的“波洛系列”和“马普尔小姐系列”中最次要的作品相比，这部小说也黯然失色。但在克里斯蒂的研究者看来，文本中的情节和人物，与阿加莎的私人经历实在有太多可以对号入座的地方。失踪事件中被当事人刻意掩盖的情感，在《肖像》里得到了某种程度上的宣泄。半自传体小说——专家们如此定义《肖像》。在他们看来，分布在《肖像》中的文笔优美的碎片，正好可以剪下来，与那份语焉不详的访谈拼接在一起，组成阿加莎想讲述的——或者说她希望别人能接受的——故事。

故事里的赛莉娅"像常春藤一样"依恋着、黏附着丈夫德默特。但德默特却拒绝提供爱抚、热情和安全感。水到渠成的，外遇发生了。此后，有关赛莉娅的恐惧、悲伤、噩梦、具有妄想症特征的幻觉［将丈夫的形象与自小臆想的所谓"持枪歹徒"（gunman）的形象重叠在一起，总觉得丈夫想要毒杀她］的描述几乎泛滥成灾，仿佛阿加莎就躲在女主人公背后，替自己的错乱和迷失寻找足够的理由。接下来，赛莉娅跳进了那条阿加莎没有勇气跳的河，获救后脑中也是"一片空白"，尽拿"我是谁""我从哪里来""我到哪里去"的终极命题追问自己。再以后，涅槃的过程就开始了。赛莉娅离婚后邂逅第二春，但她总是没有勇气开始新生活，生怕遇上的又是一个"持枪歹徒"。肖像画家拉勒比及时充当了精神导师的角色，与赛莉娅彻夜长谈，奇迹般地解开她心里的疙瘩。她长长地睡了一晚，醒来时仿佛变成了一个新人。

真实生活里，阿加莎不止一次地提到与卢卡斯医生的深情厚谊，这位治疗肺结核的专家似乎同样擅长心理咨询，不遗余力地帮助阿加莎艰难地摆脱人生中最浓重的阴影。神似之外，卢卡斯的跛足与小说中拉勒比的断手也接得上榫，可以为“形似”加分。阿加莎在宣布恢复记忆之后的那一年里，就在中东探险的旅途上，与比她小十四岁的考古学家麦克斯·马洛恩互通款曲，后者最终成为阿加莎的第二任丈夫——年龄差距和前车之鉴差点让阿加莎裹足不前……这一切，似乎都在《未完成的肖像》里找得到详尽的心理注解。

六

岁月可以将一切八卦映照成文化的哈哈镜。

这宗悬案，直到阿加莎辞世，直到大半个世纪之后的今天，都没有任何突破性的发现。真正可供分析的素材，还是那十一天里大报小报上的新闻。然而，同样的素材拿捏在不同的人手里，戏法变得花团锦簇，倒也激活了几项学术课题，拉动了一批文化产业。

第一个小高潮出现在 1976 年。彼时阿加莎刚刚撒手人寰，里奇·卡尔德就在《新政客》上发表长篇特写，将“宣传伎俩说”发挥得淋漓尽致。按照他的说法，“当年跑罪案条线的记者本来就和警察穿一条裤子”，在克里斯蒂失踪案中，他们的一唱一和更是到了离谱的地步，就连向来稳重的《泰晤士报》都给拖下了浑水。卡尔德写到一些虽然旁证阙如，但听起来仍具有杀伤力的细节：在哈罗盖特找到阿加莎的当晚，“她看上去并非惊慌失措，而且，当别人喊她‘克里斯蒂太太’时，她也答得很爽利。不过，当有人问她怎么会到这里来时，她却轻慢地说，我不知道，我失忆了……”这样的细节，显然不是为了证明，阿加莎是个货真价实的失忆者。卡尔德的结论是：情感困扰？对。失去记忆？错。

1979年出品的英国电影《阿加莎》秉承卡德尔“揭开真相”的衣钵，放胆戏说。这部平庸的小制作里居然集中了瓦妮莎·瑞德格雷夫（Vanessa Redgrave，戛纳、奥斯卡双料影后，片中饰阿加莎）和达斯汀·霍夫曼两大戏骨。彼时霍夫曼初出道，眉宇间尚且没有笼罩阿齐那样的重重阴霾。好在本片的男一号并不是阿齐，霍夫曼只需要本色出演一个杜撰出来的美国小记者就够了。该狗仔为了挖掘独家秘闻，到哈罗盖特蹲点，不仅发现了失踪的阿加莎，而且洞悉其失踪的目的是为了实施一个异常歹毒的计划，报复就在附近饭店里散心的第三者南希。为了不将剧透进行到底，这个阴谋我们按下不表，反正电影演到后来，阴谋本身也不那么重要了，重要的是小记者爱上了大作家。悬念片就此沿着《罗马假日》的轨道越滑越远。不过，按照《纽约时报》影评的说法，本片基本上什么都不是，不悬疑，不爱情，也不传记；IMBD上的评语不无善意，指出本片的一大看点是霍夫曼辛辛苦苦地跟比他足足高了六英寸的女主角跳交谊舞。

1996年，阿加莎生前密友南肯（Nan Kon）的女儿朱迪斯把她的口述授权给贾里德·凯德（Jared Cade），后者出版了《阿加莎·克里斯蒂和失踪的十一天》。按照朱迪斯的说法，母亲当年全程参与了阿加莎的失踪计划，秘书夏洛特则负责里应外合。所谓的失忆，是作家在装疯卖傻，一切皆出于事先的算计。且不论这种回忆录本身就是孤证，也不论按照她披露的“周密计划”，阿加莎单单为了将自己的车以如此刁钻的角度停在如此尴尬的位置上，就需要冒多大的技术风险，我们只需追问一句：既然过程中的每一个细节都是精心设计的，那么，何以此行的目标如此模糊，何以最终没有任何对阿加莎有利的结果出现？阿齐还是走了，南希还是活着，阿加莎除了在伤口上多撒了一把盐，并暴露在公众眼前，她还得到了什么？

时至二十一世纪，情势逆转。非虚构类作家们似乎厌倦了把阿加莎与笔下的马普尔小姐画等号的武断思维，再加上医学界对失忆症和心理分析的研究日渐深入，事过境迁后对当时的传播环境的重新评估，人们对这场失踪，对阿加莎本人所抱持的态度，有越来越宽容的趋势。2006年，安德鲁·诺曼（Andrew Norman）博士所著的克里斯蒂传记《已完成的肖像》，就几乎完全回归到阿加莎本人的说法。他搬出当时（阿加莎）的病历记录和如今的医学论文，力图证明，从阿加莎的种种表现看，完全不能排除她确实患上了失忆症的可能。打个比方，阿加莎的朋友圈里确实有个叫特丽莎的，而情敌的姓氏尼尔在阿加莎撞车前也曾强烈刺激过她的大脑，两者随机拼接，在她局部丧失近期记忆后，第一个浮现在脑海里的那张空白的屏幕上，也是不足为奇的事。

相比这些硬邦邦的医学论据，2007年出版的迄今除自传外最厚实的克里斯蒂传记——《阿加莎·克里斯蒂：英伦之谜》到底出自女作家劳拉·汤普森（Laura Thompson）手笔，字里行间多文学化的婉约喟叹，意欲将传主从女神、女妖还原成女人。在她看来，真相处于中间地带，失忆说固不可信，阴谋论则离谱更远。虽说阿加莎具有 CPU 那样的精密头脑，到底也会有感染病毒的时候。一个连自杀都敢想的弃妇，哪里还会去计算怎样的姿态才更优雅更对得起纳税人？因而她的出走路线是随机的、心血来潮的，是忍无可忍、逃避现实的释放，至于那些看上去机警而饶有深意的机关，也许仅仅是出于她的本能。同样的，汤普森无法解释“本能”与“机关”之间究竟存在着怎样的逻辑关系，但她却用大量篇幅，想象一个崩溃的女人，如何徒劳地挽回变心的丈夫——用最聪明的头脑，收获最愚蠢的结局：

“那些出于爱而采取的步骤，以全然失控的方式次第展开，结果，却无疑让他对她仅剩的那点爱情，一并泯灭。”汤普森的口气，听上去活像是个多愁善感的婚姻咨询专家。

无论如何，这十一天带给克里斯蒂的，应该不仅仅是痛苦。回到日光谷后，这个从小就以庄园主妇为己任、拿写作当玩票的传统女子，不得不转型成为职业作家。很快，她发现“杀人不难”，离婚同样不难，更不难的是，凭着她的“杀人”速度，足以用版税绰绰有余地独自撑起一所宅子，一个女儿，一群仆人，一条狗，以及一段惊世骇俗的忘年恋。上纲上线地说，那段从伯克郡到约克郡的路，也许是一个女人重新发现自己的过程。

“虽然我现在很好，很快乐，”阿加莎在 1928 年的专访中说，“但这种快乐，却比不上特丽莎・尼尔的快乐那般纯粹。”细细揣度，至少，这不是一句反话。

更与何人说

——关于斯泰因的名词解释

【天才】这也许是格特鲁德·斯泰因（Gertrude Stein，1874—1946）谈到自己时使用频率最高的词。

殷实的斯泰因家住在宾夕法尼亚，她排行第五，是最小的一个。童年，在斯泰因眼里，是一场接一场的判定谁是天才谁是俗人的游戏。她是永远的胜者。二哥西蒙“头脑简单滥施同情”，至于三姐伯莎，她几乎不屑一顾：“如果一个比你大四岁的姐姐还会在半夜里磨牙，你不喜欢她就是再自然不过的事。”但长兄迈克尔是值得尊敬的，因为他在父亲丹尼尔 1891 年去世以后很快就接手了他的铁路生意，从而得以令天才小妹继续衣食无忧。只有比斯泰因大两岁的四哥里奥（Leo Stein），才是可以让她为这个家骄傲的理由。里奥是那么机智博学，仿佛总是在路之前方替小妹树了一块醒目的牌子，转弯绕道抑或此路不通，都是写得清清楚楚的。多少年以后，旁人看来坚硬得像一块铁的斯泰因说起当初对里奥怀有的情感时居然还会露出一丝少女的羞赧：“如果你是家里最小的女儿，那么最好能有个大你两岁的哥哥。这么一来，每件事对你而言都是那么愉悦，他走到哪里都带着你，做每件事他都替你安排好……”某种比兄妹情谊更深厚更绵韧的关系维系在格特鲁德和里奥之间，有很长一段时间他们几乎是形影不离的：里奥上哈佛，格特鲁德跟着到了哈佛附属的拉德克利夫学院；后来格特鲁德到约翰·霍普金斯大学学医，也不晓得是巧合还是故意，里奥同时在该大学所在的巴尔的摩接了一个科学调查项目。1903 年，兄妹俩双双搬到巴黎。幼年时，他们曾随父母在这里住过一阵子，如今重返故地，却已是换了不一样的心境——就像二十世纪初所有渴望到艺术之都朝圣的美国青年一样，他们是去寻梦的。

格特鲁德就是从那时候开始弃医从文的（1901 年，还差一年就可以从约翰·霍普金斯大学毕业的斯泰因中途辍学）。她一边写难懂的诗歌小说，一边跟着里奥结交当地的前卫艺术家，为后来的收藏积累原始资本。相形之下，里奥倒渐渐显出弱势和疲态来。他尝试过太多的工作——艺术史学者、科学家、画家甚至哲学家，每一种都是那么容易开始也那么容易结束。对凡事近乎神经质的苛求，使他最擅长的事情成了不知疲倦地否定，否定别人也否定自己。

当里奥开始否定格特鲁德的写作时，他头上的光环终于在妹妹眼里褪尽了颜色。后者把一切归咎于妒忌，凡人对天才的妒忌："慢慢地——某种程度上这一点令人震惊——但我还是慢慢地知道了我是个天才……毫无理由，可我确实是个天才，而他不是——这一点倒是能找出原因，但总之他不是。这便是结束的开始：我们俩曾经形影不离，现在却形同陌路。渐渐的，我们再也不见面了。"

【特权】在斯泰因看来，足以佐证自己是天才的，是一桩接一桩被她轻易办成的事，是一个接一个被她轻易征服的人。

儿时，斯泰因当仁不让地享有“拿捏把玩作为老幺之特权的特权”。也就是说，任何人都肩负着照顾她宠爱她的天职，责无旁贷。在她看来，“我过去是这样如今还是这样，而任何照顾我的人都务必甘之如饴。”

在拉德克利夫念哲学的时候，斯泰因师从一代学界泰斗威廉·詹姆斯。斯泰因却不管老师的赫赫威名，脾气上来了一样敢交白卷让詹姆斯好看。这白卷传到詹姆斯手里，一行醒目的宣言让他目瞪口呆：“亲爱的詹姆斯教授，我真是抱歉。可我今天实在是一点也不喜欢这张哲学考卷！”次日斯泰因收到了回音，那是一张寄自詹姆斯的明信片：“亲爱的斯泰因小姐，我完全理解你的感受。我自己也经常有这样的想法。”那个学期的哲学课，斯泰因得到了最高分。

【面具·青铜·美目·金嗓】毕加索有一次说好了为斯泰因作肖像，面对着她的脸比画了八九十次，居然渐渐地迷失了，恼将起来，“我看啊看，竟看不见你了。”于是他在画上空出脸的位置，径自回西班牙度假。待其重返巴黎，那张画上原先空缺的地方被一张如面具般诡异的面孔所覆盖，那是他“凭着记忆完成的”。或许，斯泰因的脸有一种天然的虚幻感，唯有在无须直面它的时候，毕加索才能平心静气地把他印象中的真实勾勒出来。对于这幅著名的肖像，斯泰因本人的评语是：“从过去到现在我始终对它很满意，对我而言它就是我，它是唯一的对我的再现，它始终就是我本人，为我而存在。”

从斯泰因并不美丽的相貌上，海明威看到了“一对美丽的眼睛和多变的表情”，连同她魁梧的身材和富有生气的移民的头发，构成了“一个意大利北部的农妇”的形象。到了斯泰因的景慕者、作家卡尔·凡·维奇坦笔下，鲜明凸现的则是她的头颅——“那是一只大理石的头颅，一只青铜的头颅，一只出自天才雕刻家之手的轮廓分明的头颅。眉目秀爽不凡。长着这种出色头颅的这张脸，善于表达这样生成的脸所能表达的一切情愫。那双眼睛时而喜气洋洋，时而充满了冷嘲的怀疑的眼色，但，仍难免流露出感情来。”

更让维奇坦匪夷所思的是斯泰因的嗓音——在他看来，甚至法国著名的金嗓子萨拉·伯恩哈特在“尚未失去其铿锵嘹亮的魅力之前”，就音色而言也及不上斯泰因醇厚圆润。那样的声音单单响在耳畔已经是一件心旷神怡的事情了，又何必去理解她到底在说些什么呢？

【文学立体派】真正能理解斯泰因在说些什么写些什么的人也委实不多。穷其一生，除了像《三个女人》这样的数量不多的早期作品，“斯泰因＝先锋＝难以卒读”的公式几乎屡试不爽。从 1903 年一直写到 1911 年的《美国人的形成》“长得令人难以置信，开端极为精彩，接着有很长一部分进展甚佳，不断出现才华横溢的段落，再往下则是没完没了的重复叙述，换了一个比她认真而不像她那么懒的作家，早就会把这一部分扔进废纸篓里去了。”（海明威语）

1912年以后的斯泰因，干脆一头扎进了语言实验室，抛弃意义嘲笑语法，随手抓几把英语的原料（但她似乎不屑于多拿标点），一番软搓硬揉，便黏合起一种我们全然陌生的语言，她自己的语言。那段日子正是立体派画风弄得人云山雾罩的时候，评论界便开始管她叫“文学立体派”——这封号里投射的是钦羡是冷嘲是敬畏，也无从明辨了。

举个登峰造极的例子。斯泰因在1926年写的“An Acquaintance with Description”（《一个描写的熟人》?）里有一大段谁都看不懂更遑论翻译的文字：

Let it be when it is mine to be sure let it be when it is mine when it is mine Let it be when it is mine to be sure let it be let it be let it be to be sure let it be to be sure when it is mine……（以下同样是无规律重复let it be、when it is mine和to be sure，至少相当于以上所列的字数的四倍）。

不知道此类先锋创作是不是要用高等数学去破解，如果可以跨越时空，大约电脑里的copy-paste能让这种写法如鱼得水。为这种全新尝试叫好的评论家认为：“斯泰因把语词从它们标准用法的桎梏中提升出来……语词不再是符号，它们本身就成了目标。”对此，里奥·斯泰因向来是不以为然的：他的天才妹妹之所以要这样写，无非是她驾御不了明白无误的英文罢了，有什么旁的玄机呢？类似的言论让格特鲁德记恨了一辈子，兄妹俩至死都没有真正意义上的和解。

【花园街二十七号】然而兄妹俩在巴黎时租下的花园

街二十七号还在，它见证了格特鲁德生命里最重要的三十四年。

起初是喜欢收藏的里奥觅来了一批画——毕加索的，雷诺阿的，高更的，塞尚的，马蒂斯的，然后是画引来了人——作画的，看画的，谈画的。花园街二十七号渐渐地成了左岸拉丁区最出名的文艺沙龙。

以后便是兄妹交恶、里奥出走，再以后是第一次世界大战。硝烟散尽，花园街二十七号却像是从未蒙尘的佳人，只是慕名来拜谒的才子雅士换了一茬又一茬。舍伍德·安德森来了，他是斯泰因最忠诚有力的支持者；F.斯考特·菲茨杰拉德来了，他的敏感忧郁得到了斯泰因近乎溺爱的包容——虽然她自己向来是被别人溺爱的；埃兹拉·庞德来了，但斯泰因似乎并不喜欢他，据说是因为他在一张不牢固而且毫无疑问是很不舒服的小椅子（按着斯泰因的脾气，这把椅子很可能是故意给他安排的）上坐下时用力太快太猛，结果把椅子压裂了；海明威也来了，他很容易便养成了在傍晚穿过卢森堡公园顺道来斯泰因家拜访的习惯——在那里，他把女主人从修车老板那里听来的一句话记在心里，题在《太阳照常升起》的扉页上："你们是迷惘的一代。"

迷惘的一代在花园街二十七号的温暖的挂满了名画的工作室里得到了短暂的慰藉。那就像是最优良的博物馆里的一间最好的展览室，但这里的大壁炉是展览室里所没有的。尚未成名的海明威们在这里喝那些将紫李、黄李或野覆盆子经过自然蒸馏后做成的甜酒，酒在舌头上变成一团团有节制的火，连同壁炉里跳动的焰光，把四周的空气焐热了、烘暖了，是永远都不会冷下来的样子。

【pussy·巡洋舰】从孩子嘴里嚷出来，pussy 当作“小猫”解；若是用在恋人间呼来唤去，则沾染上了潮湿的性的意味，非得和迷离狎昵的眼神、爱得不晓得怎么说也恨得不知道怎么办的心情纠缠在一起解释才能描摹得真切。艾丽斯·B. 托克拉斯（Alice B Toklas），斯泰因毕生的同性恋人，是她唯一的 pussy。

艾丽斯 1907 年第一次出现在花园街二十七号的某场派对的时候，还只是一个由格特鲁德的长兄迈克尔介绍来巴黎见世面的陌生人。时隔一年，她已经离不开斯泰因，再隔了一年光景，斯泰因已经离不开她了。

花园街二十七号的里里外外，都是艾丽斯打点料理的。天才斯泰因对于家务的隔膜可以用她本人记述的一段逸事（落笔的口气是不无得意的）证明：有个摄影记者上门来拍一组斯泰因的生活照，少不得要她摆几个 pose 出来。先是要她打开旅行箱作风尘仆仆状，斯泰因却回答说通常这事是托克拉斯小姐做的；再要她摆出打电话的样子，答案仍是“这事不归我归托克拉斯”。记者无奈，问她到底“能做什么”，斯泰因正色道——哦我会戴帽子脱帽子穿衣服脱衣服而且我喜欢水我能喝一杯水……

“做天才是要花去好多时间的。”斯泰因由衷地说，“你老是得闲坐着无所事事，不折不扣地无所事事。”常常的，她“无所事事”了大半天，好容易挤出寥寥几行字以后便扔下放心地睡觉去了——她知道，翌日清晨，自有她的 pussy 会来收拾残局，整理、打字。更重要的是，艾丽斯是她的先锋文体最忠心最痴情的读者。像大多数天才或自以为天才的人一样，斯泰因狂傲如斯，也常常会不可思议地经受羞耻感的折磨，尤其是处在焦躁的写作状态、作品又前途未卜的时候。她不知道殚精竭虑地写出来之后别人会怎么看怎么说，她甚至不知道能不能写完。很难想象，如果不是日复一日地浸润在艾丽斯饱蘸了深情和崇拜的目光里，斯泰因在乏人喝彩的状态下，能坚持多久。

一度，斯泰因的朋友也是艾丽斯的朋友。碰上有一对夫妻（像海明威和哈德莉那样）来造访，他们比世俗意义上的夫妻更像夫妻：斯泰因在这厢同男宾高论，艾丽斯在那边与女客絮谈。在客人们眼里，斯泰因肥硕倨傲火力集中，艾丽斯干瘦低调唯唯诺诺，分开是主力舰和巡洋舰一般地各司其职，连起来，便是能攻善守的整体。

然而，小猫或猛虎，主力舰或巡洋舰，孰强孰弱孰主孰次永远不会像表面上那样绝对那样公式化。其中天机，某一日到底还是让海明威无心窥破了：他在楼下等，她们在楼上吵，渐渐有这样让客人不堪的言语传来——“别这样，pussy。别这样。我什么都愿意干……请别这样，pussy。”那显然是斯泰因小姐的声音。客人抬脚便走，因为“那恳求的话音教人受不了，而那回答的声音教人更受不了。”

【梅兰克莎】“梅兰克莎·赫伯特是个淡黄肤色的优雅的有才智又标致的黑人。她总是无法得到她所看到的一切想要的东西。她总是被人家忘记，她却不忘记别人。她总是爱得强烈，做出许多不可思议难以捉摸的举动，无缘无故地不相信人家，内心充满纷繁的幻灭。每当这种时候梅兰克莎会突然一阵冲动，摆脱某种信念，接着她就很痛苦，强自压制……”

《梅兰克莎》（Melanctha）是斯泰因的处女作长篇《三个女人》（*Three Lives*）中历来最获好评的一篇。斯泰因个人更是当仁不让地把它界定为“走出十九世纪、迈向二十世纪的坚实的第一步”。比起她以后的那些与俗世凡人隔了几层的文字游戏来，《梅兰克莎》的语言无疑是平实朴素的；但拿《三个女人》中的另两篇——《好安娜》和《温柔的莉娜》来参照，这平实里的崎岖朴素里的糜烂又分明让你读着读着就烦了，恼了，恨不能把醉醺醺的作者从书里面拽出来摇摇醒，兜头断喝：“你到底想说什么?!”

梅兰克莎颠三倒四的自白回旋在文字间，并没有足够的细节去支撑，她就只是诉说诉说徒劳地诉说，到后来正是这种更与何人说的徒劳触动了你。因为衬出这徒劳的大背景是无涯的荒凉，我们都熟悉的荒凉啊。

评论界从各种角度去解读梅兰克莎，最通行的说法是“空前地把黑人写成真正的人”或者“以无拘无束的语言把它变成了无拘无束的文字”，类似这样语焉不详的评论真是不如不读。近来又有研究认为，作者的真实意图是要借梅兰克莎与杰夫纠缠不清的苦恋祭奠自己的初恋——当年与梅·布克斯塔弗（May Bookstaver）的同性之爱，这段情在她生前从未发表的中篇《QED》里有更直接的反映。

就为了这个梅·布克斯塔弗，艾丽斯吃了一辈子的醋。有斯泰因专家怀疑，斯氏之所以会把长诗《冥思录》（*Stanzas in Meditation*）手稿中的 may 统统改作 can，乃是受她的 pussy 所迫——后者曾逼着斯泰因把梅·布克斯塔弗的信付之一炬，后来偏执得入了魔，更是看到一个 may 字就要妒火中烧的。

【自传】1933 年，斯泰因一生中最重要的作品——毋宁说是商业上获得最多利润的作品——《艾丽斯·B. 托克拉斯自传》（*The Autobiography of Alice B. Toklas*）问世。只需读几页你便知道，说是以艾丽斯的第一人称替她作传，其实明摆着是用她做一面镜子无数次地照出斯泰因自己的影来，且那影是不着痕迹地洒了一层淡金的，无论从哪个角度看都像是一个恍惚着悬在半空的梦。

“我得说我这辈子只有三次碰到过天才，每一次都觉得内心里有铃声叮当一下响起来——我没有弄错，每一次都是在天才的特质被世人公认之前。这三个天才是格特鲁德·斯泰因、帕弗洛·毕加索和阿尔弗雷德·怀特海德。”“她意识到自己在英语文学领域是独一无二的。”……借着艾丽斯的口，斯泰因说出了自己早就想说的话。

新颖的文体加上斯泰因难得的流畅叙述刺激着公众的购买欲，寂寞的先锋女作家第一次真正尝到了被读者广泛拥戴的甜头。“我喜欢有钱，”斯泰因难以掩饰自己的满足，“倒也不一定要富得流油，但是能拥有财产会让我喜出望外。”也许是不情愿让这股热潮冷下来，斯泰因很快又写完了《每个人的自传》（*Everybody's Autobiography*）。这一次她写的还是自己，但人称已恢复到本来面目，说起斯泰因时用的是“我”而不是“她”，调子沉下来了，叙述的单线条也分出枝杈去了，原本在《艾丽斯自传》里一清二楚的事情变得模糊起来复杂起来。拿这前后两部“自传”对照着读，同样一件事往往得到两种迥然相异的说法。比如关于二十年代斯泰因和艾丽斯如何在比利格宁从某个军官那里买下一幢满意的房子，前一部说是那军官碰巧在她们觊觎其宅第的数年后因故搬家（天才总是心想事成的），后一部则披露其实斯泰因在其中耍了点手腕：她托军队里有权势的熟人把那军官调到摩洛哥（好歹是升迁，不至于显得太歹毒），后者自然急于把房子脱手，就此成全了斯泰因。

无论从哪个角度——文风、叙事的合理性和斯氏写作时的微妙心理（前一部的流行既让她快乐也让她愧疚）——查考，《每个人的自传》都似乎更接近于斯泰因本人的样子，虽然它始终卖得不好。

【这一场战争】两次世界大战，斯泰因都在欧洲亲历。第一次更像是场冒险游戏，玩到高潮，斯泰因和艾丽斯干脆走出家门当志愿者，开着一辆从美国弄来的旧福特运送伤员。第二次刚开始风吹草动，一种不祥的预感就压在了斯泰因心上，她知道，这一次没有那么好玩了。

1939 年秋，冷冽的空气里充满硫磺的味道，斯泰因和艾丽斯匆匆赶回巴黎，打算安排停当以后到比利格宁避避风头。这一别，便足足避了四年。临走前，她们想把墙上的画卸到地板上（希望这样就能把轰炸造成的损失降到最低），但到底还是放弃了，因为“墙上的空间是地上的四倍”；她们想找到自己的护照，却是越急越没有方向；只有一件事是值得庆幸的，她们找到了能表明爱犬巴斯基特系出名门的证书——后来供应紧张的时候政府没忘记给名种犬一份配给。

当宠物世界也开始盛行种族歧视的时候，可以想象斯泰因和艾丽斯——她们都是不折不扣的犹太人——的日子会怎样一天比一天艰难。很多人劝她们回美国，几乎快要成行时斯泰因改变了主意，因为她挑剔的舌头只尝得惯法国的食物。“不，我们不走，他们总想让我们离开法国，可我们哪儿也不去。”斯泰因斩钉截铁地对艾丽斯说。怀着某种无可名状的复杂心境，她写下了具有典型的“斯泰因式语无伦次”的句子：“那种恐怖那种惊惧每个人的惊惧那种每个人的惊惧的不由自主，使得‘这一场战争’与别的战争如此不同，活像是莎士比亚的戏剧。”［《我眼中的战争》（*Wars I Have Seen*）］

这场戏绝对不能缺少贝尔纳·费伊（Bernard Fay）。此人是毕业于哈佛的法国学者兼作家、文学评论家，前卫艺术爱好者，长期为维希政权服务的准纳粹，斯泰因的多年密友。他在回忆录中宣称，斯泰因之所以在二战中安然无恙，很大程度上应拜他所赐。作为维希政府首脑贝当的顾问，费伊不仅利用职权保证了斯泰因的安全，而且在她过冬的时候提供了不少当时紧缺的食物和生活必需品。这种说法得到了大多数斯泰因专家的认可，但斯泰因本人和艾丽斯似乎都不置可否，或者说，不愿意承认。毕竟，费伊并不是悲天悯人的辛德勒，他对于斯泰因的照顾是个例，多半是出于个人在文艺领域的偏好（费伊是斯氏作品在法国最热心的研究者推介者，《艾丽斯·B. 托克拉斯自传》的法文版译者，也是其大学巡回演讲的组织人），并不足以粉饰其一贯的反犹太劣迹：他曾在德国人资助的反犹杂志中担任编辑；他是执行贝当“秘密社团禁止令”的得力干将，经其手入狱的多达六千人，有五百四十个在集中营枉死的冤魂可以直接间接地把账算在他头上。

尽管斯泰因从未正面承认过自己接受了费伊的帮助，但她无声的报恩有迹可循：据说，费伊被判终身监禁后斯泰因曾为其多方奔走，1951 年他从监狱医院出逃到瑞士时得到了艾丽斯的资助，后者甚至为此变卖了几幅毕加索的作品。

在“这一场战争”中，令斯泰因无所适从的又岂止是对费伊的态度——她那样的“天才”，一迈出语词的世界，有时候是连弱智也不如的。仗还没完全打起来的时候，她对于希特勒的分析简直算得上温情脉脉：“他并不是个危险的家伙。你看，他是德国的浪漫主义者。他想要胜利和权力的幻象，要那种荣耀和辉煌，但是得到这些就必须流血、打仗，这些他是忍受不了的……”即便是后来身陷战争的泥潭时，斯泰因也认为希特勒之所以如此疯狂，不过是因为“他是个奥地利人，所以要毁掉德国”罢了；斯泰因对于贝当也不无好感，曾在费伊的怂恿下将贝当的演讲集译成英语，在后者颁布反犹令以后仍然坚持把这项任务进行到底。

更令读者费解甚至颇有微词的是，除了在色情诗里把艾丽斯唤作“我的小犹太”以外，斯泰因似乎有意无意地在自己和犹太族群之间划了一条不深不浅的鸿沟。美国作家怀尔德（Thornton Wilder）就曾在给友人的信中这样质问过："她为什么从来不提自己和托克拉斯小姐是犹太人？"在她的少数严肃地涉及犹太民族问题的文字中，甚至还能发现这样标新立异得让同胞寒心的言论："犹太人喜欢曝光于公众的本能奠定了他们被选中遭到迫害的真正基础。"

然而切肤之痛是无法回避的。在《我眼中的战争》中，她可以放弃立场不写谁对谁错，但身边天天发生的变化她难以熟视无睹。成千上万的法国青年被流放到德国强制劳动，斯泰因在送别他们的时候既伤感又无奈，"……学学他们的语言了解他们的文学，你们权且把自己想象成一名旅人而非囚犯……"

1944年的某日傍晚，斯泰因正在下山途中。冬雨夹着雪珠子飘下来，却有一丝暖意从身边一小队路人那里传来。他们是为了逃避流放而长期躲在山上的年轻人，此刻正下山回家过夜。大家心照不宣地快乐着，因为盟军的节节胜利眼看着就要让他们彻底自由了。

斯泰因也在为自由欢呼。随着"这一场战争"渐近尾声，曾经或置身事外或不知所措的斯泰因也许终于领悟到了什么。"我以前是不理解的。现在，我开始懂了……"

黑鸟在哪里？

还好有亨弗莱·鲍嘉。除却此君，《马耳他黑鹰》（*The Maltese Falcon*）里那个能把烟卷出好几种样子的侦探塞缪尔·斯佩德（Samuel Spade），找第二个人来演还真是欠火候（尽管，确实有不止一个《马耳他黑鹰》的电影版）。鲍嘉的冷，不是月下森然出鞘的三尺龙泉，没有逼眼的寒光；常常的，倒是钝钝的，温吞着。但是你拿他的眼睛当镜子，照出整个世界的影像，却宛然是一片寸草不生的荒原了。

我想，当塞缪尔"一边吃东西"，一边盯着布里姬·奥肖内西小姐问"那只黑鸟在哪里"的时候，就该是这样的眼神吧？

读《马耳他黑鹰》，我时不时地走神。这并不是一个靠角力智慧靠铺设陷阱来抓人的故事——我是指如果你读过两部以上克里斯蒂的话。读累了，你完全可以放下来，打个哈欠放心地入梦去。然而到了明晚，我有把握你照例还会拿起它来往下看，让你心里总留着那么一点不痛不痒的牵挂的，是人物的表情、动作和腔调。手边有一帧作者达希尔·哈米特（Dashiell Hammett）的照片，瘦削，冷冽，若是跟鲍嘉的形象交叠起来，大体是和谐的。单看照片，你就知道这是个沉默的人——沉默于他，不是一种姿态，更像是与生俱来的需要和习惯。

侦探哈米特

大多数钟爱哈米特的读者认为，《马耳他黑鹰》的主人公与作者同名（哈米特全名里含有“塞缪尔”），并不完全是巧合。对此，哈米特说，“塞缪尔·斯佩德没有原型，他是一个‘梦幻男子汉’。与我共事过的大多数私家侦探都希望自己能像他这样。”

哈米特所说的“与私家侦探共事”，指的是他在平克顿侦探事务所度过的前后四五年时光。在此之前，因为父亲沉湎酒色、母亲羸弱多病，一家人从马里兰迁到巴尔的摩，家境每况愈下，逼得十三岁的哈米特辍学（有一部传记说他辍学的时候已经能读得懂康德了），从此混迹江湖，干过邮递员、计时员、装卸工。二十二岁那年，哈米特在“平克顿”当上了办事员，也兼做些盯梢布线的活，渐渐地有了业绩，不久升任探员。据他回忆，彼时接受的最多的案子，是被人雇来追回被偷走的财物——就像那只“黑鸟”。

许是嫌这样的案子还不够过瘾吧，1918年，二十四岁的哈米特应征入伍，参加第一次世界大战。他没有上过一天战场，刚抵达马里兰的一处营地就染上了流感，次年春天转成肺结核，在医院里转了一大圈以后，打道回府。此时的哈米特，身体底子已大不如前，整日里像母亲一样咳嗽，像父亲一样喝酒。

回到平克顿以后，哈米特跟着事务所的一干人马迁到了西部——全世界的冒险家似乎都在那里安营扎寨，再加上工会又折腾得厉害，警察侦探之类是大有用武之地的。

然而他的体力根本不允许他重操旧业，断断续续地干了一阵子以后，到底还是被迫辞职了。其间，他又进了几次医院，并且，像许多敏感无助的单身汉病人一样，爱上了漂亮的小护士约瑟芬·多兰（Josephine Dolan），还没彻底痊愈就跟已经怀孕的她结了婚。

再以后，人们一度可以在大大小小的图书馆里看到哈米特，而坊间流传甚广的侦探小说杂志（当时市面上这样的杂志居然有七十种之多）《黑面具》上又多了一个叫座的写手。哈米特为《黑面具》炮制了几十个短篇，有相当数量都没能留下来，其中包括他的处女作——虽然标题叫《永恒》。话说回来，就算没有湮没在废纸堆里，也未必是佳作：据克劳迪亚·罗斯·皮埃隆（Claudia Roth Pieront）在《纽约客》上发表的文章称，幸免于难的“黑面具”时期的哈米特小说This King Business（国王的营生？不晓得情节的来龙去脉，不敢乱译），“压根连一遍也不值得读”。

也难怪哈米特，此时他膝下已经有了两个女儿，为了赚这份并不easy的easy money，他每天必须在打字机上敲出五千个词来。何况，即便是在如此尴尬的创作环境里，还是诞生了著名的“大陆侦探”（The Continental Op）系列。评论界普遍认为，这位出现在《纵火案》《灰眼睛的女孩》《血腥的收获》等小说里的矮矮胖胖、连名字都没有的中年侦探（我们只知道他属于大陆侦探事务所），乃是此后在美国文坛上横冲直撞的一长串硬汉侦探（hardboiled detective）的鼻祖。普通读者对Op的爱戴，比之于塞缪尔·斯佩德，甚至有过之而无不及。我曾经查到过一个专为 Op 开设的网站，贴满了版主摘抄的 Op 语录：

“我还没来得及把目光收回来，就瞥见了三具尸首，”我一边领着他进门一边说，“没准像你这么个老侦探能发现更多。”

“很少有人是死在别人手里的。大多数猝然毙命的家伙都是自己把命搭上的。我有二十年避开死于非命的经验。不管出什么事都有把握成为幸存者。我也乐意能让别的幸存者搭个顺风车。”

“你满以为我是个男人你是个女人。错。我是个男猎手，你嘛，就是那么个在我前面跑的玩意儿。这里头没什么人性可言。”

……

作家哈米特

1928 年，哈米特在给克瑙夫出版社的信里提到自己正在“尝试把意识流方法运用到侦探小说里去”，他说他相信终有一天人们能从侦探小说里嗅出文学的况味来——毋宁说，他相信自己总有一天当得起“主流作家”的头衔。

然而，这封信前脚发出去，福克斯电影公司的约稿函后脚就来了。于是哈米特紧接着又给出版社写了一封信，推翻原先的计划，转而打算“采用一种客观的、电影化的风格”。

所以，我们最终看到的《马耳他黑鹰》其实是个矛盾体。哈米特在行文运笔的时候，既要照顾镜头，又要在高度密集的对话和动作里寄寓他的文学理想。如是，《黑鹰》磨去了他整整一年的光阴。

这个故事给我的总体印象是：一群贪婪却多少有些弱智的闲人为了一只所谓的涂了黑漆的金鹰费尽心机，杀人劫持视同儿戏，荒诞到了滑稽的地步；塞缪尔侦探卷入其中，金钱美女来者不拒，黑道白道来回穿梭，到头来各个击破，终显冷面本色。

那么，“黑鸟”到底在哪里？好容易等到黑帮老大古特曼把它攥在手里，刮开黑漆，里面却是实打实的——铅！“赝品！假货！”古特曼紫涨着脸叫道。余下的两三页里，便再没有交代黑鹰的下落。

一个暧昧的、就像是根本没讲完的结尾是最容易引起评论家兴趣的。他们欢呼：一种崭新的风格诞生了，不仅属于文学，而且属于整个时代——一个混乱的、恣肆的、无所谓对错的时代。他们替哈米特追根溯源，寻找其可能的师承，名单上列出了耳熟能详的名字：亨利·詹姆斯，舍伍德·安德森以及欧内斯特·海明威。

哈米特并不领情。对于同样善于打造硬汉的海明威，他似乎总有那么点不以为然。他甚至安排让笔下一个惹人生厌的小妞装模作样地看《太阳照常升起》，算是跟海前辈开了一个不大不小的玩笑。哈米特最受追捧的时期，曾有一位评论家认为他的写作技巧已经超越了海明威，“因为他不仅把柔软的一面，而且把坚硬的一面也隐藏了起来”。说得通俗点，在这位评论家看来，哪怕是耍酷，哈米特也显得更有节制一些。这话未免言过其实，不过我想哈米特一定是很受用的。

至于读者们津津乐道的“风格”，哈米特从一开始就认定，这是一种能造就人也能毁掉人的东西。“哪一天当你发觉自己有了某种‘风格’的时候，你的作品便行将就木了。”如此看来，为风格所累，大约也是哈米特成名之后作品少得可怜的原因之一吧。

人们试图从各种不同的角度解释《马耳他黑鹰》的主题，但没有一种解释比得上小说本身的一段情节贴切——且看作者借塞缪尔之口描述的一个类似寓言的故事：有个叫克拉夫特的人，典型的中产阶级，日子过得不紧不慢无风无雨。有一天他出去吃饭，经过一座正在兴建的办公楼，差点被一根掉下的横梁砸死。劫后余生的克拉夫特只觉得仿佛“有人把人生的盖子揭开了一样”。他给妻儿留了一大笔钱，然后更姓改名，到处流浪，直到跑累了在西北部安了家——第二个老婆也是那种“喜欢新的色拉烹调法的女人”，跟第一个没什么两样。

塞缪尔说：“他当初那一走，就像攥紧了的拳头，手一放开，就没了……他那么做是因为需要适应掉下来的横梁，后来再没什么掉下来了，他也就适应于什么也掉不下来的生活了。”

我想，奥肖内西小姐也好，古特曼也好，甚至塞缪尔也一样，那只“黑鸟”就是他们头顶上摇摇欲坠而始终没能掉下来的“横梁”吧。

情人哈米特

此时的哈米特自己也有了抛妻别女的经历。跟克拉夫特不同的是，他走得干脆利落，并没有留下一大笔钱。事情的起因是哈米特生怕女儿染上自己的肺结核，所以刻意保持距离。但他显然不甘寂寞，接连欠下几宗风流债，未免闹将出来，到底还是在 1929 年的秋天跟女作家旎尔·马丁（Nell Martin）双双搬到了纽约。

哈米特的女人缘由来已久，绵延终身。在他死后整理出版的书信集里，写给女人的信占了一大半。不管是写给妻子、情人还是女儿、女性朋友，他都晓得以怎样的方式取悦才是最恰到好处最熨帖人心的——这几乎像是他的本能了；另一方面，哈情圣骨子里对美色又多少有些忌惮之心，他的小说里反复出现美丽而善变的女性（像《马耳他黑鹰》里的奥肖内西小姐），是硬汉侦探要征服也要防备的对象。虽然一番尔虞我诈之后，硬汉一定能识破机关，抓住美女法办，可是哈米特写到这里的时候总是不那么坚决，让硬汉又是咬牙又是瞪眼的，明摆着露怯。

与旎尔一道四手联弹的音符注定只是狂欢乐章的序曲。凭借《马耳他黑鹰》（小说＋电影）大获成功，哈米特已迅速成为新一代文坛偶像——真正意义上的偶像。他虽单薄却挺拔的身形、银灰色的头发、良好的着装品位，以及当过侦探的经历，都有意无意地引诱着女人们推导出这样一个公式：哈米特等于塞缪尔约等于亨弗莱·鲍嘉。

当丽莲·海尔曼（Lillian Hellman）第一次把目光投向哈米特的时候，她一定也会这么想。那是 1930 年 11 月的好莱坞，他们邂逅在罗斯福饭店，参加平·克劳斯贝某场演出的庆祝派对。在她的记忆里，当时的他虽然多少有些颓废的样子，“却无疑是全场的焦点。”

二十五岁的海尔曼是犹太人，在米高梅有一份审读剧本的差事，丈夫是圈内交游甚广的作家。那场派对改变了她的一生。次年 3 月，她就成了哈米特的 Darling Lily 或者“小卷心菜”；又过了一年，她离了婚，却并没有再嫁的意思。此后的岁月，他们整整纠缠了三十年。

该怎么来形容丽莲·海尔曼呢？矮小，不美，好斗，睿智，野心勃勃……她与哈米特之间，有多少爱就有多少恨，从未相互忠诚，却又难以割舍。哈米特厌恶海尔曼的尖刻，海尔曼则始终无法承受哈米特“千金散去还复来”的豪气（电影剧本《玻璃钥匙》的稿酬两万五千美元，全被他拿去赌博、摆宴、逛夜总会）。1941 年，在一次剧烈争吵之后，海尔曼拒绝了哈米特的性要求。她没有料到，哈米特就像一头给咬伤了的豹子，从此再也不愿意跟她上床（但他们仍然维持着比最好的朋友更密切的关系，直到哈米特逝世）。即便如此，海尔曼还是嫉妒出现在哈米特身边的每一位女性——包括替他立传的年轻作家黛安娜·约翰逊（Diana Johnson），直到哈米特死后，海尔曼仍然对她口诛笔伐，不依不饶。

对于哈米特，海尔曼最有效的报复手段是她的作品（尽管她一直不讳言自己的写作潜能完全是哈米特激发的，因为后者经常提醒她抓住转瞬即逝的灵感，碰上她写完“一堆垃圾”的时候也会冷冷地要她撕掉重来）。在她最出名的剧本《秋日的花园》（*The Autumn Garden*）里，出现了一位优柔寡断、酗酒成性的画家，屡屡伤害聪慧过人、有情有义的妻子，而且刻意隐瞒一个可怕的事实——十二年来，他连一幅画也没有完成过。

现实更残酷：从这个剧本发表的 1951 年往前推，哈米特最近的一部“像样的小说”要追溯到十七年前！

红色哈米特

写那个年代的美国作家，有一个屡试不爽的套路：参军—退役—写作—成名—酗酒—迷失。哈米特一度似乎也难逃此劫。1948 年圣诞前夕，哈米特的医生终于忍无可忍，宣称摆在他面前的只有两条路：要么同酒精道别，要么跟上帝会面。

这一次哈米特清醒地选择了前者。他的戒酒并没有像想象中那样艰难。他向海尔曼承诺滴酒不沾，然后，他真的做到了，就这么简单。两年后，他甚至开始酝酿新作《郁金香》，并且写信给为他担心的朋友，“放心吧，如今再也没有人年轻轻地就夭折啦。”问题是，此时的他，因为屡有出位的言行，已经成了联邦调查局的重点监控对象。

其实哈米特的赤色倾向早已有迹可循：西班牙内战和纳粹德国时期，他写了大量支持反法西斯团体的文章，此后一直担任著名的左翼团体“电影艺术工作者委员会”的组织工作，声援中国抗日。二战爆发，已经四十八岁、肺上伤疤累累的哈米特积极报名，在接连两次体检不合格之后，第三次终于如愿以偿。这一次从军，他虽然还是没上前线，但好歹没有中途退出，先后在纽约训练基地、阿留申群岛上参加军训、为士兵办报，受到军内嘉奖。战后他继续热心于政治活动，而且思想上越发“马克思主义化”，不仅担任纽约民权代表大会主席，而且在以研究马克思主义为特色的杰弗逊学院里长期教授犯罪小说，探讨“侦探小说作为进步文学载体的可能性”。

生活中玩世不恭的哈米特何以在政治上如此激进——这一点常常让他的那些给斯大林吓破了胆的同胞不解。多数人认为丽莲·海尔曼起了决定性的作用（谁说女人祸水论是中国人的专利?），因为她很久以前就是支持苏维埃政权的“死硬派”。以她和哈米特的“零距离”，自然脱不了其中的干系。可我总觉得这样的说法低估了哈米特的智商和骨气——他是那样没主见的人吗?

被告哈米特

然而最终身陷囹圄的却是哈米特。1951 年，四名被控从事“非美活动”而受审的共产党人经他保释后失踪（他与海尔曼同为保释基金会的理事）。联邦调查局袭击了海尔曼的寓所，紧接着地方法院传唤哈米特出庭。

当时哈米特究竟知不知道那几个逃犯的行踪，如今已无从查考了。因为他在法庭上援引宪法“第五修正案”（即：被告有权在法庭上拒绝回答导致证明自己有罪的问题），始终缄口不语。熟谙司法细节的他心里比谁都清楚，这样做虽然能为他赢得“不枉硬汉英名”的喝彩，却难免被安上“藐视法庭”的罪名。果然，他被判入狱，没收全部财产，外加十万美元的罚款。

哈米特在狱中呆了六个月。事后回忆起这段日子，他的口气照例是半咸不淡的：审讯中的一问一答，不见得比纽约的任何一场鸡尾酒会更傻；至于那些食品，是不怎么可口啊，不过好歹牛奶还是有得喝；更何况狱中还不乏成就感呢，尽管这“成就”不过是洗干净了一个马桶……

这些话刺痛了海尔曼。哈米特的铁窗生涯究竟是何种滋味，只有她才清楚。刚回到纽约的时候，他是一路跌跌撞撞地从飞机舷梯上下来的，每走几步都得停下来歇口气。那天海尔曼去接他，远远地看到这副情形，好半天都躲在暗处，不敢让他看见。她知道自己的表情一定掩饰不住内心的绝望。她的哈米特，曾经在别样的忧郁里透出性感来的哈米特，整整老了二十岁——老得再也没有力气跟她调情跟她吵架了。

他要受的罪还只是开了个头：账面上已经一贫如洗，政府几乎断绝了他的所有财路。根据他的作品改编的广播剧停播，作品也从书店的架子上卸了下来——直到他的书迷艾森豪威尔总统出面干涉，宣称他“怎么看也瞧不出书上有哪些地方犯了忌”。

瘦子哈米特

哈米特一辈子都没胖过。

他给别人写信，除了和女人调情、向朋友倾诉自己写作思路受阻时的不知所措，就是不厌其烦地记录他的体重变化。从这些信里，我们知道，身高六英尺一英寸（将近一米八五）的哈米特最重的时候也只有一百四十镑（约六十三公斤）。他经常会被磅秤上的数字弄得神思恍惚，这份诚惶诚恐、顾影自怜的劲头，不亚于如今那些把塞尼可、更娇丽当饭吃的瘦身男女——只不过，他的心愿正相反，巴不得那数字能大些，再大些。

坐了半年牢之后，他的体重降到了最低点——不足一百三十磅（约五十九公斤）。这不是个好兆头。可他还是挣扎着想写《郁金香》（直到去世，他也只完成了两章）。当时他一个人住在纽约北部一个朋友的小屋子里。有一回一位记者去采访他，然后写文章把他描述成一个可怜巴巴的过气作家：中午还穿着睡衣，并且说身边之所以摆了三台打字机，是要“提醒自己，我好歹当过作家”。

不久，硬汉就发现他的生活已经无法自理了。他搬到了纽约东区海尔曼的寓所，在那里度过了最后的两年半。曾经，他和海尔曼之间撞出过那么多火星，亮眼的，灼人的，如今全熄灭在一潭静水里。1960 年，他确诊得了肺癌，但是海尔曼不敢告诉他。当已经扩散的癌细胞让他的肩膀实在痛得受不了时，海尔曼就替他狠命地揉，想让他以为自己只不过得了关节炎。其实她也知道哈米特未必会相信，毕竟，他是当过侦探的人哪。

海尔曼一直难忘他临终前的某一天：她走进卧室，看到他眼里居然噙满泪水——三十年了，这还是她第一次看见他流泪。

“你想跟我谈谈吗？”她问。

他的语气里满是愤怒：“不。唯一能让我好过一些的，就是什么也不说。”

与谁共舞

一

2004年适逢布卢姆日（《尤利西斯》记述了布卢姆在1904年6月16日这一天的活动）百年纪念，乔伊斯这一本经典糊涂账，少不得要被人反复打开、细细翻检。最近接连在几张报纸上读到爱尔兰当代大作家罗迪·道伊尔（Roddy Doyle）频频攻击乔伊斯的言论——其实这样的论调自乔伊斯成名以来从未间断，但比他小了两辈的道伊尔此番跳将出来，似乎又添了一层令爱尔兰人集体难堪的讽刺意味：须知，道伊尔先生素有“乔伊斯之后又一位以书写都柏林为己任的小说家”之誉，尽管他的成名更多地有赖于英国文坛的追捧。

我译过道伊尔的《撞上门的女人》（*The Woman Who Walked Into Doors*），也读过原版的道伊尔的成名作 *Paddy Clarke Ha Ha Ha*（此书曾于九三年获布克奖，当时还创下了获该奖作品的最高销售纪录，算是开了“曲高而和众”的先例）。依我看，小罗对老乔的不恭由来已久，他固然有难以逾越后者盛名的瑜亮之恨（“如果你是一位生活在都柏林的作家，哪怕只写了一小段对话，人们都会认为你是从乔伊斯的作品中抄来的”——这是道伊尔的原话），但更本质的原因恐怕还是二者文风的格格不入。道伊尔对市井口语运用自如，叙事行文是扑面而来的直白，实在与深奥晦涩的《尤利西斯》相去甚远。

无论奏响过多少不谐和音，“乔学”“尤学”的主调终究是昂扬的。我总有这样的怀疑：偌大的文坛，若少了乔老爷子，未必有多少普通读者会因为读不到他那五六部天书或准天书而伤心，但文学评论界一定会觉得寂寞许多。同样会深感遗憾的大约还有里查德·艾尔曼（《乔伊斯传》作者）和布兰达·马多克斯（《诺拉传》作者）们——仅就人生的戏剧性而言，乔伊斯及其全家也是值得深度开掘的富矿，相似类型的传主实在不好找。

去年这一类传记又多了一个品种：斯坦福大学的乔伊斯专家施洛斯（Carol Loeb Shloss）撰写的 *Lucia Joyce: To Dance in the Wake*（关于书名的译法后文再叙），这一次，主角换成了露西娅，乔伊斯的女儿。

二

其实综观全书，就史实而言，并没有多少既确凿又具有突破性的发现。露西娅的故事，在以前那一长串乔氏传记（尤其是《诺拉传》）中已占据了不少篇幅，早已形成了口径一致的模式。

先来看看浮在所有传记表面的露西娅。

乔伊斯有两个孩子，长子乔治亚（Giorgio）生于1905年，两年后露西娅落地。第一眼见到这孩子，乔伊斯夫妇心里就咯噔了一下。露西娅的长相本来也算清秀，偏是有一只眼明显斜视，就像诺拉的妹妹佩格一样。诺拉本人的左眼也不灵活，但露西娅无疑要严重得多。诺拉难为情，逢人上门便把孩子抱走——她比谁都清楚，终其一生，女儿都将为自己的容貌耿耿于怀。长大后，露西娅试图以手术矫正斜视，但于事无补。

让诺拉难为情的还有露西娅羸弱的体质。有一回露西娅脖子上长疖子，疼痛难忍，诺拉严令仆人不准对别人提起此事；另一次露西娅得流行性腮腺炎，诺拉干脆用面包和牛奶制成泥敷剂，用橡皮膏贴在露西娅的脖子上。露西娅确信，下巴那块一直让她难堪的疤就是这种治疗的成果。

诺拉没有像对待乔治亚那样亲自给露西娅哺乳。童年，充盈在露西娅耳畔的，总是诺拉振振有词的训斥。露西娅手里的玩具娃娃跌在地上摔成两半，诺拉厉声喝道："瞧你这双不中用的手！"乔伊斯把娃娃接过去，修好了再还给露西娅——对女儿，乔伊斯向来是这样宽容的；他也很愿意陪女儿玩，当然，那是在他**有时间**的时候。

然而乔伊斯实在是太忙了，忙着写作，忙着搬家。在他为小说向纵深发展而冥思苦想时，不得不堵起耳朵，以免听到儿女们的牢骚：我们要待多久啊？我们必须学这种语言吗？我们非得到那所陌生的学校去吗？到七岁为止，露西娅住过的地址换了五个；到十三岁为止，她已经在三个不同的国家转了一大圈：意大利，瑞士，法国。在年幼的露西娅学习语言的关键时期，她不得不接受四种语言的轮番轰炸：德语、法语、英语和意大利里雅斯特语。后者才是她的母语。不幸的是，在她一生的绝大多数时间里，身边的人几乎都不懂里雅斯特语。以往的传记都把童年的露西娅描述成经常发呆的孩子，并把这作为露西娅日后发疯的先兆；但，试想：一个终日为失语所困扰的孩子，除了发呆，还能做什么？

乔伊斯有意无意地把一双儿女往舞台上引：乔治亚学过声乐，露西娅则从十五岁开始学现代舞，曾师从邓肯的兄长。兄妹俩到头来都没有什么建树，但露西娅是真的喜欢舞蹈，一度还随小歌舞团在欧洲巡演。据说，她最胜任的是那种“野性的”角色。

1929 年，露西娅突然放弃舞蹈生涯，为此她整整哭了一个月。此后她的兴趣逐渐转到美术上，最大的成就是为一本叫《乔叟入门》的书画过插图，但据说，此书是她父亲花了一万五千法郎出版费，才得以付梓的。

露西娅的事业屡受挫折之后，诺拉不安地发现，女儿对青年男子“有一种难以抑制的兴趣”。按照她的一位同辈的委婉语，露西娅是一个“容易受骗”的人，让她“上当”的情郎鱼龙混杂：一位不太出名的美国作家；她的美术老师、雕塑家考尔德（Alexander Calder）；画家胡贝尔（Albert Hubbell）——故事千篇一律，他们都在把她骗上床以后想起了自己的妻子/未婚妻，于是做回好男人。贝克特（Samuel Beckett）一度成为露西娅狂热单恋的对象，他虽然有所觉察，但不知道该怎样向露西娅暗示：对他而言，她只是他的偶像的女儿。很久以后，当贝克特终于明确告诉露西娅自己“没有那方面的想法”时，露西娅几近崩溃。诺拉为此怒不可遏，有一段时间她甚至说服丈夫与贝克特断绝了关系。

但露西娅的状况还是愈来愈糟。她到埃菲尔铁塔下与水手约会；她宣称自己是同性恋……1930 年，乔治亚与长他十一岁的弗莱施曼（Helen Fleischman）结婚，弗莱施曼惊讶地发现乔氏夫妇其实从未举行过婚礼，便固执地要求她的公婆将其婚姻合法化。据说这件事对于露西娅的冲击不亚于贝克特的婉拒，她无法面对自己多年来一直是私生女的事实。

此后是一连串被各种传记反复提及的闹剧：1932 年 2 月 2 日乔伊斯五十大寿那天，露西娅抄起一把椅子向诺拉扔过去；两个月后，乔氏夫妇带露西娅去伦敦，露西娅在火车站上突然发作，说她不想离开巴黎——“她不只是哭喊，是吼叫，声音响彻整个车站，持续了四五分钟”；某个乔伊斯的崇拜者向露西娅求婚，后者应允，数日后又在众人或赞成或反对的喧嚣中黯然解除婚约。

露西娅疯了。所有人都这样说，除了乔伊斯还残存着希望。虽然他始终持反对意见，但露西娅还是被诺拉和乔治亚送进了各种各样的精神病院，在那里，她不停地攻击别人、打烂窗户，直到被人强制穿上紧身衣才会安静下来。即便是间或回到家里，她也处于被囚禁的状态中：公寓被改建为小型私人医院，所有窗户都牢牢钉住，露西娅必须长期卧床。她每天都用她所学会的各种语言大声唱歌，把书从窗户缝中扔出去——若是改编成电影，想来应该是极具张力的画面。

这样的生活持续了四十七年。1975 年，露西娅终于离开了这个从不曾善待过她的世界，时年七十五岁。

三

露西娅究竟为什么会发疯，或者说，究竟有没有发疯？有兴趣读这本传记的人，想必都在寻找答案。一旦触及到这个问题，施洛斯的笔触就颇有些悲愤了。首先，施洛斯认为，露西娅身上的种种标签，说到底都是旁人贴上去的，他们的叙述究竟有多少真实性，根本无据可考。乔伊斯死后，他的亲戚朋友居然以惊人的默契，将所有露西娅的亲笔信，连同乔伊斯写给她的信，甚至大部分老乔写给别人但提到过露西娅的信完全销毁。乔治亚之子斯蒂芬义不容辞，不惜跑到爱尔兰国家图书馆，将馆内收藏的有关信件赶尽杀绝。同样难逃厄运的还有露西娅写过的日记和诗歌，也许还有一部据说她一直在写的小说……也就是说，无论施洛斯如何费心尽力，属于露西娅自己的声音，她借由文字穿透时空为自己说话的权利，还是永远永远地被剥夺了。

他们究竟想掩盖什么？

施洛斯把矛头第一个指向诺拉。诺拉对露西娅的忽略和对乔治亚的偏袒一样明显，这一点以前所有的传记都不曾避讳。但马多克斯在《诺拉传》中只是将这种现象归结为"诺拉像所有的爱尔兰/意大利女人一样，更宠爱自己的儿子……何况，露西娅出生时，正碰上家里经济拮据，诺拉实在筋疲力尽"。如此轻描淡写，施洛斯自然难以接受。她认为，露西娅儿时的创伤主要是诺拉造成的，而当她成年以后寄情于现代舞，诺拉又整天絮絮叨叨地游说她放弃这种超越她理解范围的艺术形式。最终，露西娅果然不胜其烦，改学传统芭蕾。这是一个致命的念头，因为一般情况下，没有从八岁就开始系统练习的童子功，以露西娅彼时二十二岁的高龄改学传统芭蕾是不可想象的。她一度每天训练六小时，但事倍功半，最终不得不全盘放弃。

而她的所谓精神异常，也正是从这之后才真正开始的。

更具有讽刺意味的是，外人往往猜度露西娅过于敏感的神经是从作家父亲那儿继承来的，甚至乔伊斯本人对此也不无愧意："我所具有的某种东西——许是一星火花，许是一丝灵气，传递到了露西娅身上，在她头脑中点燃了一把火……"但据施洛斯考证，真正的火种也许来自诺拉——诺拉的妹妹迪莉曾在精神病院中住了一年半。

比起诺拉来，乔治亚的所作所为，施洛斯更无法原谅。是他，在儿时霸占了几乎全部的母爱；是他，在露西娅倍受打击时一口咬定妹妹精神崩溃，以"承担起家庭责任为名"将露西娅送进依靠镇静剂和强制手段维持的精神病院，导致露西娅每况愈下。甚至，施洛斯不止一次地在没有任何直接证据的情况下猜测：少女时代的露西娅是把哥哥当偶像一样敬慕的，他们之间，可能存在某种程度的性接触（sexual contact）；而乔治亚之所以急不可待地强迫妹妹就医，只是为了防止她在精神紊乱的状态中口无遮拦罢了。

艾尔曼和马多克斯的那两本著名的传记也成了施洛斯的敌人。施洛斯认为，他们对于露西娅之遭遇（包括她是否发疯的事实）的定论，失之草率鲁莽，缺少确凿有力的证据。关于这一部分内容，艾尔曼的材料主要来自乔家的一个朋友，而后者，据施洛斯所言，素来与露西娅交恶，有何公正可言？至于马多克斯，在《诺拉传》草成之后，应乔家的要求删去了一段关于露西娅的文字，则更是有违传记作者操守的行为，被施洛斯抓住小辫子，狠狠地咬牙切齿了一番。

问题是，在同样缺乏第一手材料的基础上，她施洛斯又如何能够判定，乔家上下如此煞费苦心，究竟是想瞒天过海，还是仅仅不愿意把家族的隐痛撕开了给别人看？艾尔曼和马多克斯的软肋，也同样长在施洛斯血肉丰满的字里行间。

四

那么，乔伊斯呢？按照施洛斯的推理，在露西娅的故事里，她的天才父亲，究竟充当着一种怎样的角色呢？

相当数量的学者，在《尤利西斯》中布卢姆和十五岁的女儿米利的暧昧关系中，嗅到了乱伦的气味，进而猜测乔伊斯的此种情结，乃是从露西娅身上汲取的灵感。相对于诺拉，乔伊斯确实更喜欢女儿，也确实像许多父亲那样，容易把女儿的情人当成自己的假想敌。有很多人问过艾尔曼，乔伊斯父女是否有乱伦的可能性，他的看法是老乔“不见得有那么强的性欲”——即便有想法，也不会付诸行动。

到了施洛斯笔下，这对父女的关系，似乎被抽象成了某种精神层面的高度默契，简直近于诗化。在她看来，无论是否疯癫，露西娅始终是一位真正的先锋艺术家。在本书的大量篇幅中，施洛斯兀自沉醉在自己的生花妙笔里。她把露西娅比作窃火殉身的普罗米修斯，比作奋身高飞却终于被太阳烧断了翅膀的伊卡罗斯。读施洛斯描绘露西娅舞蹈的文字，你很难相信，作者一没有录像带二没有任何当时的评论文章（即便露西娅真的有天分，她的职业生涯也实在是太过短暂，还来不及引起评论界的注意）可供参考。

1928年，露西娅的一位表亲造访乔家，并留下了这样的记忆：当时乔伊斯正在写《芬尼根守灵夜》，而露西娅则在他身后翩翩起舞，寂寂无声。如此语焉不详的描述，却大大刺激了施洛斯的想象，衍生出这样一大段洒足了狗血的文字来：

> 房间里有两位艺术家，他们都在工作。乔伊斯在观赏在思索。两个人通过某种隐秘的、无法言说的语言相互交流。钢笔在写作，肢体也在写作，这种写作成就了艺术家之间的对话。
>
> 父亲注意到蕴涵在舞蹈中的自然天成的华辞丽章。他能感悟身体是一种神秘的写作方式所运用的象形文字，舞步是一列难以言喻的字母表……她和父亲并非在意识层面相遇，而是相遇在意识产生之前的原点。他们互相理解，因为他们讲的是同一种语言，一种尚未构成词语和概念，却基于肢体沟通的语言。房间里思绪流转，力度激越……

这正是点题的一段。施洛斯写得兴起，就此判定《芬尼根守灵夜》（Finnegans Wake）的主题、语言实验乃至大量的意象都来自于露西娅的舞蹈。读到这里，我开始明白为何这本书的副题要叫 To Dance in the Wake 了。如果一定要翻译，是不是应该叫《露西娅·乔伊斯：与〈守灵〉共舞》呢？

至于露西娅，按照施洛斯的说法，被父亲的凝视“入了定”（transfixed），导致自我意识过强，很难真正接受其他男性，所以才会心理失衡。甚至，数年后露西娅在精神病院里的种种狂野行径——把脸涂黑、给死人发电报——也被施洛斯视为某种信号：苦心孤诣的露西娅是在用这种独特的方式给父亲的写作提供材料呢。

露西娅发病之初，乔伊斯心急如焚，拒不承认女儿的病情。以前的传记作者，倾向于认为乔伊斯此举客观上耽误了治疗露西娅的最佳时机，而施洛斯则坚持露西娅本来就没有疯——她只是个不羁的艺术家罢了，这一点唯有父亲才心知肚明。但是，对露西娅的担忧却使得《芬尼根守灵夜》的写作无法正常进行，坚信自己将依靠这部旷世巨作改变西方文坛的乔伊斯终日陷入两难境地。最后，诺拉和乔治亚帮老乔做出了选择：露西娅入院，乔伊斯继续《守灵》；如是，露西娅终于完成了为《守灵》殉道的悲壮旅程。

露西娅的人生轨迹与菲茨杰拉德那位著名的太太泽尔达不无相似之处——至少，施洛斯的这种说法不算夸张。她们都与天才作家关系密切，学过同一种舞蹈，放弃舞蹈后都爱上了绘画，最终的归宿是同一家瑞士医院——露西娅进入那家医院之前，泽尔达已经在医院里的一场意外中葬身火海。她们的症状，从某种程度上看，都像是在不停地舞蹈，不知疲倦。

五

在去年12月的一期《纽约客》上，署名Joan Acocella的书评，把《露西娅传》归入“艺术家背后的女人”

（biography-of-the-artist's woman）那一类传记。文中说这种类型大约有三十年的历史，屈指算来，其兴起之初，女权主义正是如火如荼之时。最知名的传主包括 T. S. 艾略特第一任妻子维维安（Vivienne Eliot）、W. B. 叶芝之妻乔治亚（Georgie Yeats）、纳博科夫之妻薇拉（Vera Nabokov），当然还应该算上写泽尔达的（以她为中心人物的传记有好几种）和那本被施洛斯所不齿的《诺拉传》。几乎无一例外的，作者都是女性，她们的写作，或多或少地都有超越事实考证层面的企图：她们笔下的女主人公，在无形中改变了天才男人的轨迹，赋予他们灵感也带给他们烦恼；而且，她们本身或许也是天才，只是这一点世人不承认、她们也不自知罢了——这便是悲剧了，女性共有的宿命的悲剧。

当然也有例外，比如乔治·艾略特有乔治·刘易斯的遮风挡雨，弗吉尼亚·伍尔夫有伦纳德的不离不弃……但，比起前者，这样的例子实在不多。

带着上述观点去看待《露西娅传》乃至整个“艺术家背后的女人”系列（其中也不乏相对严谨的作品），或许就能对其中的演义部分一笑释怀了。毕竟，施洛斯自己也承认，她在行文中掺入了太多想象的成分，尚欠斟酌。或许，写到动情处，施洛斯也管不住自己的一支笔，如同舞蹈状态中的露西娅，只晓得旋转，旋转。说实话，拿这本书当具有纪实意味的小说看，还是蛮有味道的。

《纽约客》的同义词

——关于 **E. B.** 怀特的札记

［安迪］

我的一个朋友，把 E. B. 怀特（E. B. White）戏称为“白一碧”。只可惜怀特不懂中文，即便泉下有知，也不能会心一笑，体味拿“寒山一带伤心碧”来熨帖他文字里饱含的清冽之气，是何等的相映成趣。

至少在英文里，这个 E 和这个 B 基本上没有教人联想到“一”或者“碧”乃至任何有明确含义的词语的可能。E 是“埃尔温”（Elwyn）的缩写，而 B 代表“布鲁克斯”（Brooks）。这个庄重得略嫌拗口的名字，与他的家庭背景颇为吻合：老怀特是纽约近郊小城弗农山的一位钢琴制造商，很有钱，却并没因为有钱而缺少教养。生于 1899 年的 E. B. 怀特是家里最小的孩子，整个少年时代都承受着全家最密集的关切。十二岁生日那天，父亲给他写了封正儿八经的贺信：“你是父母的至爱与牵念。你生来就是个基督徒。只要你想想，这世上绝大多数人都生在充斥着无知蒙昧、异端邪说的土地上，你就该心存感激。”这口吻里的虔敬与威严，让我想起隔着帘子跪在元春跟前的贾政。

成名之后的怀特，所有著作的正式署名都是缩写后的E. B. 怀特。没有人用“怀特”来简化他，也没有人拿埃尔温或者布鲁克斯来昵称他。文学史上，“E. B. 怀特”是前后无法分割的整体符号；熟人圈里，他一律被叫作“安迪”——据说这个外号来源于另一个怀特，康奈尔大学的创始者之一安德鲁·迪克森·怀特。当年E. B. 怀特在该校攻读文学学位时，跟他一起办校报的同学把彼怀特的小名借来安在此怀特的头上，从此这昵称便跟了他一世。

［第一人称单数］

安迪在给他的随笔自选集（1977年）作序时，头一段就写：“随笔作者是有些自我放纵的人，天真地以为，他想的一切，围绕他发生的一切，都会引起大家的兴趣……只有天生以自我为中心的人，才会如此旁若无人、锲而不舍地去写随笔。”

这“锲而不舍”许是自幼而始，但“旁若无人”地“以自我为中心”，却并不像安迪说得那么轻易。《纽约客》杂志的名牌栏目“且评且注”（Comments and Notes）由安迪长期（前后将近三十年）主笔，可他对于这每周一篇的时事评论竟然必须匿名发表，向来颇有微词。有一回（1935）实在忍不住了，他就向杂志创始人哈洛德·罗斯（Harold Ross）建议，将“且评且注”从“城中话题”（Talk of the Town）版块中抽出来独立成章，成为一个署名专栏。对此，罗斯复信说：“我认为……你写的那页用匿名会显得更有力。这样一来，你就是在用一个机构的名义而非个人的名义表达意见。我能异常强烈地感受到这一点，而且我觉得，所谓《纽约客》的力量，大部分正在于此。”从杂志的立场出发，罗斯的要求无可厚非——“且评且注”是整个杂志的灵魂，功用类似于社论，它的落款虽然是空的，字里行间却写满了看不见的“我们”。是“我们”，不是“我”。

肩上既然背着这重重的“我们”，安迪“想的一切，围绕他发生的一切”，就只能充当夹带在公共资源里的私货。这其实不仅是一个关乎荣誉或者知识产权的问题，它直接决定了安迪叙事行文的风格和立场。直到两年之后，安迪向《纽约客》要了一年的假，每周为“且评且注”搜肠刮肚的日子才暂时告一段落。也正是在那一年，他腾出空来接了《哈泼斯》月刊的专栏“人各有异”（One Man's Meat，出自俗谚 one man's meat is another man's poison）。月刊的节奏容许安迪打磨更精致的文字，更重要的是，他可以暂时放下第一人称复数，获得用第一人称单数写作的机会。“我们”终于换成了“我”。

从 1957 年开始，安迪把家搬到了缅因州，他与《纽约客》之间，也仿如七年之痒的伴侣正好撞上了异地分居的机会——若为两情长久而计，这倒更像是一种成全。除了相对轻松的“新闻热点”（Newsbreak）外，其他时事短评及幽默小品之类的文章，他基本上不再涉足。在缅因州，他最主要的写作任务是完成《纽约客》的长篇特写专栏“东部通讯”（Letters from East）。一个不折不扣的随笔专栏，一个只要他乐意，可以把“我”写进每一句每一行的专栏。屈指算来，花了二三十年的时间，绕了一大圈，安迪的第一人称单数，才总算醒目而持久地在《纽约客》上闪光。

［罗斯/瑟伯］

在安迪的写作生涯里，哈洛德·罗斯的影响举足轻重，前述的这段“匿名之争”，只不过截取了其中的一个横断面而已。在《纽约客》的世界里，罗斯的学识、修养、脾性，若是拆成单项，也许都只能排进倒数前几名。他弄不清楚 Moby Dick 到底是鲸还是人——类似的段子，杂志社的人随口就能讲出一串来。可是，在这些单项上名列前茅的业界精英，却有不少人乐于为罗斯所用——后者的经营眼光、决策水准、鉴别能力仿佛纯粹出于直觉，你很难找到什么理论依据，但是你没法否认，他的做法就是管用。他本能地拒绝溢美之词——无论是在杂志上还是在生活中，因此，安迪哪怕在替他拟的讣告（1951）上都不曾回避罗斯“在学术上的缺失”。“然而，”安迪接着写道：“他身上具有一种即便不是胜过，也至少可以媲美于‘知识’的东西：他有一种生来就晓得奔赴正确方向的驱动力……他宛若一艘被内心的暴风雨操纵的船，对那股子骚动，他自己也只是一知半解。”

应该也是来自内心的一阵飓风吧，推动着罗斯将《纽约客》的文风标杆，精确地定位在安迪的身上。如果你把《罗斯书信集》和安迪的文字放在一起读，会很难解释，前者如此粗率奔放，怎么竟会迷恋上后者的雅致内敛。总之，根据当时的杂志同人回忆，在罗斯的心目中，只有安迪写的文章才是“恰到好处”的。这道由罗斯在有生之年不断强化的准则，即便到了七十年代之后仍然左右着杂志的方向。《纽约客》员工、著名影评作家宝琳·凯尔（Pauline Kael）在出道头几年郁郁不得志，事后她找到了症结所在："E. B. 怀特在肖恩（罗斯之后的继任主编）眼里，是现代写作的楷模。可是，没有哪个人的文风比我更不像E. B. 怀特了。"

"安迪奏响了罗斯梦寐以求的那个音符。"说这话的人是编辑/作家/漫画家詹姆斯·瑟伯（James Thurber）。在《纽约客》的历史上，他是为数不多的有资格与安迪比肩而论的人。瑟伯的性情不如安迪那么含蓄，在对外界谈论起罗斯时也常有不逊之言。不过，这两位至少有一个共同点——他们都那么喜欢安迪。事实上，小到《纽约客》杂志，大到整个美国文化圈，表达对E. B. 怀特的尊敬与热爱，似乎始终是一件安全的事。在讴歌安迪的交响合唱中，瑟伯本人也贡献了一句名言："谁都写不出一个E. B. 怀特笔下的句子来。"（No one can write a sentence like E. B. White.）

瑟伯这话，除了表达对"E. B. 怀特句式"的由衷赞赏外，恐怕还羼杂着一点感激之情。当初，正是在杂志社的办公室里，安迪发现，当别人在读稿写字的间歇只顾着挠挠下巴、抽抽烟斗的时候，瑟伯的习惯是随手在纸上描几只狗、画几个人。包括瑟伯本人在内，从没有人拿这些涂鸦当回事，直到它们撞进安迪的视线。在安迪的坚持下，他与瑟伯合写的新书《非要性不可吗？》（Is sex necessary?）由瑟伯亲自操刀配图。1929年，这本拿当时泛滥成灾的性爱指南开刀的戏仿作品蹿上了畅销书排行榜，瑟伯的漫画天分也随之获得广泛承认。同时得利的还有《纽约客》。在安迪的力荐下，它选用了瑟伯的一幅漫画，就此开创了该杂志长盛不衰的讽刺漫画传统。

[凯瑟琳]

罗斯也好，瑟伯也罢，在《纽约客》编辑部里，他们俩对于安迪的影响，加在一起也抵不上凯瑟琳。1929 年之前，她是凯瑟琳·萨金特·安吉尔。1929 年之后，她是凯瑟琳·怀特。

时光往前推：1926 年。《纽约客》编辑部。初遇时，她是这本创刊不久的杂志的骨干编辑，他是刚在杂志上发表过几篇短文的作者。她只收到了几篇他的投稿便建议罗斯有必要将此人收致帐下，而他，一见面便记住了她有好多好多乌黑的长发。这印象是那样浓烈，以至于另外几桩事实相形之下显得如此不值一提：她比他年长六岁，已婚九年，膝下一子一女。

有必要交代一下这位凯瑟琳在编辑部乃至美国文学界的地位：《纽约客》的短篇小说栏目是靠了她的学识与勤勉才形成其独特风格的。那些反高潮的、抛开欧·亨利风格另辟蹊径的作品，那一大批以约翰·厄普代克为代表的作家，也是靠了她的慧眼和“舒缓文学青年紧张情绪的技巧”，才有机会崭露头角的。而她和安迪合编的《美国幽默文库》，连同安迪为此撰写的著名序言《闲话幽默》，亦是关于“幽默”话题的常销经典。

初次见面后不久，安迪即加盟《纽约客》与凯瑟琳共事。水到渠成的，他和她成了两道闪电，于静默中划破彼此身后的黑夜。老实讲，不管是看别人写 E. B. 怀特，还是看 E. B. 怀特写 E. B. 怀特，我总会在心里生出隐隐的不满来：这个形象实在太完满太周全，像是一幅过于对称的画，总叫人恨不能哪里冒出尖锐而突兀的一笔来破一破才好。他和凯瑟琳的婚外恋大概可以充当这一笔——毕竟，多年后，素来遣词不事铺张的安迪，在追忆这场办公室罗曼司时，用的是“暴风骤雨”（stormy）这样奢华的字眼。

既然是“暴风骤雨”，总不免要经历在泥泞中进退维谷的煎熬吧。没有现成的可以佐证这煎熬的材料，世人只晓得雨歇风驻之后，E. B. 怀特终究不是风流成性的詹姆斯·瑟伯；完满的仍然完满，周全的依旧周全，一道彩虹不知何时就挂在了天边。凯瑟琳的婚是否离得波澜不惊，尚待考证；但怀特夫妇厮守终老，长达四十八年，且凯瑟琳与前夫所生的一双儿女在判给父亲之后仍然与母亲乃至继父交往频繁，却是不争的事实。更能构成“佳话”的是，凯瑟琳之子罗杰，自小不乏语言天分，成人后当上了《纽约客》的编辑，一路上都受惠于继父的言传身教。2005 年，E. B. 怀特去世二十载之后，罗杰以“安迪”为标题，在《纽约客》上撰长文缅怀。那些娓娓道来的细节，若非浸透了自幼而始的深厚情感，断不会如此这般，一字一句仿佛都逼得出画面：

“安迪和我母亲年事渐高之后，健康每况愈下……但是，我还是轻易便能想起那些状况较好的日子，比如，某天快到中午时分，邮件刚刚抵达（缅因州怀特寓所）的那一段时光。他们俩的书房隔着一个窄窄的前厅彼此相对，两扇门总是开着的。我母亲穿着柔软的粗花呢衣、浅色套头衫，鼻梁上架着龟甲眼镜，单腿盘起，坐在她的樱桃木书桌边，一手拿着点燃的 Benson&Hedges 烟，一手握一枝棕色软芯铅笔，在长条校样上勾勾点点……隔着前厅，安迪坐在松木书桌边，面对着她……安迪大声念了一段今天来的信，母亲笑出声来，但目光却几乎未曾从校样上移开……”

“母亲死后，安迪有一次告诉卡罗尔（罗杰之妻），他不打算再婚。‘我生怕这回弄到个蹩脚货色。’他说。”

[纽约客·纽约]

为 E. B. 怀特的一生梳理脉络时，我写下的第一个关键词就是“《纽约客》”。我试图只用一个词条的篇幅，就讲清楚安迪与这本杂志之间的关系，结果发现这样根本就是自讨苦吃。前面说到的那些出没在他生命里的人和事，有哪一个可以绕得开《纽约客》？因而，写到这里，杂志的名字与事迹已经被反复提及，我所要做的，就只剩下交待一段“缘起”、挈领几场“离合”了。

安迪本科毕业是在 1921 年，其后四年大概是他一辈子过得最郁闷的时期。当时他晚上与父母同住，白天乘火车到纽约曼哈顿一个广告公司担任文案。奔涌的文思不得不收敛成一股色泽可疑的细流，以某种饮料、某块香皂的名义一点点渗出来——这份职业对于安迪的天性，委实是种惨淡的消磨。他的乐趣，只能寄托在无偿给某些公益杂志写稿上。抑或，往返于纽约和弗农山的路上，安迪的神思可暂时挣脱羁绊，想想心事，看看野眼。

1925 年的某一天，火车站里出现了《纽约客》创刊号，将安迪上下班的路，蓦然间照亮了一片。“我被这新生的杂志吸引住了，这并非因为它如何尽善尽美，而是因为杂志上有好多栏目既短小又轻松，有时候还很幽默。我就是这种乐意炮制短文的写作者，于是立马就寄上了自己的讽刺小品和诗歌。”4 月 11 日，署名 E. B. W 的短文《向前一步》（*A step forward*）发表在《纽约客》上，通篇模拟职业广告人的口气描写春天，比如：“本季每一只歌雀都被赋予了著名的‘春之声’。在它们的胸前可以找到醒目的白色商标……”如果留心安迪此后的众多随笔作品，往往能发现他从来不肯放过任何一个能捎带着刺一刺广告行业的机会，好歹吐出了几口那四年里憋出的恶气。

《向前一步》引领着安迪跨出了通往《纽约客》的第一步，此后便是凯瑟琳、罗斯、瑟伯轮番登场。因了这本杂志，他遇上了这些人；又因了这些人，哪怕他与杂志之间的距离时远时近，却从来没有真正分开过。若编个简单的年谱，大致如下：1927—1937，全职编辑，“且评且注”等栏目最主要的匿名供稿者；1937—1943，携妻暂别，但仍断断续续地为杂志撰稿，凯瑟琳则采取远程工作的方式，继续担任该杂志的小说编辑（直到此时，罗斯才发觉，当初任由自己的左膀与右臂在办公室里爱得死去活来，是多大的一场灾难——那就意味着，一旦有一个动了出走的念头，他就得面临双倍的损失）；1943 年，为了解决二战后期杂志社的“人荒”，怀特夫妇双双应邀而归；十四年后，尽管读者还是常常可以在杂志上看到他的文字，但年近六旬的安迪终于决定解甲归田，从此定居缅因州。

一千八百篇长长短短的文章（其中相当数量是匿名发表），是安迪留在《纽约客》里的遗产，也是人们把他形容成"《纽约客》之同义词"的量化依据。比数量更重要的，是这些文章，从各个层面铸成了《纽约客》绵延至今的风骨：在政治倾向上，既是"正确"（民主，自由，战后积极倡导建立联合国）的，又从来不缺少温和的质疑（反种族隔离，反麦卡锡主义，对"美国梦"和全球化进程始终抱有本能的警觉）；在趣味上，牢牢占据着由"低眉"（low-browed）向"高眉"（high-browed）渐变的光谱上居中偏"高"的位置；在语法上，为本来底气不足的美式英语提供了文雅而纯正的范本；在文风上，幽默，简洁，轻而不飘，重而无痕——是那种让知识分子一看就想学，一学又多半会气馁的风格。在这些文章里，安迪身上的"城市性"始终占据上风，他像关注天气一般关注时事，对周遭的一切既热诚投入又微笑旁观，他的自嘲永远让读者在拍案叫绝的同时产生某种忧伤的冲动，恨不能给他一个结结实实的拥抱。比如这一句："有时，在写到自己——其实无论是谁，唯有'自己'才是真正烂熟于胸的话题——的时候，我冷不丁会感到一阵妙不可言的刺激，仿佛把我的手指搁到了一小粒真理的胶囊上，一用力，那胶囊便轻轻地发出一记道德的尖叫，好滑稽的声音啊。"

然而，安迪最出名的随笔作品，并没有发表在《纽约客》上——而且，那篇随笔的标题，偏偏就叫"这就是纽约"。1948 年，《假日》杂志上全文刊登了《这就是纽约》（*Here is New York*），此后不久，这篇长长的随笔（译成中文约一万三千字）又出了单行本。2001 年，经历了“9・11”之后的美国人再度翻开了这本书，发现五十三年前他们根本没有读懂这些铅灰色的预言：“纽约最微妙的变化，人人嘴上不讲，但人人心里明白。这座城市，在它漫长历史上，第一次有了毁灭的可能。只需一小队形同人字雁群的飞机，旋即就能终结曼哈顿岛的狂想，让它的塔楼燃起大火，摧毁桥梁，将地下通道变成毒气室，将数百万人化为灰烬。死灭的暗示是当下纽约生活的一部分：头顶喷气式飞机呼啸而过，报刊上的头条新闻时时传递噩耗。”

那段日子似乎所有的美国报纸都在引用这些话。这几个语调并不算激烈的句子在特殊的语境里成了击中所有美国人的催泪弹。我也千方百计找来了《这就是纽约》的全文。我侧躺在床上从第一句“On any person who desires such queer prizes, New York will bestow the gift of lonliness and the gift of privacy.”看起，不知不觉地直起身，再不知不觉地翻身下床，在屋子里来回踱步，轻声地念终于变成朗声地读，伸手一摸，脸上湿湿的也不知是汗还是泪。

让我激动的不是预言，不是警句，不是细节，而是所有这一切构成的整体。以散文的句式营造骈文的气势，以细微处的悚然一惊激起心底涌起的宏大感悟，这是安迪的独门绝活。见多了力不从心的全景式随笔，要么执着地空，动不动拿“城市性格”的大帽子来压人；要么一味地碎，一头钻进细节的迷阵，走两步自己就绊倒了。而安迪不会。看他从旅馆不透风的房间写起，辐射范围不紧不慢地扩大到摩天大厦与酒馆小街，发散到足够广阔之后又收回到那个房间，歇口气再往外走。总之，你读的时候清清楚楚地感觉到，那真的是他的地盘。他不用那么急吼吼地把好东西统统搬出来叫你开眼，他就只管领着你往前走——哪怕你看他脸上的神态如梦游般漫不经心，脚下也一定带出一条最合理的路线，因为早就有一幅地图，连同这城市的气味和呼吸，烙在了他心里。

如果一座城市会因为一篇随笔既惶惑又骄傲，那么，我至今没有为上海找到这样的文章；但对于纽约，那就一定是这一篇《这就是纽约》了。

[缅因/缅湖/瓦尔登湖]

有人群的地方就有内耗，高雅如《纽约客》，同样无法免俗。安迪见证了《纽约客》的崛起、发展和辉煌，但几乎从未卷进过任何杂志社内部的人事纷争。于个人，这是个不大的奇迹，于文学，这是个不小的幸运。1978 年，当时已成为《纽约客》资深员工的罗杰写信给继父安迪，描述了杂志社面临改朝换代的尴尬："肖恩这个人向来就做不到放权，只要跟他说起迫在眉睫的退休，说起谁能担当他的继承人，他就要么心生疑窦，要么过度兴奋，甚至还会表现出一点妄想狂的症状。"不晓得安迪收到这封信时，会不会从心底里长长地舒出一口气来，庆幸就在肖恩忙着把旗下员工分成敌友两派时，他早已功成身退，在缅因州安享晚年了。

自从 1938 年第一次在缅因州北布鲁克林的一个农场安下家以后，安迪一生中最健旺的岁月都是在纽约与缅因之间来回奔波。这两点一线，实在具有相当直观的象征意义，可以充分解释，安迪的文学形象何以在理性/感性、城市/乡村、自然/文明、迅捷/舒缓等泾渭分明的阵营之间保持得如此周全而匀称，洋溢着中庸之美。在他的文章里，你看不到他被那些阵营撕扯得不知所措的痕迹，他只是耐心而欢喜地与人生周旋，打持久战。年事愈长，他的重心愈往缅因州偏移，直到把五十八岁的老根，稳稳地、彻底地扎入缅因州清爽的冻土里。

安迪在当代美国文学史上并不是最辉煌的名字，但他一定是最受爱戴的名字之一。我以为，除了文字之美，这种爱戴至少有相当程度上是因为，他的人生轨迹和生活方式，他的独善其身和游刃有余，实在暗合了许多知识分子可望而不可即的理想。晚年时，安迪与凯瑟琳都为病痛所困，但在热爱他的读者心里，永远都会略去琐碎的细节，单单记住他们在各自的书桌前宁静地相视而笑的画面——这画面可以照亮许多人的梦想，塑成几代人的精神偶像。约翰·厄普代克就曾不厌其烦地重申，安迪的文字、人格魅力乃至生活方式，先是深深影响了他的母亲，然后又直接导引他走上文学之路。做个也许不怎么恰当的类比，这种偶像效应总让我想到钱锺书。后者对中国知识分子的感召，也不单单是文字上的。

对照安迪写在纽约的文字，那些诞生在农场里的篇章，与“环保”的关系自然更密切一些。有关动植物的专有名词次第涌现——这本也不是难事，但有心效仿的人，未必学得像那文章里无处不在的一个“闲”字。比如这段讲浣熊的："我熟知她（浣熊）的每一个动作，就像芭蕾舞迷熟知他喜爱的舞剧的每一个动作。其魅力的秘密，就在于她懂得如何利用渐趋微茫的光线。刚开始从树上爬下时，表演者的身影清晰，是白日的一部分，十或十五分钟之后，浣熊从树上移开最后一只爪子，脚踏实地，迈出第一步，此刻，她几乎已经朦胧莫辨，成了暮色和夜的一部分。太阳的沉降与浣熊的沉降相互关联：住在此地，能够从同一扇窗子看到太阳与浣熊一道往下落，真是很幸运。"（《浣熊之树》）。唯有把自己也融进了环境，而不是把"环境"当成身外之物来"保护"，才可能有这样入微的观察，这样恳切的笔法。

不过，若要在这些文字中仅仅挑出一篇来，那就一定是《重游缅湖》（*Once More to the Lake*）——无论是大作家乔伊斯·卡罗尔·欧茨（她在前两年选编的《美国二十世纪最佳随笔》中，就挑了这一篇），还是我，选择都是一样的。我不晓得欧茨是什么理由，就我而言，实在是对安迪从平淡里轻轻摇曳出的高潮感念不已。篇首讲安迪带着儿子重返老怀特当年带着他钓鱼的那个湖区，然后悠悠地写下去，倏忽间就把儿子的形象与当年的自己互相置换。"……我在做某件简单的事情，拾起鱼饵盒子，摆好餐叉，或者说着什么，忽然就觉得像是父亲在说话做事。……这只蜻蜓与另一只蜻蜓——那只已经融入记忆的蜻蜓，二者的飘摇之间，不见岁月的跌宕……我一阵眩晕，不知自己是守在哪一根钓竿旁……"

他就这样让你的心一阵痒一阵痛地悬到结尾。那里藏着突兀而绝妙的压卷之笔："（其他人游泳，儿子吵着也要去……我不想下水，懒洋洋地看着他……）**等他扣上浸水的腰带，我的腹股沟突然生出死亡的寒意。**”这短短几个字里，浓缩了多少时光与生命的更替——罢了，我再分析下去，只能让分析愈笨重，反衬出原来的句子愈显轻灵。

倒映在缅湖里的，不仅有时光流转的镜像，我猜，其中大约也交叠着另一面湖的影子——虽说《重游缅湖》里并未提到《瓦尔登湖》，但安迪对那面湖、那本书的情结却写在1953年的一篇随笔中：

“《瓦尔登湖》是唯一‘属于’我的书，虽说我的书架上也陈列着其他找不到主人的书。我想，其实每个人一生都只读一本书，而这一本就是我的。也许它并不是我毕生所遭遇的最好的书，但对我而言，它却是最称手的一本，我将它随身携带，就好比人们随身带着手帕一样——每当思维滞塞、心情沮丧时，拿它聊以纾解。”

人与书的缘分真是奇妙。以往，我对于梭罗的《瓦尔登湖》，不知为何，始终仅止于心存敬畏，从不曾深入肌理。多亏了安迪的引荐，我的心肠先在他笔下的“缅湖”里浸了个透，一时洗得清澈剔透，竟陡然升起对《瓦尔登湖》的向往来。再去找来原著读，原来满眼的乌托邦化的农舍良田、湖光山色，不单是可敬，也是可亲的了。于是心里一阵窃喜，自以为透过书页，窥见了安迪与梭罗隔着时空的相逢一笑，体味到了从《瓦尔登湖》到《重游缅湖》的精神传承。

［鼠之船］

安迪平生写过三个童话。《斯图尔特·利特尔》

（*Stuart Little*，1945）是最早的一个。我一直在犹豫是不是应该照搬它那个因为电影而更加广为人知的译名——“精灵鼠小弟”。转念一想，电影及其续集的影响力实在已经大到让我怅然若失的地步了；在我的引述里，还是暂且洗去好莱坞涂抹的脂粉，还他一个 E. B. 怀特的“斯图尔特·利特尔”吧。

“美国纽约有一位利特尔先生，他的第二个儿子一生下来，大伙儿马上看到，这位小少爷比一只老鼠大不了多少。事实上，这个小宝宝不管从哪一方面看都活像一只老鼠……”这个开头吓住了《纽约客》主编哈罗德·罗斯。某天下午，他在安迪办公室门口一探头，说：“活见鬼，安迪，你至少得交代一下，老鼠宝宝是给那家人收养的吧。”安迪没有采纳他的忠告，仍然让这个老鼠模样的小人儿从寻常人家里出生，既无离奇前因，亦无严重后果；童话里的那家人、那个社区、那座城市也并不像托塔李天王那样，见呱呱坠地的哪吒生得另类便要仗剑屠戮——他们和那些热爱斯图尔特的读者（首印十五个月内就卖了十万册）一样，平静地接受了这个古怪的新生儿。

斯图尔特此后的生涯并不像电影渲染得那样惊险。单从结构看，安迪处理得颇为散漫，任何跟“历险”沾得上边的情节一律淡化在他和缓的语气里。故事的结尾，比开头引来了更多的争论：斯图尔特本来是为了寻找他心爱的小鸟而到处流浪的，走着走着却和一个跟他尺寸相仿的袖珍姑娘攀上了交情，相约“乘上斯图尔特的小划子游河”。好容易可人儿如期而至，漂亮的小划子却被人糟蹋得面目全非。虽然袖珍姑娘一点儿也不介意，斯图尔特却无心奉陪，因为，一切再也“不会跟原来一样了”。我想，那些只看电影不读原著的人，最大的损失便在这里——他们只能在斯图尔特驾机俯冲地面时紧张得手心出汗，却无法在他的小划子被毁时陪他黯然落泪，更不可能像那个认真的小读者那样，忍不住写信给安迪，追问他斯图尔特到底有没有找到他想要的东西。

安迪在回信里说：“多年前我睡在卧铺车厢里，梦见一个小男孩，神情动作活像一只老鼠，那便是斯图尔特的原形了……”至于故事为什么要在寻找中结束，怀特承认自己也曾怀疑过如此处理是否会超越孩子（或许也包括大人）所能理解的范畴，但他到底还是那样写了，我们读到的最后一句到底还是忠于他原来的设想：“斯图尔特朝前面无边的原野看去，路显得很长。但天空是明亮的，他还是觉得他在朝着正确的方向走。”

在读完这个童话的许多年后，我看到安迪的随笔《大海与海风》和《非凡岁月》（这一篇记述了安迪 1923 年跳上“巴福德轮”边打工边“探险”的经历），当时心里像被电击似的闪回到斯图尔特的小划子，闪回到它先前在公园里驾着“黄蜂号”赢下的那场帆船比赛。两篇随笔和一个童话完全可以互为注脚，将奔涌在安迪血管里的水手/航行/流浪情结诠释得荡气回肠：

“醒着或睡着，船都在我的梦幻中——通常是那种小船，船帆轻轻地鼓荡。想一想我生命中有多大一部分时光都花费在关于出海的梦想上，而整个这场梦幻都与小船有关，我就不免担忧我的健康状况，因为据说，总是遨游在虚幻的现实中，受想象中的清风吹动，并不是什么好兆

头。”（《大海与海风》）

“我在船舶颠簸时，不去抓牢什么，只管随着每一次上下起伏而摆荡，我的理论是，身体的抗拒，至少在一定程度上，导致了晕船。我的这番自得其乐或许没什么了不起，但在北太平洋风高浪急的三天三夜里，我跌跌撞撞地沿着过道行走，身体迁就大海，就像大海是领舞者，我随它翩翩起舞。”（《非凡岁月》）

如果说纽约和缅因是安迪生命里固定的两极，那么摇摆在两极间的，就还有一个流动的梦：他的海，他的船，他的永不抵岸的忧伤。

多年以后，这个梦，至少有一部分，以另一种形式得到了兑现——安迪与凯瑟琳唯一的儿子乔（Joe）成年后选择的终身职业，正是设计船舶。

[鹅之歌]

论写作年代，《吹小号的天鹅》（*The Trumpet of the Swan*，1970，直译应作《天鹅的小号》）在三部童话里最晚；论知名度，它似乎也是最低的一个。关于写作动机，据说是因为 E. B. 怀特在报上看到费城动物园的一对稀有的吹号天鹅养了五只小天鹅，于是托一个在费城的朋友帮他拍了些天鹅的照片，后来又要了几份费城近二十年来流行音乐的资料。但 E. B. 怀特在另一封致读者信里的说法略有出入：“我不知道写《吹小号的天鹅》的灵感，是何时、怎样闯入我的脑海的。我猜想，大概是我曾经想过，一只不能发出声音来的吹号天鹅会发生什么样的事情。”

在童话里，发不出声音的哑巴天鹅苦于无法表达，因为那就意味着，当他遇到雌天鹅塞蕾娜的时候，没法像别的天鹅一样，大声倾诉："咯呵——我爱你！"这种窘迫安迪自己一定深有体会，因为他从小也是个沉默寡言得近乎自闭的孩子。学校里要求每个学生都得当众演讲或背诵诗篇，他居然为此终日发愁。最终，每每碰到这样的场合，他便把心里想说的话写下来，央求别人朗读。成名以后，安迪对于公众场合能逃则逃的怪癖，在圈内鼎鼎大名。小到家族婚礼、镇上聚会，大到图书颁奖礼，要找到他的身影，都不是一件容易的事。四五十岁正值壮年时，他也曾挑选过几家大学领受荣誉学位，可他虽然事先灌了雪利酒或者苏格兰威士忌，那些仪式还是让他痛不欲生。"照例又是那种空虚、晕眩、华而不实的感觉将我紧紧抓住，"1948 年他在领取了某个 PHD 荣誉学位后写信给妻子，"像我这样在这种事情上如此无能的人，天下绝无仅有，所以谁都没法理解这样的时刻有多么恐怖，然而，真的是很恐怖啊。"这种恐怖感在某次典礼上被一顶不甚合体的博士帽推向顶点，他惨兮兮地把深陷于窘境的自己描写成"一个蒙面文学博士，一个没有头颅的诗人"。

自此以后，他越发深居简出，连 1963 年政府颁发的总统自由奖章都拒绝出席接受，末了只好由一名缅因州参议员代为领取。1977 年，凯瑟琳在跟浑身的疾病较量了十六年后终于去世，安迪没有出席妻子的葬礼。举家上下没有人感到意外，没有人认为他的这个举动，跟他对她的毕生爱恋有任何不协调之处。八年后，轮到他自己的葬礼开场，继子罗杰说了一句只有家里人才能听懂的话："即便安迪今天能来，他也不会来。”（If Andy could be with us today he would not be with us today.）

在童话里，安迪替哑巴天鹅找了一把小号，他既然不能说，那就让他吹——“每一个音都像是举起来对着亮光照的宝石”；在生活中，老天赐给安迪一支笔，他既然不愿说，那就让他写——在我看来，每一个字都像是被宝石反射的亮光。

［猪之死］

安迪生来害怕人群，却始终跟孩子和动物相处融洽，因为一旦面对他们和它们，他的姿态从来都是参与者，而非胜利者。安迪的农场里养着十五头羊，一百四十八只母鸡，三只鹅，一条狗……我想，就文学意义而言，它们大概都抵不上他养的猪。猪的任人宰割的境遇，激发了安迪书写他最著名的童话《夏洛的网》，也催生了他最重要的随笔之一《一头猪的死亡》。

几乎所有研究 E. B. 怀特的论文都提到，“死亡”的母题——这个本来不太适合在随笔中表现的母题——如幽魂般，不时在安迪的随笔中回旋。在《这就是纽约》里，“死灭”是套在城市头顶的紧箍咒；在《重游缅湖》，结尾的那个“死亡的寒意”，是交缠在时光隧道里的幻觉；到了《一头猪的死亡》，非但标题里出现了“死”，而且字里行间都与“死”短兵相接，写那猪怎么突然偏离了“定时喂养、逐渐长膘”的正常轨道，安迪又怎么替他灌肠，进而，不得不一步步卷入死亡的悲惨与难堪：“我发现，一旦给猪灌肠，就再无退路，没有可能重新扮演生活中的某个常规角色。猪的命运与我的命运纠缠在一起，就像胶皮管与脐带纠缠在一起。从这一刻开始直到它死，我心中再也抛不开它……它的不幸很快成了世间一切苦难的象征。”

这篇随笔发表于 1947 年，五年之后面世的便是《夏洛的网》。关于这则“二十世纪最著名的”童话，实在已经有太多的评论，我只想说两点。其一，虽然标题上出现的是那只侠骨柔肠、救猪于水火的蜘蛛夏洛，但真正的主角，我以为，当然是小猪威尔伯。他的恐惧，他的寂寞，他的白天害羞夜晚感伤，实在比英雄夏洛更逼真，更动人心弦。

其二，喜欢《夏洛的网》的读者，大概都对开头这段印象深刻：

“‘爸爸拿着那把斧子去哪里?’弗恩问她妈妈。‘去猪圈,’阿拉布尔太太回答说，‘……有一只小猪是落脚猪，注定不会有出息……’‘不要它?’弗恩一声尖叫，‘你是说要杀掉它？只为了它比别的猪小?’”

以下的真实事件或许可以为这个经典童话的经典开头提供一则花絮，为审视安迪其人添加一个视角，也为童话与人生、理性与感性画上一条分界线。

话说《夏洛的网》的粉丝里有一个跟安迪也算是没有血缘的至亲，那便是罗杰的女儿爱丽丝。十岁那年，她随父亲到安迪家度假，将要离开时听说农场里有一头小猪即将变成熏火腿，顿时大惊失色，连夜用蜡笔把《夏洛的网》里那张由加斯·威廉斯画的著名插图描下来。图上最醒目的便是夏洛用蛛网织成的标语——“王牌猪!”

(Some Pig)。在故事里，正是这句话拯救了威尔伯。

翌日，爱丽丝把这幅图偷偷搁上了安迪的书桌。安迪乍见之下，吓了一大跳，但终究不改初衷。小猪蜕变成熏火腿的过程，一天也没耽搁。

[小书]

手里握着 1977 年的第三版《文体要素》（*Elements of Style*，初版 1959），我方才明白为什么它会得个“小书”（little book）的绰号。真的是小。尺寸比一般的小 32 开还切去了一刀，加上书前的序言也不过轻轻薄薄八十五页。一晚上就可以从头读到尾。“小书”的题材也小，无关宏旨，不涉风月，无非就是讲语法，说修辞，谈谈作文的基本准则。这些准则都是极朴素的，比如：在引导一个独立从句的连词前应加逗号；避免连续使用结构松散的句子；写对话时务必让读者知道说话的是谁；等等。每条规则之后，都有一番简短的告诫，再开列双栏，举出或穿插各种实例，表明真与伪，正与误，卑怯与大气，粗俗与规整。

可就是这样一本“小书”，在美国评出的世纪百部最佳非虚构作品里，它的位置很靠前。说它是美式英语文法的迷你圣经，绝不过分。

“小书”的前身，是安迪在康奈尔大学的老师威尔·斯特伦克（Will Strunk）为“英语八”课程编写的讲义。这课程，这讲义，一度随着斯特伦克的去世埋进了故纸堆，却固执地浮现在安迪的记忆里——尤其是，当他感叹时下的英语教材大多冗长沉闷的时候。于是，他在《纽约客》上撰文追忆斯特伦克，以少有的激烈言辞大声疾呼："假如我发现自己突然处于对我来说不可思议的教师位置，面对课堂讲授英语用法和文体，我会干脆探出讲台，揪住我的西服翻领，眼睛一眨一眨的，对学生说：'去读那本小书！去读那本小书！去读那本小书！'"

文章引起了出版商的注意，他们邀请安迪将原作修订后正式出版。安迪的工作超越了一般意义上的修订，不仅扩展其范围，还增加了大量实例，篇幅因此涨了一倍多。所以，我们现在读到的《文体要素》，是斯特伦克和安迪阴阳相隔的合作结晶。

"小书"本身的遣词、造句、结构，都最大程度地体现了书中强调的准则：

A sentence should contain no unnecessary words, a paragraph no unnecessary sentences, for the same reason that a drawing should have no unnecessary lines and a machine no unnecessary parts. This requires not that the writer make all his sentences short, or that he avoid all detail and treat his subjects only in outline, but that every word tell.

"盖须句无冗字，章无冗句，譬似画师无一笔之费，匠师无一器之赘。非谓设辞必欲苟简，叙事力避铺陈，乃字字皆响耳。"（感谢段学俭博士拔刀相助。我没想到他以平实的中国古文诠释这段平实的美国现代文，也能大体服帖。）

安迪在《文体要素》的序文里说，上面这段斯特伦克的教导，短短几十个字便足以改变世界。这推崇备至的语气再度让我惊诧——这实在不是典型的 E. B. 怀特风格啊。罗杰回忆继父对他写作的影响时，曾说他从不强加于人，其循循善诱的技巧就好比他喜欢“把将要喝空的酒瓶横在地毯上，让狗自己循着气味跑过来，一只爪子抓住瓶颈，将最后一丁点啤酒舔出来，最后连那张标签也吃进去”。但，或许，事关捍卫语言的尊严，他就无法再保持一贯的优雅了。

终其一生，除了曾在 1937 年徒劳地尝试过往“大作家”方向靠拢之外，安迪一直在孜孜不倦地炮制“小”作品。“小书”。小人书。以及相对于鸿篇巨制而言的数千篇小专栏小随笔。

他的创作状态一直保持到暮年的暮年。保持到早老性痴呆症蚕食掉他的大半记忆。值得庆幸的是，1985 年，还没等症状发展到十分不堪的地步，安迪就作别了这个他始终以“面对复杂、保持欢喜”的态度审视的世界。在我看来，比起《纽约时报》那段大而无当的讣告（“如同宪法第一修正案一样，E. B. 怀特的原则与风范长存。”）来，以下这段罗杰的回忆更能充当安迪一生的点睛之笔：

“1984 年冬天，我去看望安迪，乔说安迪会认得我，可是我们的对话会很有趣。‘你这话是什么意思?’我问。‘你会明白的。’他说。于是我走进去，看到他在床上辗转反侧，形容格外憔悴。他抬了抬眼皮，像过去那样喊我的小名：‘罗格!’他问我是怎么从纽约过来的，我说有人候在机场，把我接了过来。‘你这一路上有没有飞过西雅图?’他问。我说没有，他似乎也没流露出失望。过了一会儿，他喃喃地说，‘迷失在云中。’

“他次年 10 月死于家中，临终前还能认得出周围的人。乔告诉我，在这长长的一年里，他常常大声给父亲念书，发现他听到自己的文章时总是很愉快，但那些文章的作者是谁，他并不见得全都能弄清楚。有时候他会抬起一只手，不耐烦地数落某一段：写得不够好。而有些夜晚，他会一直听到底，神情几乎像是酣然入眠了，但临了照例会问这些文字到底是谁写的。

“‘你写的，爸爸，’乔说。

“停了片刻，安迪开口说，‘哦，写得不坏。’”

某天，《纽约客》办公室

一

某天我在办公室，正在看我那份《纽约每日新闻》，比尔出现了。我们互相凝视。此时已近中午。我们谁都没说话。我们出门，钻进出租车，然后，仍然一言不发的，我们直奔广场饭店，开了个漂亮的房间，上床，在那里度过了白天剩下的时光，直到傍晚。我们之间发生的一切都是那么自然，那么随意，无须任何言辞。就好像我们在一起已经很多年。

然而，“该怎么办”的问题是不可能被忽略的。我没有对付这类麻烦的经验。我们谈到，当婚姻双方开始互相伤害的时候——实际上，那是走上了一条通往互相毁灭的道路——会发生什么。我们谈到，如果为了向家里的孩子解释父母缺席的原因而被迫撒谎，那么这些孩子会怎样。我们都相信孩子总会知道真相，一旦对他们撒谎，他们就一定会觉得这个问题是他们的错。比尔说他不能单方面告诉孩子们真相，他只能听任孩子们在谎言的氛围中长大。

和比尔在一起的时候，我很快乐。和我在一起时，他也很快乐。然后会有几个小时、几天的沮丧，我会告诉他，我不知道我是不是能在那种类似欺骗的感觉中坚持下去。可是对于我们俩正在走的这条路，我们没有争执，因为根本没什么可争的。我同意他不离开塞西尔。他说他真正的自我不在家里。他说出现在家里的那个他只是一个假象。他努力跟孩子们相处，但跟他们在一起的时候又觉得自己很失败。塞西尔——他说——希望他不管怎样，能待在那里就好。如果我离开他——他说——他家里的局面也不会改变。如果我离开他，他真的活不下去，他说。他不管说什么我都信。比尔从不说谎。我做了一个清醒的决定，要跟他在一起，可是我的情绪七上八下。

二

有多少故事是从“某天我在办公室”里开始的？环境是体制森严的，时间是平淡如常的，毫无预兆的，欲望在“一言不发”中忍无可忍。激情尚存余温，理性的分析就来了，心智开始接受周而复始的酷刑，任何形式的狂欢似乎都暗藏着通往悲剧的捷径……这是一出再典型不过的知识分子出轨伦理剧，上演在五十年代的《纽约客》编辑部。男女主人公分别是《纽约客》第二任主编威廉·肖恩（“比尔”是他的昵称）和对杂志功勋卓著的记者莉莲·罗斯。故事里的另一个女人，塞西尔，当然就是肖恩的妻子。

编辑部是办公室恋情的高危地带，编辑与作者擦出的火花，无论在数量上还是强度上，都未必逊于高校师生。同样在五十年代，法国女文人多米尼克·奥利（Dominique Aury）为了表达对已婚出版人让·波朗的无尽热爱，化名发表色情小说史上的名作《O的故事》。这段近年来才得到确凿证据的“佳话”，在当事人均已作古之后，终于定格了法国出版史上最著名的地下情。比起法国人来，美国知识分子的行事风格其实要保守得多，尤其是《纽约客》。时间再往前推二十年，这里曾是杂志的头号写手 E. B. 怀特与头号编辑凯瑟琳·安吉尔用铅笔和纸条传情递意的地方（其时，这些纸条的功能应不逊于如今的 MSN）。凯瑟琳比怀特大八岁，彼时膝下已有一儿一女，尚未离婚。也就是说，几十年后，面对一心替他立传的斯科特·埃吉，让怀特仍然觉得颇为尴尬的事实是，他当年确实做过一段时间的“小三”。怀特当然不屑搬出“凯瑟琳与其原配丈夫早已感情破裂”这样俗套的理由，只是在给埃吉的信中，将背景大而化之，扯到二十世纪二十年代如何浮华，纵酒狂欢如何与禁欲克己“和谐统一”、互为因果，如此这般，将他与凯瑟琳当年迸发的激情和背负的压力，都掩盖得语焉不详。

同样的激情和压力，横在威廉·肖恩和莉莲·罗斯之间，成了一道悬置数十年的难题。“根本没什么可争的。”多年后莉莲如此自嘲，口吻轻松得仿佛可以勾销一切曾经有过的挣扎。这些挣扎包括，夜阑人静，梦与非梦的边界上响起失真的话外音：我是不是就跟那些吸毒成瘾的人一样，无法自拔了？

对于“无法自拔”的恐惧，莉莲是从她那个家教颇为严厉的犹太家庭（未来，直到木已成舟之后，父亲都将刻意回避一切有关女儿婚姻状况的问题）里继承下来的。少女时代，在格林威治村的一场派对上，莉莲撞见亨利·米勒，后者放荡不羁的做派让她震惊。她试图用父亲的评判标准来审视米勒，结论是：米勒显然是那种“吃软饭的”

家伙，擅长从女人那里要钱。那时的莉莲，虽然对新闻业充满好奇，却十分抗拒纽约的文人圈，她相信自己会早早嫁人，而且只嫁一次，对方是个“好男人”。

往事唯有在回溯中才会变得轻松而神奇。1945 年，十八岁的莉莲初遇三十七岁的肖恩时，后者已经当了六年的常务副总编，看起来确实是个典型意义上的好男人。那是《纽约客》招募新记者的面试，在莉莲的回忆里，现场的一切都显得如有天定：“肖恩看上去既安静又躁动，我能感觉到他身上有某种无处着落的亲近感。初次相见，他就凝视了我好久，好像话都说不出来了。”更具有俗套言情小说特质的描写是，在肖恩的双眸中，莉莲看到了一抹久违的浅蓝——她的那个患有先天脑疾、活到一岁半即告夭折的小弟弟泰迪的眼睛，就是这种颜色。彼时的肖恩，在事业上显然能充当莉莲的“父亲形象”，举手投足间却又莫名地唤起了她的母性——她发现自己有能力让这个总是锁着眉头的男人笑出来；他的脸上突然会浮现出一种文艺化的性感表情，“始于欢乐，终于饮泣”。古今中外，这样的男人，怀里都藏着不止一种利器，既能迷倒女文青，也能杀伤乖乖女——集女文青与乖乖女于一身的莉莲，从一开始，就失去了“自拔”的可能。

到《纽约客》上班之前，莉莲曾在一家小报有过短暂的工作经验，肖恩提供的工资数额是她原先的两倍。比薪酬更有诱惑力的，是那个年代，这家知名杂志几乎还是女记者的“处女地”。时任主编的哈罗德·罗斯一直认为，“女人也能当记者”是个多少有点疯狂的念头。如果不是二战后空出的大量职位（《纽约客》也笼罩在战地男记者频频殉职的阴影中）与当时渐成气候的女权思潮的相互作用，如果不是肖恩接手“常务”之后一连雇了三个女人，莉莲未必能顺利获得这份工作，她的征服欲也就不会反而催化出强烈的归属感。

新来的另一名女记者司考蒂（Scottie）在孩提时就被写进了文学史，她是菲茨杰拉德与泽尔达唯一的女儿，母亲发疯、父亲猝死时她尚未成年，在父亲的文学经纪人监护下长大。在莉莲眼里，她继承了父母的写作天分和“漂亮时髦”，同时也“勇敢地隐藏了拥有一对著名双亲的痛苦”。无论是莉莲还是司考蒂，在编辑部大体友善的环境里，都必须时时经受男性质疑的目光。一开始，她们的主要任务是为“城中话题”（The Talk of the Town）担任采访助理，编写所谓的 notes（类似于采访札记的短文）。即便是这样相对简单的工作，比尔还是一脸尴尬地叮嘱莉莲：“这活儿也许你不爱干，呃，我们希望你们能写**事实**。”从比尔的语气中，莉莲能听出这个 facts 是斜体。她当即安慰他：“我与 facts 的关系向来就很友好。”这些 notes，不管是莉莲的还是司考蒂的，在刊出之前都必须经过资深男记者［通常是布兰德·基尔（Brenda Gill）］的润色，务必使人称和语气符合男性特征。

女性的优势，或者说具有“莉莲特色”的女性优势，是从她遇上海明威以后，才开始显露的。为了写斗牛士西德尼·富兰克林的人物专访，她从布鲁克林一路追到爱达荷州，请海明威追忆三十年代在西班牙时与西德尼的交往经历。面对这个“天下最不适合写斗牛的女人”，海明威耐着性子给她上了一堂斗牛课，并在此后的通信中频频勘误，直到这篇特写达到“准确无误且优美动人”的标准为止。从此以后，她成了总能恰到好处地满足海明威演讲欲的倾听者。当着莉莲的面，刚满五十岁的海明威以绝非“电报”的文体喋喋不休：“我希望等我老了，仍然是个睿智的老者……我希望看见所有新鲜的战士、马匹、斗牛士、名媛淑女、狗娘养的、跨国娼妓，但只是看，一行字也不必写……还希望像克里孟梭（法国政客）一样做爱做到八十五岁。”

继“斗牛”广受好评之后，以海明威为主角的特写很快放上了比尔的办公桌。莉莲相信这一篇更能取悦他，但她没有料到他居然会那么激动。桌对面，比尔的手在微微颤抖，“这篇真棒，亲爱的，”他的脸微微泛红，“这一篇将进入新闻史。你要出名了。”

她吓了一跳，不是因为即将进入新闻史，而是因为他第一次喊她“亲爱的”。

“我没必要出名，”她嘟囔了一句。

“你没准会去干别的，你没准会走。”他说。

“我没必要走。”

第二天，她桌上开始出现言辞温柔的便条、关于相聚与分离的短诗，她不用看也知道是比尔写的。这部“办公桌爱情史诗”将会延续多年，这只是一个开始。

三

跳过所有的“你真美”，跳过第一次送花，跳过“我想把‘我们的友谊’换一个更准确的称谓”，爱情史诗在最末卷里抵达了一个还算善终的结局——至少，我们看到了一本以“一个爱情故事”为副标题的回忆录（莉莲出版于1998年的《*Here but not here*：*A Love story*》）。有了这样的最终定性，我们这些局外人再看局内事，再为这对情人做一番无关痛痒的心理分析，就不用担心政治不够正确了。他们的家境或有不同（肖恩家更富裕一些），但背景基本相似，都出身于宗教意味比较淡化的犹太人家庭。对于“犹太性”，他们都有清晰的自觉意识，尤其是涉及幽默感的部分。但在“身份”（identity）问题上，与上一代不同，他们都抗拒将“犹太人”作为自己的主要标签。在莉莲眼里，肖恩为人宽容、仗义疏财，与他距离最远的形容词是“睚眦必报”（vindictive），这一点很不犹太，甚至比天主教更天主教——她觉得他这样很迷人。

比尔是五兄弟中的老幺，几位兄长的职业都与音乐有关，有的写歌，有的拉琴，各有建树。比尔年轻时也试过填词作曲，虽然没搞出什么名堂，但爵士乐成了他闲暇时最大的慰藉。歌手“威灵顿公爵”去世时，他当着莉莲的面，哭成了泪人。

让莉莲难以抗拒的是：沉稳、能干、偏执的比尔只在她面前示弱。他对作者尽职尽力，私下却宁愿别人对他敬而远之，叫他“肖恩先生”——莉莲是个例外。比尔让莉莲相信，他的神经质是命运多舛的童年送他的终身礼物。念小学时，与比尔年龄相仿的邻家男孩遭人毒手（这个在《英汉大词典》上都能找到词条的案子，凶手是两个正在念大学的富家子弟，作案动机仅仅是“制造一场完美的谋杀”）。人们在事后发现，案发前凶手也曾光顾过比尔家的厨房，当时比尔独居家中，但凡差之毫厘，他就会成为那只被摆上案板的猎物；十二岁那年，肖恩的猩红热发作，养病期间被保姆连诱带逼着上了床，初涉云雨之道，过程非但毫无愉悦，反而“令人震惊”；再往后数，还有兄长早亡、女儿罹患先天病……每一项都能凿开女人心底的深井，喷出一腔爱怜。

泉水汩汩喷涌：谁能知道，不苟言笑的比尔其实浪漫得不可救药，在街上走着走着就会产生与女人有关的幻觉——他喜欢丰满性感的女人，渴望“那种最最粗犷最最狂野的性冒险”？谁又能知道，比尔曾经想过自杀——他是那么缺少安全感，又是那么深度怀疑自己的价值？他的作者们喜欢念叨“肖恩，这篇文章我是为你写的!”，但这话带给他的压力远比喜悦更多。他在编辑行当里树立的威望越高，就离自己的写作梦想越远——除了写给莉莲的诗之外，他就再也没时间为这个梦做点什么了。

“这份工作越来越像‘终极牢房’（the ultimate cell），我真怕永远都给关在里面，”比尔说，“我在那里，但我又不在那里……”

莉莲太熟悉这句话了。比尔说的“那里”，有时候是编辑部，有时候是他自己的家。十七岁那年，通过亲戚介绍，肖恩与《芝加哥每日新闻》的特写作家塞西尔（Cecil Lyon）初次约会，四年后顺利完婚。塞西尔比肖恩年长几岁，他们有三个孩子。

莉莲见过塞西尔。在某些适合带家属出席的社交聚会上，她见过塞西尔跳那种中规中矩的查尔斯顿舞。似乎早在三角结构搭完之前，塞西尔已经站稳了自己的位置。“我和莉莲长得很像，不是吗?”她问肖恩。肖恩隔天转告给莉莲的时候，莉莲拿不准该怎么接口——好吧，是的，有点像，岂止是长相……塞西尔不也是一个敏感、可爱、聪明、说话有分量的女人吗？这个女人曾经微笑着告诉莉莲，从前的从前，她也当过记者，当她的时间渐渐被丈夫和孩子占满时，她就顺理成章地辞职了。

但比尔的世界无法顺理成章地固定在“那里”。有一段时间，几乎每晚，肖恩都会从家里跑出来，站到莉莲住的那栋五层公寓的街对面，仰头凝视那扇亮着灯的窗，然后用投币电话告诉她，他就站在那里。

当莉莲渐渐习惯了便条、短诗和守望时，她知道自己必须在站上悬崖前的那一秒钟逃开，逃到最远。从约翰·赫斯顿（John Huston）开始，她已经结识并撬开了不少好莱坞名人的嘴，亨弗莱·鲍嘉，劳伦·白考尔，查理·卓别林（他甚至为莉莲现场演示过斗牛的姿势），还有那个害羞的、说话词不达意的费里尼，都在等着她去做深度访谈。观摩赫斯顿拍摄《红色英勇勋章》（*The Red Badge of Courage*，1950）的全过程——对，采访就从这里开始……莉莲知道，这样的别离会让“比尔”难过；而这样的选题，“肖恩先生”却无法拒绝。

临走前一天，拗不过“肖恩先生”，莉莲跟着他们全家一起到郊区度假。塞西尔照例恪尽主妇职守，努力让整个过程看起来自然熨帖，而空气也照例是僵硬的——比以往更僵硬。告别时，比尔要莉莲发誓一到好莱坞就跟他联络，发誓定期写信。她发了誓，觉得自己就像是个被家长绝望地注视着的孩子。他握住她的手。他的手黏黏的。他在发抖。身后，塞西尔倚在门口喊他。突然间，比尔颤抖着亲亲莉莲的嘴唇，用胳膊做了个绝望的手势，她一阵晕眩……时过境迁，回忆录里这些读来辛酸的段落总是会让作者和读者同时怀疑，究竟是艺术像生活一样真实，还是生活像艺术一样虚妄。

四

从“出走”到“某天在办公室”之间，是漫长的一年半空白。

这一年半里的通信，其实大部分都不是卿卿我我。信里的比尔是冷静的，但莉莲在远方闯荡的孤单、在写作中遇到的瓶颈，都逃不开他的关切。纽约到加州的热线两端，捏着话筒的手越攥越紧，时间越捱越晚。那段时间，凭着过人的记忆力，莉莲在笔记里不知疲倦地“复制现场”，而这种模糊虚构与非虚构界限的写法正是比尔一直在摸索的东西。当莉莲决定用小说的形式“真实”记录整部电影的拍摄过程，并最终辑录成畅销书《影画》（*Picture*，1952）时，电话那头的比尔甚至比她本人更激动。莉莲对这种全新文体的驾驭，虽然不如后来卡波蒂在《冷血》（这同样是肖恩编辑生涯中的里程碑）中表现得那么坚决那么成熟，但毕竟比它早了整整十五年。比尔的预测一点也没有错，莉莲真的在新闻史上留下了痕迹，她的风格被人用“墙上的苍蝇”所概括（fly on the wall，即所谓“置身事外的旁观者”），《影画》则被海明威与格林定义成最高级别的文本。“比大多数小说都要好。”这话从海明威嘴里说出来虽然不乏溢美，却大致可以见证《影画》在当时的成功。

好莱坞之行的另一个成就，是教会了莉莲如何打通这个“界”和那个“圈”，如何在格林威治村展开好莱坞式的社交。回到纽约后，她在自己租来的公寓里替卓别林开了个庆贺电影《聚光灯》首映的派对，客人里有演员、作家，也有肖恩和塞西尔。

哪怕是在灯红酒绿中，哪怕派对女主人有的是需要操心的杂事，哪怕比尔身边明明有塞西尔相伴，莉莲也能感觉到，延宕了一年半的激情，就要到了被清算的时候。诗歌，便条，守望，办公室，饭店……该来的，终于都来了。与此同时，《纽约客》本身也在经历着罗斯病故、肖恩继任的阵痛。在巨大的工作压力下，肖恩对莉莲的凝视反而愈加炽烈，愈加孤注一掷；只有在庄严地凝视她的时候，他才不需要掩饰他所有的沮丧，被割裂的“肖恩先生”和“比尔”才能合为一体。

1953 年，莉莲再度出逃，这一次是以驻外记者的身份远赴巴黎。她的逻辑是：肖恩既然没法解释她的身份与“情妇”有什么差别，也就没有权利阻止她。他并没有阻止她，只是每天照例打来国际长途，平静地告诉她，当年他与塞西尔在巴黎居住时，哪里风景如画，哪里美食宜人。她几乎有些愤怒了——为什么又要扯上塞西尔！他就是要用耐心磨蚀她的抵抗力，用坦率来让她习惯三个人的生活。不是想好了不能妥协的吗？但是，为什么，在巴黎的日子里，在左岸散步的每一分钟，甚至试图与别人约会的那些夜晚，她都觉得他就在身边呢？

一年后，再度回到纽约时，莉莲彻底放弃了抵抗。她的男人已经把一切都想得清清楚楚：“我不会放弃抗争，我会拼命把你需要的一切都给你，一切。可是，我想，暂时，尽管有那么多可怕的障碍，我们也一定要待在一起。”如果莉莲能提前看到未来，她会发现，他说的“暂时”是四十年。

仿佛出于某种心理补偿，莉莲在回忆录里用一大段文字（绝大部分都是比较抽象的形容词）描述他们“这四十年的性”，从未像普通夫妻那样，随着岁月的流逝而“疲劳”。即便是到了第四十个年头（考虑到他们那时的年龄是八十三和五十四，莉莲的这番说法在技术层面有点科幻），他们在床上仍然保有“同样的激情、能量、温存、创意和质地”，一切都与“在办公室”的“某天”毫无二致。骄傲与不甘，同时在这段文字里燃烧——她愈是试图证明没有一纸婚书并不能让这段关系黯然失色，就愈是让人觉得：无时不刻，她都意识到了这项缺失。

“我为什么觉得自己更像个幽灵？”“你知道我是谁吗？”“只有在你这里我才是我自己……请不要让我忘记我自己，我一直在过的是别人的人生。”每每云收雨歇，极度兴奋后的衰竭边缘，他都会重重地倒在床上，念台词一样地重复这些话。莉莲从来不会反问他，在塞西尔这里，他有没有说过同样的话。

无论如何，在比尔所谓的“真正的”人生里，他们拥有共同的房子，共同的新潮跑车。莉莲会陪着他买又昂贵又古怪的衣服和帽子，把他打扮成他的偶像——弗雷德·阿斯泰尔的样子。只有在她面前，他才是个懂行的美食家，而不是像他的《纽约客》同事们以为的那样，只会在办公室里嚼嚼爆米花。

整个办公室，整个文学圈都默认了肖恩的双轨制。任何结构都可以栖居，怎样的栖居都能幸福——只要有爱情。看起来，《纽约客》在缔造业界传奇的同时，也在见证一个爱情童话。

五

肖恩时代的《纽约客》，并不全是在欢呼声中挺进的。哈罗德·罗斯时期的干将詹姆斯·瑟伯曾公开指责杂志在肖恩上任以后变了味。让他最为痛心疾首的是，“幽默感”似乎不再是《纽约客》最重要的标签了，原先“无忧无虑”的调调在“更为严肃”的领域中被小心收敛。虽然这种指责让肖恩备受困扰（有一段时间，甚至老板弗莱施曼也颇有微词，担心“政治化”会让杂志失去一批老读者），但他从来没有想过走回头路——在肖恩看来，对于政治、战争这样的“严肃话题”，《纽约客》非但不能缺席，而且应该更深层地介入，更正面地强攻。

通常，肖恩喜怒不形于色，不是那种动辄就能被下属抓住特点、编成段子的人。他不像前任罗斯那样传奇，但他在《纽约客》“把持朝政”的时间最长，因而，他的一以贯之的办刊理念（这份坚持与追求莉莲时的执拗不无相似）对杂志的影响亦最为深远。今天的《纽约客》，或者在追溯历史时未免要首先缅怀罗斯、怀特、瑟伯，然而，细辨杂志现有的框架和风格，却大抵是肖恩着力塑造的。当同时代的其他刊物都开始忙于设计内容与广告的换算公式时，肖恩却在向员工和外界灌输他著名的 enlighten and entertain（启迪与娱乐）方针，而且坚持把 enlighten

放在前面。《纽约客》不会刻意去猜读者想要什么，不会通过读者调查、预测或者其他科学方法，去发现、迎合他们的需求，实际上却没把任何有意义的东西给他们。

零碎的指责从未间断：肖恩的作风太老派，肖恩对于文章里夹带的涉性字眼有点神经过敏，肖恩搞一言堂、不放权，肖恩在麦卡锡主义盛行的时候没有尽其所能保护好他的作者，肖恩将所有的烟草广告拒之门外……但大部分情况下，肖恩的坚持还是让杂志员工衷心叹服。是肖恩，始终保持着对好作者的"饥渴"，从《村声》《琼斯妈妈》之类充满活力的刊物上发掘新名字，连《饶舌》都进入了他的视野——他在这本不起眼的英国杂志上，看到了二十五岁的年轻女主编蒂娜·布朗的出众才华，后者在多年后果然成了《纽约客》的第四任主编。也是肖恩，将哈罗德·罗斯认为不堪大用的利布林（A. J. Liebling）栽培成了出色的作家。更让他骄傲的是，当小说部编辑企图退走塞林格的小说《弗兰妮与祖伊》时，是他力排众议将它们留在了《纽约客》（后来，塞林格把小说的单行本题献给了肖恩）。在文体和题材上，肖恩比他的前任更乐于做多种尝试，最有意思的例子是：莉莲在翻阅好朋友英格玛·伯格曼的电影剧本《呐喊与低语》时，被肖恩一眼看中，很快就安排刊出，这是《纽约客》历史上第一次出现剧本。

在所有与肖恩合作过的大牌作家里，德国人汉娜·阿伦特是让莉莲印象最为深刻的一位。汉娜的英文当然比不上母语流利，因此她用英语写的文章需要耗费肖恩大量的编辑工作。某天，莉莲开车去接与汉娜刚刚见完面的肖恩，发现她的情人居然手脚冰凉，整个人就像从地狱归来。“她的情绪很暴烈。”肖恩好容易才憋出了一句话，然后开始缓缓描述汉娜如何突然失态，如何粗口成灾，如何宣称这样的修改让她忍无可忍。可是，第二天工作仍要继续，负责接送的还是莉莲。这一回，肖恩一脸茫然地告诉她，“汉娜 OK 了……是的，都 OK 了，每个问题她都认真回答了……是的，就好像，昨天什么也没发生过。”

六

女人永远热爱“完整”的幻象，或迟或早，她们总会想起来寻找那最后一块拼图。当莉莲有勇气也有需要与肖恩一起生个孩子的时候，妇科肿瘤却夺去了她的子宫。莉莲不甘心，她四处寻访，最后远赴挪威收养了一个男孩，取名时特意使用了斯堪的纳维亚的拼写方式：Erik（埃里克）。抱着埃里克下飞机时，莉莲看到比尔挤在迎客的人群里正在拼命向她挥手。哪怕隔着玻璃墙，她也看出他在哭。从此以后，肖恩不能陪着莉莲的时候，家里有了另一个男人。埃里克从来不问妈妈“我为什么没有爸爸”，他以为所有人都跟他一样长大，每个家庭里都有一个“比尔”。

塞西尔的神经比莉莲更坚强。在肖恩家里，有一个号码是专为莉莲开通的——那台电话响起时，除了肖恩之外，没有人会去碰。在安排时间的问题上，两个女人总能达成无声的默契：感恩节属于塞西尔，圣诞前夜就属于莉莲。如果塞西尔病了，莉莲会坚持取消原定的计划，催促肖恩回家。

1985年，老板弗莱施曼突然将《纽约客》的控制股份卖给S. I. 纽豪斯。在这场收购突击战中，事前比尔一无所知，事后比尔一无所获。早在数年前，比尔非但拒绝过别人与他联手挤走弗莱施曼的提议，而且为了避免“利益冲突”，主动放弃了持股权（如果还握着那些股份，他可以赚到一千万美元）。更大的打击是，新老板显然认为七十五岁的肖恩大势已去，被老板钦定的“空降兵”罗伯特·哥特里布（Robert Gottlieb）一到任就张牙舞爪，整个交接过程很让比尔难堪。“他似乎没在听我说话。”肖恩沮丧地告诉莉莲，“他似乎什么都不想听。”

人事大变动带来的震荡，让《纽约客》一连几年都失去方向。不断有老员工跑来向肖恩投诉，许多忠实读者亦投书编辑部表达不满（甚至马龙·白兰度也打来电话声援肖恩）。但肖恩如今是真的老了，既没有权力，也没有精力再帮助他们或者接受他们的帮助了。平生第一次，他从“终极牢房”中“被越狱”，终于有时间“处置一下自己的写作才能”了。但他铺开纸笔，一连设想了几个开头，都不了了之。

死神开始敲门，敲得缓慢而坚定。1992年复活节，肖恩染病，卧床不起，尽管本来这个节日是分配给莉莲的，他也只能失约。虽然住得很近，但是莉莲没办法去探望他（自从“某天在办公室”之后，她就没上过门）。没有名分的障碍，终于实实在在地敲到了莉莲的痛处。那条通往肖恩卧室的特殊热线，如今成了他们唯一的联系方式。有几天，肖恩甚至虚弱得连电话都拨不动了，只能靠他的儿子断断续续地把病况通报出去。

8 月，肖恩满八十五岁，有一小段时间，他似乎有缓过来的样子，间或还能叫人开车送他出门，与莉莲和埃里克见上几个小时。12 月 7 日，在麦迪逊大街的饭店里，他甚至拿出铅笔，替莉莲的新版《影画》的封面文字把关，调整了两个形容词的位置。随后，他试穿了莉莲替他买的新上衣。莉莲注意到，比尔的眸子不再是他熟悉的那种浅蓝——它们变黑了，深深的黑色。

第二天早上，莉莲照例去拨那个号码。电话通了，说话的居然是塞西尔。“他走了，”她说，“他走了。”

莉莲与埃里克赶到肖恩家，四十岁的华莱士打开门，随即转头等屋内的母亲发话。

“让他们进来。”赛西尔说。这话音里是否多少含着某种优越感，莉莲已经来不及分辨——她发现自己失控地抱住了塞西尔。

“他死在我怀里。”塞西尔说。

楼顶上的狐狸

就像所有水准线以上的传记一样，《天才的编辑》也把传主麦克斯·珀金斯从编辑行业的神还原成了人。所以，如果能打乱这本将近六百页的作品的叙事顺序，我更愿意从珀金斯的一个不太成功的案例谈起。

厄斯金·考德威尔进入珀金斯视野时尚且籍籍无名，经过一番可以想象的投稿/退稿回合之后，终于有两个短篇被珀金斯所在的斯克里伯纳出版社旗下的同名杂志录用。在考德威尔的自述中，珀金斯当时给他开的条件远远超出了一个新作者的期望，他们的对话简直类似于一段颇具反转效果的情景剧台词："二加五十？我不知道。我还以为可以拿得比这多一点。""你那么想？那三加五十应该没得说了吧？我们为这两个短篇能付的最多也就这点了，我们得考虑成本。""那就这么着吧。我还以为两篇加起来总会比三块五多一点。""三块五？哦，不！我一定是让你误会了，我的意思是三百五十元。"

但紧接着情景剧就开始走味：主旋律是考德威尔在斯克里伯纳出版社的单行本《美国的土地》和《烟草路》的销售版税甚至不足以达到他拿走的预付金，聊作和声的是评论界教人难堪的沉默。珀金斯只好婉拒了考德威尔的第三部小说，退稿信写得不无哀怨："……令人沮丧的销售促使出版社以一种前所未有的现实态度打量这部书稿，简直没法跟那些纯粹以销售数据说话、只重实际的人争论。无法向你形容我遗憾的心情。”

压垮考德威尔的最后一根稻草是经纪人把他引荐给维京出版社时走进了一家合意的餐馆，对方让他想吃什么就点什么，“不用考虑价格”。考德威尔的眼前不禁浮现出珀金斯唯一请过他的那顿饭：小店，花生，黄油，果酱三明治和一杯橙汁，还有珀金斯那句一点也不好笑的笑话：“在佛蒙特，男人消瘦而饥饿的面容是倍受尊敬的。”于是，怀着对珀金斯的“帮助和忠告”的无限留恋，考德威尔蝉过别枝。新东家接盘的时机刚刚好：在此后的七年中，根据《烟草路》改编的戏剧创下了百老汇的演出纪录，考德威尔的事业从此蒸蒸日上，但他再也没有在斯克里伯纳出书。

珀金斯得罪或错失的作家当然不止这一个，原因五花八门。舍伍德·安德森在创作巅峰期过后开始在斯克里伯纳出书，他寄希望于依靠珀金斯重回大师行列，熬到第七年终于大失所望。“你的确对你的一些别的作者显示了巨大的兴趣。”他留下这样伤心的句子，随即绝尘而去，转投别社几个月之后死于腹膜炎。还有一个微妙的例子是福克纳：珀金斯至少有两次将他收罗帐下的机会，最终放弃行动的理由只有一条——怕海明威妒忌。彼时的珀金斯已经是行业传奇，马尔科姆·考利发在《纽约客》上的那篇人物特写《矢志不渝的朋友》将他推上了个人声誉的顶峰——即便如此，他仍然必须在文学生态圈里费心周旋，外圈是口味莫测的读者、难以取悦的评论家和在食物链上毗邻的文学经纪人，内圈是出版社里“纯粹以销售数据说话、只重实际的人”，核心则是编辑与作家在技术与情感上的双重对弈。初衷都是要把这盘棋下到天荒地老的，但中途掀桌走人、谈钱伤感情或者谈感情伤钱的变故也在所难免。只不过，关乎文学，事情就会变得更戏剧化一点。

奠定珀金斯编辑生涯的三局棋构成了《天才的编辑》的主体，对手分别是菲茨杰拉德、海明威以及托马斯·沃尔夫，每一个都贴得上大众心目中的“天才”标签：成名够传奇，才华够横溢，起伏够跌宕，辞世够扼腕。这也是这部传记的可读性大大超过期望值的原因——沿着珀金斯的目光，我们窥视了天才们最放松也最任性的时光，发现他们有时候比自己笔下的人物更脆弱。

珀金斯对菲茨杰拉德的一席话曾经被反复引用：“不要一味听从我的判断。假如我的判断真的让你在关键之处听从了我，我会感到羞耻，因为一个作家，无论如何，必须说出自己的声音。”但他们之间的通信可以证明，在写作过程中，恰恰是在好几个“关键之处”，珀金斯的判断照亮了菲茨杰拉德艰难跋涉的夜路。

“现在几乎所有读者都对他如何聚敛巨大财富而困惑不解，觉得应该得到解释，当然，给出一个明确、清晰的答案是愚蠢的。你也许可以在这儿那儿插入某些短语，可能的话，安排一些各种各样的事件，轻轻带几笔，暗示他正积极从事某些神秘的事情。你写了他去接电话，何不让他在酒会上与政界、赌场、体坛或随便什么行当的神秘要人商谈的时候，被人看见一两回呢。可能我是在乱出主意，不过这种实话也许有助于你明白我的意思。在那么长的故事篇幅中完全缺乏解释——或者不说解释，而是某种解释的暗示——我认为是一种不足。他究竟是干什么的，答案即使能说，也不能清清楚楚地说出来。无论他是被别人利用的无辜者，还是他卷入到何种程度，都不应该解释。但假如只是隐约勾勒出他某种生意活动的轮廓，倒是可以增加故事中这一部分的真实性。他自称毕业于牛津、当过兵之类的说法，我以为你在实际的叙述过程中会设法逐步让读者知道真相。”

在引用这段话时我不舍得删去一个字。这已经超越了编辑的职业标准，完全可以载入文学史，成为阐述小说现代性的范本。在这个案例中，编辑的敏锐的文字嗅觉以及他在琐碎日常工作中练就的实际操作能力，足以让很多凌空虚蹈的文学教授汗颜。末了，在预见了这部作品的巨大潜力之余（“而所有这些，以及整个悲剧性的情节，在任何时候，任何地方，在文学上都有一席之地，借助 T. J. 埃克尔堡之力，以及他投向天空、大海，或者城市的那不经意的一瞥，你已赋予了一种永恒之感。”），珀金斯又退回一个编辑的位置安守本分：“我不知如何改进，但我相信你总有办法解决的，在这里我只想说，我认为它需要加点什么内容来控制节奏和连贯性。”比起多年后以近乎专制的态度“塑造”并伤害了卡佛的著名编辑戈登·利什来，珀金斯的进退有度几乎像一个奇迹。

从最后的成品看，作者不仅心甘情愿地采纳了编辑的每一条建议，而且把他们俩本来都觉得“松松垮垮”的第六章和第七章加固成全书节奏最紧凑、推进速度最坚决的段落。结构封顶之后，在菲茨杰拉德选择困难症发作时，珀金斯又跟泽尔达一起帮助他在一堆拗口的标题中一锤定音：这个“堪称奇迹”（珀金斯语）的中篇小说定名为“了不起的盖茨比”。

此后是我们大家都熟悉的故事，菲茨杰拉德踩着和盖茨比相仿的节奏飞升、坠落，珀金斯则一直隔着不远不近的距离欣喜或担忧。担忧渐渐超过了欣喜，珀金斯通过出版社预支稿费和自掏腰包借钱给菲氏的次数也渐渐超过了他进出其豪宅参加派对的次数。珀金斯曾经写信给朋友，说他垫钱是“因为出版社已经没有经济上的正当理由可以继续借钱给他。我想让他能够专心写作，避开好莱坞以及诸如此类花天酒地的生活。”

海明威同样需要珀金斯在创作与经济上给予长期关注，但这位自认为比菲茨杰拉德“硬汉”一百倍的天才当然会自创一套麻烦，等待珀金斯替他量身定制解决方案。为了海明威，羞涩古板的珀金斯（他表达最强烈的情绪的字眼是“上帝呀”）被迫到老板那里去讨论他小说中的那些粗话该怎么处理。珀金斯实在羞于启齿，于是老板只能发话：“那就写下来吧。”

珀金斯只好写下来。老板一瞥便笺簿，摇着头说：“麦克斯，如果海明威听说你连那个词都写不出手，他会怎么看你?”珀金斯很快发现，这一类麻烦成了连续剧。他得耗费好一番口舌，才能说服海明威处理《死在午后》里的“四字词”——即根据大多数州的法规，把四个字母中的两个字母空出来。他甚至得耗费更多的口舌，才获准在《非洲的青山》的校样上，改掉海明威以“母狗”代称格特鲁德·斯泰因的段落。海明威最后只同意把“母狗”

都改成 female——你可以译成“女的”，也能译成“母的”；既足以使斯泰因暴跳如雷，也能让珀金斯勉强满意。

偶尔，当海明威的阳刚指数亟须自我确认时，珀金斯的办公室还得充当战场。他旗下的另一位作者麦克斯·伊斯特曼写过一篇评论海明威的文章，断言其“对自己是个大个子男人这一点还缺乏笃定的自信”，文字风格“堪比在胸口上贴假胸毛”，这段话被海明威直接翻译成了对其性能力的恶毒攻击。可想而知，当他们俩在珀金斯办公室巧遇时，一场动作戏便如箭在弦上。海明威先亮出“毛茸茸的胸膛”，然后“笑嘻嘻地上前伸手解开伊斯特曼的衬衫扣子，露出他那光秃秃的、如男人秃顶的胸膛”。为了化解危机，珀金斯甚至也准备解开自己的衬衫，把剧情往自己身上引。然而，来不及了，海明威开始质问，进而朗读那些引发冲突的句子。珀金斯再度试图扑火，自告奋勇把书念下去，但海明威抢过书扔向伊斯特曼，两人终于成功地扭打在一起。

不过，若论珀金斯投入的情感强度，则海明威与菲茨杰拉德这两个案例加在一起也比不上托马斯·沃尔夫。沃尔夫下笔千言，砖头厚的稿子砸到各出版社无人敢接，珀金斯就捡起来一句一句推敲。每次沃尔夫指出他自己愿意删掉的段落，珀金斯反而作势要阻止他：“不，你必须一字不动地保留——这段描写太棒了。”珀金斯就是有这样的本事，从作者血肉间长出的文字会迅速在他身上扎下根，进而长出枝叶来。他习惯于把困难的问题留到最后，有了前面那些感同身受的铺垫，像“缺乏真正的结构”这样的评语就更容易被作者接受。最后，沃尔夫非但没有因为大篇幅删节的建议而沮丧，反而觉得空前地轻松。“在我记忆中，”他说，“这还是第一次有人这么具体地告诉我，我写的东西还值那么几个钱。”

这一改就足足删去了九万个词，在别处屡遭冷遇的稿子《啊，失去的》成了现象级畅销书《天使，望故乡》，同时，却也种下了多年之后两人渐生嫌隙的祸根：1936年，沃尔夫的宿敌——评论家德·沃托以沃尔夫曾在第二部小说《时间与河流》中向珀金斯致谢（修改的规模与第一部不相上下）为论据，得出了刻薄的结论：“这本书所体现出的组织能力、批判智慧，并不出自艺术家的内心，也不出自他对作品形式和完美的感受，而是出自出版社的办公室。”两人之间所有的积怨都被这条离间计点燃了。这些积怨既有编务琐事中产生的分歧，也有沃尔夫出于作家本能的窥私癖——他总是把珀金斯透露给他的办公室八卦写进小说里。但究其实质，这是任何一对亲密到他们这种程度的人都可能爆发的危机。当珀金斯的太太和沃尔夫的情人艾琳（说到他和艾琳死去活来、纠缠一生的姐弟恋，则又是一个很长的狗血故事）都在抱怨他们俩的友情占去了彼此太多的时间时，当沃尔夫在作品中把珀金斯比喻成“狐狸”时（“狡猾的狐狸，你的狡猾是多么单纯，你的单纯又是多么狡猾……你为人公正，眼光犀利……高尚……单纯——但是从来没有在讨价还价中吃过亏!”），这一对“天作之合”就离分手不远了。可想而知，今年好莱坞将《天才的编辑》改编成电影，动用科林·费斯和裘德洛这样的大卡司，看中的也正是这个爱恨交缠、有多重解读空间的故事——更何况，它还有一个催人泪下的结局：三十八岁的沃尔夫死于脑结核，临终前给已经交恶的珀金斯写信，缅怀往日时光，声言友情不渝："我永远都会记得三年前你我在船上相见，然后我们登上高楼楼顶，感受下面这座城市和生活的所有奇特、荣耀和力量。"

珀金斯的成就之所以无法复制，至少有一部分原因，是如今高度产业化的出版界已经不可能再找回上世纪二三十年代的文艺氛围。那些年，好作家和好编辑之间更少精确的测算，更多随性的发挥，在规模庞大、分工精细的流水线出现之前，还残留着一点手工作坊式的温暖。那些年，珀金斯和沃尔夫站在高楼上壮怀激烈，海明威发电报宣告他终于想出了小说《丧钟为谁而鸣》的结局——"桥被炸毁"，菲茨杰拉德醉醺醺地说我是一个好蛋你也是一个好蛋，然后开车载着珀金斯一头扎进池塘里。这是珀金斯最爱跟别人讲的笑话，每讲一次，那个池塘的面积便在"狐狸"的描述中被扩大一次。或许可以这样说，所谓"天才的编辑"，乃是个人与时代的相互成全。

归根结底，狐狸究竟是怎样的人？楼顶上的狐狸，池塘里的狐狸，办公室里的狐狸，哪个才是真正的珀金斯？通过这本传记，其实你很难得到特别明确的答案，因为在大部分故事中，他总是自觉充当那个更低调更克制的配角，他习惯于被天才的光辉照耀得面目模糊。我们只知道，在某些方面，珀金斯好像并不适合这个职业。他拼写很差，标点乱用，阅读"慢得像头牛"，但是"他对待文学就像对待生死"。他并不跟所有作家都搭调，最吸引他的，总是那类璀璨夺目却洋溢着悲剧色彩的天才——或许正因为如此，他跟他的天才们都难逃英年早逝的厄运。他固执，拘谨，周期性抑郁。他跟太太的关系从中规中矩到渐趋淡漠，一共生养了五个女儿，还有一个终生默契却不越雷池的女性朋友伊丽莎白·莱蒙。尽管相貌英俊，很容易引起女性的注意，珀金斯却不太擅长与女作家合作，而且终其一生，他对待女性的态度总是自相矛盾，对她们既思慕又厌弃。独处时，他似乎是个十分乏味的人，每天的作息时间雷打不动，走同样的通勤路线，吃同样的午餐。他的热情有一多半都倾注在写给作者的信里，书信的见识与文采在圈里传为美谈。有人忍不住问他："你自己为何不写作？我觉得你的写作水平会远高于现在大多数写作者。"沉思好几天以后，珀金斯才缓缓作答："因为我是编辑。"

一个出版家的追星史

两年前造访企鹅出版社在伦敦的总部，先聆听金融记者出身的集团总裁约翰·梅金森（John Makinson）夸夸其谈，再欣赏营销经理一脸职业化的亢奋与倦怠——至今提起什么国际出版业的内忧外患，我眼前都会交替浮现这两张脸。幸好，当日见到的最后一位是企鹅并购的独立出版社汉米尔顿（Hamish Hamilton）的头儿西蒙·普罗斯（Simon Prosser），几句话一搭脉，我整个人便松弛下来。汉米尔顿的人员极精简，但这个小作坊不仅历史悠久，而且在2006年所向披靡，三大文学奖（布克、橘子、惠特布莱德）居然无一错失，额角头几乎从天花板上穿出去大半截。西蒙操浓重的东区口音，不讲理念，只说喜欢——喜欢才是选择某作家某作品的理由，于是我进一步松弛，笑问他最大的敌手是谁。

“当然是凯普（Jonathan Cape）出版社啦!”他几乎整个身子扑向前，嚷道：“我那么嫉妒他们!”

汉米尔顿以凯普为假想敌，当然是捉对了路。两者都是小家底出身，都靠高级文学树品牌，也都有自己的big name（出版界屈指可数的明星编辑几乎全集中在文学出版的小池子里，他们不是最有钱的，但肯定是最传奇的）。相比之下，已从凯普退休的汤姆·麦奇勒（Tom Maschler）是在业界呼风唤雨了将近二十年的大佬，若PK光环亮度，汉米尔顿不免略处下风。单凭旗下十三位作者得过诺贝尔奖的记录，麦奇勒2005年发表的回忆录《出版人》(Publisher) 就饱受期待，面世后则饱受质疑。看看体例，这也确实不是什么正经自传，不循年代顺序娓娓道来，顶多只是一堆札记，多处闲笔罢了。

奋斗史在哪里？麦奇勒轻描淡写地告诉我们，当年在多伊奇出版社的第一份工作很无聊，“责任最重大的也不过是记录印刷用纸的库存”。老板很抠门，自己的衣服到某某街上定做，连指甲都定期专业护理，却会老着脸皮讨小学徒麦奇勒的烟抽，还悄悄地把洗手间的灯泡统统换成二十瓦……于是学徒不甘心，愤起而炒老板，一家家地炒过去，最后连企鹅的老板艾伦·雷恩也敢炒，如此一路说到自主创业成功，不过用去三十八页。出版理念在哪里？麦奇勒说：“这完全是一种个人行为，带有很强的主观性，没有什么规律可循。”经营思路在哪里？麦奇勒说经营他从来不管，那向来是合作者格雷厄姆·格林（请注意，此格林非彼格林，但他是那位著名作家的亲侄子）鞍前马后的事儿。好吧，有人无奈地追问：既然号称法眼精准，那么对手底下签发的作品总该有几句切中肯綮的点评吧？麦奇勒显然不吃文本分析那一套，他只说读《第二十二条军规》(初稿叫《第十八条军规》）的那两个晚上欣喜若狂。为什么欣喜呢？汤姆把那条地球人都知道的军规复述了一遍，便无赘语，随即笔锋一转：“我永远不会忘记第一次去约瑟夫·海勒家里的情形，桌上放着瓶葡萄酒（一升装），供十位客人饮用。还有许多威士忌。”据此，便有书评人揶揄，单从《出版人》这本书看，麦奇勒对美食的兴趣远远大于对小说的质地的兴趣——隔了那么多年以后，他居然还记得约翰·福尔斯只肯请他喝超市里的廉价葡萄酒，而艾·巴·辛格招待他的餐馆里除了水和苹果汁以外，再无别的饮料。在对后者的描述中，麦奇勒尖刻的文笔发挥得淋漓尽致："我再次见到辛格的时候是在斯德哥尔摩。在宏伟的诺贝尔授奖大厅，这位矮小的人物镇定地站着，接受世上的最高文学奖。我为他感到无比骄傲，也简直无法想象他会怎么花这一大笔奖金，但我敢打赌他还是会经常去街角那家餐馆。"

占本书大部分篇幅的就是诸如此类的八卦流水，对于热爱追星的读者而言，倒有层出不穷的惊喜——他们不仅能读到"星料"，还能在麦奇勒身上学到追星技巧。在这方面，麦老师授之以鱼，更授之以渔。入行前（十七岁），他在巴黎厮混时就特意跑到"双叟"咖啡馆里蹲点，窥视萨特和波伏娃，发现"他们似乎把咖啡馆视为己有，像是在里面搞什么阴谋似的"。麦奇勒终究不敢跟萨特夫妇搭讪，但他后来还是设法在咖啡馆里见到了塞缪尔·贝克特，后者在会面过程中始终处于等待戈多的状态，一言不发，直到"瘦削的身影沿着日耳曼大街慢慢走出视野"。在麦奇勒的追星史上，"这是重要的一课"，因为读他此后与作家名人的交往，就再也见不到如此菜鸟的身手了。麦奇勒在对付美国作家时似乎特别有一套，他津津有味地描述汤姆·沃尔夫的衣柜里整整挂着六套完美无瑕的白西装（其中一套后来在喝酒时被染上了触目惊心的红色），而库尔特·冯内古特的第二任妻子吉尔则成了这本书里最让人难忘的配角之一：这位女士是个长相迷人但作风强硬的摄影师，追星仗俩与麦奇勒旗鼓相当，几次三番想从麦手里拿到约翰·福尔斯的电话号码，妄图“租一架直升飞机”上福府拍照——当然，我们的出版家没有让她得逞。

八卦写得好不好，要看布局时懂不懂将紧要处藏在看上去不太紧要的地方，务必做成“捎带一笔”的样子，才算造作到了境界。麦奇勒谈合作者格雷厄姆·格林，反复渲染“我们从不谈私事”，末了却说：格雷厄姆的母亲（就是作家老格林的弟媳）是一位文学经纪人，她和雷蒙德·钱德勒长期有染。讲到马丁·艾米斯，麦暗示自己是马丁泡妞的导师，只是马丁很快就青出于蓝，女朋友从《纽约客》的总编辑一直换到哲学家的女儿、名记者的遗孀，等等等等，一律是“文坛赫赫有名的人物”。至于马丁的老子金斯利·艾米斯（《幸运的吉姆》），谈笑间便有料可挖：与后妻分手后，金斯利一个回马枪，就跟前妻及其现任丈夫住在一起，有的出钱，有的出力，其乐融融——在这个问题上，作家的想象力远比社会学家更丰富也更实用。

说起当今英国文坛的头号人物麦克尤恩（Ian Mcewan），麦奇勒照例是公式化地列出其文学成就以后，施施然抖出小道：麦奇勒曾出面做东，意在调停麦克尤恩与第一任妻子的关系，没想到麦克尤恩迟到一小时以后才独自前来，而且仪容不整，追问之下才知道夫妻俩又在马路上大闹了一场。麦奇勒此言不虚，麦克尤恩与前妻的“驯悍记/反驯悍记”早已成为英国文坛的一大掌故，连我都可以补充两条：某某文学奖上，有人亲眼看见麦克尤恩每隔半小时就要给家里打一个电话，扑救围城之火——那一段时间，麦克尤恩的成果是一系列愤世嫉俗的黑色小说。虽然麦克尤恩本人对此事讳莫如深，佩妮却满世界接受采访，暗示小说里的“黑色”正是源于作者本人的阴郁与刻毒。当然啦，在寥寥数笔勾勒完老朋友的狼狈相以后，麦奇勒也没忘记补上一幅“英雄本色”的标准像：话说当年麦克尤恩以《黑犬》入围布克奖决选名单，获奖呼声甚高，揭晓时却是陪太子读书。麦克尤恩一声令下，麦奇勒紧随其后，一行人退场以示抗议，到麦奇勒的公寓派对去也。

八卦写得好不好，作者把自己安插在哪里也至关重要。冲在最前遮掩星光，躲在最后缺少诚意——你连自嘲都不懂，怎么能跟星星们打成一片？那么，如果能在自嘲里恰到好处地自怜自爱一把呢？那又该算是什么段位的高手？麦奇勒乍入凯普就被派到刚刚自杀的海明威的家里整理其遗稿——日后，那些关于巴黎的碎片将被编成《流动的盛宴》（不无巧合的是，这本书里同样充满了斯泰因、安德森和菲茨杰拉德们的八卦）。关于这段编稿史，麦奇勒的文字 99%中规中矩，只有 1%是这么写的：“她（海明威的遗孀玛丽）每天晚上至少要喝一瓶，毫无疑问，总是喝醉。我不能肯定，但我认为她是想和我上床的，尽管这是因为绝望而非欲望。”好一个莫须有的“想上床”。看看麦奇勒附在书里的照片，彼时（二十七岁）尚未谢顶，也确实有做这番猜想的资本。提及多丽丝·莱辛的篇章更是妙不可言，写她无私资助麦奇勒的女儿上寄宿学校，写他将生活重心移到法国后莱辛深感冷落。“我无法弥补我常常不在的损失，”麦奇勒写道，“所以多丽丝离开了凯普。我们仍然定期见面，常常共进晚餐，就我们两人，聊得不亦乐乎。”仿佛生怕这样的眉来眼去还不够明显，麦奇勒此后不厌其烦地大肆抒情：“……我迫切想要某个我很在意的人分享我的这一番经历，这个人就是多丽丝·莱辛……”最奇妙的是最后一句——俨如飞来奇峰，借某酒会某来宾的话将读者的好奇心烧至沸点，却又死无对证：“……然后，她突然没头没脑地说：‘汤姆·麦奇勒四十年前就爱上了多丽丝·莱辛，他现在还爱着她呢。’”

不必再列举艾伦·金斯堡是如何服用迷幻药，萨尔曼·拉什迪又是怎样被保镖们架进办公室，《出版人》也足以成为八卦写作的范本。麦奇勒从一开始就声明自己本来有志于电影，此处埋下的种子到后文处处开花。比如，历经数年周折，他替《法国中尉的女人》牵线拍电影，一番辛苦不但换来了“助理制片”的头衔，而且，居然在小报上招来了自己与梅丽尔·斯特里普的绯闻，这恐怕可以成为麦奇勒追星史上又一座里程碑。他的活动范围从文学圈扩大到文化圈、娱乐圈，交游对象从画家培根、钢琴家鲁宾斯坦到善于写书却乱要大牌的劳伦·巴考尔和不要大牌却也不会写书的伊丽莎白·泰勒。如果非要微言大义，那么或许可以这样说：所有构成浮华名利场的细节和碎片，都让麦奇勒这个枯燥标题笼罩下的“出版界”显得不那么严肃不那么学究，与“捉襟见肘、举步维艰”之类的词儿更是全无干系。按英国《书商》杂志的说法，在近二十年的时间里，是“他使出版业充满魅力，他为这个行业所创造的光环，至今未曾泯灭”。在被电子传媒威胁并宣判了无数次“夕阳命运”之后，我们这些做出版的，大概确实需要有人孜孜不倦地为我们创造“光环”，告诉我们，好好睡一觉，第二天早晨在办公室就可以接到加西亚·马尔克斯的电话（101 页），听他结结巴巴地讲英语（或许有一天会是中文?）；到了下午，在讲座上振臂一呼，便能应者云集，一手创办英语文坛上最为重要的布克奖（126 页）。

光环背后的阴影呢？麦奇勒以最轻松的口气，描述了 1986 年凯普遭遇的重大财务危机以及之后的并购风波。凯普最终被美国巨富纽豪斯买下，十年后又连同兰登书屋一起打包卖给了贝塔斯曼。在那个决定命运的下午，麦奇勒和格林在海德公园里一共转悠了两次，合计半小时。在庆祝交易完成的晚宴之后，格林几乎立即被美国老板炒了鱿鱼，而麦奇勒幸免于难——至于原因，除了说一句“我太幼稚”以外，麦奇勒狡猾地回避了。同样被回避的还有麦奇勒在 1988 年患上忧郁症、并因此几乎再度面临失业危机的经历。他只是愤怒了半句，伤感了半句，随即把那一章（《千钧一发》）变成了名人慰问信札集，心安理得地晒幸福。那些信件分别来自罗尔德·达尔、库尔特·冯内古特，当然，不会少了多丽丝·莱辛。在那封我看不出一丝特别的慰问信前，麦奇勒满含柔情地说：“她的风格令我为之动容。我喜欢她用词的方式，还有她关心我的方式”。在原文中，“关心”两个字，麦奇勒用了斜体。

似是故书来

置身于2011年的法兰克福书展，我照例淹没在新书的海洋里。逛了一大圈，发现已经在此地弥漫了几年的萧瑟气象有增无减（越来越多参展的出版商在向e时代投降，积极做好全面转轨的准备），倒是中心空地上新造的白色“飞碟”人流密集，远远地就看见外墙上挂着奥迪标志。感叹商业侵略之余，还是不免走进去看个究竟。原来前些年的古旧书展位被整锅端到了这里，而且凭着奥迪的赞助，规模扩大数倍，气宇也跟着轩昂起来。也许是因为那些搁在书桌上的对开本沉重得让小偷无从下手，所以根本没人看护，摊在那里任你翻阅，任你把那些又黄又脆的纸拨弄出刺啦刺啦的声音。这仪式化的阅读搅乱了周围的时空，透出某种古怪的、让你不由得拿腔作调的凝重。守摊的大多衣着讲究而低调，神态矜持，间或抬起眼皮来，目光总能铆住那些他们不应该错过的人——但凡是有经验的藏书家、古书贩，识别同道中人的眼力似乎不比他们的版本鉴别能力更低。我扫了几个摊位，就看到有人（看面相和打扮似乎来自中东）从包里掏出一叠五百欧元的票子，一张张泰然自若地数给卖主。这一幕实在叫人无法挪开视线，要知道，若是怀揣面额如此之大的纸币跑进欧洲的小店，十有八九是会因为店主惧怕假钞而遭到拒收的。

其实，上述景象和人物即便往回穿越一两百年，比方说，回到1883年的伦敦新牛津街（“那里曾是藏书者和爱书人的麦加!”——类似的抒情性描述常常被人引用），也不会有太强烈的突兀感。彼时在新牛津街27号开古旧书店的沃尔特·T. 斯宾塞大约会对撞进门来的同行报以同样淡定而犀利的职业化目光，揣摩对方的身份、意向，估算他们在业内浸淫了多少时日，考虑要不要递上他那份厚厚的、在二十一世纪的互联网上仍然能搜到的“在售书籍目录”……在商界，书商自古以来都是既天真又复杂的品种（负面的极端例子，是塞缪尔·约翰逊曾经当街打倒一位势利的书商，而拿破仑干脆枪杀过一位），而那些长期从事珍本书买卖的人就更是书商中的智商党——斯宾塞即为其中翘楚。在他的全盛时期，下面这样的独幕剧不时在店内上演。

1901年春——在回忆录中，斯宾塞清楚地记得那是一个周日的上午——他那座四层楼的书店迎来一位美国客人。尽管近来的世界经济态势使得大西洋对岸成了斯宾塞最主要的客户来源，但他还是没想到来客目标明确，直奔狄更斯手稿而来。《炉边蟋蟀》，狄翁写在半个世纪前的圣诞故事之一，八年前斯宾塞与狄更斯的小姨子乔治亚娜·霍加斯套过多日近乎之后才用一千英镑换来的宝贝——它被束之高阁的时间已经长得差点让他忘记了来龙去脉。

但他没忘记价钱。“八年前我就定好了一口价，两千镑。”将客人领上楼以后，斯宾塞平静地说。对方的节奏也是不疾不徐，先还到一千五，再加码二百五。虚与委蛇间，店员通报楼下又有一位匿名绅士急欲候见，自称是斯宾塞的故人。

果然是故人——明尼阿波利斯的知名书商布鲁克斯。同样是有备而来，同样是劈头便问《炉边蟋蟀》的下落，但与楼上那位不同的是，布鲁克斯不容斯宾塞片刻犹豫，便迅速摊开底牌：标价不是问题，但这笔买卖他志在必得，若有闪失，则其他几笔生意一律中止。

后面的事情就不难预料了。楼上楼下短兵相接，勇者取胜；屋里屋外讨价还价，智者得利。布鲁克斯先生如愿以偿，输家则以“合理”价格收入狄更斯签赠托马斯·卡莱尔的《游美札记》（这是在收藏界最讨巧的所谓“关联书”），至于斯宾塞先生，他一边强调自己上楼的时候还在“发抖”，一边努力掩饰着下完一盘好棋的快感：“在之后的生意往来中，我向他（指输家）做过几次让步，我们成了好朋友。不过，我知道，那两位书商后来再度狭路相逢时翻出了老账，场面有那么一点激烈。”

“有那么一点激烈”，拿这话来概括斯宾塞毕生混迹的事业，也算恰如其分。斯宾塞的书店更像是一个隐藏在仓库里的沙龙，虽然总有体型臃肿的顾客抱怨拥挤逼仄的店堂里找不到一把合适的椅子、一格体面的楼梯，但他们下一次经过牛津街时还是会忍不住进来转转，因为在这里，交易的客体一半是书籍一半是传奇（狄更斯的头发，史蒂文森的头发，甚至，玛丽·安托瓦内特的头发），晤谈的对象一半是富豪一半是作家（包括作家的亲朋好友），而老板的个人魅力一半在精明的算计，一半在扎实的学养。自从靠《董贝父子》的杂志连载版本攒到第一桶金（尽管售价只有四十五先令）以后，斯宾塞先生就知道自己离不开这一行了，他打算永远在新牛津街上“安营扎寨，风雨不改”（Pitch an unmoved tent）。

珍本书商的生命线是人脉网，斯宾塞就是那种不怕头绪繁多，生来懂得左右逢源的人。对下游，他善于揣度客户的潜在需求，结交并培养那些看起来与文化圈关系不大的读者——其中既有印刷机发明家，也有泡菜企业老板（据说他买回去的几百本古旧书，大部分都搁在厂房里给女工们在午饭时间里陶冶情操）、澳大利亚牧羊场主和美国蔬果零售商，后者据称是斯宾塞毕生所见的最狂热的“狄粉”之一，为了用私房钱买几帧《匹克威克外传》的插图铅版，不知在老婆眼皮底下演过多少出暗度陈仓的轻喜剧。对于上游，那些曾经活着或者将要死去的作者及家属，斯宾塞则经年累月地与之通信、为之服务（他们中的很多人本身也是藏书家），从而取得对方的长期信任。比方说，斯宾塞曾收购到一捆旧书，上面写着萨克雷之女里奇夫人的名字，于是斯宾塞一方面到处放消息，声称他据此猜测萨克雷家曾遭窃，另一方面却并不急着将这些旧书出手。果然，里奇夫人闻讯即来信质询，斯宾塞回复说很乐意原物奉还、分文不赚，只收取购进时的低价。此举厚道公平、不卑不亢，果然赢得里奇夫人好感，将斯宾塞引见给以前出版萨克雷作品的出版商，一系列新合作就此展开。

斯宾塞上过几次罗伯特·白朗宁的门，送几本贵重得不敢差别人跑腿的书，他对白朗宁的一脸憔悴印象深刻，并且顺理成章地将之归结为痛失爱妻的后遗症；为了筹备慈善活动的拍品，斯宾塞也曾寄初版书给哈代索要签名，哈代的回信很认真，慨然应允的同时也希望“此事不要形成惯例”，因为“头几版往往未经我及时校订，难免错讹更多”。对于某个古书版本、某件作家遗物在数十年中的上涨幅度，斯宾塞向来习以为常、如数家珍，然而，当他偶然买下济慈的授权书时，还是握着这张薄薄的羊皮纸微微颤抖：当年书商估计济慈远赴意大利之后未必能活着回来，便游说他在出发前将自己几乎所有的作品版权倾囊售出，打包价不过区区一百英镑，而不到百年之后，单单这张羊皮纸本身就卖出了二百二十五英镑。在斯宾塞看来，这白纸黑字上的世态炎凉要比很多阐述经济与文化、商品与作品之间的荒诞关系的长篇大论，更有说服力。

也许，对于向来内敛的斯宾塞而言，“微微颤抖”已经是其文艺情结爆发的最高形式。类似的情形还出现过一次：大英博物馆印刷品保管员、许多当代作家的密友西德尼·考尔文（Sidney Colvin）在退休前烧掉了几百封作家来信，因为他认为其中涉及太多不宜被公众阅读的隐私。可想而知，在那段时间经常造访考尔文宅邸的斯宾塞需要经受多大的精神折磨，他必须眼睁睁地看着主人身边堆满作者手迹——它们正在或即将被主人喂进炉膛，火苗悠然吞咽着作者的记忆、读者的好奇，以及那些可以被斯宾塞当场换算出的英镑。考尔文一边烧，一边聊，间或喝一口苏打水，湿润被烟火熏干的嘴唇和喉咙，斯宾塞则只能“微微颤抖”着伺机进言，打捞起其中的幸存者——据说梅瑞迪斯和白朗宁的一部分信件，就是他救下来的。

与考尔文关系最铁的作家是史蒂文森，而后者本人也是斯宾塞店里的常客。1885 年，史蒂文森从爱丁堡去往伯恩茅斯，顺道在伦敦逗留。“那天很潮湿，他无聊地坐在我店里的椅子上……刚才他看到我书架上堆满了他的《新天方夜谭》初版，六十多本，全都是我在图书馆清库存时用一先令一本的价钱收购的。看起来这幅景象让他很沮丧。”斯宾塞在回忆录中的描写很符合人们对这位喜欢四处冶游的梦想家的印象。梦想家梦游般地说自己的鞋子漏了，斯宾塞镇定地指出他应该脱掉鞋子晾干，同时给他弄来一点可以御寒的东西：白兰地加水，以及一本在售书目录。

史蒂文森在书目上找到了《新天方夜谭》，标价八先令，脸上的表情略微松弛了一些。“不过，斯宾塞先生，”他随即又锁起眉头，“不会有人来问价的吧，是吗？”九年以后，这一幕回忆在斯宾塞眼前愈见清晰，也让他一时不知该怎样面对这批书的单价已经飙升到一百多镑的事实。飙升的原因通常很残忍，这一次是因为史蒂文森刚刚病逝于太平洋南部的西萨摩亚，葬在当地一座能俯瞰太平洋的高山上，时年四十四岁。又过了很多年，斯宾塞购进了一本纪念册，编写者是那些陪伴史蒂文森临终的朋友，他们见证了梦想家在那段病入膏肓的日子里仍然每天上午都在写作，见证了他在近乎谵妄的状态下焕发的最后的诗意。

斯宾塞与王尔德的有限交集，完全拜王尔德之母所赐，后者常常向斯宾塞订购旧书，并请他上门送货收钱。王尔德太太从不讨价还价，“年老色衰却富有同情心”，可是王尔德少爷截然不同。斯宾塞几次撞见他从门外进来，“纽扣上别着一朵向日葵，颈上飞舞着一条炫目的五彩领带”。苍白、松垮、阴柔之类的词儿一股脑儿从斯宾塞笔下涌出来，他显然对这位红透英伦的当代唐璜不以为然。王尔德也不见得喜欢他，因为他总是跟母亲闲聊了好一会以后才跟斯宾塞搭一两句——即便如此，“他似乎仍然觉得说话是桩莫大的麻烦事，而且不光是说话，就连呼吸，连活着本身都很多余！”

有了这样的邂逅，也就不难理解，为什么在谈论王尔德落难之后的遭际时，斯宾塞的态度显得颇为冷漠，甚至不乏揶揄。作为经手转卖过大量王尔德狱中信件的书商，斯宾塞当然对他当时的混乱潦倒的状态颇有感性认识。那些信时而流露出改过自新的念头，时而又任由情绪一落千丈。尤其是王尔德写给自己的出版商莱昂纳多·史密泽斯（Leonard Smithers）的信，就更是将绝望、嘲讽和苦涩释放得淋漓尽致。那段时间史密泽斯的日子也很不好过，几乎每隔一段时间都会被迫卖一点东西给斯宾塞，这其中就包括王尔德的信——也就是说，骄傲的王尔德，不得不间接依靠出售自己的书信来养活自己。斯宾塞在这些信上看到了直接的、没有一丁点王尔德式装饰音的哀告，看到了一个彻底失控的诗人。“看在上帝的分上，至少给我送五英镑来，”其中一封呐喊道，“我直面着饥饿和死亡。”发出这封信之后不久，王尔德就去世了。

一百多年之后，王尔德当然还彪炳史册，但斯宾塞其人生平已越来越模糊，我只能在网上查到他的生卒年约为1860—1952——也就是说，在他的回忆录《四十年贩书偶记》出版之后（1923），他的书店应该还开了好长一段时间。据说，如今的新牛津街27号早已人去楼空，原址开着一家退伍军人职业介绍所。以如今的眼光看，这本回忆录树立了旧书业黄金时代的标杆，却基本上绕开了它常常遭人诟病的阴影：赝品。只在该书临近尾声时，斯宾塞才小心翼翼地提到了一则小故事：

有人上门，送来一本威廉·霍恩的《每日之书》的"原稿"，空白处写满查尔斯·兰姆的眉批，要斯宾塞估个价。

"呃，考虑到兰姆 1834 年就去世了，而这本书直到 1839 年才出版，敢问您怎么给个合理的解释？"

"哦，我不知道呢，"对方还是那么理直气壮，"没准儿那是另一个兰姆。"

以莎士比亚的方式谈论莎士比亚

斯特拉福的莎翁故居里天天都有人穿上十六世纪的服装，把莎士比亚童年的故事演给你看。音量足够让剧场最后一排听见的男中音，过于洪亮地回荡在狭小的卧室里。大约每隔十五分钟，这位穿着戏服的导游就要拿起桌上的羊皮手套，对着新一批上楼参观的客人重复那几句台词："他是手套作坊老板的儿子，居所里充斥着皮革加工时散发的特殊臭气……"那一回，我站在楼梯口看着他演了三轮，每一轮都带着仿佛初次登台般新鲜而饱满的激情。

然而莎士比亚的一生，可供鲜活演绎的细节也许仅止于此——所有关于他经历的记述，都是粗线条的，语焉不详的。对那些发生在他本人身上的事件，莎学专家们知道的，并不见得比这位演员/导游知道得更多。"倘若在发现莎士比亚的一部新剧和发现他的一张洗衣单之间任选其一，"安东尼·伯吉斯恨恨地在他为莎士比亚所作的传记中说道，"我们每次都会投票选他的脏衣服。""每当莎士比亚在房地产或编写剧本以外做别的事情时，历史就'啪'的一声合上了嘴。"

伯吉斯们之所以对莎士比亚的"脏衣服"如此渴望，其隐含的动机之一，是搜寻更多莎士比亚的私生活痕迹，把莎翁从一个宏伟而空洞的符号还原成一个鲜活丰满的人，进而捍卫“莎翁”对“莎剧”的所有权的合法性（尽管在这两者之间搭建更坚实的逻辑桥，还需要费很多材料）。其实换一个角度看，这个几乎从莎翁作古之后便受到反复质疑的命题，给双方辩友都提供了持久的学术饭碗，对提升“莎剧”这个品牌的文化影响力也不见得完全是一件坏事。

当然，如果单纯考虑趣味性，“倒莎派”（其实任何学术争端的质疑方都是如此）具有先天优势。虽然时隔四百年后，找到一锤定音击溃莎学的铁证似乎并不现实，但不时抛出一鳞半爪的新鲜线索，通往更多的疑点，还是比分析“to be, or not to be”的重音究竟该落在哪个词上，更能刺激学界和读者的神经。在这个系列里，近年读到的《寻找莎士比亚：探访莎剧中的意大利》（*The Shakespeare Guide to Italy*：*Retracing the Bard's Unknown Travels*）是相对“软性”的一本。它并没有像那些更具有攻击性的倒莎派那样，抬出哪个比“艾文河畔斯特拉福的莎士比亚”更有资格成为莎剧作者的人物（比如培根，甚至伊丽莎白一世本人），整本书乍一看近乎导游手册。作者理查德·保罗·罗行文克制，除了用“我们的剧作家”替代本应出现“莎士比亚”的地方，你几乎看不到特别明显的倒莎派锋芒。

然而，保罗·罗先生穷极二十年、耗尽下半生（该书出版时他已去世），游历意大利全境，收集大量照片和地图，最后的结论是：唯有对意大利“深度游”过甚至长久居住过的人才可能写出那十三部意大利题材的“莎剧”，而这与学界普遍认定的莎士比亚生平相悖（通常认为莎翁不仅从没有出过国，而且也不太懂拉丁文）。他的潜台词是，或者莎士比亚的生平记述中漏掉了一大段他在海外云游的经历（那么，那个同时在环球剧场里又编又演的家伙难道是他的分身?），或者，这些戏的作者另有其人。“足不出户的年轻人永远只是平庸的脑瓜，”莎剧《维罗纳二绅士》里的这句台词正好被倒莎派顺手拿来当炮弹。

结论并不重要，有趣的是保罗·罗先生罗列的证据尽管不失严谨，却比一般的学术研究更具有娱乐性。比如他在《罗密欧与朱丽叶》的台词里读到一大片“扎根城下”“向西面生长”的槭树林，而故事的原型——意大利民间故事以及此后频繁的变体（比如布鲁克的叙事诗）中均未提及。意大利之行的第一站，保罗·罗先生就在维罗纳城外找到了这片古老的槭树林，虽然已经被现代化的大道和十字街分割得支离破碎，但它毕竟仍旧生长在老地方，仿佛与文本血肉相连。

整本书充满着这样“宛若神迹”的时刻，尽管表面上文字比较感性，但实际上严格遵循“倒莎派”的经典套路：即认为莎士比亚的家庭出身、教育背景、人生经历，不足以承载知识容量如此之大的三十多部莎剧——说得更直白一点，他们认定，这个人类文化史上最重要的文化符号，理应是更“高眉”的产物。这样的说法当然不够政治正确，但是长期以来，“保莎派”也确实苦于缺乏强有力的证据，正面解释这些问题。哪怕是英国最为正统的普及性读物，也往往淡化莎士比亚本人的生涯是多么励志多么传奇，而把重点放在渲染其文学成就和描述其所在的时代。大英博物馆馆长尼尔·麦克格雷格前几年在 BBC 做的广播节目就是走这样的路线。2012 年，他将讲稿编撰成《莎士比亚的动荡世界》（*Shakespeare's Restless World*）时，当然要发挥大英的馆藏优势，配上翔实而醒目的插图，在视觉上还原一个绚丽而充满变数的时代。

比起同样以莎士比亚时代为切入点的名作《1599：那一年的莎士比亚》（*1599：a year in the life of William Shakespeare*），《莎士比亚的动荡世界》的密度要小一些，内容也通俗得多，但主旨大体上一脉相承，后者展示的很多细节也颇有启发性。比如说到当时的剧院观众，与如今衣冠楚楚、正襟危坐的状态相去甚远。那时所有的公共演出都是下午场，露天剧场上依靠日光照明，舞台上刀光剑影（都是真刀实剑，所以当时的剧场和剧团也常常发生暴力斗殴事件），台下的观众席则充满了被黄段子逗得一浪高过一浪的笑声，以及各种各样的酒精、坚果，甚至现开现吃的牡蛎。如果一定要类比，那么当年环球剧场的气氛，可能更接近德云社，而非上海大剧院。

统治者对于剧院的态度颇为复杂。他们一方面看到戏剧——尤其是当时最叫座的关于英格兰历史的剧目“在锻造新的国族认同的过程中起到关键作用”，另一方面也能感觉到在演出中积聚的民间智慧“在创立新的国家身份的同时也分裂了这一身份”。因此，包括莎士比亚在内的剧作家必然清楚地意识到，他们的创作是受到诸多限制的，有一些题材不可轻易触碰（就算碰也只能含沙射影）——比如瘟疫的流行和爱尔兰危机，还有人们对未来女王一旦驾崩之后国家命运的巨大恐惧。

但也恰恰是基于这种不可言说的恐惧，台上的演员与台下的观众之间形成了强烈而默契的代入感。莎剧中的舞台提示远比台词可怕，动不动就是“两手及舌均被割去”（《泰特斯·安德洛尼克斯》或者“王后手捧萨福克头颅上”（《亨利六世》）——观众和政府似乎都不觉得这样有什么不妥。当时的国民担心女王会被英国的敌人谋害，而这种情绪有相当一部分也是当权者精心培植的结果，所以莎剧中频繁出现的暗杀和密谋同时激发着上层和下层的肾上腺素。人们从几百年或者几十年前的故事里窥见当下的阴影，就着新鲜牡蛎肉，细细咀嚼着隐秘的兴奋。

有意无意间，“保莎派”往往把关注的重心放在莎士比亚与时代的关系上，更倾向于将他置于当时的剧团和舞台上来考量其创作。纸面上的莎士比亚，博闻广识仿佛超越其阶层，显得如此匪夷所思；而那个活跃在台前幕后的莎士比亚，那个最擅长在台词中“现挂”时事、夹荤带素的莎士比亚，固然趋时应变、上达天听，但更下接地气，视观众的直接反应为灵感源泉。莎剧是那个时代不折不扣的大众艺术，其中蕴含着某种特殊的、“从群众中来到群众中去”的活力，这是关在书斋里的贵族们无力企及的。归根结底，莎剧是“演”出来而不是“写”出来的，早在凝固成文本之前，它们已经在剧场里经受过千锤百炼——这一点为莎士比亚之所以是莎士比亚，加上了一块有分量的砝码。

回到安东尼·伯吉斯的传记《莎士比亚》——其中最可玩味处，就是把莎剧的这种特殊的活力，作为贯穿始终的核心。尽管这部传记旁征博引，在史实考证上未敢擅越雷池，但对于像伯吉斯这样写过小说《发条橙》的作家而言，藉“莎”明志、阐述自己的文学观，必然是题中之义。所以在对很多问题的判断上，伯吉斯下笔铿锵利落，火花四溅。在反驳培根学派时，伯吉斯提出莎剧对白通常是“滔滔不绝地高谈阔论，直到被另一个人物滔滔不绝的高谈阔论压倒为止”，与《培根随笔》的风格南辕北辙。在他看来，拨开这些气势非凡的句子的表皮，莎士比亚的本色仍然清晰可见：“一个乡村青年一心要在一场都市人的游戏中击败训练有素的都市人，但又时常没有耐心彻底学会全部课程。”

除了伯吉斯，你很难想象别人用这样的口气谈论莎士比亚，你简直可以看见一只手跨过四百年，拍拍那个叫威尔的“伦（敦）漂”青年的肩膀。有时候，我觉得这就是为什么面对众多关于莎翁的材料，我仍有重读伯吉斯的必要。伯吉斯在这本书的前言里就强调，“我在这里所要求的，是古往今来每一个莎士比亚爱好者按自己的意思为莎士比亚画像的权利。”伯吉斯并未在书中宣布重大发现（他一生致力研究莎学，但“发现”的事实可能还不如我们的红学家一年的成果多），他手中的画笔和颜料与其他研究专著并无多少不同，但我喜欢他自己给这部传记定的调：“要想知道莎士比亚的相貌，我们只需照一下镜子……他的背像个驼峰，驮着一种神奇而又未知何故显得不相干的天才。这天才比人世间任何天才都更加能够使我们安于做人，做那既不足以为神又不足以为兽的不甚理想的杂交儿。”

本着这样的基调，伯吉斯获得了独特的观察视角。十六世纪，竞争激烈的戏剧市场上人才辈出，但唯有莎士比亚的光芒穿透时代，足以遮蔽当时与其亦敌亦友的本·琼生。作为现成的参照，伯吉斯在书中也给了琼生足够多的笔墨。詹姆斯一世登基之后，市面上开始流行舞美新奇复杂，但人物和台词空洞做作的假面剧。这类剧主题抽象，按道德剧的风格拟人化，通常总是善恶双方装模作样地较量一番，一律以善大获全胜而告终。彼时，琼生为了取得高额报酬，“从未放过任何机会在短小的假面剧中炫耀自己的智慧、学识与诗才”，而莎士比亚却基本没有卷入这股浪潮，最多在后期的剧本中加入类似假面剧的鬼魂显灵的片段。在莎士比亚看来，巫术适合编入一部严肃的悲剧，而琼生则热衷于写《女巫的假面剧》，以此取悦宫廷。结局可谓求仁得仁：琼生赶上了时髦，抓到了现钞，莎士比亚则在那段时间里完成了《奥赛罗》和《麦克白》。

在莎剧的众多人物中，伯吉斯对福斯塔夫（先后出现在《亨利四世》《亨利五世》和《温莎的风流娘儿们》里）倾注了最大的热情。这不是个容易论述的人物，大多数评论家停留在赞美剧作家高超的技巧，却难以解释这个几乎不具备任何美德的弄臣，何以成为所有文学作品中最可爱的人物之一。“这在那些以为可爱即美德的人看来永远是个谜，”伯吉斯不无得意地说，“但是，在另一些人看来，这并无任何神秘之处，因为他们知道战争、官方宣传、怪诞的清教主义、辛苦的工作、迂腐均无德行可言，他们反而珍爱着堕落的人性，喜欢与之相伴的无赖和机智。福斯塔夫精神是文明的伟大支柱。国家太强盛、人们过分为自己灵魂操心的时候，这种精神也就消失了。”

看到这一段，一辈子讨厌莎士比亚的托尔斯泰脸上会浮起鄙夷，但不屑开口；第一个跳起来反对的，多半会是那个写过《英国文学的伟大传统》的安妮特·T. 鲁宾斯坦。虽然她也是坚定的保莎派，对“伟大作家”莎士比亚不吝溢美，同时也承认福斯塔夫“真实、幽默有魅力”，却在文本细读时难以掩饰对这个“精神饱满的恶棍”发自内心的反感。她能够理解伯吉斯用耸动的字眼，从这个人物身上提炼出“精神”的用意吗？

或许可以这样说：某种几乎出于直觉的一边建构一边解构的能力，是福斯塔夫的天分，也是莎士比亚的天分，而这正是我们揭开莎剧的古典面纱便能窥见其现代性的关键。从这个角度看，塑造福斯塔夫之于文学的意义，并不见得比莎翁为现代英语创造了两千多个词汇的功绩更小。

“我们说到莎士比亚精神，有时主要指福斯塔夫精神……召唤福斯塔夫，其实是在召唤一种民间的精神……”在这里，伯吉斯调动宏大的、煽动性十足的字眼，以莎士比亚的方式谈论莎士比亚。口吻半真半假，态度亦喜亦悲，真诚而世故，华丽而卑微，始终保留对一切事物讴歌与怀疑的能力，这是伯吉斯以及类似的英国作家们从莎士比亚那里继承的最宝贵的遗产。

第 N 次赎罪

一

电影《赎罪》（*Atonement*）并没有因为凯拉·奈特莉和詹姆斯·麦卡沃伊的加盟，就让他们的戏份泛滥到篡改主题的地步。《赎罪》没有成为偶像言情剧，真正的主角，依然是那个偏执的小女孩；改编者也没有在任何关键细节上背叛小说。就连小说结尾对浪漫高潮的突然否定，那种看起来很难用影像交代清楚的转折，导演也用最经济的画面搞定了——还能要求更多么？

2006 年，在伦敦和剑桥，我先后同几位作家及大学教师谈起过《赎罪》的作者伊恩·麦克尤恩。千篇一律的，在一车英国式的拿腔作调的奉承话之后，他们都陷入了某种欲说还休的沉默。面对这个被报纸称为“最受人嫉妒的英国作家”，来自同行的任何评论，似乎都有失去分寸的危险。

麦克尤恩的粉丝，在银幕上看到男主人公罗比微笑着在打字机上敲下露骨的情话时，应该会因为耳边响起的恰到好处的歌剧选段而颔首微笑；如果非要在鸡蛋里挑出骨头，那么，或许可以说，背靠书架的那场爱，做得太潦草太不《色戒》了，多少有点辜负了麦克尤恩在原著里精准的、于极度压抑后粲然绽放的笔墨：

“在这种时刻，想象到达一个又远又高的地方是再平常不过了。他想象着自己在一个圆圆滑滑的山顶散步，那山顶悬浮于两座更高的山峰之间。他感觉悠然自得，有充分的时间到岩石边，一窥他即将跳下的悬崖峭壁。此刻一个清爽干净的地方吸引他跳入，但他是一个通晓世故的人。他走得开，他能等。他强迫自己去想那些他所知的最枯燥无味的东西——擦鞋匠，申请表，卧室地板的湿毛巾，还有一只积着一英寸高雨水的朝天翻的垃圾桶盖，以及他的霍斯曼诗集封面上的一滴茶渍。这个珍贵的清单被她的声音打断了。她正在叫他，渴求他，在他耳边低语……此时此刻他和她在一起了，看到山坡上的石子穿过云层，向山底滚去……”

这样的细节对麦克尤恩的控制力构不成考验。操纵杆一推，他奔驰在小说的高速公路上，虚汗不冒，车速不减，几十万公里下来，依然零事故。当年那部骇人的《水泥花园》，正面撞上少年姐弟乱伦的情节，但他的处理，硬是匪夷所思地优美。于是，你会被撞击出的火花所震撼，却并未败坏阅读的兴味，一个趔趄之后，你还是会被作者说服，抵达终点——通过之前的铺陈、推进，麦克尤恩的车头，早已悄悄备好了性能可靠的安全气囊。

像《水泥花园》这样不到十万字的小长篇（novella），正是麦克尤恩最善于炮制的品种。他总是在如此紧凑的篇幅内塞进逻辑关系复杂的突发事件，将一个看起来微不足道的动机送上连锁反应的流水线，最终演化成荒诞的、时空与人性的双重塌方。只要稍事检索与麦克尤恩相关的论文，就能发现他的名字往往与“人性阴暗面”“伦理禁忌区”和“题材敏感带”连在一起。改编成电影后拿到柏林电影节银熊奖的《水泥花园》是这样，获得惠特布莱德奖（Whitbread）的《时间的孩子》以及问鼎布克奖的《阿姆斯特丹》也不例外。它们都能套用麦克尤恩本人喜欢写在小说里的老话：One thing always leads to another.（有前因必有后果。）几个 another 之后，物是人非，上帝的归恺撒，恺撒的归上帝。

如是，《赎罪》在麦克尤恩的作品列表里，倒更像是个异类。不仅仅因为它破天荒地达到了标准长篇的规模（中译本约二十五万字），而且，似乎相应的，“恐怖伊恩”往常在题材上对于世俗规范的“冒犯感”也被膨胀的字数稀释了浓度。那个在电视剧本（《立体几何学》，BBC，麦克尤恩编剧，遭禁播）里植入恶作剧般的特写镜头——浸泡在甲醛中的男根——的伊恩似乎改邪归正了，秉承基督教“原罪”传统的意识形态控制着情节的走向，春风化雨般地在细节里施放催泪弹。

果真如此吗？

二

书从头读起。

我们进入 1935 年的英国南部庄园。其时，二战迫在眉睫，楼上楼下屋里屋外的秩序在被迫洗牌前，依旧井然。跟着最古老的全能视角，我们依次见到：布里奥妮，十三岁，塔利斯家的二小姐，早熟而狂热的文学青年，刚刚写完处女作，一个将霍乱与爱情纠缠在一起的哥特式剧本；塔利斯太太，完美的女主人，完美到将丈夫的出轨也纳入家常正轨；布里奥妮的三个表亲，姐姐罗拉和她的一对双胞胎弟弟——暂时，他们的任务是以行将离婚的父母带给他们的恐慌，反衬塔利斯家的“天伦之乐”，同时，他们还得在布里奥妮编的戏里充任角色；大少爷利昂，以及他带来的客人，新近靠战争发迹的巧克力大亨保罗·马歇尔；最后进入视野的，是大小姐赛西莉亚和管家的儿子罗比，一对我们一眼就可以判定的必将苦命的鸳鸯。在男主人的资助下，罗比和赛西莉亚同在剑桥念书，随着年事渐长，等级差距与情欲之间的函数关系，时而反比，时而正比。当正比变量抵达峰值时，金童玉女在书房里演起了A片，恰巧撞入布里奥妮的眼帘——由此所埋下的祸根足以证明，古今中外，艺术与生活都有严格界定“少儿不宜”的必要。

布景搭好，戏剧三一律按常规运转。月黑风高，罗拉遭强暴，布里奥妮指认她心目中的“色情狂”罗比是罪魁——而我们和赛西莉亚一样，都知道不是。罗比被押去坐牢，赛西莉亚以女神般的坚贞与家族切断联系，第一部至此结束。幕再起时，已是五年之后的敦刻尔克。从罗比的叙述中，我们得知，唯有参军，他才能免去牢狱之苦，于是他一步步走到这里，等待撤退，等待与赛西莉亚重逢。一个蒙太奇切换到第三部，十八岁的布里奥妮开始赎罪历程：一边在医院里当护士，希望能从战场上运来的伤员里发现罗比，一边尝试联络姐姐。在姐姐租来的房子里，罗比从阴霾中渐渐现身，苦于无处自首的布里奥妮终于替自己的良心找到了陪审团……

故事讲到这里，尾声不期而至。时间定格在世纪末，布里奥妮赶在被痴呆症夺去记忆之前揭开所有谜底。被强奸的罗拉成了强奸犯保罗·马歇尔的妻子，这场婚姻不仅保障了家族的经济利益，也使得罗比失去洗脱罪责的可能——后者早已无须洗脱，因为布里奥妮在最后一页告诉我们，从来没有过什么战争中的重逢，没有重逢后的宽恕。罗比死了，赛西莉亚也死了，虚妄地永生着的，是小说，著名作家布里奥妮的小说。

2002年，《赎罪》发表之初，这个结尾就招来争议。据说评论家分成两派，包括厄普代克在内的美国人齐声喝彩，部分英国人却颇有微词，矛头直指“这简陋的后现代装置”，难以与前面纯正的新古典写实主义文风调和。辩论到这里开始变得拗口起来，正方抓住了反方的逻辑漏洞：既然你看出结尾是后现代的，那么，它其实已经借布里奥妮的坦白，推翻了前文的“写实”和“古典”。既然如此，那么这部小说就是一个有机整体，是具有后现代自觉意识的“元小说”，你又怎么能说它前后失调呢？

三

倒带。闪回。记住结尾，让我们把故事再看一遍。

现在，从第一个字开始，我们就知道，这是布里奥妮的自传体小说，是她改写过几十次、试图凭借文字救赎罪孽的小说。扉页上引着简·奥斯丁写在小说《诺桑觉寺》里的话：

“亲爱的莫兰小姐，你好好想想，你这样疑神疑鬼是多么可怕。你凭什么下此论断？别忘了我们所生活的国度和时代。你要牢记我们是英国人，我们是基督徒啊。你不妨运用你自己的理智，你自己对或然性的感悟，你自己对于周遭所发生的一切的冷眼旁观。我们所受的教育会叫我们做出如此令人发指的行为吗？我们的法律会默许这样的暴行吗？像英国这样一个国家，社会文化交流具有坚实的基础，每个人都受到左邻右舍的监视，阡陌交通、书刊报纸使一切都暴露在光天化日之下，倘使犯下了暴行能不为人所知吗？亲爱的莫兰小姐，你到底在想些什么呀？”

在刚刚读过的结尾中，我们不难发现，塔利斯家的庄园在战后被改成了“蒂尔尼饭店”，而“蒂尔尼”正是《诺桑觉寺》中男主人公的姓氏。这一明一暗两处机关使我们不得不重视《诺桑觉寺》，想起其中的凯瑟琳·莫兰与布里奥妮最大的共同点——她们都那么热爱文学，不惜将周遭的环境嵌入自己的哥特式想象里，逼着生活模仿艺术。再细看，不单在情节上存在戏仿关系，而且庄园里人物的出场方式，关于他们的一幅幅素描，都依稀辨得出奥斯丁运笔的习惯。庄园经济与姻亲缔结的微妙关系，少不得要在字里行间一点点流露出来。十三岁的布里奥妮与其说迷恋“故事”，不如说热爱“秩序”，因为“一个无序的世界完全可以在写作中条理化”，而她“对秩序的喜好也催生了公正原则，死亡是道德欠奉者的专利，而婚姻是一份报答，直到最后一页才奉上”。

“秩序”是第一个关键词。在英国乃至世界文学史上，对“秩序”深入骨髓的理解与反讽，很少有人会比奥斯丁更出色。因此，“作家布里奥妮”套用的第一副模板，显得格外服帖。她可以用“秩序”解释保罗与罗拉的婚姻，解释塔利斯太太对于布里奥妮造成冤假错案的推波助澜

（想想电影里她那只有力地按在小女儿肩上的手吧）。

从奥斯丁开始，评论者对于《赎罪》叙述方式的钻研，放胆深入。下一个是伍尔夫。她的小说《行动之间》有相似的情节，也是通过一次体面人家的家庭聚会，揭示若隐若现的战前背景；而《到灯塔去》里的那顿让客人汗流浃背的晚餐，更是被《赎罪》直接拿来戏仿，成为引出藏书室缱绻的转折点。顺便预告一声，再往后翻一百多页，毫无预兆的，伍尔夫还会隆重出场。

麦克尤恩本人在访谈里主动招认，《赎罪》“欠了小说《中间人》（*Go-between*，L. P. 哈特利，1895—1972）的情”，后者着力描述的，正是一个在情人之间充当信使的孩子。一并移植过来的还有小说里炎热的夏天，以及孩子面对成人性事的震惊与分裂。至于叙述这段重场戏的口气，老麦坚决屏弃了那种用“孩子的心智、孩子的词汇”展开的自然主义方式，因为他想要“亨利·詹姆斯在《梅西知道什么》里达成的效果”。没错，布里奥妮私拆罗比信的那一段写得实在太亨利·詹姆斯了，那种把一秒钟切成数段的心理分析，正是处于忏悔状态的“作家布里奥妮”想刻意渲染的。她为罗比设计了一个巧合——这只可能出于她的“设计”，因为她并不在场——解释他最终装进信封里的纸条，为什么会包含着“阴户”那样扎眼的词儿：

“他多么希望记错了。但他没有记错。他手写的信放在了那本翻开的《格雷解剖学》‘内脏学阴道’那一章，第 1564 页。他拿起来折好放到信封里去的是用打字机打的、放在打字机旁的那一页。不再需要弗洛伊德的自作聪明——这个解释是简单而机械的——这封无伤大雅的信就横放在第 1236 号画着清晰伸展而放荡的阴毛冠图例上，而他那下流的草稿则放在桌子上，伸手可取。”

当“弗洛伊德”的名字出现时，悲剧的基调已经渐渐改变了成色。我们被似曾相识却又荒腔走板的戏码弄得目迷五色，荒诞意味开始弥漫整个舞台。当布里奥妮说“那个词的头三个光滑中空的字母，它们部分闭合的形态，就像一组人体解剖图例一样清晰明辨……（于是，）某种完完全全的人性化的东西，或者说男性的东西，威胁到了她家的秩序”时，事实上，她已经在逻辑上顺利地完成了“赎罪”的准备工作——辩解。家族利益有其秩序，语词用法亦有其秩序，秩序与秩序互相纠结，布里奥妮只是这张网上的一个，微不足道的结点。

“词语”在这个故事里的地位，头一次显得如此重要，这在无形中给我们打了个暗号，让我们接下来的分析，愈来愈无法离开“文本中的文本”。我们发现，身陷囹圄之前，罗比虽然志在医学院，但业余也是个发烧级数不低的文学青年。走在庄园里，他会思索（毋宁说是布里奥妮安排他思索）医学与文学的共同使命；渴望与塞西莉亚做爱时，他会背诵《第十二夜》里马伏里奥的台词“没有东西可以挡在我和我满怀的希望之间”（另一处莎士比亚的台词出现在保罗·马歇尔与罗拉初遇时的对话里，两个从来没读过《哈姆雷特》的上等人，用 to be or not to be 和 that is the question，对了一番附庸风雅的暗号）；罗比与赛西莉亚在言谈中，对理查逊的书信体小说《克拉丽莎》发表过迥然相异的看法，这个情节不仅引出了赛西莉亚对罗比的性暗示，也让某些细心的读者联想到：《克拉丽莎》的女主人公有个生性刻毒的姐姐唤作阿拉贝拉，而这个名字我们早在《赎罪》的第一页就已经看熟了——在布里奥妮自编的剧本《阿拉贝拉的磨难》中，她成了纯洁而坚贞的化身。至于《克拉丽莎》中的强奸情节让无辜的女主人公横遭遗弃并香消玉殒，而“现实”中的强奸案却让“受害者”罗拉最终缔结了“美满婚姻”，并形成了更为险峻的对照。

至此，各色小说人物与文学隐喻的狂欢渐入佳境。评论家不会放过具有 D. H. 劳伦斯气息的性描写（请再次倒带，回到藏书室），同时还会找到罗比自称“在索霍区偷偷买来《查泰莱夫人的情人》”的句子，在两者之间得意洋洋地划上连线。同样的，有人在《赎罪》的强奸里看到了 E. M. 福斯特的《印度之行》中那段著名的“岩洞强奸幻觉”；有人通过罗比与塞西莉亚在争夺中打碎的贵重花瓶，想到了亨利·詹姆斯的《金碗》；不止一位评论家在交流阅读感受时，提到伊夫林·沃的《旧地重游》，提到阿加莎·克里斯蒂最善于封锁在庄园里的罪恶。最袖珍的隐喻是罗拉（Lola）的名字，有人认为是影射洛丽塔（Lolita），谁让她们都是那种面目暧昧、性情可疑、身份游离于受害者与勾引者之间的小女孩呢？年代最近的比附作品是玛格丽特·阿特伍德获得 2000 年度布克奖的《盲刺客》，后者同样到小说结尾方才掀开叙述者的面纱。

甚至，直到敦刻尔克的战场上，罗比仍然在吟诵奥登的诗《纪念叶芝》，仍然在扳着指头计算他与塞西莉亚的情事在各色文学名著中找得到哪些原型——当然，关于战场上的叙述都是布里奥妮的臆想，她替罗比思考，替罗比背诗，而且，刻意让句子的平均长度不到第一部的二分之一。这回用不着专业书评人了，普通读者都可以耸耸肩，自信满满地指认：海明威。

四

按照麦克尤恩的说法，“在战场上，从句是找不到位置的。”同为“著名作家”的布里奥妮当然也持有类似的文学觉悟。事实上，让一个女作家试图描摹男人在战场上的心理，大约没有比海明威更风格化、更容易参照的样本了。词语的质地适合战场的硬度，也适合在某些地方以简洁的名义更方便地隐藏——隐藏布里奥妮希望隐藏的东西。

比如，布里奥妮遥控着罗比在空袭的间隙想起了塔利斯庄园，试图探究当年那个小女孩“究竟是出于何种思维”，才会坚韧不拔地将他送进监狱。线头一松，罗比立时抽出一团乱麻——夏日，湖畔，小布里奥妮故意落水，逼罗比跳入湖中搭救……“知道为什么吗？”女孩说，“因为我爱你……”（奇怪的是，电影中略去了这句台词。）

还有比这更老套的浪漫桥段吗？然而，翻遍整本《赎罪》，也只有在此处，布里奥妮心底深处的那团阴霾，才有迹可循。为什么，在心理刻画细致入微的第一部中，布里奥妮不能动用伍尔夫或者詹姆斯式的心理分析，通过她自己的视角，正面剖析这个隐秘的、也许是真正的动机呢？这个本该在忏悔中浓墨重彩铺陈的事件，为什么要以如此迂回的方式，出现在罗比的“回忆”中，而且一开头就端出如此滥俗的文艺腔呢？（“在一阵淫雨狂风过后，它突然降临，因而显得格外美丽……”）或许，“秩序”背后的另一个关键词是“妒忌”，但前者显然比后者更冠冕堂皇，更容易理解，也更值得宽宥。于是，有意无意的，作家布里奥妮运用叙述技巧，将该强化的强化，该削弱的削弱了。

至此，前文中密度惊人的戏仿与互文，那些质地精良却又显得矫揉造作的文字终于找到了它们存在的理由。它们服务于布里奥妮的叙述，将故事修饰得更像故事，更像奥斯丁伍尔夫詹姆斯们的故事，而那个连她自己也拒绝承认的真相，就如同消隐在泥沙中的一脉活水，静静流失；它们同样服务于站在布里奥妮身后的麦克尤恩，他将虚构艺术之林林总总信手排成八卦阵，这般华丽恰与真相的含混与流失形成反差——由此，所谓“赎罪”，所谓“叙述”，都被清算了，被刺痛了。

如此幽深的意图，在第三部中出现了一次小规模井喷——很遗憾，这段情节在电影里再度缺席。那是一封《地平线》杂志致布里奥妮的退稿信，来自编辑兼作家西里尔·康纳利（Cyril Connolly），信中阐述了他和女作家伊丽莎白·鲍温（Elizabeth Bowen）对于布里奥妮的处女作《泉畔双人》的共同看法。值得注意的是，这本杂志以及这两位作家都在英国文坛上占过确凿无疑的萝卜坑——在《赎罪》的长长的戏仿名单上，也少不了他们二位的作品，尤其是鲍温的小说《去年九月》，是经过麦克尤恩本人亲口确认的。这是后现代作品的常规花招——实在的名人以言行干预虚构人物的命运。

“你抓住了人物的意识流，并将其细微差异展现于读者面前，以此刻画人物。还抓住了一些与众不同、难于辨析的东西。然而，这是否因缘于伍尔夫夫人的技巧呢？……请问您有没有可能以更加干净利索的语言把这三位人物呈现在我们面前，而不是一味大写特写他们每个人的感受，而与此同时，依然将光、石和水描写得惟妙惟肖，然后进一步在叙述本身中制造出某种张力和一些明暗搭配呢？老实练达的读者可能对伯格森有关意识的最新理论有所耳闻，可是我确信他们还像孩子一样想听故事，想处于悬念之中。”

康纳利的忠告显然对布里奥妮的写作生涯产生了至关重要的影响。后者从第一稿《泉畔双人》开始，就将这个故事反复修改，空中架起悬念，地上铺好技巧，她的小说想必是愈来愈圆熟——而我们却无从确定，真相是不是愈来愈模糊。按照布里奥妮的坦白，只有在最后的一稿中，有情人才终成眷属，而“以前的几部稿子都是那么的无情”。读者有理由怀疑，被几经篡改的，不只是结尾。

五

“只要我最后一稿的打印孤本留存于世，那么我那纯洁率性而有奇缘的姐姐和她的医生王子定会相亲相爱，直到天荒地老。”

“一位拥有绝对权力，能呼风唤雨、指点江山的上帝般的女作家，怎样才能获得赎罪呢？这世上没有一个人，没有一种实体或更高的形式是她能吁求的，是可以与之和解的，或者是会宽恕她的。”

《赎罪》的尾声没有规定情境，布里奥妮的第一人称突兀而来，悠然而去。上述由“我”发表的独白可以理解为面对一个或多个听众，也可以理解为内心活动。小说似偏向于后者，而电影则将其明确地置于电视访谈的镜头前。电影因而大大强化了小说原本含蓄的反讽意味，那种对于“叙述”本身的绝望：谁敢说这公诸于众的一幕，这布里奥妮的第 N 次“赎罪”，不是为了替她的第 N-1 次“赎罪”——终于定稿并付梓的小说——做一次既 sentimental（感性）又 sensational（耸动）的宣传呢？去年轰动全美的、以小说冒充回忆录骗来惊人销量的书业逸闻（James Frey，*A Million Little Pieces*），不就是异曲同工的真人秀吗？

沿着这样的思路，必然直奔虚无而去。面对似乎早已穷尽的技术可能性，面对仿佛无法抵达的“绝对真实”性，作家的突围方式无非两种：或如约翰·巴思、威廉·巴勒那样藐视逻辑和意义——类似于画家藐视造型，乐师藐视旋律，以无序的喧嚣达成彻底的静默；而“更常见的是他还在继续说话，不过是以一种他的观众听不见的方式说”。（苏珊·桑塔格《静默之美学》）。显然，麦克尤恩属于后者。

这种“听不见的方式”甚至延续到小说出版之后。自《赎罪》在 2002 年发表之后，其战争史诗加古典罗曼司的外衣就倾倒了众生。这部当代严肃文学大师的亲民之作，在顺利获得又一次布克奖提名（最终未获奖，似乎仅仅因为他前一年刚得过）的同时，也让英美连锁书店将麦克尤恩的名字所蕴含的商业价值，与丹尼尔·斯蒂尔相提并论。我们不必将此归于误读，毋宁说，就像布里奥妮的作品一样，麦克尤恩的《赎罪》也是多功能的，“反讽”是一种功能，“娱乐”是另一种。在文本中被反讽的所有元素，在小说享受的无上荣光中一一应验——这一回，所有被“娱乐”的读者也不知不觉地参与了“反讽”的立体演示与二度创作……我想我已经在过度阐释了。

2007年，随着电影的大卖，小说《赎罪》重登图书排行榜，冠军拿了好几个月，至今还没有让位的趋势，再加上其新作《在切瑟尔海滩上》同样大获成功，整整一年的英国出版业，似乎都成了麦克尤恩的个人秀场。而这五年来，向来跟红顶白的评论家也没有闲着。对于《赎罪》的深度开掘仍在继续。对于“叙述”的界定由广义（即《诺桑觉寺》中所谓的“社会文化交流”）缩小到狭义（文学），随后又扩展到广义。就连二战前张伯伦的绥靖政策，以及当时那种弥漫在英国当局及民众中的既犹疑又虚伪的气氛，似乎也成了《赎罪》的反讽对象。或许，在一个历来崇尚 understatement（低调陈述）的国度，麦克尤恩确实是在曲折地表达对渗入民族肌体细胞的“叙述综合征”的反思？

六

记者：这是一部历史小说吗？

麦克尤恩：算是吧。不过那是一段停留在一位作家、一个女人思想中的历史。

记者：你本人没有心理学的教育背景，那么小说里的心理分析为什么能写得这么好?

麦克尤恩：因为我会在生活中犯错。犯错给了我心理分析的感性经验。

记者：布里奥妮是一个好作家吗?

麦克尤恩：这个问题很难。我不能让她太好。也许，跟麦克尤恩差不多就可以了。

一个人的城堡

再次看到约翰·索恩的名字和他的房子，是在一段某伦敦居民的博客上："……话说约翰·索恩，就是那个富庶的建筑师，那个老老旧旧的、塞满了古玩的博物馆的主人……对，就是那家人人都听说过却极少有人去过的博物馆……"

将近一年前，我去过。伦敦林肯法学园区（Lincoln's Inn Fields）12 至 14 号。这栋始建于十七世纪的房子，既是索恩亲手打造的故居，又是全英国最小的博物馆。置身于其中，我依稀抓住了某种久违的、压迫我动笔的东西。问题是，直到现在，我也还是拿不准应该写成怎样的面貌。我只知道，它不应该是游记，不应该是传记，不应该是建筑美学或者古董收藏的分析报告。

桌子

1837 年 2 月 6 日，约翰·索恩爵士去世之后第十七天，他的遗产的指定受托人第一次在旧宅中开会。到会人数应该不会太少，因为有人为此专门订购了一张崭新的大圆桌。那张桌子，是刚刚失去了主人的故宅里唯一不属于主人的东西。

我极力搜索记忆，却想不起来在去年的那次实地参观中，看到过某张突兀的大圆桌。或许，在此后将近一百七十年里陆续展开的多次修复工程里，它早就给清理掉了。即便果真如此，那张曾经存在过的桌子也还是在我的想象里，充当了某种缄默的见证：从那年的 4 月份开始，故宅就按照索恩生前的设想，渐渐履行其作为公共博物馆的职能，面向公众开放，先是允许收费参观，基金会成立后又逐渐转为免费。与此同时，从 4 月直到 6 月，那些受托人每周至少在圆桌前聚会两天。索恩收藏的各色古玩需要清点、登记；其中个别藏品被其他博物馆外借的请求需要评估、受理；维护故居的资金需要建立一个良性循环的筹措模式；而索恩的子孙们，那些在争夺继承权的战役中不战而败的人，时不时地也会通过各种渠道，提出让受托方为难的要求……总而言之，圆桌会议上有的是可以纠缠的话题，有的是可以消磨的时光。

唯一不需要讨论的是基本原则。早在 1833 年，八十岁的索恩已经拟好了《关于安置与保护约翰·索恩爵士博物馆的法令》，并且获得了皇家许可。这份法令层次明晰、陈述简洁，一如索恩生前留下的大多数文字一样，不缺少可操作性。索恩先是预留三万英镑作为首批维护资金，接着亲自排兵布阵，列好了将来围在圆桌前的全套人马——其中四名是地位显赫的生前好友，另五位由皇家艺术学院等五家机构分别派出代表组成。索恩亲自物色了第一任馆长，由自己麾下的一名男职员和一位女管家共同担任；至于此后的继任者，索恩事先砌好了一道不算低的门槛：必须由学院派权威人士选择一位“在业内建树不凡或者赢得学院奖的建筑师”。

远比上述种种条件更能加重心理压力的，是索恩那句不容毫厘置疑的遗言："必须将馆内的一切，尽可能保持约翰·索恩爵士生前时的原貌。"这句话，是整个法令赖以生效的基础，也是索恩一生的最后几年里无论如何也放心不下的承诺。他应该预见得到，那些无可避免的改动（天然的，人为的）和修复将在他死后形成拉锯，因而早在多年前，他就让画师J. M. 甘地绘制了大量工笔水彩或素描，在尚未发明摄影术的年代里，将他居所的各个角落的标准模板，留在画布上。

原貌。保持。尽可能。一百多年后，这些字眼在现任馆长嘴里被反复提及。他向访客们尽情地表达着这种"保持"的难度，而他和他的前任又是如何恪尽职守地克服了这些困难。从这既骄傲矜持又如履薄冰的语气里，仿佛还能感觉到索恩那句遗言的分量——准确地说，是威慑力。

房子

外立面上突起的阳台和游廊（verandah）固然是个煊赫的亮点，但乍一看，阳光下的那栋房子，并没有什么诡异之处。只有走进去，门一关，光渐渐暗下来，你才会恍然惊觉：那样的遗言回荡在那样的房子里，何以隔了岁月，依然饱含着威慑力。

刚到门厅，就有画家托马斯·劳伦斯的雕像和那不勒斯出土的女体残雕逼上视线；无论是墙面上的九块圆形装饰板，还是天花板上的浮雕，全有可以引经据典的来处。这个喧哗的开场，已经在预告空间与陈列的关系，是带着那么点紧张的。

定下整栋建筑主调的是位于底楼、彼此连成一体的餐厅和书房，中间由拱形天篷和底座稍作隔断。揣着速写本到索恩来朝圣的室内装饰从业者，总要在这里掷下一叠连声的惊叹。专程在中国广东定制的镶了祖母绿的紫檀木明式椅子也许算不得价值连城，那一堆伊特鲁里亚的黑陶古瓶也终究只是韦奇伍德的仿制品，但索恩晓得用红漆绿边的空中拱廊去安置它们——他实在深谙半隐半现的妙处，也晓得用大大小小的镜子让星星点点的美蔓延成燎原之势。目之所及，处处都是向荷马、拿破仑、萨福致敬的段落。从北首的两扇大玻璃窗望出去，清清楚楚地看得见庭院中那道由希腊和罗马的建筑残片（architectural fragments）混搭而成的中楣（frieze，或称壁缘）。每有宾客光临，索恩会把他们带到窗前，提醒他们将这人工之作的轮廓与窗边两件“天然小品”（据说是苏塞克斯郡的树林里某棵白蜡树上截下的枝干）对照一番——按他的说法，那些懂得希腊艺术妙处的行家，自然会看得心醉神迷。

索恩早就习惯了领受惊叹。挤满了瓶瓶罐罐、镶满了彩绘玻璃的走廊，逼仄得连叹息的回音都大半吸了去，这份压迫感，让人明明觉得目不暇接，步子却总也慢不下来。索恩成名前后，多次到海外（以罗马为主）进修、游历，在那里搜罗过不少宝贝——往大里说，那些物件，或是驻留着历史遗迹，或是浓缩着建筑风格，或是凝聚着文化意义……也可以把这些全抛在一边，干脆只想象一个磨蹭在玩具店里再也挪不动步子的小孩吧。在索恩看来，世间到处都是这样的玩具店。

玩具一样样地从拍卖场给搬回了家。石膏，青铜，赤陶，铸铁，大理石，各种质地与其表现的主题冲撞在一起，就像是把时空压扁了，简化成一场富于悲喜剧（tragiccomedy）色彩的连环交通事故。于是，越往里走，那些跟在索恩身后参观的宾朋，就越会生出某种类似于探险的感觉来。在他们还没来得及被穹顶厅和柱廊厅里的雕塑压得胸闷气短之前，索恩会让节奏稳一稳，先拐进他的画室去。

整栋楼最值钱的部分也许就是这间画室。组画（共八幅）《浪荡子堕落记》（A Rake's Progress）和《选举》（Election）是十八世纪画家威廉·霍加斯的代表作，霍大师用画笔讲故事的能力在其中挥洒得淋漓尽致。但凡要举办霍加斯的特展，国立美术馆是一定要到“索恩”来请出这两件国宝的。除此之外，跻身于其间的透纳、卡纳莱托、克莱雷索、普兰内西，也都是响当当的大牌。然而，这间画室真正的高潮并不是他们，而是他们“存在”的方式。为了让十三乘十二（英尺）的小画室能达到二十乘四十五（高度不变，均为十九）的小型美术馆的容量，索恩把两面墙壁挖空做成壁橱，一面墙装上活动板，并在这三面墙里各安好三层带铰链的画架，这么一来，原来的三面墙就成了九面墙……他想必非常享受当着访客的面轻轻启动机关的那一瞬间——当后者在霍加斯的人间喜剧背后，突然又撞见了透纳的世外桃源时，索恩的苦心孤诣，便得到了预期的回报。时至今日，当着毫无思想准备的观众将画室的墙壁一层层打开，同时观察他们的瞳孔骤然兴奋地放大，仍然是“索恩博物馆”的工作人员每天最享受的功课。

在索恩的私人城堡里，被折叠起来的贪婪和不甘，随时等待伸展。好比那些凿在高处的天窗，在伦敦并不多见的晴天里，会让光线与家具及藏品形成某种无可名状的互动关系。一张挂毯，一盏吊灯，一面红墙，一方壁龛，索恩都不会放过将其利用到极致的机会。他要用高密度的美学元素，让自己的“不甘心”，得到某种程度上的舒缓。

然而，观众的眼睛得不到舒缓，所以对“索恩”的评价历来就很极端——要么热爱，要么憎厌。憎厌者，大约会产生这样的联想：巴黎的凡尔赛宫同样是充满了个人烙印的地方，路易十四的奢靡与贪婪，他对美的执着以及隐隐流露的感伤，几乎无处不在。然而，凡尔赛宫如此辽阔，压力被空间分解，单位体积的压强就小了。试想一下，把相似的企图心——那种企图包罗万象的气势移植到“索恩”相对狭小的天地里……观者若是不由自主地生出抵触心理来，也就不足为奇了。

日子

对于房主的盖棺定论是：约翰·索恩（John Soane，1753—1837），英国有史以来最伟大的建筑师之一，伟大得几乎连那个“之一”都可以去掉。在一个连出租车司机都对“戴维·福斯特”（当今英国最负盛名的建筑事务所）耳熟能详的国度里，这种定论委实意义深远。通常将索恩的风格归入“新古典主义”，在教科书上，这种风格被大致概括成清晰的线条、简洁形式的大规模集合、准确有力的细节、一丝不苟的均衡布局以及对于光线的精巧利用。

索恩的父亲是个生活在泰晤士河边的砌砖匠，好歹算是一线建筑从业人员。索恩改换门楣的努力，从懂事时就开始艰辛而果断地步入正轨。年少时，他在祖姓末尾缀上一个字母，好让自己“看上去显得更老成”（sophisticated）。于是，仿佛在一夜之间，砌砖匠的儿子 Soan，就变成了任劳任怨地替知名建筑师跑腿的小学徒 Soane。乖巧而聪慧的学徒拾级而上，在皇家学院里从银奖拿到金奖，进而取得赴意大利深造的奖学金，那是他的建筑生涯里第一个也是最重要的转折点。

多年以后，每天清晨，坐在著名的“早餐厅”里，面对一盘培根煎鸡蛋，索恩还会不会有闲情逸致，以衣锦还乡的心态追忆起当学徒时的逝水年华？透过法式长窗投进来的自然光，在自拱顶到墙面错落排列的一百多面圆镜（这是室内建筑史上的经典案例）上反复折射，满满地罩住了整张餐桌，也将索恩本人的轮廓，勾勒得宛若一幅托马斯·劳伦斯的人物画。将早餐厅打造成整个居所里最明丽最精致的地方，大约是因为，这位工作强度惊人的建筑师，每一天都要从这里开始——他需要在一大早，就将工作状态调整成一张拉得满满的弓。

工作间与更衣室连通（之所以连通，是为了防备工作时间突然有客造访，男主人可以很快换好行头，体面亮相），索恩每日用罢早餐，就会一头扎进这个完全由他独揽大权的私密王国。宅子里几乎每一间屋子都搁着为数众多的建筑模型（既有他自己的得意之作，也有根据世界知名建筑制作的迷你拷贝）和建筑草图，随时都能起到储备资料与刺激灵感的作用——可想而知，这样的堆砌，到了正式的工作间里，该达到怎样登峰造极的地步。陈列在工作间的大理石建筑残片多半来自罗马，原先是索恩的老师亨利·荷兰的私人收藏，亨利去世后全部转到索恩名下。可能是藏品实在太浩瀚，从1916年开始，索恩的笔记里就时不时地跳出“整理大理石”的字样，直到去世。

彼时的索恩，麾下也已经招募了一大批学徒。他喜欢把自己关在楼上的小工作间里画草图，时不时地透过墙上凿好的一扇小窗，看一眼楼下采光良好的大工场，随时掌控学徒们的进度。其情其状，有点类似于高级写字楼的老板，用闭路电视监督员工的一举一动。总之，索恩始终在暗处，而他的无所不在的目光，却能让学徒们的背上，一根根地长出芒刺来。

疯子

1825年3月间，索恩家里破天荒地连开三场主题晚宴。浪漫诗人柯勒律治来了，风景画家透纳来了——照例是他招牌式的红脸膛与白马甲相映成趣。名流与名流在雕塑与名画间觥筹交错，但多少都有点心不在焉。美酒笙歌都不是重点，大家只等着主人开口，好屏息静气地跟着他下楼去。

由地面通往地下室的几间厅房，被煞费苦心地按照古文明的年代顺序分成了三级，先是罗马，再是希腊，最底层是埃及。十九世纪初，日不落帝国拓宽疆土，“泽被”埃及，随之而来的便是大英博物馆里的埃及藏品急速膨胀（罗赛塔石碑、亚尼死亡之书、拉美西斯二世胸像……），进而在上流社会里培养了一大批言必称古埃及的“粉丝团”，索恩和他的朋友们都是其中的骨干。那厢，大英博物馆刚刚对着叫价两千英镑的法老“塞地一世”的石棺皱起眉头，这边的索恩爵士就按捺不住，欣然接盘。英镑不是问题，石棺庞大的体积也不是问题：从房顶开始，次第往下砸，砸出轩敞的通路以后，再从上面缓缓吊下，直抵最底层，最后再把砸掉的东西修好——这个过程用掉了大半年光景。相形之下，灯光就更不是问题：索恩请来照明器具经销商威廉·考林斯，专司整间屋子——尤其是石棺内部的照明，务必要在这三场庆贺石棺落户的晚宴里，达到“客不惊艳誓不休”的地步。

既是画家又是作家的本杰明·罗伯特·黑顿，是其中一场晚会的贵客。后来，在写给朋友的信里，他将当时的盛况描绘得生动而刻薄：

“那真是可以想见的最最精致的赏心乐事了，想想看——那些人在坟墓呀字母呀长矛呀没鼻子的头颅之间转来转去，猛抬头发觉自己的身边终究还有不少活人，手里都端着咖啡和蛋糕，脸上立时展开如释重负的表情。吹弹可破的淑女名媛装扮得美艳而入时，却也义无反顾地把她们漂亮的脸庞埋进写满象形文字、散着一股子霉味的旧棺材里，为它的古老年代而称奇不已，费神思量，那里面究竟躺过哪位仁兄……正当我开始胡思乱想之际，胸口上挂着一枚星形勋章、胸腔里时时发出哮喘的苏塞克斯公爵气喘吁吁地沿着窄窄的通道推推搡搡地走过来，把挡在前面的女人一个个撵开——那气魄活像在密室里滥杀新娘的蓝胡子公爵……最终，他把他那尊贵的头颅也扎进了棺材，将他的惊诧与别人的惊诧融为一体。”

那大概是时年七十二岁的索恩最疯狂的时刻吧。提到这石棺，他在笔记里几乎有点语无伦次：非凡的努力，人类工业与毅力，至少三千年的历史，古老而博学的民族……如果字与字撞得出声响，那么这一页就该奏出堂皇高亢的管弦乐来，尽管，细辨之下，未免有些抢拍错调，甚至带着一点古怪的感伤。

与法老石棺的价值连城相反，索恩还藏着一些几乎全无货币意义的小零碎，而蕴蓄在其中的古怪与感伤，倒是有过之而无不及。工作间地板东端有个小匣子，里头搁着两具风干的猫尸，都是索恩承接新工程时在需要拆除的旧房里发现的。其中一只猫嘴里还叼着一只老鼠，就卡在一栋老宅中墙面与护墙板的缝隙间——拆这宅子，是为给1803年的英格兰银行工程让路。从1788年开始，索恩就担任了英格兰银行长期雇佣的首席建筑师，而由他领衔的扩改建工程倾注了他大半生的心血，是他结结实实的巅峰之作。工程既罢，他不仅存下了与此相关的模型、图纸、碎片，而且请画师甘地从不同角度绘制"写真"。其中一幅剖面鸟瞰图，据说是为了描摹他想象中的"未来的废墟"——"因为，总有一天，我的英格兰银行，会变成这副样子……"

一百多年后，站在这张线条致密、色彩颓唐的"废墟图"前，我连打了几个冷战。当初，崭新的英格兰银行还在气宇轩昂地接受朝拜呢，建筑师本人就已经定定地站在"废墟"跟前，在想象中替自己的作品默哀了。有没有一个瞬间，他想起了那栋为银行让路的老宅，想起嵌在墙里的猫，想起猫嘴里衔着的老鼠？废墟，是一切建筑无可逃遁的终点——这一点，大约没人能比索恩懂得更深、更透、更痛彻心扉。对于美，对于时间，他那么贪婪，却也那么悲观。或者可以这样说，他毕生都企图以建筑之美、艺术品之美抵挡时间的磨蚀，却又从一开始就知道，这一仗根本没的打，他必输无疑。不止一次的，甘地听到他絮絮叨叨：也许，只需要一百年，银行就会被战火摧毁……

果然只需要一百年。不过，索恩的英格兰银行并没有机会经受一次像样的战争的考验。1909 年，赫伯特・贝克成为英格兰银行的新一任建筑师，大刀阔斧地将索恩时代的银行拆毁、重建——此举后来被斥责为犯下了“二十世纪伦敦建筑史上最深重之罪孽”。然而，拆了就是拆了，“罪孽说”无法使废墟还原为建筑本身，人们只能站在索恩尚且完好无损的宅子里，面对他的“废墟图”，打几个毫无意义的冷战。

孩子

通过现有的文献资料，很难将索恩其人还原得栩栩如生。即便在他的笔记里，你也窥不见索恩有什么私人情感的流露。替他立传的作者都小心翼翼地猜测“索恩的脾气不好伺候，而且，家庭关系不甚如意”。显而易见的证据是：他曾对两个儿子寄予厚望，但长子三十多岁就早早辞世，次子乔治・索恩非但没有接过父亲白手起家打下的江山，反而颇有心机地耍起了笔杆子。作为三流作家的乔治，发表过几个剧本和小说，可这些加在一起也不如他跟老子作对的事迹出名。1815 年，乔治接连在《冠军》杂志上匿名发表了两篇文章，矛头直指父亲的建筑风格，下笔极尽刻薄。乔治这样做，或是利用老子的名头炒作自己，或是索恩素来掩藏在良好的平衡状态背后的，确实有家人忍无可忍的乖戾和阴郁，日久天长，矛盾终于到了不公开不足以泄愤的地步——当然，最有可能的，是两者兼而有之。

这件事到底在多大程度上改变了索恩的一生？根据索恩自己的说法，当作者的真实身份真相大白，他的太太顿时受到了致命的打击，两个月以后就一命呜呼。不过，索恩太太值得同情的地方也许不仅仅在这里。至少，在伟大的建筑师眼里，房子首先是块让灵感生根发芽的试验田，这一点远比居住本身更重要，因而如今呈现在世人面前的“索恩故居”，乃是他历经多年、返工无数的结果。这就意味着，从结婚到去世，索恩太太一辈子都得忍受住宅时刻处于“装修中”的折磨。

各种各样的迹象表明，至少在表面上，索恩对亡妻的哀悼绵延不辍。宅子里时不时地就能撞见她的画像和雕塑，一律是格外持重的表情。据权威考证，餐厅壁炉边的一幅画里，那个蒙着黑面纱的夜神，也是按照索恩太太的样貌描绘的。话说回来，索恩实在有充分的理由对太太心存感激：1784 年，迎娶富得流油的建筑师乔治·怀亚特的侄女伊丽莎白·史密斯，绝对是索恩在职业棋盘上走的一步妙着。正是靠了怀亚特的资助，索恩才在林肯法学园区购置了房产，并开始大规模改造他的私人城堡。

伊丽莎白去世之后，索恩没有续弦。在笔记里，他开始拿鳏夫的身份冷冷地自嘲，宅子里也陆续出现了以“僧厅、僧院、僧屋”命名的房间。尽管从陈设上看不出太多刻意简朴的痕迹，但索恩自称这一组“僧侣套间”的风格受哥特式影响较深，旨在“创造一种渊博而忧郁的氛围，唤起观者对‘这位僧人’的尊敬”。至于“这位僧人”以及所谓的“坟墓”，实在并无可信的出处，多半是索恩的夫子自道。在描述此地的细节时，索恩一如既往地字斟句酌、性高气傲，但凄凉晚景，到底还是藏也藏不住：

“……以碎瓶口、碎瓶底以及鹅卵石铺成的人行道设计得很对称，提供了令人赞许的范例，示范简洁与经济何以达成，彰显这位虔诚的僧人毕生不懈的勤勉。在僧人之墓的顶端，有个石匣子，里头收藏着范妮（指索恩的宠物狗）的遗骸，它是他忠实的伴侣，他的喜乐之源，他闲暇时的慰藉……”

彼时，在索恩眼里，他的美轮美奂的城堡，已经成了一方坟冢——虽然豪华，却也还是坟冢，他只不过是一个目睹着自己被渐渐埋葬的僧人罢了。既然是僧人，那个属于俗家世界的逆子便不再与他有任何瓜葛。直至索恩逝世，父子二人始终势如水火，以至于索恩最终毫不犹豫地剥夺了乔治的继承权。英国政府拣了个便宜，接管了包括这栋房子在内的所有遗产。而我也捡了个便宜——正因为此地成了一个“必须尽可能保持约翰·索恩爵士生前原貌”的公共博物馆，里面的一切，连同那个呼之欲出的故事，才会击中我。

在索恩的遗嘱中，只有一句话提到了他的后裔。他允许长孙——小小约翰在年满二十五周岁时举家暂借故宅栖身，但是，只有当他与祖父一样当上建筑师之后才可以获准使用宅内的图书馆。小小约翰于 1847 年提出重返故宅的申请，然而，他还没来得及拿到批文，就像他父亲一样早早去世了。自此，索恩家的人再没进过索恩家的门。

老约翰在天之灵，大约会因此忧伤地舒出一口长气来：无论如何，在成为废墟之前，这里的一砖一瓦，终将永远地，只受制于他的孤魂。

城市安慰它即将吞噬的人

1840 年 7 月 6 日，礼拜一。二十九岁的萨克雷凌晨三点就起床，坐马车去伦敦新门监狱。一过四点二十分，监狱周边街头上便人头攒动，连街头橱窗里都站满了“安静、肥胖的家族”。最好的视角在楼上，那里早就被周日宿醉狂欢的人占满——他们是付了租金的。出租广告直奔主题：房间舒适。最佳位置。视角上乘。咖啡馆的顶层阁楼可以租到五英镑，店面一楼的租金连翻五倍。

楼上的房间，有一个是二十八岁的狄更斯租下的。俯瞰人群，他认出了高个子萨克雷。彼时离两位文豪交恶至少还有十年，所以狄更斯兴奋地喊出了声。七点，监狱门前水泄不通，有人在抱怨快要晕过去了。也许，倏忽之间，一丝恐惧在人群中蔓延。年长一些的人，会想起三十三年前的某个礼拜一，同样在这里，同样是监狱大门打开之前，人群中有一个馅饼师傅弯下身子捡掉下的器皿，启动了第一块多米诺骨牌。倒下的人再没有机会爬起来。事后，警察找到了二十八具尸体。

然而，恐惧也是狂欢的一部分——毋宁说是最重要的那部分。萨克雷后来在随笔中形容，厕身于“隐秘地贪恋鲜血”的人群，让他感受到“极强烈的恐怖和耻辱”。相比之下，狄更斯的神经似乎更坚强一些，因为四个月以后，在另一个监狱门外，他又现场观摩了一次绞刑，在人群中辨认“撒旦的形象”。这一幕，将重现于狄更斯一年之后发表的小说《巴纳比·鲁吉》中。“伦敦生活里已经没有多少东西能让我吃惊的了，”狄更斯说。他的潜台词是：绞刑现场是个例外。它让他心悸，让他意识到伦敦仍然在暗处露出牙齿与舌头。

时间再往前，主业编词典、副业写散文的塞缪尔·约翰逊同样乐于从行刑中窥见伦敦的本质。1783 年，为了给日渐兴盛的牛津街一带的商业区让出地盘，绞刑架从泰伯恩挪到新门，这样就等于取消了行刑之前的游街。约翰逊对着后来替他作传的鲍斯威尔说了一段颇具反讽意味的话：“行刑的本旨就是吸引旁观者，老方式令各方都满意。老百姓高兴，罪犯临终前得到鼓舞，为何要彻底扫除这一切？”

生活在二十一世纪的人难以想象十八世纪后半叶伦敦的“绞刑文化”达到鼎盛时期的境况：受刑者盛装赴死，男人穿丧服或新郎礼服，女子常穿白裙，披大丝巾，挎上装满鲜花和水果的篮子，一路洒向看客。看客也大有刷存在感的空间，妓女给游街的罪犯献花，笃信“绞刑遗体能治病”的人则在等着用几个金币买下死者的一只手——与此相比，人血馒头似乎要含蓄得多。

上述种种，虽然经过增删腾挪，但从中可以大致领略彼得·阿克罗伊德在《伦敦传》中最典型的写法。标题的一个“传”字，便与常规史书自动划清界限，虽然这厚厚六百多页里满满的都是历史。《伦敦传》不是大事记，不是鸟瞰图，也不是——至少不仅仅是回溯这座城中之城的发展路径，开展案例分析。全书的结构，沿着时间（从公元前罗马占领伦敦时期一直写到现在）和空间（整座城市的各个区域均有覆盖）的维度同时推进，但当然不局限于此，否则就没法想象“绞刑的故事”或者“你这性感尤物”（“一个妓女在河岸街勾搭塞缪尔·约翰逊时也不讲究客套……”）之类的话题，都能占掉整整一章。

更让阿克罗伊德兴奋的总是这样的场景：多种元素并置、冲撞，有历史演进的脉络，但更有戏剧性和文学感。像狄更斯、萨克雷、约翰逊和鲍斯威尔这样的作家频繁出没于书页间，远远压倒政经及科学界的人物。他们的观察和叙述互相连缀，构成这本书的主体。与其说这是一部城市的历史，倒不如讲这是一座城市（甚而是所有城市）被叙述的历史。因此，作者在第十章末尾饶有意味地指出，每年 4 月，伦敦市长都会到著名史学家约翰·斯托的墓地和塑像祭拜，并将一管崭新的羽毛笔奉置于塑像的手心。这项仪式“肃穆地象征着撰写伦敦历史这桩事业永远不会停歇”——阿克罗伊德在说这句话的时候，除了指斯托那部不朽的《伦敦调查》（1598）之外，应该也想到了他自己正在写的《伦敦传》。

像所有国际特大城市一样，伦敦太大，太庞杂，太琐碎，边界太模糊，甚至“迂曲难行，笼统、令人窒息”，以至于任何精确量化分析的企图都注定是片面的。《伦敦传》的奇妙之处，就在于常常会从各种“伦敦叙事”中捕捉到最精炼、最感性但又是最准确的句子，从而让这座城市的独特性通过主观感受得以凸显——这些主观感受起到的作用，是大量（貌似）客观的叙述难以替代的：马拉美在伦敦闻到整座城市飘散着烤牛肉味的气味，亨利·詹姆斯形容伦敦的光线仿佛“阳光从云顶漏缝钻下来的样子”，而十九世纪法国一位记者发现，跟巴黎人相比，伦敦人听到“起火了！起火了！”时，反应“快得惊人”；1827年，一位德意志旅人穆斯考亲王写道：“在外国人眼里，伦敦剧院里最惊人的是观众那股前所未闻的粗俗和残酷。”十八世纪的鲍斯威尔对这种粗俗和残酷有更生动的描述：“我们冲进剧院，占据后座区中央，手里拎着短棍，兜里装着响哨，稳坐着等候。”

地道的伦敦佬确实视剧院为精神家园，他们在那里安放对仪式感、暴力和冒险的嗜好。剧院历经变迁，在清教运动时期一度被关闭，重新开放以后也沿着“现今一切都讲文明，见不到鲁莽的迹象”（塞缪尔·佩皮斯语）的方向发展。当然，总有人留恋“旧戏”里台上台下打成一片的气氛，就像一边抗拒旧式绞刑一边又被它吸引的狄更斯和萨克雷们。直到十九世纪，“上等”绅士仍然会在观众席上发起骚乱，中断戏剧表演——如果你站在上帝的视角，可能一时分不清，台上台下，究竟哪一出更有戏剧意味。

伦敦的戏剧性就这样从台上延伸到台下，从剧院里扩散到剧院外，这一点构成了《伦敦传》的主旋律，几乎在每一页都有所体现。伦敦街头，似乎人人都身穿戏装，因为“在如此拥挤的城市里，人们仅靠衣服识人”。“蓝袖毡围裙”是屠夫，“风帽、头巾、顶髻”是娼妓，戴假发、手腕套着褶裥饰边的是十八世纪中叶推销货物的商人。唯一的例外是节庆，人们收起他们的常规“戏服”，换一套装扮，技工穿上山寨的贵族服装，作家装扮成“无赖”或者士兵，到酒肆寻乐。在阿克罗伊德看来，伦敦佬经久不衰的异装癖，实质上源自伦敦这种“诙谐模仿的平等化精神”。

阿克罗伊德甚至用这种观点解释查尔斯·兰姆的名篇《扫烟囱童工赞》。一年到头，烟囱童工只有在好心人张罗的年度晚餐里，才能把自己置换成平时他们无份扮演的“儿童”角色。于是，“数百张嘴笑得露出牙齿，以灿烂惊动黑夜”。左翼人士或可争论，这戏剧化的一幕体现的并不是真正的平等主义精神，仅仅是为了让这些孩子顺从惨淡的命运。不管怎么说，平等的幻象虽然短暂，却足以让人上瘾，足以让伦敦人对戏剧，以及戏剧化的生活，保有持久的、无以名状的热情。

无论这种热情是否具有清晰的自觉意识，至少它启发了那些有志于叙述伦敦的写作者。莎士比亚在《亨利四世》里写福斯塔夫与太子在野猪头酒店里搭台演戏，互换角色，这段经典隐喻究竟在多大程度上折射了现实、历史与戏剧之间的关系，并潜移默化地反作用于现实？我们根本无从度量。某种程度上，生生不息的叙述者不仅记录了伦敦，也通过强化城市的戏剧性，重新定义了伦敦。用阿克罗伊德的说法，他们创造了一幅幅古怪的都市皮影戏，他们笔下或自闭或痴狂的角色，与这座城市的黑暗力量交织，创造了一个戏剧化、象征性的伦敦。很多时候，他们笔下的伦敦取代了诸多方面的“现实的”伦敦。

所以阅读《伦敦传》，你大可不必执念于书中的各种理性判断。一旦离开语境，它们有时甚至会显得自相矛盾。你在564页上刚刚读到“地球上没有任何其他城市能展示出这样的政治延续性和行政延续性……这座城市的质地也异乎寻常地连贯……即便是伦敦大火带来的毁坏也没有将古代的巷道和界限抹杀掉”，然而很快你便又在645页上看到：“伦敦一直都是一座丑陋的城市，它总是在被重建、被摧毁、被破坏”。城市的复杂性让所有的概括都失之偏颇，让所有的规律身后都紧跟着例外。一个硬币的两面都是真实的，重要的是看见一面的时候总是意识到另一面的存在。

相比之下，更重要的仍然是书里那些俯拾皆是、如有神助的细节。写二战中的伦敦，阿克罗伊德略去多少战争风云，只写前后的照明变化。在泛光灯首次照明（1931）的九年之后，伦敦被迫进入灯火管制，整座城市黑影幢幢，熟悉的马路成了“费解的秘境”。早已习惯了现代光线的眼睛穿越不回煤气灯时代，人们热烈地盼望暴雨，因为可以借着闪电再看一眼曾经熟悉的街角。如是，你可以约略想见，等到1944年取消灯火管制时，市民们该如何体味重获新生的惊喜。当历史的重量已经压迫到人们欲说还休时，这一恍神之间失而复得、虚实无间的万家灯火，就体现了城市柔韧的本质。

《伦敦传》在“城市性”和“英国性”之间，毫不犹豫地倒向前者。在大部分篇章里，伦敦所呈现的诸般特质，更像是作为一个独立于英国（民族性）之外的存在——这点倒是能在最近的脱欧公投中得到验证。游荡在这座“城中之城”的现实和隐喻之间，你很难想象还有什么它覆盖不到的城市经验。所以当我看到第十九章“他们全是市民”里描摹的那些古怪而孤独的伦敦佬时，觉得这样的生存状态也完全可能发生在东京或者上海。只不过，伦敦佬似乎喜欢在审美上搞得更极致一点，他们更具有黑色幽默的天分。就像那个十八世纪末住在蒙特街的家伙，用防腐剂保存去世的原配，陈列在客厅里。他让死去的原配穿黑色，活着的继室穿白色，严禁交换。

2006年秋天，我钻进伦敦泰特现代艺术馆（Tate Modern，建于上世纪末，2000年才开张）那座著名的“大烟囱”。现代艺术是强大的负能量场，一堆拒绝阐释的线条、色块、树根、幻灯从我身边掠过——应该说我掠过了它们。我的腿开始打飘，胃被西餐和艺术撑到了接近胸腔的位置。我走到四楼那座著名的阳台，据说在这里看得到全伦敦最好的夜景。

夜幕下的泰晤士河远不如塞纳河旖旎，但它其实暗地里也懂得跟那似有若无的雾气调情，把对岸的灯光全化开一层光晕。我其实看不见远处，但白天所见的影像，东区与西区巨大的反差，东区墙上那些或生气勃勃、或颓废愤怒的涂鸦，似乎特别容易在黑夜中，在我疲劳的视网膜上放映出来。

当时还没有智能手机，我也没有随时摸照相机的习惯，只歪着头看身边所有人都在拿冰凉的铁栅栏当三脚架，屏住呼吸，长时间曝光，想拍一张合意的夜景。我想象，那些驶过泰晤士河的船上的点点灯火，会在他们的照片上拉出一道长长的光弧。回到故地，他们会得意洋洋地把这些光弧指给那些没来过伦敦的人看。他们屏住的那口长长的呼吸，也成了这夜、这河、这阳台的一部分。

我真希望那时我看过《伦敦传》。那样，斯时斯地，我一定会想起这个既悲伤又温暖的句子：“也许这可以看作伦敦的一大吊诡：这座城市先安慰它即将吞噬的人。”

裸女入画

一

提香（Titian）笔下的裸女安详丰美，透过画布一路温热出来，每每撞入眼帘，我心里便冒出林黛玉的咏蟹诗来添乱——“螯封嫩玉双双满，壳凸红脂块块香”。唐突佳人之余，我不免想当然地以为，西洋画自古以来就百无禁忌，崇尚人体的自然形态。然而，至少在西班牙，真相远非如此。宗教裁判所除了盯紧哥白尼布鲁诺，眼光当然也不肯放过任何有“淫荡”嫌疑的画作。一旦证据确凿，作者将面对罚款五百达克特（昔日欧洲通用金币名）、开除教籍以及一年流放的严惩。

“淫荡”的尺度怎么定？这一点如今已很难查考。若不计入民间流传的春宫图，则迄今传世的西班牙主流画家名下的裸女图最早出现在十七世纪五十年代左右，即委拉斯开兹（Diego Velazquez）的油画《镜畔维纳斯》［下一幅裸女图直到 1800 年左右才由戈雅（Goya）完成］。然而，恰恰是这幅踩响雷区的委氏名作，创造了欧洲美术史上最优美最著名的裸女形象之一；因其优美而著名，更因其独于禁忌中公然登堂入室的蹊跷，引出一串逻辑上完全说得过去的猜想来。

画面的铺排显然是经过精心谋划的：背朝观者的维纳

斯横亘整个画面，身后既非山涧密林这类仙女们经常出没的地方，亦未见作者在室内陈设的细节上渲染女神的特殊身份。纯黑色塔夫绸铺满整个床榻，除了将肌肤的质地与身体线条衬得越发弹眼落睛，并无任何叙事表意的功用。黑色塔夫绸在世人想象中总是闪烁着微暗的欲火，以至于当时马德里的一位女演员只因为喜欢用它做床单——同画面中的情形一模一样——就被讥为丑闻，几乎要淹没在口水里。

总之，委拉斯开兹的维纳斯仿佛从仙境落到了人间，画面俗情洋溢、人欲充盈，只有左边持镜的丘比特身上插的那对翅膀，才勉强把观者的视线又从人间拉回了仙境。唯有借助神话或宗教故事，画中人物才有资格赤身裸体，将那一层层遮羞布合法地掀开——这是当时欧洲主流画坛不成文的行规。从某种程度上说，丘比特的存在，总算为《镜畔维纳斯》展示人体（俗人之体，而非神体）的企图蒙上了一层薄纱，取得了一张见容于礼教的通行证——尽管，比起那些亦步亦趋地将希腊神话场景搬上画布的鸿篇巨制来，这张通行证已经淡化得不能再淡化。

一个技术处理耐人寻味：如果纯粹遵循透视学及光学原理，则镜中出现的物象，显然应该是维纳斯的腹部乃至腹部以下。委氏当然不会犯这样的傻。于是，取而代之的，便是一张占满了镜子的脸。模糊的脸。

专家们将这张模糊的脸和委氏的另一幅画作《圣母加冕礼》中玛利亚那张清晰的脸放在一起比较，看出不少相似之处，因而推测两幅画其实用的是同一个模特。这种推测本身所蕴含的象征意义让人浮想联翩——玛利亚之圣洁面容与维纳斯之淫荡胴体合成了一个女人，让男人爱恨交加、左右为难的两极从此不必分庭抗礼……或者说，本来就无所谓圣洁，无所谓淫荡，说到底都是男人强加给女人的光环和罪名罢了。

委拉斯开兹当初作画时未必有这样的觉悟。他何以反复临摹同一个女人，最简单的解释，就是当时肯在画布前充任模特的女性数量不多，而且多半身份卑下；偶尔有一个合意的，当然要人尽其用。然而，联想到《镜畔维纳斯》下笔之放肆（即便拿丘比特当幌子，即便在镜子的角度上动了手脚，在西班牙仍然不失为骇俗之举），画中人的真实身份还是让研究者疑窦丛生。她，维纳斯，玛利亚，究竟是谁？

二

作为倍受恩宠的宫廷画师，委拉斯开兹几乎一生都围着西班牙皇室转。单单腓力四世的画像，委氏名下就有数十幅之多。其实几十幅与几幅也没有多大差别，画面上的国王，从来都僵硬着身板，肃穆与忧郁在面部肌肉上打持久战，永远不分胜负。这张面孔在带给委氏独步西班牙画坛的无上荣光的同时，大约也成了他挥之不去的梦魇。直到 1660 年委氏辞世，他都必须反复揣摩这张脸——委氏是腓力四世独家授权的肖像画师，旁人没有这份荣幸，也无须承受这阴森森的折磨。

1642 年，委拉斯开兹被任命为国王内侍，总管皇宫内的艺术收藏。此后他在十年内只画了十一幅作品。背上了行政职务的艺术家灵感日衰、产量锐减本是古今定例，何况他笔下被限定的主题——西班牙皇室——在那十年里又实在找不到需要靠生花妙笔来歌功颂德的理由。伊莎贝拉皇后于1644年谢世，两年后皇储卡洛斯又步其后尘而早夭。腓力四世内忧不断而外患更甚：葡萄牙人、法国人、荷兰人群起而攻之，国王唯有空抱着他那位强悍的曾祖父查理五世的宏愿——将整个欧洲纳入西班牙的统治——徒呼奈何。或者他连“奈何”也懒得“徒呼”吧：所有烦人的政务国事，腓力四世都一股脑儿地扔给了宠臣奥利瓦尔公爵；然后，他为政治上的阴柔找到了在别处还阳的办法——地中海有的是欧洲拉丁派的美人儿，腓力四世也有的是及时行乐的勇气与体能。

彼时西班牙男权盛行的情形，大概足以让现代绅士恨不能立马找部时光倒流机杀回去过把瘾。那时节，但凡是个男人，体健不必貌端，有钱不必巨富，必是左右逢源，屋外养个情妇是既合法又合理的事。据说仅仅马德里一地就有三万名在册的妓女，占总人口的百分之十！除了安内妻、顾外妾、猎流莺，上流社会的唐璜们还以征服“有头有脸的”女士为荣，假作真时真亦假的决斗游戏屡见不鲜。腓力四世是唐璜中的唐璜，他的情妇以女演员居多，下得戏台，上得床来。

据权威考证，《镜畔维纳斯》应该就是在这段且歌且醉且忘忧的颓唐时期完成的。再准确点可以圈定在1644年到1648年之间。1648年之后，委氏被派往意大利采办艺术品；而1644年之前，根据壁垒森严的西班牙宫廷礼仪，尚且在世的伊莎贝拉皇后是不可以让宫里摆设的任何裸体画玷污了双眼的。委氏终身为宫廷所用，这幅作品自然也是在宫里完成的；而且，因其题材敏感，非国王特事特批，恐裸女断无见得天日的机会。再往前推进一步，以如此煞费苦心的设计展现裸女之美，大约正是国王授意“卿施丹青，以慰孤心”，委氏才敢动笔的。

将上述线索归拢在一起，画中人的真实身份呼之欲出。国王的某个得宠的情妇，应该有最大的嫌疑。如此想来，委氏将她的形象重复使用在两幅名画里，也就顺理成章了。借了维纳斯和玛利亚的虚名，这妙人儿的娇躯花容，得以拆开、重组，羞答答地流传青史。国君的收藏美女之欲与画家独闯禁区之志一拍即合，杰作里隐去一段私语，成就一派新风，倒也算得上无心插柳。有两处细节或可佐证：其一，画中人一头泛红的青丝，与当时油画中仙女的一般标准——那种类似于维也纳哈布斯堡王朝公主的纯金色——大相径庭，若非画家刻意参照特定模特，显然可以有更理想的第二人选。其二，同理，此女浑身上下无一丝赘肉，燕瘦之姿不啻挑战此前人们对于维纳斯既成的环肥公式。其实，道理很简单，西班牙向来盛产骨感美人，被法国贵族讥为“除了皮包骨头一无所有”，国王的情妇恐怕难脱其咎。画家忠实于“原著”，自然不敢擅自多涂抹两笔，平白让维纳斯脂腴膏丰起来。当年的不得已，到了今日，却迎合了时髦男女的眼光，其肩与腰与臀的黄金比例使得这个维纳斯远比提香、鲁本斯名下的更富含“摩登的性感”。

三

然而，时髦男女未必想得到，诞生摩登维纳斯的时空，是很不摩登的。夜的空气里明明还飘着恣意狂欢的腥甜，一到青天白日，四周就悬满了清规戒律。西班牙女人被自家男人——丈夫、父亲、兄弟——管得严严实实，她们的贞操关系到后者的尊严乃至生命。一方面性服务业无孔不入，另一方面，良家妇女无人陪伴根本无权上街，已经订下终身的男女在公众场合必须分开就座。标准的西班牙宫廷服饰，是紧身胸衣外面套密实宽大（宽大得哪怕你有八个月身孕也看不出来）的筒裙，不容分说地上好双保险。当年，藏在方正端直的锦衣华服里，伊莎贝拉皇后依然“不敢行错一步路说错一句话”，两名宫廷骑士仅仅因为皇后从马上跌落后帮她的纤纤玉足从马镫上“解套”，就犯了所谓“渎圣”之罪，只能仓皇出逃。直到皇后自己出面求情，他们才获准返回西班牙。如此严防死守，是天主教廷与统治西班牙大部分疆域长达几个世纪的摩尔人（想想文学史上最著名的摩尔人——奥赛罗的暴虐与多疑、自负加自卑吧）双重作用的结果。

在禁欲与纵欲的夹缝中，镜畔的维纳斯，“须作一生拼”，也不过换来“尽君数日欢”。1648 年，西班牙宫廷派出一干人马远赴维也纳迎亲，将哈布斯堡王朝的玛丽安娜公主（腓力四世的某个侄女或甥女）接来续弦。玛丽安娜当时年方二八，正是枝头闹春的岁月，又生来爱笑，腓力四世的精神，至少暂时地，为之一振。他开始收敛过分膨胀的胃口，拿出洗心革面的架势来清理后宫。《镜畔维纳斯》应该就是在这段时间里被国王赏赐给宠臣路易斯·德·阿罗的（腓力四世喜欢散财散物给宠臣本是寻常事，单单德·阿罗家族所得的委拉斯开兹和鲁本斯的作品，就不下一打），后者之子加斯珀在1651年将其列入家族财产清册中。

假如画中人果真像后世揣测的那样，曾与腓力四世有过床笫之欢，那么，几乎可以肯定，她的归宿也是消隐在愁云惨雾中。史载，凡是给国王碰过的女人，一旦失宠，就只能进修道院聊度余生。腓力四世是连胯下的坐骑都不容别人染指的，何况是连坐骑都不如的女人？

1914年，陈列在伦敦国家美术馆里的《镜畔维纳斯》险遭不测，有位女士趋前而扑之，对准画中维纳斯的臀、背就是一顿slash（徒手猛砍？以器械刻划？不知其详，总之画最终没有遭到实质性损毁）。作乱的是位情绪亢奋的女权主义者，据说此举是为了向“两性平等战役”献礼。

她的心理不难揣摩：画面最大限度地展示女性的身体而忽略其面貌，将女人的神态与个性挤兑到镜子里的一片暧昧中。在她看来，这样作画的唯一目的就是取悦男人，极具象征意义地倡导女性在男性世界里软玉温香地殒身不恤。那铺满了纯黑色塔夫绸的床榻，难道不像一只精心打造的碟子，正缓缓端来一盘意淫的佳肴？

隔了两百多年，时光隧道那一头的委拉斯开兹，在小心翼翼地平衡君王意志和艺术理想的同时，一个不留神，终于掉进了女权主义的陷阱。

四

1863年5月15日的法国美术官方沙龙里响起喝彩声一片，卡巴内（Alexandre Cabanel）新画的《维纳斯的诞生》将意淫的盛宴烹制得越发色香味俱全。同样是斜躺在床上，这一个维纳斯与时俱进地转过了身，她的曾被委氏刻意隐藏的敏感部位，如今一览无遗，半是炫耀半是谄媚地作欲仙欲死状。此时的法国，或者说整个欧洲，已经很享受画布上流淌的情色意味（尽管总难免还是要披一件神话的外衣），因而这幅新作既叫好又叫座，评委会为其隆重颁奖，拿破仑三世则当场以四万法郎购入私家收藏。

隔了几米之外，皇帝陛下开恩设立的落选者沙龙也引来公众好奇的目光。此举与其说是“再给年轻画家一个机会”，不如说是官方公示反面教材，以儆效尤。果然，沙龙内讥评声不绝，被奚落的对象里不乏如今在我们听来掷地有声的名字：惠斯勒（Whistler），塞尚（Cezanne），拉图尔（La Tour），以及三十一岁的马奈（Edouard Manet）。

马奈此番送审的油画名叫《洗澡》（1867 年重新展出时改作目前通行的标题《草地上的午餐》，据说是为了与莫奈的同名画作较劲；以下皆称《草地上的午餐》）。此画所表现的题材“琐屑、狭隘”，不仅与其巨幅尺寸（长二百六十四厘米，宽二百零八厘米）颇不相称，而且与当时公众拥进美术馆所怀抱的期待相去甚远。彼时摄影术刚刚发明，报纸上除了偶尔有黑白版画点缀外就没有其他可以加强文字叙事感染力的手段。因而，美术馆里公布的新作，往往以宏大的场面（战役、加冕、天神下凡……）满足公众对“膜拜崇高”的需要——他们走进美术馆的心情，大抵就和我们捏着电影票等待观赏《泰坦尼克号》或者《魔戒》相差无几。

然而，《草地上的午餐》与宏大无关。密林中，一旁俯身戏水的女子纱裙纤薄，而草地上两位衣冠楚楚的男士侃侃而谈，他们簇拥着的那位女士干脆一丝不挂。四个人，四种神态，仿佛来自于两个季节的两种装扮，如同一支彼此不搭调的四重奏乐队，努力借助光与影的魔幻戏法达成某种诡异的和谐；而那位裸女，像一把骄傲的小提琴，始终凌驾于整个乐队之上，拉着最绵长最刺耳的那个音……总之，画面里的逻辑关系超越了当时大多数人的理解，评委会毫不犹豫地将其打入另册，流落到落选者沙龙后它也毫无争议地成为人们批判的焦点："如果马奈哪天放弃选用会造成舆论哗然的主题，他就算有了品位。"；"我们无法认为这是一幅纯洁无邪的作品，树下戴贝雷帽穿短大衣的年轻男学生围坐在全身只穿着树叶影子的女人旁边。比画面本身糟糕得多的，就是画的目的。马奈先生希望通过让市民瞠目结舌来达到出名的目的；他具有堕落的品位，净喜爱怪异的事物。"……

如潮恶评中，最高屋建瓴的当然是拿破仑三世。"这幅画"，陛下宣称，"冒犯了公认的庄重合宜的尺度。"

五

对于马奈而言，巴黎沙龙的冷落也许比皇帝陛下的谴责更可怕。这个自十九世纪初起就代表着官方意志的权威美术组织，其垄断地位要到 1880 年才会被逐渐打破。沙龙决定"怎样的艺术是好的"——非但如此，"怎样才是艺术"大抵也得由他们说了算。画家的地位，作品的收藏价值也就是它兑换成现钞的能力，全都取决于评委会的一句话。那种情形，就好比有那么一天，我们发现，再没有戛纳没有柏林没有威尼斯，天下就那么一个奥斯卡，拿不到小金人的电影既不能永垂青史，也不能票房凯旋。1866年，画家朱尔·霍尔茨阿皮菲尔（Jules Holtzappfel）就是因为新作被沙龙拒之门外，愤而自杀，留下一句不胜凄惶的遗言：“评委会把我给抛弃啦，所以，我必是无才之人。”在这种情况下，《草地上的午餐》问世之初就遭遇空前一致的迎头痛击，实在是够让马奈痛定思痛的了。

何况马奈对于荣誉的重视，应该不会比霍尔茨阿皮菲尔少。马氏出身显赫，父亲官居司法部，兄长古斯塔夫身为律师，都算是巴黎当时新兴的资产阶级里春风得意之人。这样的家庭能允许马奈学画已经颇为开明（当时流传的谚语是“像画家一样穷”），既然学了，当然得师从名门。马奈甫出道时，在科图雷（Thomas Couture）的画室里做过几年学徒，据说在技巧方面修行得惟妙惟肖。1861年的巴黎沙龙接受了马奈的两幅肖像画，评委会甚至还特意提到了这个崭露头角的画家。沿着这条保险系数极高的康庄大道，马奈完全有希望像卡巴内和科图雷那样，成为少数几个发家致富的画家之一。

然而，来自心灵的骚动一刻也不肯放过马奈，幽灵般将他往看不到路标的岔道上引。他想不通为什么在一个铁路网都已经横贯整个法兰西的时代，画家还只能借着历史人物、神话故事表情达意；他厌恶从几个女模特身上分别取材——膝盖是爱玛的，脚踝是弗朗索娃的，大腿是玛依的——拼出一个尽善尽美的雅典娜或者狄安娜来；他拒绝将所有画面的光影色，都按同一种“优雅、正确”的准则衔接起来。“画自己的时代，画我亲眼所见”是年轻的马奈心中愈来愈强烈的需求。

需求在他年过三十后形成井喷。前后两个事件促成了转折：其一，1855 年，塞纳河畔的一处简陋帐篷里，古斯塔夫·库尔贝（Gustave Courbet）自费展出了四十幅油画，其中包括大量被沙龙拒绝的“粗野俗气之作”。在画展的入口处，库尔贝傲然书写的“现实主义”一词结结实实地砸晕了马奈，他在库尔贝描摹现实的作品里看到了自己的路标。宿命的路标。其二，1856 年，在一场关于画风的激烈争论后，马奈终于离开了老师科图雷。学院派的大门在他身后徐徐关上；此后直到马奈终老，这扇门始终对他半开半掩。与其病故后所受到的推崇相比，当年官方的态度冷漠得委实令在世的马奈心寒。

六

《草地上的午餐》是马奈首次尝试巨幅油画创作。当然要画裸体！马奈早就想好了主题，因为在他眼里，“裸体是艺术的第一个、也是最后一个词。”至于究竟要画怎样的裸体，将其置于怎样的情境中，则是某个晴朗的夏日里突然决定的。据马奈的朋友安托南·普鲁斯特（Antonin Proust）回忆，当时他和画家本人正在巴黎之外约十三公里的一个风景区内，斜倚在塞纳河岸。“女人们在洗澡，”普鲁斯特说，“马奈凝视着那些从水里爬上岸的女人们的身躯。突然，他对我说，‘看来我得画一个裸女。哦对，我得画一个，一个裸女……我会被人们撕成碎片的。他们爱说什么就让他们说什么吧！’”

"被人们撕成碎片"的原因，当然不仅仅因为他画了个裸女，不仅仅因为画面本身就是对提香的《田园音乐会》的颠覆性戏仿（提香的画里暴露得更多，却"暴露得优雅，暴露得唤起人们'美好的憧憬'"），甚至不仅仅因为这个女人明明白白地来自于日常生活。比这更委琐的画面，人们早已屡见不鲜。真正让他们愤怒乃至恐惧的，是裸女的姿态和眼神。她就那样落落大方地坐着，每一寸肌肉都是松弛的极富弹性的；她就那样淡定自若地看着你，就好像电影演到一半，女主角突然回过头来盯住镜头——一个恰到好处的"穿帮"，一种如有神助的"间离"，便足以成就银幕上的经典。问题是，1863年的观众怎么消受得了这样的目光啊！画布如果可以发出声音，她的眼神一定会变成温柔然而嘹亮的宣言："我什么也没穿，只因为我喜欢！"

必是有那么一个瞬间，裸女浑身上下散溢的光，那种"寡廉鲜耻"，那份肆无忌惮，照亮了马奈心里那只沉睡的眼（mind's eye）。否则他在用画笔调遣光线时，决不会那样离经叛道地"鲁莽、凶狠、不留余地"。四周的暗与裸女的亮拉开强烈反差，一如画家在描摹其他景物时将红蓝黄黑大胆并置，坚决屏弃多余的过渡界面。那些只习惯于观赏"优雅的、逐渐转化"的影调的美术评论家们，他们当然难以理解：这"草地上的午餐"，既非天马行空的臆想，亦非不折不扣的现实，而是马奈所谓的"画我亲眼所见"，是客观实在于主观世界里搅拌、发酵、烹煮后端出来的一杯浓浓的咖啡。光，因了心里的震撼而更强；色，因了眼前的晕眩而更艳。不用如此极致的表达方式，马奈根本无法忠实于他所见到的一切。十九世纪中叶的法国女人，那些被户外活动的日益增多、礼教枷锁的日渐松动而激活的女人，身上正有某些东西在苏醒在舒展，他，马奈，只是捕捉到了无数个瞬间中的一个。仅此而已。

细想想真是有些荒谬的：《草地上的午餐》的所谓“大逆不道”，恰恰不是因为它呈现的裸体“色情、淫荡”，而是因为它既不色情也不淫荡（当然也不纯净不圣洁）地呈现了裸体。女人不为她身旁的男人宽衣，也不为画前的男人解带，她自信的微笑告诉你，她为自己，只为自己而活。从镜畔维纳斯的曲意逢迎，到草地裸女的傲然不羁，画家战战兢兢地挪了一小步，女人辛辛苦苦地迈了一大步。

七

当时当地，马奈未必会有心情为自己无意中触碰了社会新思潮或者艺术新流派的密码——彼时还没人替“印象派”下定义——而庆幸。他的创作冲动是一团从胸口呵出来的热气，每每遭遇苛评，便如同撞上冰冷的玻璃墙，氤开厚厚一层雾。除了在画布上一而再再而三地“冒犯公认的庄重合宜的尺度”（《草地上的午餐》之后还有《奥林匹亚》，这两幅画所用的同一个模特——维多琳·默兰，据说本身也是位不得志的女同性恋画家，她的面孔她的身体她的故事，近年来被好事者反复开掘，本篇且按下不表，否则不知又该敷衍出多少文字来），马奈本人的行止，从来都不是典型意义上的叛逆者。终其一生，至少在表面上，马奈始终恪守中产阶级的道德规范。“我不是直到今天才知道您属于中产阶级。”有一天，马奈在为一个接受勋章的朋友辩护时，德加（Degas）就曾对他说过这样的话。

最凸显其双重人格的例子是：为了不触怒古板的父亲，马奈一直捱到老子撒手西去的1863年（对，就是《草地上的午餐》哗众而未取宠的那一年）才敢娶荷兰钢琴教师苏珊娜（Suzanne Leenhoff）为妻。而在此之前，他已跟后者在巴黎的一座小公寓里同居了十三年之久（马奈的感情世界里从来不乏花花草草，但她们的地位始终不曾凌驾于苏珊娜之上），且膝下早有一子；马奈的画布上，以苏珊娜为模特的丰满女性频频出现，其中包括他的另一幅著名的裸女画《美女吃惊图》。然而，即便是到了正式结婚以后，当年“未婚同居”的“不端行为”还是让马奈心有余悸，但凡挈妇将雏外出，必然欲盖弥彰地告诉别人，儿子只是妻子的“小弟弟”。

马奈只敢用画笔讲真话，那是他处于半醉半醒的状态时无法抵御的宣泄方式。但是真话没有为他赢来官方沙龙里备受拥戴的展览、官方嘉奖、节节高升的作品身价……对于这一切“可望而不可即”所招致的愤怒乃至沮丧，马奈从不讳言。甚至，直到1882年，在他临终前不久，他还在为自己的每一幅作品是否能出现在官方沙龙里而殚精竭虑。“那（沙龙）才是真正的战场，是画家必须倾尽全力拼杀的地方。”马奈说这话时，正是卡巴内在官方沙龙里再度领受殊荣的当口。在一封寄给友人的信里，马奈的痛苦隔着信纸都灼人双目：“我能等，或者至少我的作品可以等，然而那些拿我当靶子的攻击已经破坏了我的达观心态。没人能懂那种被时时侮辱的感觉；它让你作呕，最终将你摧毁。”

读到这些句子，我的眼前总是晃过《草地上的午餐》里那两个穿得纹丝不乱的男人。裸女几乎聚拢了画面上所有的光、所有的热，反衬得他们那么持重，那么冷峻，那么……郁郁寡欢。他们跟裸女的距离，如此亲昵，又如此遥远。据说，那个正面对着观众的男士，是马奈请自己的兄长古斯塔夫做样板画成的。而后者的面貌，又酷肖马奈本人——而且，兄弟俩平时的穿着，也向来都是一年四季的黑色正装，沾不上一点点波希米亚的味道。要知道，马奈对于“成熟和优雅”的需求，就连好友——作家左拉（Zola）也印象深刻。

我毫无根据地猜想，至少，画中人那忧伤的眼神，那种藏在眼神里的、平静水面下的一团火，正是马奈自己的？

我不知道将马奈的死因解释为“火终于突破不了水面的禁锢因而在扭曲的焖烧中燃尽”，是否会过于牵强。事实上，他的死，既令他毕生效忠的中产阶级难堪，也让后世的粉丝们尴尬：1883 年 4 月 30 日，“成熟而优雅”的马奈，死于梅毒综合征，时年五十一岁。

与阿波罗打网球

一

儿时读希腊神话，总是被那些又长又怪、带什么“忒”呀“厄”呀的名字弄得一筹莫展，等不及希腊人攻陷特洛伊夺回大美人海伦，我就先败下阵来。

所以那少有的几个念起来爽利的名字就占了便宜，比如宙斯赫拉雅典娜美杜莎，都可以过目不忘。当然还有阿波罗。

阿波罗又岂止是名字好听？书里说他气宇轩昂，一降生便带来了洒满得罗斯岛的金色阳光，武可驾太阳车射金箭百发百中，文能弹里拉琴携众缪斯酬唱山野。这样的天之骄子身上，不晓得堆满了多少女孩儿家玫瑰色的梦想。

然而细读之下，才发觉这个阿波罗，其实真是没有多少女人缘的。他最出名的功绩，不是铲除巨蟒皮同，就是拿胆敢跟他比试箭术和琴艺的倒霉蛋撒气，或射杀或剥皮，冷血得很；他身边倒是不缺缪斯女神相伴，但她们都是他同父（宙斯）异母的妹妹——虽然奥林匹斯山众神在乱伦问题上向来百无禁忌（赫拉便是宙斯的亲姐姐），但阿波罗终究也没有和哪位缪斯闹出过绯闻来。具有反讽意味的是，阿波罗最广为人知的艳遇，说到底却是丘比特的恶作剧：话说阿波罗以箭术傲视群雄，偶尔瞥见年少的丘比特也敢耍耍他的拙弓劣矢，不免嗤之以鼻。丘比特怀恨在心，一拍翅膀飞上帕尔那索斯山，将一支爱意融融的金箭瞄准阿波罗，把另一支冷冰冰的铅箭射中仙女达弗涅(Daphne)。结果可想而知，落花有意，流水无情，达弗涅被阿波罗追得上天入地依然不为所动，临了在河神父亲的帮助下化作一棵月桂树。

这样的故事很有看头，却算不得可歌可泣。阿波罗照样还是当他的酷哥，一时的执迷，不过是遭人暗算罢了。而他真正刻骨铭心的情人却是一个同他一样的俊朗的美少年，名唤雅辛托斯（Hyncinthus)。

奥维德的《变形记》第十篇中记述了雅辛托斯之死："……神与少年脱下衣衫，抹上橄榄油，直到浑身熠熠闪光，然后开始比赛掷铁饼。阿波罗把铁饼掷向空中，雅辛托斯不假思索，箭步向前想等铁饼落地后把它捡起来。不料铁饼从坚硬的地面上反弹起来，结结实实地砸在少年的脸上。顿时，神的脸庞变得与少年一般苍白，他抱起雅辛托斯孱弱的身躯。然而，一切为时已晚……"

一时兴起居然铸成大错，这是酷爱运动的阿波罗万万没有想到的。据说那个要命的铁饼在空中飞行的时候被西风之神仄费洛斯（Zephyr）改变了方向，后者正是因为觊觎阿波罗与雅辛托斯的柔情蜜意才由妒生恨的。

无论祸从何起，总之雅辛托斯在阿波罗的怀里永远地闭上他那双漂亮的眼睛。神也有无力回天的时候，阿波罗的绵绵哀伤在奥维德笔下汩汩流淌："我到底错在哪里？除非参加一场运动也算错，除非爱你也算错。"阿波罗为一种花取名叫雅辛托斯，让它开在爱人喋血的地方，"你仍将以某种方式永生：每当冬去春来，你就粲然绽开在如茵绿草间……”

二

“雅辛托斯之死”出现在威尼斯画家提埃坡罗（Tiepolox）的画中时，故事的细节却发生了戏剧性的变化：田径场换成了网球场，垂死的少年身边，赫然摆着球和球拍，他脸上的瘀痕，也显然是被比铁饼小得多的器物所伤……

在提埃坡罗的画布上，杀死雅辛托斯的，竟是一只小小的网球！追根究底，其中的渊源，可以牵扯出一个长长的故事来。

“雅辛托斯之死”是提埃坡罗全盛时期的作品。他喜欢画与阿波罗有关的故事，因为太阳神的形象正适合他表现娴熟驾驭光与色的能力。阿波罗一低首的痛楚，雅辛托斯一抬头的绝望，在浓重的背景上交汇出极纯极美的光，分明是要把整个画面烧起来的样子，那火，却是冰一般的冷。

然而这却是画家的奉命之作，欲以画寄情的幕后策划者是当时德国一位名叫利佩的伯爵（Count Wilhelm zu Schaumberg-Lippe）。他掌管的小公国 Bückeburg 居民仅有一千六百人，以他的权势和财力，本来未必能把提埃坡罗这样的人物从意大利专程请来作画。而他之所以能觅得这样的机缘，多半是托了邻近的维尔茨堡公国君主格莱芬克劳（Carl Philipp von Greiffenclau）的福。后者为了给自己新建的宫殿增光添彩，重金请来了提埃坡罗。宫殿面积不小，需要作壁画的地方很多，而画家唯有在天气暖和的时候才能在新鲜的石膏上开工，工程因此耗时长达三年。天一转凉，提埃坡罗就不那么忙了，要么打打腹稿画画草图，要么就接别家的生意赚点外快。

利佩伯爵正是看准了这个空当，只花了区区两百威尼斯金币就搞定了提埃坡罗，借了他善解人意的画笔，把自己的灵性与情感，整个嵌进希腊神话的躯壳里。

利佩伯爵其人，也不是个等闲之辈。此人堪称火炮专家，在七年战争（1756－1763）中充当汉诺威炮兵部队司令，后来又在对西班牙战争中担任英葡联军的总司令。他留下的军事专著内容扎实，其核心的军事思想今天看来颇有前瞻性：他认为所有军事战略的唯一目的，就是尽可能预防和化解战争。为此，应不遗余力地增强防御力量，从而威吓敌方不敢贸然进攻。这样的言论在当时大多数军官听来都不怎么顺耳，所以利佩伯爵生前压根就没想过发表，权当是自娱自乐。

三

彼时令世人听不得、看不惯的又岂止是利佩伯爵的军事言论？他的种种乖张放浪之举，至少在当时不是一件寻常事。

据说，十八岁那年，为了跟别人打赌，利佩不惜触犯军规，倒骑着一匹马从伦敦一路跑到爱丁堡，结果给关了禁闭；还有一回，他装扮成乞丐的模样招摇过市，纯粹是为了找个乐子；更有甚者，利佩暧昧的性取向在早期的书信里就有迹可寻：二十二岁那年，他把一位年轻的匈牙利男子称为“我心爱的费斯蒂提克斯（Festetics）”或者

“我的另一半”。到了费斯蒂提克斯张罗婚事的当口，利佩又写信劝诫他“宁死也不要违心地娶一个——女人”。几乎在同时，他父亲的一位女性朋友半真半假地问他，是否“对女人不感兴趣”。

仿佛是存心要让这位好奇的女士跌破眼镜似的，没过多久，利佩便带着一位芭蕾舞女星私奔到了威尼斯。然而，在那里，与他们同住在一起的还有一位西班牙音乐家，男性。

此后，三人又一起迁居到了伦敦。利佩的父亲对整个事件好像并不怎么介意，他在给儿子的一封信里甚至把那西班牙人称作“你的朋友阿波罗”，言语中倒像是有几分赞许。他知道儿子在外面玩够了，终究还是得回来继承他的世袭领地，那个“阿波罗”不过是他锦绣前程上一道轻飘飘的花边，无关大局。那西班牙人甚至已经答应利佩会随他回比克堡，岂料他的造化到底还是拗不过天意——1751年，西班牙人猝死，就像雅辛托斯一样，脆弱而年轻。

四

故事写到这里，线条渐渐明晰起来。利佩请提埃坡罗作画的一番苦心已不言自明。不过在《雅辛托斯之死》中，利佩更愿意把自己代入阿波罗的角色，这固然是因为他那位爱人同志的早夭正契合雅辛托斯的命运，另一方面也许与利佩在艺术领域的自我定位有关。

利佩一生酷爱艺术，虽然本人并没有什么作品传世，却结交、扶持了不少有天分的艺术家。他曾长期雇佣巴赫的儿子（Johann Christoph Frederick Bach）担任乐师，而且自小热衷于收集法国人卡洛（Jacques Callot）的雕塑作品，长大以后又同雷诺兹（Joshua Reynolds）交上了朋友，让这位以肖像画见长的艺术家把自己画成将军的模样。在奥林匹斯山的众神中，要数阿波罗与音乐、艺术的瓜葛最为深厚，就这一点而言，利佩自然是乐意自诩为阿波罗的。

既然如此，利佩就有心要和太阳神开个不大不小的玩笑，让提埃坡罗笔下的阿波罗多少带点自己的烙印。十八世纪以来，最时髦的贵族运动是打网球，当时德国共有六十座室内网球场（那时候还不时兴在草地上打网球），其中有一座就在比克堡，而利佩本人正是场上的头号明星。利佩二十二岁那年，德国皇室中除了皇帝本人恰好缺席外，其他成员都在德雷斯顿的一场比赛中亲眼见识了利佩的球技，赛后当即要求他留下来与皇帝比试比试。然而那时利佩恨不得立马飞回到那个匈牙利人身边去，便一口回绝，只因为“费斯蒂提克斯要比世上哪个皇帝都重要”。

后来，皇帝到底还是在维也纳见到了利佩，一边看他在场上自如挥洒，一边忍不住大叫 Bravo。照利佩父亲的一位密友的说法，“这小子非同寻常的力量及高超球艺令他技惊四座，皇帝陛下亦不能不为之动容……”

话说回来，利佩把自己的绝技移植到阿波罗身上时，也考虑到了故事本身的合理性。十九世纪之前的网球一般是用皮、羊毛甚至沙子制成的，其材质不像现在这样既轻且软而有弹性。那时的网球是真的能杀人的！1751 年，威尔士的弗雷德里克王子就让一只网球击中了腹部，随即死于内出血。这样的爆炸新闻，想来利佩是不会不知道的。

那时的球场通常没有规范的尺寸。比如卢浮宫的球场大小是36×12米，而别处的球场面积往往只有它的一半。球网一般有齐胸高，对阵双方各自依墙而立，那架势有点像现在的软式网球。每个球场都有一个带围栏的观众席——在那幅画的左上角，树影葱茏处，便依稀能看出观众席的样子来。

与马术、狩猎、舞蹈不同，网球并不是年轻贵族的必修课，而是一种旨在“放松头脑、保持健康体魄的运动”（这是1742年的一本训练手册的说法）。不过，对于普通市民而言，这仍然是一项他们看不懂也消费不起的“高尚游戏”，所以安排阿波罗在画布上玩一把网球，大约也不能算是亵渎神灵吧。

再看画面上雅辛托斯的一身行头，裁剪得当，长短合宜，轻便里透出几分娇媚来，跟库娃的网球裙有一拼，细细品来，仿佛时光就在他衣服的褶皱间飞速穿梭，随后又凝止了。

美少年松开的腰带上系着一个金色的搭扣，那搭扣上刻着森林之神萨梯（Satyr）的头像。与之相对应的是画面右侧的一尊萨梯雕像，挺起大肚子，低下头，嘴边分明悬着一丝狞笑。这个长了一对羊角的萨梯，从来都是追逐享乐、不拘小节、亦邪亦谐的象征，利佩策划或者默许画面如此铺排，想来也有某种自嘲的意味吧。

喜欢自嘲的利佩伯爵1777年去世，享年五十三岁。他的侄子接管了他名下这方小小的地盘。不晓得是故意还是巧合，这位继承者有一个希腊味十足的名字：雅辛托斯。

时间，是个——

一

若非亲身到英国走一走，决计想不到路易·德·伯尔尼埃（Louis de Bernieres）在那里到底有多红。在据说比厕所还多的 W. H. SMITH 连锁书店里，伯尔尼埃的前后几本大部头小说摞在一起，上面都贴好了圆形的 3for2 促销标签（即花两本的钱买三本书，译成国内通行的说法是“买二送一”），蔚为壮观地占去了一楼的大片黄金地段；爱丁堡图书节的宣传册上，伯尔尼埃的名字排在第三位，仅次于两位德高望重的老牌女作家慕雷尔·斯派克和托妮·莫里森，广告词上更将其诵读最新小说选段的活动誉为“本届读书节一大盛事”；饭店里，英国某电视台正在重播经典爱情片《诺丁山》，我意外发现片中的休·格兰特有个聚精会神读书的细节，镜头推近，正是伯尔尼埃的成名作《科莱利上尉的曼陀铃》（*Captain Corelli's Mandolin*）；与几位英国出版界同行聊起文坛现状，我随口请他们推荐几位“既有分量又读来趣味盎然”的英国作家，他们的答案惊人地一致——又是路易·德·伯尔尼埃。

不由想起阿兰·德波顿在他的某篇随笔里曾经颇为酸溜溜地提起伯尔尼埃，说他们俩唯一的共同点是名字都很古怪，是那种总让人觉得带点异域风味、在舌尖上横竖绕不顺溜的古怪。居然有不少读者仅仅因此便将两者混为一谈，而伯尔尼埃的赫赫声名无形中对德波顿的作品销售“产生了某种效应”。德波顿列举的事实近乎黑色幽默：其一，有几位顾客买了德波顿的书，却以为他便是“那本迷人的《科莱利上尉的曼陀铃》”的作者，后来“真相惨遭大白”，他们便回到书店要求退款；其二，某日，某位年长的女士告诉德波顿，她有多么欣赏他写的《科莱利上尉如何改变你的生活》（按：德波顿成名作《拥抱逝水年华》直译应为《普鲁斯特如何改变你的生活》）；其三，有人在网上大肆攻击德波顿的作品，直言曰：“让他停笔吧。不管他的名字有多么自命不凡，他也当不成路易·德·伯尔尼埃。”（详见《万象》第六卷第九期拙译《国王哲人都要嘟——淑女也一样》）

说起来阿兰·德波顿在如今的英国文坛算得上要风得风要雨得雨，却也有遭遇如此尴尬的时候——由是观之，这个伯尔尼埃，以及他那本“迷人的《科莱利上尉的曼陀铃》”，确实早已将影响扩散到文化圈之外的广阔空间。据说，十年前这部小说问世之初，出版商本没有做过大张旗鼓的宣传，它的渐渐打开局面，大半是靠了读者自发的口碑积累，是典型的“慢热”作品。

这一“慢”，便造就了该书连续二百四十周盘踞畅销书排行榜、全球售出一百五十万册的奇观。更有甚者，小说情节展开所借用的背景——希腊塞伐罗尼亚岛成了全球书迷一心拜谒的圣地，岛上旅游业因此而空前繁荣，渐渐地打出了“科莱利上尉之旅”的旗号。

但麻烦紧跟着来了。希腊人的第一股高兴劲尚未褪尽，他们就在伯尔尼埃厚厚的书页间咂摸出了异味。那些关于战争、历史以及政治的叙述和议论，占据了小说的大量篇幅，也是构成作品精神内核的不可或缺的部分——而问题，恰恰出在这里。

二

要理清来龙去脉，还是得耐着性子，回到其人其作本身。

伯尔尼埃其人，1954 年生于伦敦，先后在曼彻斯特、莱斯特求学，最后在伦敦大学拿到文学硕士学位，二十八岁起将大半精力投入写作，一路顺风顺水：头三部小说 *The War of Don Emmanuel's Nether Parts*（1990）、*Senor Vivo and the Coca Lord*（1991）和 *The Troublesome Offspring of Cardinal Guzman*（1992）走的是斯威夫特的讽刺杂糅加西亚·马尔克斯（马尔克斯是伯尔尼埃的偶像）的魔幻路线，再拌点政治作料，正是容易讨好书评家的类型，1993 年即跻身老牌杂志 Granta 推举的“全英二十位最佳青年作家”之列。而正是在 1993 年，伯尔尼埃悄悄地调整了写作方向，以传统写实姿态，搭建起史诗架构，终以《科莱利上尉的曼陀铃》双赢于圈内圈外——“英联邦作家奖”的荣衔和足以让他辞去教师职务的可观版税，完成了从边缘作家到主流作家的漂亮转身。

与这条脉络清晰的正道相映成趣的，是他的生涯里不成系统却颇值得玩味的若干细节和岔路：其一，伯尔尼埃出身军人家庭，二战期间父亲曾随英军到意大利作战，因此他撰写《曼陀铃》的立场与视角，很大程度上受到父亲的影响；其二，伯尔尼埃本人也曾短期服役，关于那段回忆，他一言以蔽之——“灾难性的四个月”；其三，年少气盛时，伯尔尼埃曾涉足过不少彼此毫无关联的行业——庭园设计、汽车修理、教师培训——直到二十八岁，在一场“极哀痛极纷乱的”恋爱告终之后，他惊觉自己如同置身于一片汪洋，“要么往下沉，要么向前游，总之，你终究到了只能依靠自己的时候”。他知道自己的救生圈是文字，于是，拿起了笔。

《科莱利上尉的曼陀铃》其作，洋洋四十万字，但主题似乎并不难概括，至少很容易提炼出这样铿锵的关键词来：战争，回忆，背叛，人性……故事的核心当然是爱情，一段“永恒的三角关系”（eternal triangle）横亘在二战阴霾下的希腊塞伐罗尼亚岛上，三个顶点分别是：进驻该岛的意大利军官，会用曼陀铃弹出一串颤音的“侵略者”科莱利上尉；当地居民伊安尼斯医生的女儿——照例应该美丽的女主角佩勒姬娅；佩勒姬娅在情窦初开时私定的未婚夫——渔夫曼德拉斯，后来怀着某种混沌的投机心态加入左翼抵抗组织 ELAS（人民解放军）。

情节的走向不难猜测，本该彼此为敌的佩勒姬娅与科莱利上尉难以抵挡命运的心血来潮，爱得难解难分；与此同时，作者也在引导读者跟着情节一步步重新定义人物的正邪善恶：科莱利天性纯良睿智，参战实出于无奈，“侵略”该岛期间最大程度地在命令与良心之间周旋，而曼德拉斯头脑简单心理脆弱，无端卷进战争机器自然难逃被异化的命运，到头来终于步入歧途，打着 ELAS 的幌子无恶不作，最后连亲生母亲也到了忍无可忍的地步，必欲除之而后快。

从文学的角度看，这样的安排刻意拉开思维定式与事实真相（至少是作者希望读者领悟的“真相”）的距离，强调人物置身于暧昧处境的两难，有了这样的前提，则戏剧冲突和情绪张力的产生，都是水到渠成的事。然而，从历史的角度看，如此解说是否站得住脚，却牵涉到方方面面的敏感神经。研究二战历史的专家们站出来了，在战争中幸存的退伍老兵站出来了，至今仍在希腊诸岛政坛上占大量议席的左翼政党也站出来了。一时间，他们拉开“自卫反击战”的架势，在报刊上此起彼伏地向小说发难，谴责“这本书是对全体希腊人民的侮辱”，进而将问题的疆域无限扩大化：“这同样是全球新潮流的一部分，这种潮流的实质是：重写历史、颠倒史实，意欲使人们相信，政治与社会的改革是一个死结，一旦你为一个更美好的世界而奋斗，只能导致流血、苦难和失败。”（这是一名在战后饱受政治迫害的左翼人士之语。）

三

整部《曼陀铃》最招致左派诟病者无非两点：其一，战时希腊首相梅塔克萨斯，因为二战后对左翼的镇压，一向被左翼描绘成怯懦卑鄙的小人。到了小说里，伯尔尼埃非但为其正名，而且将他定义成忍辱负重的政治家和爱意拳拳的慈父；其二，对于ELAS，伯尔尼埃的态度相当刻薄，不仅安排书中科莱利的情敌曼德拉斯在加入ELAS后堕落成杀人狂、强奸犯，而且有意无意地在文本里夹带政治私见，将矛头指向希腊所有以 ELAS 为代表的左翼政党。在他看来，二战期间，左翼为反法西斯做出的贡献微乎其微，乱倒添了不少，其成员不过是一些想捞政治稻草的野心家（比如在书中给描绘成极度躁狂的游击队领袖赫克多）和类似于曼德拉斯那样的乌合之众罢了。故事发展到后来，伯尔尼埃甚至暗示，在意军倒戈之后遭德军袭击之际，ELAS 还扮演了落井下石的角色——不少意军士兵是死在他们手里的。

如果说，第一条总算还有值得商榷的空间，那么第二条无疑是左翼人士绝对不能接受的。对于战后受到的一系列“不公正待遇”，他们本来就有一肚子苦水，趁此机会，当然要泼将出来：先不说希腊官方的说法和希腊人自己的历史教科书，单看看德国军队的记录，就知道，当时左翼抵抗组织在一年时间里就击毙了八千多名德军士兵，怎么能说他们“反法西斯是假，打家劫舍是真”？那些被抵抗组织解放然后获得“自治”的地区呢？ELAS 在希腊籍犹太人被运往集中营途中成功营救，这笔账怎么就不能写上功劳簿呢？战后，直到七十年代之前，战时的抵抗组织成员在希腊仍然是戴罪之身，而不少纳粹的帮凶却按月领取退休金，此等冤狱未见正儿八经的昭雪，如今这本所谓的畅销小说居然还要进一步“颠倒黑白”，那不是为虎作伥吗？

更具有杀伤力的证据来自一位名叫帕姆帕罗尼（Pampaloni）的老人，他被媒体公认为科莱利上尉的原型，且理由看上去很站得住脚：帕姆帕罗尼原籍意大利，和科莱利一样，时任意军“阿奎”师炮兵三十三团上尉——当时塞伐罗尼亚岛上唯一的上尉；帕姆帕罗尼也与塞伐罗尼亚岛上的一个女孩（芳名玛利亚）两情缱绻，但与科莱利略有不同的是，那女孩的父亲不是医生，而是教师，而且帕姆帕罗尼并不会弹曼陀铃；帕姆帕罗尼后来在德军的大屠杀中绝处逢生的经历也与科莱利（见后文）如出一辙；伯尔尼埃本人虽否认原型之说，但他承认自己在写作时参考了六十年代的一部意大利小说《白旗》，而后者的情节以帕姆帕罗尼的经历为基础，是得到作者确认的事实。具有讽刺意味的是，帕姆帕罗尼奇迹般的获救，乃至此后的养伤、痊愈，都少不了 ELAS 的功劳——他本人对于自己在游击队基地所受到的村民礼遇有过相当动情的描述，那种字里行间的欢天喜地，让我想起《沙家浜》。非但如此，如今已经九十高龄的帕姆帕罗尼，还赌咒发誓，他本人目之所及，当时的抵抗组织，纪律严明，成员骁勇善战，绝非伯尔尼埃笔下的乌合之众可比。

这里需要做一个注解，二战后期的希腊确实是一个鱼龙混杂的是非之地。那段历史，写在德国人笔下，英国人笔下，意大利人笔下，还有希腊人语焉不详的记录里，完全是迥然相异的版本。在这里，我无力，也不愿做一个简单的评判。评判这玩意，越是斩钉截铁，往往的，保质期就越短——我们并不缺少这方面的感性经验。

伯尔尼埃从来没有给《曼陀铃》贴上过“历史小说”的标签，但他对于细节近乎微雕般的努力却使得整部作品牢牢地给自己打上了“逼真”的烙印。看看小说的目录：1. 伊安尼斯医生撰写历史开篇不顺……16. 给前方的曼德拉斯的信……59. 具有历史意义的地窖……如此复古的章回体，总不免让人想到狄更斯。说得上纲上线一点，这几乎是一种逆时髦写作潮流、“向十九世纪致敬”的姿态；而且，更要命的是，他选择了一段记忆尚未褪尽、证据犹自暧昧的历史下手，笔尖之所及，自然要激起一串涟漪来。

这种情形有点像前一阵子国内电视剧《走向共和》引来的非议：你干脆像《戏说乾隆》《还珠格格》那样摆明了是游戏是胡说八道，那自然没有人跟你较真，可你偏偏要用密不透风的文字营造出正史——还是不算太久以前的正史——的氛围，分明是要混淆视听嘛，你越是写得栩栩如生言之凿凿，在意见相左者看来，就越是贻害无穷。

文学，历史，虚构，真相，一旦扔到一口锅里搅和，界限打破了，标准模糊了，个中真味，身处局外的品尝者，未必能解。都说历史是一个无辜的小女子，任人涂脂抹粉，但设若不同的人手里握着这女子不同角度的泛黄的照片，则对于哪家的化妆术最能传达其神韵，不免个个要据理力争一番了。五六十年的不长不短的时间距离，让这些“照片”的存在，有了合适的土壤。电影《勇敢的心》（*Brave Heart*）的际遇可以拿来直接对照：在专门研究苏格兰历史的专家看来，它也算得上破绽百出，但到底因为年深岁久，触动不了活人的神经。没有声泪俱下的旁证，没有人可以握着照片冲着梅尔·吉布森吼——“你跟华莱士哪一点像来着?”，创作者自然可以更从容更肆无忌惮一些。或许可以这样说，时间，与伯尔尼埃开了个不大不小的玩笑。

四

身处漩涡中心，伯尔尼埃本人起初安之若素，时不时地还冷笑着扔出两句漂亮话来："我笔下的许多文字中包含了道听途说与遥远记忆的混合体，而它们当然也是历史。"对于希腊左派的愤怒，他的解释强硬得像塞伐罗尼亚岛骄阳下滚烫的石头："你们，坐在黑暗中的空气袋上互相手淫，这样的日子还准备过多久？……老兄，你们的船已经沉了。"

然而，渐渐的，随着抗议声浪愈来愈嘈杂，原来给作者提供口述素材的关键人物愈来愈闪烁其词（与伯尔尼埃过从甚密、久居塞伐罗尼亚的英国人 Helen Cosmatato 称："我知道故事里有相当部分是真的，但我犯不着挑起争端……"），伯尔尼埃的口气开始软下来，给自己预留的转圜余地也越来越大。"事实上，对于我所认为的真相，我并没有改变主意，"他字斟句酌地说，"但是，我必须想到，自己有犯错的可能性。"

话虽如此，看看伯尔尼埃 2004 年发表的新作《无翼之鸟》（*Birds Without Wings*），就晓得此君本性难移，哪里改得了不惮犯忌（或者说，生怕不犯忌）的老脾气。时间倒是往前挪到了上世纪初，但小说的背景选在另一个火药桶土耳其的某个小镇，情节涉及多民族（亚美尼亚、希腊、土耳其）和多宗教（基督教、东正教、回教），按照《伦敦评论》的说法是"从字里行间处处可见伯尔尼埃稳固的社会分级倾向以及对空想主义的保留态度……"，总之，那些有兴趣在文本中挑争端找破绽的历史学家、宗教人士、政界要员们，这本书大概也够他们忙活一阵子的了。

与伯尔尼埃相比，2000 年执导电影《科莱利上尉的曼陀铃》的约翰·梅登瞻前顾后、犹疑不定，到头来就只有受夹板气的分。这位以《恋爱中的莎士比亚》成名的导演本以为又拣到了一份炮制史诗爱情片的好材料，殊不知制片方前脚发布拍摄计划，后脚就有各方压力纷至沓来。一位希腊社会党成员的威胁最让他胸闷：假如，他们胆敢把伯尔尼埃那本混账书里激起最多争议的部分纳入电影情节，那么，哼哼，海牙国际法庭见。

影片拍摄期间，一方面，岛上的生意人、小市民的亢奋抵达沸点：啊哈，罗伯特·德尼罗来探班啦，麦当娜跟尼古拉斯·凯奇（饰科莱利）共进午餐喽（后来证明是八卦报纸的谣传），谁是佩内洛普·克鲁兹（演佩勒姬娅，那时，她还不是汤姆·克鲁斯的女朋友）？那个西班牙美女嘛。剧组刚刚抵达塞伐罗尼亚，当地的迪米特里斯咖啡馆就改成了“科莱利上尉咖啡馆”，据《卫报》的记者披露，老板的态度要比政治家们潇洒得多：“那本书让我们生意兴隆，希望电影也能如此……那家伙写的玩意嘛，是他自己的痴人说梦吧，不过没关系，反正我们知道那不是真的。”而另一方面，制片方焦头烂额地向外界承诺，影片将是一个“纯粹的爱情故事”，向《日瓦戈医生》看齐，决不会包含任何冒犯左翼的内容——为了保证这一点，片商还公布了他们精心选择的两名改编剧本作家的家庭出身：一位是因反种族隔离而遭谋杀的女英雄的女儿，另一位以前曾加入过左翼政党。

结果可想而知。愣生生地剥离开（更准确地说，是趋近于无的淡化）错综纠缠的历史背景，最终呈现在大银幕上的这个爱情故事纯粹得让人麻木。凯奇用那种比《天使之城》里的天使更悲悯更忧伤的目光凝望观众，但是激起的回响寥寥无几。人们甚至谈不上讨厌它——一百多分钟，你很认真地看完了一个认真打造的、漂亮的空壳，想说两条讨厌的理由，倒也不见得能找到合适的说法。

至少，伯尔尼埃说得出讨厌的理由：他坚持认为，要不是这个糟糕的电影版本败坏了作品的口碑，他的小说在欧洲本来可以卖得更多。

五

小说的高潮出现在 1943 年。彼时法西斯大势已去，意大利与同盟国军队签署停战协议，而德国尚在负隅顽抗，如此一来，塞伐罗尼亚岛上的意德两军顿时从貌合神离的盟友变成了你死我活的仇敌。对于意大利军队在军事上的昏庸，作者在整部小说中向来不吝笔墨（第二章“领袖”模拟墨索里尼的口吻，那六千多字一泻千里的独白更是近乎卓别林式的漫画了），到此处自然要派上关键性的用场。指挥官对德军心存幻想，贻误战机，以科莱利为首的意军官兵虽在最后关头拒绝投降、奋力反抗，终究难逃全军覆没的命运。而科莱利本人，是靠了暗恋他许久的战友卡尔洛（牵丝绊藤地出没在小说主线周围的卡尔洛的同志独白，是本书丰硕茁壮的树形结构里旁逸斜出的一笔，感性，忧伤）的以死相救，才得以逃生的。

躲得开死亡的拥抱，却未必逃得过命运的捉弄。命运是什么？是笑眯眯地看着你抱头鼠窜，猛地一巴掌按下来，待你千疮百孔心如止水了又高抬贵爪的猫。如同古今众多断肠书里的断肠人，科莱利上尉和佩勒姬娅到底还是做了两只可怜的老鼠。为了保证科莱利的安全，佩勒姬娅挥泪目送伤愈的情郎偷渡回意大利，看着他“像幽灵一般消失在黑暗之中……心里霎时一片空白，仿佛被猛禽的利爪突然掏空”。

然后呢？生活为什么非得有然后呢？如果告诉你，生活的真相是半个世纪的空白，最后再来一次无比幸福抑或是极端残酷的久别重逢，你能接受吗？但是科莱利和佩勒姬娅不得不接受，他们可以解释清楚这空白的时间里到底有多少天灾人祸阴差阳错剥夺了他们的机会，但是，怎么会、怎么可以有这段空白本身，他们能说出个所以然来吗？

“……他哼了几个小节，后来注意到她快要哭出来了……实际上，她刚才还将他的假牙打脱了掉进沙里，只好拿到海水中冲洗。直到现在，他口里还有一种咸味……”

她说，“我觉得自己就像一首没写完的诗。”

他想，毫无疑问，时间是个十足的杂种。

故事进展到这里，所有的历史的、政治的、书里的、书外的纠葛都暂时地，然而坚决地往后退去，退得一干二净。视野里、天地间就只有一个他，一个她，在跟时间调笑，在与命运讲和。逝去的荏苒光阴里那些苦苦的抗衡，都是为了这一刻的讲和。所有动人的磨人的小说，或者说所有比小说更动人更磨人的生活，最初的源头，最终的归宿，都得落实到人，人之生而无奈，人之死亦超然，人之爱无止境。没有那层层叠叠的背景云山雾罩的烘托，不行；有了背景有了烘托，没有最后那咣朗当一记敲打，那个他，那个她，也不会从背景里“嘭”地突出来。

也是读到这一刻，我才明白路易·德·伯尔尼埃何以对改编后的电影结局如此不满。怎么可以让科莱利和佩勒姬娅在尚未老去之前就重逢呢？怎么可以？当尼古拉斯·凯奇和佩内洛普·克鲁兹在爱琴海边有一搭没一搭地对话，当他们调动一切偶像实力派可以调动的面部肌肉和肢体语言为重逢煽情时，银幕前的观众，心里将不会漾过一丝宛如冬日里最后一缕阳光般恬淡清冷的苍凉，耳边将不会响起一点点来自浩渺远天的声音——如同我在合上书页时耳边响起的那种，一字一顿，一声一叹：

时间，是个——

约翰·欧文的色与戒

约翰·欧文（John Irving）不是那种任由人物在情节的植物园里蔓生的作家。如果他是托尔斯泰，就不会恩准安娜·卡列尼娜逃离作者的初衷，自说自话地去卧轨。他抱定了那个似乎已经过时的信条——作者才是上帝。他告诉每一个采访他的记者：我是先想好结局才写作的，我在纸上写下的第一句话，就是这部小说的最后一句。

那我就从《寡居的一年》（*A Widow for One year*）的最后一句说起。

“爱迪知道，有时候时间会停止，我们必须提高警觉，留心这样的时刻。‘别哭了，亲爱的，’玛丽昂对唯一的女儿露丝说，‘不过是爱迪和我嘛！’”

按照书里的设定，这句话是在 1995 年说的。那时候爱迪五十三岁，玛丽昂七十六岁，玛丽昂的女儿露丝四十一岁。当时，露丝回到家，突然看到失踪多年的母亲从天而降，身边是小老头爱迪，他们平静地重逢，“谨慎地”做爱。当她向女儿问好的时候，露丝感慨万千，因为，三十七年前，她年方四岁时就听到了一样的台词，遭遇了相似的场景。也就是说，这部小说的最后一句，其实早在第一章，就已经出现了。第一章里，爱迪忙不迭用灯罩遮住私处，而玛丽昂一丝不挂，“四肢匍匐在床上不为所动，趁露丝第三次尖叫之前发话——‘别叫了，亲爱的，不过是爱迪和我嘛！’”

所以，如果用一句好莱坞化的广告词来概括，那么这本书的核心故事，其实是一段年龄差距二十三、时间跨度三十七的忘年恋。熟女 VS 少男的公式，让你联想到了什么？于连和德·瑞那夫人，杜拉斯和扬，还是《毕业生》？

爱迪一头撞进这故事的时候，活脱脱就是《毕业生》里的达斯廷·霍夫曼，负责与女主人在一个月里“做六十次爱”（请注意这项统计的精确性，它将在小说中被反复提及）。但欲望之外，这个乱糟糟的家更多一重隐情：数年前，两个正值花季的儿子丧身车祸，父母不和是导致这场悲剧的间接因素。为了克服深不见底的内疚与悲哀，男主人泰德将婚外性乱进行到底，他知道，离异只是时间问题，唯一的顾虑是怎样争来幼女的抚养权。爱迪只因为年龄、面貌与他们那两个死去的儿子相仿，就被泰德选来当助理。他相信唯有这样的男孩才能让玛丽昂动心，才能让她卖出破绽，放弃露丝。

至此，读者开始掉进数字与关系构成的陷阱。老女人勾引小男人，但她心里实际上觉得是在跟自己的儿子调情，补偿儿子还没来得及享受的云雨之欢；老男人不辞辛劳地勾引并“解放”他势力范围内所有“不快乐的母亲”，部分原因却是家里的那一个是“最不快乐的”。这类说起来饶舌、想起来头昏的“伪乱伦”情节，如果落到法国新小说作家手里，不晓得要渲染出多少花样。但是，欧文不喜欢心理分析，也不在意是否在文本中留下可供诠释的入口，他更关心如何在故事里布满兴奋点。情节本身已经很有料，可他还嫌不够，动不动就在人物身上玩点数字游戏，比如：

“照片上的汤姆（死去的长子）是四岁，正好跟露丝同年，这应该是1940年，爱迪诞生前两年。”

“他俩的年龄差距是她谈话中经常出现的主题。她告诉他：‘你出生的时候，我已经二十三了，等你到我这年龄，我已经六十二了。”

“四岁的露丝还太小，记不得爱迪或他阴茎的长相，但他会记得她。三十六年后，他五十二岁而露丝四十岁时，这个倒霉的年轻人会爱上露丝。但即使到那时，他也不后悔和露丝的母亲做过爱。哎呀，管他的，那是爱迪的问题，而这是露丝的故事。”

这些唠唠叨叨（有时候是故弄玄虚）的言辞其实是颇为实用的标签，当它们密集到一定程度时，本来还算清晰的时间轴反而因为这种看上去近乎笨拙的“澄清”变得模糊起来。没有哪一个读者，会有扔下书、列张表从而把人物关系理顺的癖好，于是作者继续得逞：在一个封闭的空间里试验排列组合，靠颠三倒四的强调和暗示营造强烈的“错位”感，让有限的人物产生“疑似无限”的可能性。这样一来，读者眼前就出现了万花筒式的错觉，仿佛这一家子几十年的性关系都浓缩在了同一个时空里。透过万花筒，我们看见几十张床次第排开，色情与否倒还在其次，荒诞感和喜剧性总是弥漫得一天一地了。

说句题外话，我曾经企图在畅销小说《时间旅行者的妻子》里感受时间错位所造成的戏剧效果，却总觉得差那么一点点火候。意外地，通过《寡居的一年》，我发现，并不需要依靠魔幻，时间也能随心所欲地控制在作者手中，而且，约翰·欧文显然比奥德丽·尼芬格控制得更老到。不过，他把时间拿捏在手里，是为了在情节中突破秩序，造成“视觉效果”（mind's eye）上的混乱，为了让人物在性狂欢的假象中暂时伸展开手脚。

《寡居》的第一部究竟乱到何种程度，我不负责剧透，详情请参看一百页前后。我随手摘录的关键词是：追车，雨刷，撕碎的裸体画，泰德，三个女人。直到这里，读者仍然对故事此后的走向毫无警觉，我们还看不到接口在哪里，我们还沉浸在狂欢中。

但是欧文知道他的方向在哪里。他的“乱”是为了“治”，他的“色”是为了“戒”。这种古典套路很有点三言二拍的意思——为了让后面的“戒”显得必要，前面的“色”一定张扬得火花四溅。西方评论界对于欧文的论述，着眼点往往在其叙述技巧和语言魅力（冯内果干脆把“美国最重要的幽默作家”的头衔安在他身上），从来没有人把他与色情小说挂钩（erotica 在西方文学界绝对不是个贬义词，菲利普·罗斯名下的不少高级文本也归在这一类里）。这并不是因为欧文的小说里缺少“混乱的性”（promiscuous sex），也不是因为他下笔不如亨利·米勒稳准狠，而是因为——毫无例外的，在他的故事里，“混乱的性”最终一定会受到惩罚。《盖普眼中的世界》是这样，《苹果酒屋的规则》也是如此。欧文本人把这种倾向归结为“我的新英格兰人背景”和“我的清教徒父亲”。说得再准确一点，他放不下小说的劝世功用，哪怕书里的人物再癫狂（暂时的），书外的欧文仍然秉持着他坚实的道德观。

欧文的道德观是什么？如果用左右之类的标杆界定，很容易产生错觉。在《苹果酒屋的规则》里，他旗帜鲜明地支持堕胎合法化、娼妓业合法化，但这些，至多只是技术层面上的改良主张罢了。在更基础的层面上，欧文相信因果，崇尚秩序，呼唤人伦，不露声色地抵抗着那些极端颓废的东西。就好像，从一开始，欧文就知道自己要一个完满的、首尾呼应的、人性回归——甚至不惜乌托邦的结局。为了按计划抵达终点，从小说行至半程起，欧文就在有意识地调整节奏，将人物送上“救赎”的系统工程。

从表面上看，在裸体画事件之后，“色”的铺张还远未结束。第二部里的露丝一出场就高耸着三十四 D 的乳房，在男人的目光交织成的密林里揣摩性与暴力的关系。但是，与此同时，她已经在表明立场：“露丝绝不容许背叛，她甚至连最新交往的男人都要求忠贞。是她作风过时了吗?”从这里开始，结局所奠定的基调开始渗透到人物的言行，“戒”的大网全面张开。

老唐璜泰德终于玩腻了风流游戏，面对女儿破罐子破摔的姿态，憬悟到一报还一报的难堪，当场流下两行清泪，然后干脆自杀谢罪。而露丝的闺蜜汉娜（以性情指数和床上记录考量，她是小说中泰德的女性翻版），在临近尾声时痛感自己从来得不到爱迪对玛丽昂那样持久灼热的情感，因而，汉娜对本人的总结陈词，“也就是性欲生猛而已”。至于露丝，一老一少两个类似于漫画人物的“坏男友”让她迷途知返，但即便如此，欧文还不满足，他需要一段漫长的、充满装饰音的插曲，对“色”做一次完整的清算。还有什么地方，会比阿姆斯特丹的红灯区更洋洋大观呢？为了满足这样的安排，露丝以搜集小说素材为名，到红灯区体验生活，来一段宝玉游太虚式的目迷五色，为后面的幡然领悟、下嫁一个“在性上毫无吸引力”的男人做准备。而那个隐藏在文本背后的警幻，不就是约翰·欧文吗？

单独看，阿姆斯特丹的奇遇有悬念（不乏一场虎头蛇尾的凶案），有浪漫，有荒诞，集中了作者的浓墨重彩。据说，为了写好这些场景，欧文曾连续四年定期到红灯区蹲点。而《寡居》的荷兰译本首发时，干脆就把会场设在那里（与会的妓女宣称，该活动算得上赏心乐事，只是，“与警察一起开会，我们还不太习惯……”）。然而，一旦嵌入整部小说，它在结构上的游离和牵强就很难被其本身的活色生香所掩盖，逻辑上就更是教人狐疑，是为了转折而转折的一笔。试图以性产业之光怪陆离、妓女生活之朝不保夕，对人物和读者产生某种警示作用——这样的努力，未免太头痛医头脚痛医脚了。

唱罢红灯记，人物死的死，悔的悔，露丝嫁人、守寡（书名就是从这里来的）、再嫁人，从此过上了秩序井然的生活。这是狄更斯式的峰回路转，终成正果。事实上，自诩为“十九世纪作家”的欧文心心念念的师承正是狄更斯。在狄更斯的年代，无论是讲故事的方法，还是依托着故事的精神背景，都比现在更结实，更单纯，作者有提出问题的权利，也有解决问题的义务。狄更斯的《远大前程》里，针对“前程”和“上等人”的讽刺何等精彩，但这种讽刺的质地仍然是单纯的，跟后现代质疑一切的反讽是两回事。当时的读者是有安全感的，他们知道，顺着狄更斯的引导，匹普在红尘里跌过几个跟头以后，一定还可以找回心灵的平和，在“夜雾散处，月华皎洁”时，与心上人“再也不会分离”。《寡居》的最后一幕，几乎复制了这场戏，但是，奇怪，我感动不起来，我总是觉得有哪里不对劲。

不对劲的不是欧文讲故事的能力，这一点他真的不比狄更斯逊色。不对劲的是这个已经不把开方抓药视为文学责任的时代，是生活在这个时代里的，不再对秩序产生信仰的我们。前两年，《寡居》的前半段被托德·威廉姆斯拍成了一部闷头闷脑的电影——《地板上的门》。大约出于限制级的考虑，金·贝辛格的床戏被潦草成了一个不痛不痒的笑话。即便如此，我仍然觉得，只选前一半改编是明智的。银幕比文字更逼真，更容易给拿来与现实对照。假如银幕上真的出现露丝在红灯区醍醐灌顶、老泰德在家里黯然自戕的镜头，那也许会成为大作家真正的灾难？

最后提请读者注意，《寡居》的四个中心人物都是作家，且他们的那些风格各异的“作品”（总数超过十个），几乎都在小说里有详尽的故事梗概，甚至还有完整的章节选读。这么一来，错综交缠的就不仅仅是人物自身的故事，还有他们的虚构作品。可以想象，欧文在逐一完成这些叙述时，该产生多么强烈的炫技快感。不过，在我看来，更好玩的倒是他在描述这些写作者的生活（连格雷厄姆·格林的八卦都有）时，无意间皱起的眉头，有意间冒出的自嘲。总的来说，比起对于性的矛盾态度来，欧文对于写作这件事，对于作者对文本的主导作用，要斩钉截铁得多。他比大多数现代作家都更能享受自信的乐趣。

寻找卡佛的世界

译过雷蒙德·卡佛（Raymond Carver）的两个短篇：落笔爽利，通篇没有眼生的字，不用翻词典；及至收尾，方才嗅出些异味，竟迟疑起来，于是忍不住要回过头一个字一个字地磨，总觉得略一分神，译文就添了酸腐气。

比如，卡佛写，Myers was between lives。那样熟悉的字眼，糅和起来，竟有全然陌生的效果。纵然亦步亦趋地译作“迈尔斯夹在两种人生之间”，还是觉得不够浑然。

熟悉和陌生。读卡佛的作品，这是关键字。那种再熟悉不过的陌生人，面无表情地行走在他小说逼仄的空间里，彼此分明没有空隙，却照样不容渗透，无从交会，井水不犯河水。

也有例外。比如《天主教堂》。当小说里的人物终于开始互相了解，终于沐在稀薄的，但毕竟是微温的光束下时，生活留给作者的时间，只剩了五年。

诗，还是小说

卡佛闯进文字世界的第一个脚印，留在了诗行间。那也算是一段被人引述过多次的佳话：1956 年，十八岁的卡佛在华盛顿的一个小镇的一家药店里帮佣，送货的时候在一位老人家里发现了一本杂志，叫作《诗》。老人仿佛点石成金的仙翁，瞥见了卡佛的慧根，欣然以书相赠，说有朝一日想“写点什么”的时候，或许派得上用场。

十三年后，卡佛发表了第一首诗作《新卡拉玛斯》。

英雄不问出身，自有贵人相助——如此圆满如此俗套的故事显然不会出现在卡佛的小说里，但它真的发生了，就此如闪电般照亮了延伸在卡佛前方的人生：片刻的灿烂是要以未来的一路泥泞作代价的。“自此以后的时光，”他说，“远远及不上那一刻。”

于诗歌而言，卡佛的作品实在是太好读了。念书的时候我就弄不清音步，此生大约不会有勇气去正儿八经地译诗，好在卡佛写诗连韵也不押，我依葫芦画瓢游戏两段，应该不至于离谱太远：

除了烦恼，/这只脚再没给过我什么。脚掌，/足弓，脚踝——我是说/走起路来它们都会痛。可是/最是这些脚趾头/让我发愁。这些/“致命节点”——它们的/别称。说得多么对路！（《脚趾》）

后来，在起居室，她以为大家都已经出去买汉堡包/便在电视机前扇了他耳光，还说，/“生日快乐，你这狗娘养的！”连他的/眼镜也一并扇落。眼镜就是/他们俩做爱时他一直戴着的那副。我走进房间/说，“朋友们，不要这样互相伤害。”/她没有一丝怯意，也没有大声质问/我到底从哪块石头底下蹦出来。她只是说/“谁问你来着，乡巴佬？”（《联合街：旧金山，1975 年之夏》）

大量的标点，看不出规律或者意义的断句，没有韵脚也几乎没有节奏——传统诗歌的一切程式或者说镣铐几乎都被卡佛挣脱了。问题是，这还算诗吗？有人这样点评他的诗集《我们所有人》（*All of Us*）：“事实上，本书包含了不少值得记忆的诗篇，但人们未必记得住它们是诗。”话是说得尖刻了些，却多少有几分道理。合上他的诗集，你很容易得到这样的印象：存在记忆里的不是语词，甚至也不是意象，只是动作，是情节，是如电影般活动着的场景。比如：夫妻俩在飞机上打架（《奇迹》）；病中的父亲口渴得厉害，孩子便去端了一杯洗完碟子的肥皂水来（《背带》）；黑夜渐渐逼近，“我”独自垂钓，怅然若失，直到银色的鲑鱼咬弦（《夜》）……或许可以这样揣测，太多的小说的碎片泛着光泽游曳在卡佛的脑海里，一旦没有足够的时间和灵感敷衍成篇，便成了诗，卡佛的诗。用卡佛自己的话说，“写短篇小说和写诗的过程似乎从未有什么不同。事实上，我一直觉得，诗歌在文学效果和创作方式上与短篇小说之间的落差要比短篇小说与长篇小说之间的距离小。”

于是，常常的，我们反而能在卡佛驾轻就熟的小说里，嗅到那种世人公认的诗的气味，就那么湿漉漉地缭绕着、氤氲着。说到底他的灵气和耐心大半还是倾注在短篇小说里，一落笔便会犯“炼字”的瘾，未必“批阅十载”，但肯定不止“增删五次”。

手边的《点燃》（*Kindling*）卡佛生前从未发表过，辞世十余年后方重见天日，一翻开，便有这样的句子跳出来养眼：

“……山下面，斜坡上覆满树林，四面是山谷。河一路泻入山谷，翻滚着，沸腾着，忽而撞在磐石上，忽而潜入岸堤下，直到谷口才挣脱了羁绊，整个儿绽放开，随即慢下来，仿佛已耗尽了自己，却又收拾起勇气，奋力涌入海洋去……”

这是一个被生活耗尽了的男人眼里的世界，如尚未褪尽颜色的旧画，更像来不及矫饰的新诗。

叙述，还是沉默

卡佛说过，“如果写作不能达到心里想象的那样好，那为什么要写？到头来，自己做到了最好，那种满足感，那种辛劳一番的证据，我们是可以带到坟墓里去的。”

我一直以为，《你们为什么不跳舞》便属于那一类他可以理直气壮地带到坟墓里去的作品。故事截取的照例是生活的一个纹理不那么清晰的横断面：男人独个儿坐在厨房里，看着前院里摆了一地的家具，看上去就跟它们原本在卧室里的样子差不多。有一张床，他睡的这边有床头柜和阅读台灯，她那边也有。是的，**他**这边，**她**那边。

一对正在给爱巢配家具的情侣路过，不由分说认定这是一次拍卖会，便停下来想拣些便宜货。这厢兴致盎然，有讨价之意；那边却无心恋战，不存还价之心。那失魂落魄的男人做足了蚀本生意，又倒好啤酒打开唱机，说，你们为什么不跳舞？

男孩和女孩一曲舞罢，女孩又拉住男人跳。在昏黄的光线里，女孩说，你肯定是绝望透顶了。过了几个礼拜，女孩拿着男人送的唱片和唱机到处给人看，跟每个人讲这段可笑的经历。她能感觉到自己的话里头还有别的意思，她试图把它说出来。过了一阵子，她便把这种企图放弃了。

这个不到五千字的短篇几乎浓缩了卡佛大部分作品里最风格化的东西。卡佛的人物总像是你在梦里才能遇见的——他们的样貌一如常人，却透着机械和没来由的警觉，还没动作起来，就已经备好了收势。嘴唇分明一张一翕着，有细若游丝的声音发出来，可你就是抓不住。他们不是欲言又止，而是明明在说着，话音却被一大团棉絮一样的东西给吸走了，连他们自己也听不见。那女孩是意识到自己有话要说的，她隐隐地觉察到了男人绝望的原因——是离异是破产还是酗酒？生活对女孩来说才刚刚开始，她如何愿意看破？她选择沉默。对别人也对自己沉默。

男人也选择沉默。他唯一的愿望只是要看着男孩和女孩在他的院子里跳舞。曾几何时，应该也有过这样的晚上吧，同样的音乐同样的舞，同样的年少轻狂——眼前的一个滑步或许便可以穿越岁月的长廊了，此时纵然有千言万语哽在喉头，又从何说起呢？

在可以叙述也可以沉默的时候，卡佛选择的往往是后者。他的人物吝惜辞藻，连自说自话也不会——亨利·詹姆斯式的心理分析早已被卡佛弃于视野之外。或许会有一只搁在肩膀上的手，或许会有斜穿过房间的一瞥，时不时地或许也会有一小段对话——你总觉得那几个从人物嘴里挤出来的词儿本应该改变些什么的，可是没有，一点也没有。而那些本该藏在卧室里的东西，电视机，床，台灯，唱机，那些似乎无关紧要的东西，却被他一样样不厌其烦地陈列在前院里，巨细靡遗——在卡佛笔下，它们不一定有特别的面貌，也往往没有品牌之类可以留下时代印痕的东西（这点跟村上春树——卡佛在日本的推崇者和译介者不同），却都是健谈的——能诉说能嗟叹的东西远比人要多。

醉下去，还是醒来

克里维·卡佛，雷蒙德·卡佛的父亲，一生的大半时间都是锯木厂里的工人，直到 1957 年因常年酗酒而残疾。小雷蒙德清晰地记得曾有那么一个晚上，父亲晚归，母亲反锁了家里所有的房门。“他醉了，使劲摇晃门，我们能感觉到房子随着他的摇晃直打颤。等他终于奋力打开了一扇窗，母亲便操起一只过滤盆把他砸了出去。我们能看见他跌倒在草地上。几年以后，有一回我把这个过滤盆拿起来——就跟擀面杖一样重——想象让这样的玩意敲在脑袋上是什么滋味。”（散文《父亲的生活》）

童年里努力想逃离的梦魇似乎注定要在他自己身上重演。卡佛年少时没有受过多少教育，十八岁就娶了玛丽安·伯克（Maryann Burk），次年就做了父亲，像许多从小便觊觎天伦之乐的孩子一样，早早地有了自己的家，也早早地有了挣脱这个家的念头。为了能像那位老人所说的那样“写点东西”，他开始一边工作一边到衣阿华大学里念书。那时的卡佛，心智远未定型，整日价浴在文字的漩流里做梦，睁开眼睛却要用那点可怜的薪水和一双拙于家务的手安顿家小。

最要命的是烘干机。哪怕是以后回忆起来，卡佛的笔触痛切依旧：一排烘干机躺在洗衣房里，只有其中一台停止了转动才能一个箭步冲过去把一篮子湿衣服倒进去。未来的作家反应总是不如别人灵活，就这么来来回回地兜着圈子，像囚在笼内的困兽。

“我快要疯了……末了有一台好歹是停下来了。我正好在它跟前。里面的衣服不再翻腾，静静地待在那里。只要再过三十秒左右没人来认领，我就打算过去把那些衣服拿掉，把我的放进去——这是洗衣房里的法则。然而，就在这一刻，有个女人跑到烘干机边上，打开门，伸手进去抓住几件衣服。可是衣服还不够干，她认定。于是她关上门，又往机器里投了两枚角子……我还记得自己当时的想法，我被裹在绝望无助的情绪中，几欲落泪……我有两个孩子。他们始终得让我来抚养，让我处在这么一个位置：责任永远无法松懈，注意力被周而复始地分散。”（《火焰》）

这正是卡佛的世界，无论是现实中还是小说里：婚姻，工作，成功，没有什么是确凿无疑而不具备欺骗性的，哪怕是烘干机。

卡佛和玛丽安曾两次拮据到宣布破产。与此同时，他一边创作，一边像父亲那样酗酒，那种喝法是明摆着往死里折腾的。由此引起的中枢神经疾病让他在76年10月至77年1月间就四度入院，算得上九死一生了。卡佛毕生没有写过长篇，固然因为个人兴趣，其实也有一部分原因是他没有足够的体力、时间以及长久的经济支持。

1977年6月2日，卡佛开始戒酒，之后有约莫一年的时间他一个字也没有写。其间曲折并未过多地见诸文字。卡佛只是说，那时候连写作也显得不那么重要了，他只想醒过来，完完全全地醒过来。

回归，还是蜕变

“我撇下母亲和那个男人坐在沙发上，开车到外面四下里转了转。我回到家以后，米尔娜替我煮了一杯咖啡。

“她到厨房里去煮咖啡，我一直等到听见她冲水的声音为止。接着，我伸手探到沙发垫下面去拿酒瓶。”（《咖啡先生和古板先生》，1981）

“我撇下母亲和那个男人坐在沙发上，开车到外面四下里转了转，不想回家，那天也不想找一家酒吧坐坐。

“有时候我和辛西娅会在一起商量——我们管这个叫‘分析形势’。不过，时不时的，我们偶尔也会说说跟眼下的形势没什么关系的事情，有一天下午，我们俩待在起居室里，她说，‘当初我怀着迈克的时候是你把我弄到浴室里洗的澡，那时候我吐得那么厉害，反应那么大，都下不了床。是你张罗的。换了别人决不会那么做，别人不会那么爱我，爱得那么深。不管怎么说，我们有这样的情分。再没有谁能像我们这样相爱了。’

“那时我们四目相对。或许我们的手还互相碰了碰，我记不清了。接着，我记起，就在我们俩坐着的这张沙发的垫子底下，藏着半品脱威士忌或者伏特加或者杜松子酒或者苏格兰威士忌或者龙舌兰酒，于是我开始希望她最好快点能起来到别处转转——去厨房，去浴室，到外面去洗车库。

“‘也许你能替我们煮点咖啡，’我说，‘一壶咖啡

就好。’

“‘你要吃点什么吗？我可以弄点汤。’

“‘没准我可以吃点，不过我肯定是要喝一杯咖啡的。’

“她到厨房里去煮咖啡，我一直等到听见她冲水的声音为止。接着，我伸手探到沙发垫下面去拿酒瓶，旋开盖便喝起来。”（《大伙儿都到哪里去了》，1983）

A. O. 斯科特在《纽约书评》上著长文评介雷蒙德·卡佛，提到他曾在 1983 年将几篇已经发表过的小说里添入不少枝叶，换了个标题，便成为另一个短篇或者中篇。比如《洗澡》（*The Bath*）里的那个孩子究竟是死是活，到了《一件小的，好事》（*A Small*，*Good Thing*）里就有了交代：原来是从休克中醒了过来。不过，最典型的例子，斯科特认为，当属上述两段微雕式的细节。这样的“扩写”发生在雷蒙德·卡佛这位公认的极简主义（minimalist）大师身上，无论如何也不是一件寻常事。对此，斯科特的解释是：这其实更大程度上是一种回归。一手捧红了卡佛的编辑高登·利什（Gordon Lish），按照卡氏第二任妻子、诗人苔丝·格拉格（Tess Gallagher）的说法，曾把卡佛的手稿改得面目全非。“即使是在书付梓之时，雷也觉得这本书（指小说集《当我们谈论爱情时我们在谈论什么》）既不能代表他写作的主旨，也无法反映他真实的冲动和本能。事实上，他甚至求过高登·利什不要强行推出这个‘私生子’版本。”

由此看来，卡佛后来扩充的部分，至少有一些是恢复了当初的原貌。斯科特认为，那个伸手到垫子底下拿酒的情节，高登裁剪过的版本里没有铺垫，其表达效果并不比一出蹩脚的肥皂剧高明多少（老婆一转身，男人便偷喝两口——你简直能听见罐头笑声）；一旦补入了人物的心理独白，整个调子便沉着下来，你仿佛可以看到一个酒鬼在无奈的绳索里挣扎却被愈绑愈紧——他是真的不想伤害妻子啊——那才是卡佛想要表达的东西。

或许，利什是在刻意打造一个极简的、难以捉摸的文学品牌，却不知道或者不想知道，卡佛要的，绝对不是这样的苟简。

而我更愿意相信，除了回归，促成卡佛自八三年以后之转折的，其实更多的还是一种从外部至内部的蜕变。他的生活好歹是安定了下来，跳脱了酒精的纠缠（虽然五年后，过去在他身体里积累下来的酒精还是要了他的命）之后，终于可以反过来审视那段尴尬的日子，在人物身上寄托一个过去的卡佛。

岂止是自省，在他最受读者欢迎也最让他自己满意的《大教堂》里，人物虽然还隔膜着，到底开始试图靠近了：

“它们真是大呀。是石头做的。也用大理石，有时候。在那些古老的日子里，人们造大教堂的时候，是想跟上帝靠得近些。在那些古老的日子里，上帝是他们生活里很重要的一部分。你可以从这些教堂建筑里看得出来。对不起，看来我只能跟你解释这些。我不善于解释的。”

这是小说里的“我”在向一个盲人解说天主教堂的样子，卡佛笔下的人物，很少能一口气说出这么多有明确意义的话来。末了，盲人提议两个人一起把教堂的样子画出来。于是，“我”闭上眼睛，由盲人的手导引着，开始画……

没有人会把这部小说的主题归纳为“理解，沟通”——解释卡佛的主题永远是一件吃力不讨好的事，但我读的时候真的能感觉到有一种温润柔软的东西升起来，漫过全身。那种感觉和《你们为什么不跳舞》全然不同，说不上哪种更好，它们都是卡佛的世界里最值得记忆的部分。

前方，孤独

泰丽·夏沃（Terri Schiavo）一案的一唱三叹，拜各处报章的连篇累牍所赐，我也算了解个七七八八。然而，论条分缕析、见微知著，丁林先生的《泰丽之死》（《万象》第七卷第八期）当属其中翘楚。美国朝野上下、寻常百姓，为了一个十五年前就被判定脑死亡的女人，为了讨论应该替她争取“生存权”还是“死亡权”，党派、司法、行政……制度舞台上的各种角色次第登场，国家机器的各个零件运转得井然有序却也让人怅然若失——你觉得谁都没有错，然而，又好像总有哪里不对劲。

管子终究还是给拔掉了。坚持了十三天才断气的泰丽，让人想起来还是如同凉风掠过刚拔掉牙的齿穴一般，酸酸地痛。人们无法摇醒沉睡中的泰丽，问问她，丈夫事隔多年——在另有女友和子女之后才“想起”代她主张的“有尊严地死去”，究竟是不是真话。再健全再滴水不漏的制度，再悲悯再生生不息的宗教，也总有它们没办法覆盖的盲区。人心是这盲区里最幽深最暧昧最无法用是非来衡量的角落，有时候探知那个角落的只能是同样幽深、暧昧、无法用是非来衡量的东西，比如，文学。

数年前我翻译过雷蒙德·卡佛（Raymond Carver）的一组短篇，其中有一篇题为《不管谁在用这张床》（*Whoever was using this bed*）就曾在云山雾罩中，不露痕迹地将类似的问题悄悄推到世人的视线里，如今想起来简直像一道黑色预言。

故事照例是卡佛式的漫不经心，在极狭窄的空间内兜兜转转：一对曾经各自离异后重新组合在一起的中年夫妻，某夜忽然被电话铃吵醒。丈夫去接，电话那头是个神神叨叨的女子，一开口就喊一个陌生男人的名字，执意要他去找那个子虚乌有的人来“聊聊”，最后丈夫只能挂断电话再把听筒挪开。经过这么一番折腾，夫妻两个都来了精神，和衣坐起，又是抽烟又是喝咖啡，从电话说到梦再说到各自身上的病痛，不知怎么扯到了死。妻子说到一则新闻：“你有没有在报纸上看到，那家伙拎着一把猎枪跑进一间重症加护病房，逼着护士把他父亲的生命维持仪器的插头拔掉？”于是，夫妻俩就在这夜半时分，开始讨论有朝一日万一此等大难临头，那根管子究竟应该“拔，还是不拔”。讨论越来越偏离闲聊的轨道，妻要夫发誓“替我把插头拔掉，如果到了必要的时候”，夫要妻允诺“别帮我拔掉，让我活下去，行吗？”。谈话到了这一步，两个人自然都再没有了重新入睡的可能，于是起床、吃早饭、上班。然而，整个白天，丈夫都神思恍惚，“仿佛看到一张病床……床上支着一张氧气幕，床边是那些屏幕、大监视器什么的——就是电影里的那种玩意。”回到家，丈夫语无伦次地说，“好吧，如果你想听我就告诉你，我会替你把插头拔掉的，如果你想让我这么干，那我就会去做……不过，我说过的关于‘我的插头’的话还是算数的……我们已经把每一个角落都考虑遍了。我已经精疲力竭了。”

两个人都有如释重负之感，然而电话又响了，还是那个女人，这回她的口气平静而有条理，但还是在固执地寻找她的男人。丈夫开始发火，威胁“我要把你的脖子拧断”，一旁的妻子飞快地俯身把电话掐断。丈夫觉得自己的声音“在表达着什么，可是，正当他试图让自己弄明白这是怎么回事时，便什么都听不见了。”小说就此打住。

卡佛的小说，历来是“在表达着什么”，但也历来是让你在“试图让自己弄明白怎么回事”之前，就“什么都听不见了”的。卡佛作文的收官之笔，每每形同在紧要时分掐断电话，读之愠怒，思之杳然。这一篇，正确而空泛的理解不外是四个字——中年危机。激情渐退、疾患频生、惶惑终日，凡此种种，都可以往这顶帽子里套。然而，总有一些细节是游离于表层之外的，比如：这一对夫妇以前大约都经历过跌宕情事，丈夫的前妻和孩子至今也常来电话骚扰，因此，他们养成了每晚入睡前拔电话的习惯，偏偏那一晚，他们忘了拔（拔电话的现实与拔“插头”的臆想互为镜像，形成饶有趣味的对照），斜刺里就杀出一个不速之客；这场婚姻本身也处在微妙的瓶颈阶段，妻子曾经在梦里呼唤别人的名字，以至于那天晚上，丈夫就这样问被惊醒的妻子：“这又是一个没有我的梦吗?”

如此想来，卡佛真正欲言又止的，还是孤独吧——人终究是从孤独里来，往孤独中去。为了摆脱孤独，人们离婚了以后又结婚、寻找丢失的爱人、半夜里起来赌咒发誓。然而，没办法，我们还是看到那张“支着氧气幕”的病床在眼前越来越清晰。我们知道，当我们躺在里面的时候，没有人能代替我们面对未知的孤独，等待奇迹，或者，终结。

小说里的那对夫妻不停地要求对方答应自己的“遗嘱”，那种偏执与絮叨让你不能不相信：婚姻比生命更脆弱，而比婚姻更脆弱的，是信任。鼻尖沁着汗珠子站在饭店里浇香槟塔的新婚夫妻们，大约怎样的海誓山盟都经不起心头偶然掠过的一丝疑问：当你成为一株准植物、静静躺了十五年之后，你的他（她），会替你做怎样的决定？

卡佛数十年前的虚拟设问，在公元二零零五年的真实生活里，得到了答案——当然，只是众多可能的答案中的一种，却也是经过了各个层面的平衡、在现有条件下最政治正确的一种。泰丽一家都是经典意义上的好人，他们遭遇的是经典意义上的悲剧。维系泰丽生命的那根管子，在政治家医学家法律学家伦理学家宗教人士媒体从业者看来，或许是口号是机遇是新课题是收视率是改写历史的分水岭，然而，在数千万不那么专业的民众看来，它或许更接近于卡佛藏在小说里的一声叹息，一道清晰标记着人类终极命运的指路牌：前方，孤独。

童话凶猛？

要鉴定《令人战栗的格林童话：你没读过的初版原型》是本烂书，我们其实不用调动痛心疾首的姿态，那样反倒容易把事情说乱。单单一个“挂羊头卖狗肉的”理由就足够了：“羊头”是“格林童话初版”，“狗肉”是日本女作家桐生操根据她自己（也包括某些心理学和历史学研究成果）对这些童话题内或题外之意的理解，将既有的情节及人物重新排列组合后创作的短篇小说集。据说这些小说以前也曾出版过中译本，但没有打“初版原貌”的旗号，没有围上血淋淋的腰带，而且它至少还是根据桐生操原著翻译的文本——而现在这个，最多只能算掐头去尾、加油添醋的编译本。

经典童话的“故事新编”是很常见的现代小说题材，唐纳德·巴塞尔姆、玛格丽特·阿特伍德、A. S. 拜厄特和安吉拉·卡特都是个中高手。相比之下，桐生操入不了纯文学的流，即便在类型小说群落里走的也是相对低端的路线，但就其情色暴力的尺度而言，并没有超过当代作品的一般水准。也就是说，如果包装不是那么李代桃僵、耸人听闻，如果我国有足够完善的图书分级制度，那它至少可以获准在有限范围内销售——也许像台湾书店那样，贴上一张“十八禁”标签。在微博上讨论这个问题时，有人问我会不会拿这样的书给自己的孩子看，我的回答是：

当然不，因为它在被写下的那一刻，本来就不是给孩子看的。然而，不幸的是，炮制这个粗糙的编译本的出版商，思维比中国的图书市场还要混乱。版权页上的分类落在“儿童文学”，书封上的广告则毫不含蓄地指向成人，试图覆盖全市场的结果是它在任何一个分众市场都无法立足，进而受到颇为严厉的行业处罚——在整个出版业的运转和监管都远未达到良性循环的中国，出现这样的事件也不算意外。

然而，话分两头，狗肉的质次价高，并不是羊头的问题，如果因此就否认羊肉的价值，甚至质疑到底有没有羊肉存在，就有点滑稽了。追溯童话的源头，比较童话在各个时期各个国家的版本，研究童话的传承及其流变，早就是一门显学。以学术的态度分析格林童话的初版——真正的初版，不仅合法，而且必要。真正的初版并不难找，我在专业网站上随便搜搜就能看到 1812 年的德语版和后来据此翻译而成的英语版。但是，仅凭这些现在看起来多少有点枯燥的文本，并不见得能理解为什么“初版格林”会让后世的作家、出版商以及普通读者产生色情联想，又是怎样的来龙去脉，赋予它“令人战栗”的印象和“错觉”(真的完全是错觉吗?)。要解释这些问题，还得从“童话”的词源说起。

在中文里，“童话”这个词严格限定了目标读者的范围，但与它对应的英文词组 fairy tale 及其源头——法文词组 conte de fée 却并不包含这样的指涉，其字面意思只是“关于仙女/精灵的故事”。从学术上很难界定 fairy tale 的准确疆域，一般认为这种文学类型从属于广义的“民间故事”（folktale），与其他分支——例如神话（myth），传奇（legend）和史诗（epic）——既互相交叉，又显著区别。Fairy tale 最鲜明的特点是：它们通常不依托真实的时空/人物背景或宗教典故，只需要听任“从前”（once upon a time）开道，轻装上阵就好。十七世纪末，当活跃在法国沙龙里的奥努瓦夫人（Madame d'Aulnoy）开始使用 conte de fée 归纳自己撰写的神怪故事（其鲜活的口语体看起来就像是一份沙龙谈话记录）时，这些故事的受众显然不是儿童——连“儿童”这种概念在当时也远未稳固。试想，那时的女孩十一二岁就谈婚论嫁，从“婴儿”到“成人”之间走的是一路绿灯的快车道，一旦具备基本认知或读写能力，就已经长大成人，哪里需要那么多故事来打发这一小段模糊光阴呢？因此，虽然沿用 conte de fée（fairy tale）这个名称至今，但学术界普遍认为奥努瓦夫人是一个语词的发明者而非一种类型的奠基者，十七世纪也不是“童话”作为一种文学类型登场的确切时间。如果用典型的童话语言来描述，那么，当时“童话”的处境是：戴着小红帽的灰姑娘尚且躺在城堡里昏睡，等待被唤醒，旁边有狡猾的青蛙在爬来爬去……

那只最狡猾的青蛙名叫夏尔·佩罗（1628—1703），一位才华横溢且懂得鉴貌辨色的御用文人，出没于皇宫、沙龙和法国学士院，平生写的第一则寓言歌颂女性对丈夫终身隐忍将会得到怎样的报偿，是后世女权主义分子最乐意拿来示众的反面教材。在《百变小红帽》中，本着女权主义立场，作者奥兰斯汀将佩罗毕生最大的成就——《鹅妈妈故事集》（其正式标题是“附道德训诫的古代故事”）

形容成当权者压制女性主义勃兴的利器，也算有凭有据。更有意思的是，奥兰斯汀以《鹅妈妈故事集》中的诸多细节（宫廷里的玄关镜、凡尔赛中的绣帷挂壁）举证，强调“佩罗这些故事既非源于乡野童言，也不是为了儿童所写，它们都是经过一番修饰的嘲讽寓言，其字里行间紧系着十七世纪法国宫廷、社会发生的事及上流社会的性爱政治”。

吊诡的是，这个文辞绮丽、让专家看到无数宫廷隐喻的《鹅妈妈故事集》，几乎所有的篇目都对此后的“童话史”影响深远，无论《小红帽》《灰姑娘》和《睡美人》，还是《驴皮公主》和《蓝胡子》，在各国的民间文学（包括《格林童话》）里都有为数众多、万变不离其宗的版本。由于追溯口述文学的信史几乎是一件不可能完成的任务，所以这些“疑似变体”与《鹅妈妈故事集》之间的传承关系（孰先孰后）难以确凿认定，但鉴于佩罗这部作品的形态相当完整稳定，其成文的年代也相对较早（比《格林童话》初版早了一百多年），它们从书斋流向民间、继而被当成原汁原味的“民间故事”采集的可能性很大。回过头来细看《鹅妈妈》的文本，虽然其中没有像“一位鳞翅目昆虫学家骑上一条硬皮昆虫，用太钝的针拧进去”（2010 年英国“最糟糕性描写奖”得主）那样纤毫毕现的性描写，但其情节之可怖（“蓝胡子”连环杀妻）、性暗示之密集（“小红帽”的帽子颜色和“蓝胡子”在钥匙上发现的血渍都被认为是影射妇女的经血；青蛙王子要求与公主同床共枕是现代心理学家津津乐道的桥段；就连《睡美人》里的一处闲笔都显得那么暧昧——“王子和公主只睡着了一小会儿，而公主也不觉得有什么入睡的必要”）、伦理纲常之混乱可疑（“驴皮公主”躲进森林是因为父王要娶她为妻），以及作者劝诱加恫吓的警世口吻，都教人印象深刻。如果说，我们对“童话”的原生态依稀产生过“很黄很暴力”的概念，那么最集中的印象就应该来自于佩罗的作品——那些在严格意义上根本不是童话的“童话”。

青蛙变身王子并非一夕之间，至少在童话发展史上是这样。当具有语言学家、民俗学者和大学教授三重身份的格林兄弟开始有意识地搜集民间故事时，欧洲的生育率、平均寿命及初婚年龄已经与佩罗时代大相径庭。借助工业革命的魔力，这一百多年的社会生活变迁异常迅猛，失真得像一则真正的童话，人类发现自己不再需要依靠早婚早育来维系人口稳定和经济繁荣，将性成熟期一再延后的优势逐渐凸现，“儿童”与“青春期”的概念亦随之明晰，并被精密量化。这个日渐壮大的群落需要属于自己的产品，需要物质精神双丰收，正如格林兄弟需要充足的学术经费。两者一拍即合的结果，就是格林兄弟于 1812 年将原先用于学术研究的民间故事材料，汇编成适合图书市场的文本——《儿童与家庭童话集》，出版商在写给格林兄弟的信中明确指出，“支付一定数量的稿酬”的先决条件是“达到一定的销售额”。这种商业导向对格林毕生强调的“口述实录”的真实性产生多少影响，现在很难估量，但上世纪末已经有不少学者指出，他们的一手材料可能大半来自与格林兄弟同一阶层的朋友和家庭，而不是乡间大树下满嘴跑马的说书人。

佩罗作品中最出名的故事，几乎在 1812 年的初版

《儿童与家庭童话集》里无一漏网，其中有些还经过符合商业导向（即儿童化倾向和对主流道德观的迎合与强化）的“改良”，这似乎间接证明格林搜罗来的故事未必像他们强调的那么草根，那么不假修饰。《多毛姑娘》是《驴皮公主》的翻版，《菲策尔的鸟》与《蓝胡子》同根同源；《小红帽》的主干沿用佩罗的设置，但在原先的结尾处加上了一大段峰回路转的情节：猎人剖开野狼肚子，救出小红帽和外婆，后来小红帽又遇上第二只野狼，与外婆合力设计将野狼淹死，然后她“快乐地回家，一路上不再有野狼会伤害它”；与之相映成趣的，是格林版的《睡美人》将佩罗版拦腰斩断，醒来的公主与王子“幸福生活，白头到老”，随即戛然而止——而佩罗版的睡美人却还要经受王子将她金屋藏娇、秘而不宣的考验，好不容易熬成皇后了还要遭受皇太后的迫害，差点被煮成人肉汤……

种种迹象显示，与《鹅妈妈故事集》相比，格林童话从第一版起，就在各个指标上更接近 fairy tale 这种文学样式的现代概念。这一点写在学术书上，是一句干巴巴的结论：“（童话）这种类型，从文艺复兴时期开始异军突起，之后通过许多作家的作品稳固成形，直至格林兄弟的作品，才终于成为一种不容置疑的‘类型’。”（杰克·齐佩斯，《伟大的童话传统》）；落实到细微处，则表现为格林兄弟耗尽后半生心血，六次增补修改，除了将故事数量从八十六个扩张到二百一十个，还通过一次次手术将这个“类型”打磨得更为成熟，更适应童书市场需求，更具有行业示范效应，也距离民间故事的雏形越来越远。

将 1812 初版与 1857 年的第 7 版对照，是一件十分枯燥的事，我选了十来个故事逐句对照，同时参考别人对照之后的结论，发觉两者之间的差异确实没有想象中那么惊人，至少远远比不上“小红帽”从佩罗走向格林的那段距离。弟弟威廉所说的“凡不适合儿童阅读的字句一律审慎删除”首先包括初版中附加的晦涩注释，那是这些故事原先用于学术目标的残迹；其次是语言风格上的大幅调整，文字更流畅简洁，故事更完整可读。至于观念上的调整，那种始自欧洲文化启蒙时期的“塑造完人”的目标，只是隐约可见，打散了弥漫在不太起眼的细节里。

《死神教父》的改动幅度很大，原先尚有想象空间的结尾被挑明，于是“人人难逃一死”的题旨昭然若揭，颇具震慑性；《白雪公主》里那位对着镜子抓狂的女人，身份从亲妈变成了继母（同样的情况出现在《汉斯尔与格蕾特尔》中）——往大里说，这样改动显然更符合常人能够接受的伦理观，对于工业革命后逐渐形成的核心家庭概念，也算是某种呼应。最著名的改动出现在《拉朋扎尔》（又译“长发姑娘”），初版中明确指出，囚禁在城堡中的拉朋扎尔放下长发，让王子爬进闺房，并不仅仅是让他来听歌的，因为此后拉朋扎尔天真地问巫婆为什么自己的衣服越来越紧（暗示怀孕）时，他们的“奸情”便在巫婆和读者眼里暴露无遗。从第二版开始，这个关键细节就被格林兄弟“审慎地”改为：“拉朋扎尔突然问巫婆：‘告诉我，你比年轻的王子要重得多，你怎么也能上得来?”诸如此类的色情暗示，到后面几版时都用类似的手段铲除得一干二净。

耐人寻味的是，格林兄弟对暴力的态度非但没那么审慎，甚至还颇有强化的兴趣——据说这是格林兄弟为了贯彻纯正的德意志道德观（而这种“纯正”，既受过恩格斯的褒奖，也被希特勒大力弘扬）所作的努力。初版中灰姑娘的两个姐姐削足适履、血溅林中路的情节就已经够残忍的了，从第二版起，作者又加上了她们的双眼被鸽子啄瞎的情节，让惩罚进一步升级；《桧树的故事》为了鞭挞后母不惜细致描写其屠戮继子的全过程，“人肉羹”的呛人气味充溢字里行间，这个凶猛的故事历经六次修订，仍未被格林兄弟舍弃，倒是托尔金发现后来的选本有时会拿掉或者改写这一篇；根据《蓝胡子》改编的《菲策尔的鸟》增添了浴盆里被“砍成碎块”的尸体；同样的碎块也出现在《强盗新郎》的第二版里，格林兄弟嗜血之余甚至没有失去幽默感，安排歹徒在碎块上“撒好盐”……作为史上公认的“童话之父”，格林兄弟这六次修改的取与舍，是否为至今仍然“重色轻暴”的审查制度（保护青少年身心，始终是各国审查制度最看重的旗号之一）树立了某种较早期的标杆，也许是值得童话史专家和社会学家认真探讨的课题。

阴性阅读，阳性写作

德国人斯特凡·伯尔曼（Stefan Bollmann）编著的通俗图文书，算得上是这类出版物里的畅销品种。*Women who read are dangerous*（*Frauen，die lessen，sind gefährlich*），读书的女人很危险。我去年在法兰克福书展上看到此书的英译本封面时，心下凛然——内容先不论，这至少是个耸动的好题目。不知何故，今年再看到它的中译本时，书名收干了冷笑、削去了锋芒，成了四平八稳的《阅读的女人》（以下简称《阅读》）。而此书的姐妹篇，*Frauen，die schreiben，leben gefährlich* 倒是老老实实地译成了“写作的女人危险”。除了归咎于出版社的随心所欲，大概也能做个诛心的猜想：“危险”这种暧昧的字眼，一旦与“女人”这种暧昧的生物勾结起来，难免叫人心生犹疑，举棋不定吧。

虽然畅销，但《阅读》毕竟只是本亲民画册，无论是容量还是深度，都远未达到这个题目可以达到的程度。“读书”之“危险”，其实在人类印刷出版史的头几个章节里，是男女通吃的现象——畅销小说《玫瑰的名字》里那些离奇阴森的故事，不应被仅仅视为艺术夸张。从女权的角度考量，“知识”凌驾于“平民”的特权还得叠加上“男人”凌驾于“女人”的特权才算完整，才能大致解释几百年前，那些手握书本的女性何以总得面对层出不穷的奇谈怪论。《阅读》里摘录了一段德国教育学家卡尔·鲍尔（Karl Cottfried Bauer）发表于1791年的论文《将性冲动引至无害方向之道》，鲍尔大张旗鼓的观点正是当时医学界的共识（其流行程度约等于如今靠绿豆和茄子吃遍天下的“悟本堂”）：“……阅读时身体缺乏任何运动，再加上想象力与感受力的剧烈起伏，将导致精神涣散、黏液水肿、肠道胀气及便秘。众所周知，这势必将对两性，尤其是女性的生殖器官造成影响……须知，女流之辈在阅读时，精神及肉体已陷于瘫痪而难以自拔……”替这则“养生秘笈”配的图，当然是那幅著名的《读》（Pierre Antoine Baudouin）。屏风，哈巴狗，斜躺的女人，滑落的书。卢梭曾经针对这种“只用一只手阅读的书籍”发表意见，指出“那女人意乱情迷地躺在椅子上，把右手伸入解开的裙摆下”。

事实上，关于妇女和读书的问题，卢梭发表过的指导性意见还有很多，随手就可以再补上几段：女人应该唱歌，但没必要识谱；女人不应该学数学；女人千万别看天才的书，因为她脑子不堪重负；教育女孩子的目的是为了使她取悦男人，因为女性天生就是“取悦人和被人征服”的；“看官，你更喜欢手里拿着针线的女人呢，还是身边堆满各种小册子、乱写诗歌的女天才呢?”可能正是在这种理论的指导下，卢梭本人饶有兴致地勾引了一个目不识丁、从未被文字污染的女佣，跟她生了五个孩子，一边写《忏悔录》一边挨个将他们送进育婴堂。类似的论调，康德也津津乐道：“女人不要学几何，学历史时不要在脑袋里装入战争，学地理时也不要有城堡的知识，因为女性有弹药味就跟男性有麝香味一样不好。”

然而，男人训诫的那么多“不要”，恰恰反证了那些神奇的“小册子”，是女人们多么想“要”的东西，随着印刷的普及和小说的勃兴，这种势能日益积聚，必将转化成一股让出版商们无法抗拒的动能。卢梭口中大可以高唱“女子无才便是德”，可他在清点腰包的时候，不会不知道那些“千万不能看天才的书”的女人，为他贡献了多少版税。按照年代推算，我们完全有理由猜想，鲍德温画上那个被文字勾引出裙底风光的女人，手中滑落的，正是当时风靡闺阁的《新爱洛伊斯》。养在深宅里的女人，一张开手指便漏去大把光阴的女人，注定是小说这种新兴的梦想载体的最狂热的追随者和消费者（我们还有必要列举可怜的包法利夫人吗？）——当大男人们把持的正统知识界还在努力抵御小说的入侵时，沙龙里的女主人非但先一步缴械，而且乐于成为阅读的意见领袖。二十世纪在美国一呼百应的奥普拉读书会，其实倒是在某种程度上回归十七世纪的沙龙传统。只不过，当时的沙龙也是社会嘲弄和讪笑的箭靶，出入沙龙的仕女与交际花差不多是同义词，不信你可以去细读莫里哀那本《荒唐的才女》（*Les precieuses ridicules*），想想这个 precieuses 到底有几层意思。无论如何，其时，阅读（小说）已经越来越成为一个阴性的动词，所以这种行为本身也被越来越浓厚地赋予性别感，进而，安排给风尚画女主角的道具，也越来越频繁地围绕书本做文章。这些图像的顾客群——“修道院的小住持、年轻气盛的律师、体态痴肥的财务官员与其他品位不佳的人物”（狄德罗语），一方面仍然端着假道学的腔调，一方面享受着画面中与书本构成互动的女人所带来的娱乐效果：有了书的存在，画中女人的迷离视线，就有了溢出画外的理由；只要想到那很可能是一本类似于《克拉丽莎》的书信体言情小说，那么，哪怕是那种最专注贞静的神态，也会让观画者觉得与“想入非非”仅有一线之隔。

不过，选入《阅读》一书的画作，大部分都走常规路线，女人与文字的调情往往止于欲盖弥彰之间。路易十五的情妇在布歇的画面中盛装粲然，那本攥在她手里的薄薄卷册（上面的文字都勾勒得清晰可见），更像是绣在她宽大裙摆上的某种装饰；弗朗茨·艾布尔笔下那个凑近书页的少女，沐浴在纯净圣洁的光线之中，如果不是那只轻轻按在胸口的手，观众大概很难联想到这或许是“精神及肉体陷于瘫痪”的前兆；至于那几幅年代靠后的“裸女读书图”（马凯的，瓦拉东的，霍珀的），编者往往强调现代意义上的疏离感，似乎进入十九世纪后半叶以后，小说（当然，更可能是一本《第二性》）不再是无往不利的“诲淫”利器，倒更像是诱发性冷感的苦口良药了。显然，对男性而言，这样的“危险”已经失去了美感。

如果眼界足够开阔，而且不用考虑尺度问题，那么，在《阅读》的篮子里，完全有空间再装进一些更好玩也更点题的私房菜。你只要到视觉大师小白的库存里淘一淘，从冰山上凿下一只角，就足够再编一本《阅读》的番外篇。在那些充斥于十九世纪以来的大众通俗读物的插画、版画、藏书票中，有的是女人们“用一只手阅读的书”。无一例外的，碍手碍脚的蓬蓬裙被扔到了画面之外，从而，女人的“另一只手”如何“红掌拨清波”，也与观众坦诚相见。那些显然是通俗言情小说的小册子，与镜子、床榻、黑丝袜、高跟鞋一样，都是赤裸的女人的随身道具，与书本构成对角线关系的，往往是或具象或写意的“阳性本尊”，无限放大书中传达的诱惑。这些画熟练地揣摩着各种需要，轻巧地达成平衡：对于女人的“情欲控”，既是指斥，也是鼓励；对于观画者的窥淫癖，既是讨好，也是奚落。十九世纪末的一枚藏书票（作者是奥地利人Michl Fingesten，s. malz是他的专用签名）上，凹凸有致但面目略显可憎的裸体女人蹲在高处，底下堆着十来部开本各异的书，再底下，是个瘦骨嶙峋、神态暧昧的男人：观其姿势体位，则你说欲仙也可，垂死也可，惊惧也可，深算也可。如果拿这幅画作封面，昭示“读书的女人很危险”，实在要比维托里奥·马泰奥·科尔科的《梦幻》合适得多。掌握知识意味着觊觎权力，意味着要女上位要闹革命——这黑色梦魇般的画面，算不算是性政治的恐怖大片？算不算是男人们既想看又不敢看的《2012》？

在材料的遴选上，《写作的女人危险》（以下简称《写作》）显得比《阅读》更力不从心，基本上只是古往今来知名女作家的肖像集，外加各人不足千字的泛泛小传（尚不及“维基百科”有料），至于如何“危险”、何以“危险”，全都语焉不详。让编著者犯难的，恐怕不仅仅是关于这一主题的图像材料大多缺少足够的冲击力，还有一个基本态度的问题。身为女性写作者，斯特凡遗憾地指出：“小说体裁自诞生时起，就与女性阅读文化紧紧联系在一起，直至今日，小说的主要阅读人群也仍然是女性……（然而，）女性已经能够决定小说的发展，这一论断对于阅读比写作更贴切。即使十八世纪大多数的小说都是由女作家完成的，但是她们仅仅在数量上占有优势，质量并不高。”这显然是个别扭的句子，“数量占优”一说失之轻率，“质量不高”又让作者无从解释，于是话题匆匆转向，直奔他处。我能理解这种不知所措、刻意省略的企图，她希望仅仅凭着女性直觉，就能一步抵达那个让人尴尬的结论：尽管阅读是阴性的，然而，写作——真正具有影响力的写作，却始终是一件阳性的事。

《失落的书》的作者斯图尔特·凯利曾在前言里委婉致歉，因为“本书中女作者的书目非常有限”，原因之一就是那些“刻意将女作者排除到体系之外的传统”。好吧，这彬彬有礼的弦外之音真是叫人沮丧啊：并非是女作者的书保存更好、散失更少，而是，女性在文学史上留下的痕迹太轻太浅，她们那些被湮没的作品，连书目都不曾留下。当然，例外总是有的，但那些短暂而辉煌的时刻常常被解释成历史的偶然。比方说，紫式部和清少纳言的成功，是因为彼时的日本男贵族都在忙着学习用汉字表情达意，处在阵痛中的官方语言还无暇顾及口头文学的需求，而宫廷里的妇女仍能自由使用假名记录家长里短，于是，《源氏物语》和《枕草子》的诞生，看上去就像是捡了个胜之不武的便宜。

但人类的大部分历史时期，是不需要女人顶班的。渐渐的，连女人自己也开始相信，她们的句子是流出而不是吼出的，它们理该是缺乏肌肉力度的，理该是精致而匮乏有效营养成分的，理该是斜体的，理该在突然提高音量时变得刺耳。女性写作者承受的“危险”，不只是制度、阶级、经济、历史之类的抽象概念，不只是比男作家高得多的自杀率，而是所有这些因素和现象合成之后掰碎了弥漫在生活细节里的——它们迫使你在下笔时总在怀疑有没有忠实于自己的声音（我得承认，每次被别人仅凭文字误认为男性时，我会不由自主地窃喜一番），总在怀疑你的风格是否不够女性化或者太过女性化（喜欢标榜自己的文笔雌雄同体的，总是女人）。伍尔夫在吁求"一个自己的房间"时，试图将所有这些细节都塞进那个象征意味浓厚的"房间"里，好把女作家面对的困境一次性清算。然而，让女权主义者深深沮丧的是，这种秩序化的编排，恰恰是最符合男性思维逻辑的行为，从这个意义上讲，这一个伍尔夫与写《达洛卫夫人》时的伍尔夫，在语言风格上是有显著差别的——而且，愈到晚年，她就愈是倾向于避开具有所谓女性风格的表达，愈是极端地想动摇两性之间的差别，尽管，写下这些词句时，她就端坐在属于她一个人的房间里。

这也就不难理解，为什么女权主义几乎未到鼎盛就开始走向声嘶力竭、理屈词穷。到最后，该呐喊的都呐喊过了，想论证的论证不了，或许我们可以借来狡猾地抵挡一阵的只有那种玩世不恭的隐喻：阳性写作之于阴性阅读，正是秉承了两性关系的施受传统。坚硬的鹅毛笔在柔软的纸面（在《危险的关系》里，纸更是直接置换成了曼妙的女人的臀部）上自如挥洒，就是这种隐喻的最直观的写照……

时至今日，聪明的女性写作者都希望自己的文坛偶像是永远不会过时、懂得与游戏规则讲和的简·奥斯丁（美中不足的是，她没能得到一桩伊丽莎白式的婚姻），而不是倒霉的勃朗蒂姐妹或者西尔维娅·普拉斯。在阐述任何主张之前，聪明的女作家都要先找一层保护色，先佯装着把自己和女权主义绑在一起，拍在案板上开涮：“说说那个以 F 开头的词儿吧（它可以是 fuck，也可以是 feminism）。”玛格丽特·阿特伍德在演讲台上说起了绕口令：“如果你既是女性又是作家，如此性别和职业的组合是否自动成为女性主义者，而这又到底是什么意思？是否表示你书里不可以出现任何好男人，尽管你在现实生活中确实挖掘到一两个？如果你真的勇敢承认自己是那种用 F 开头的女人，这种自我分类又该对你的穿着打扮造成何种影响（乔治·桑的礼帽和燕尾服闪过）？就算你不是严格意识形态意义上的女性主义者，紧张的评论家是否仍会抨击你是女性主义者，只因为你代表了‘写作的女人’这种可疑的人物？”

修女也疯狂

我不记得我们分手过多少次，好像每次都下了好大的决心，不要再承受那种身心的折磨，答应彼此成为对方最好的朋友，或者安静地在自己的世界里游走，互不打扰。可是，每一次的决心都会被对方的一个眼神一个电话摧毁，似乎谁都不能够坚定和坚持，谁也逃不出谁的手掌心。爱情，原本美好的两个字，在我们身上夹杂了好多的无奈，却又无法割舍。总是想，我们都应该享受得到更好更快乐的人生，不该捱得那么辛苦，可事实总是残忍的，我们对彼此也太残忍。

——选自《我爱问连岳》

然而，我却发现自己甘愿承受因你而起的所有悲痛。自我第一眼看到你，我的生命便属于你。把生命献出的同时，也感受到了些许的喜悦。每天我发出声声叹息，寻你千千万万次。纵然叹息在每个角落都寻获你的身影，然而汲汲营营所得到的回报却是一句过于真诚的警告，残忍地打破了我的沾沾自喜，在我耳边叮咛：可怜的玛丽安娜，算了！算了吧！莫再徒然消瘦，盼那无法相见的良人了！他远渡重洋逃离了你，在法国享尽奢华却不曾想过你的苦痛。他毫无眷恋地离开，也从不感激你为他付出的缕缕情意。

——选自《葡萄牙情书》第一封

只需对人称稍做调整，2004 年 6 月的中国爱札，与 1667 年 11 月的葡萄牙情书，完全可以实现无缝焊接。马不停蹄的忧伤、絮叨和自我怀疑流淌于其间，轻易打破时间与地域的隔膜，将古今中外的情书勾连成一个文字回环游戏。这游戏的妙处，非当事者难得其真味，哪怕通透如连岳，也只能以庖丁解牛的技巧，实现隔靴搔痒而已。

所谓的《葡萄牙情书》，区区五封信，总计万余字。对于文本本身，没什么可多说的。如果你当年有过那么一段基础体温接近三十七度二的时光，碰巧情书或者日记又没有被自己或者对方撕碎的话，那么回家翻翻抽屉，你可以拿出数量 N 倍于《葡萄牙情书》、而质地相差无几（多半你会觉得自己更文采斐然）的文字来。但，关于这五封信，“研究与书籍族繁不及备载”，信及其背后的（虚拟）故事亦为司汤达（《论爱情》）、白朗宁夫人（《葡萄牙人的十四行情诗》）和塞缪尔·李察森（《克拉丽莎》）提供灵感，由此催生出容量远远超出书信本身的文字来。今人再翻此事的旧账，当然更要站高一阶，将书信诞生及出版的前后历程看成十七世纪的一个颇为独特的传播事件。《葡萄牙修女的情书》（*Letters of A Portuguese Nun*）可算是相关书目里比较讨喜的一种：篇幅短，文字浅，材料广有涉猎（当然，往往也只是“涉猎”而已），学术有一点，八卦有一点，评析有一点，抒情也有一点。好读，然每每读到关节处就移步换景，剪切到另一帧画面，正是粤人所谓的听歌“不够喉”——即便如此，在手头没有更翔实的大传（它们大多由葡萄牙文撰写，未有英法译本）

时，这仍然不失为一本读来不犯困、掩卷有所得的小书。

小书以“葡萄牙修女的情书”为题，比这些信 1669 年在法国初版时的书名“葡萄牙情书”多了三个字。作者刻意突出“修女”，是为了旗帜鲜明地支持书信“确系修女玛丽安娜所作”，而非“法国官员吉耶哈格假托修女的凭空捏造（我们完全可以将这种‘捏造’看成一个书信体短篇小说）”。这两种观点在学界各有拥趸，后者以法国的德罗弗赫和卢周为首。其实，面对这样的历史公案，在全新铁证出土之前，纠缠于究竟是真是伪，并没有多大的意义，倒是观察这两派诠释系统在各自举证时所走的轨迹，所持的立场，能不时得到零碎的真知。

“伪作说”似乎基于更“现代”的历史观，更关注传播事件里的发起者如何掌握受众心理，如何凭借精确的定位制造几可乱真的文本，如何以故弄玄虚的炒作手段达成商业效果。在这种假说里，《葡萄牙情书》的一版再版，当然是落入了巴邦出版社的如意算盘。撇开考证，这假说并不缺少可以依存的土壤。十七世纪，虚构与非虚构的界线还远不如今日这般明晰，故事的传播往往需要仰赖“它确实发生过”这样一种心理前提——更何况，与《危险的关系》《克拉丽莎》这样成熟的书信体小说相比，《葡萄牙情书》实在太单薄了，单薄到如果不冠之以“真实”的噱头，不给读者一点手里可以攥住的凭据，顺便提供探究八卦的隐秘乐趣，似乎全无“卖点”可言。以现代的目光考量，《葡萄牙情书》的成功太奇迹太偶然，太像是一个精心设计的骗局。

相形之下，着力证明玛丽安娜修女真有其人且确实写过那五封情书的这一派，动机与手法就要朴素一些。本书的作者，更是从不掩饰她下的结论，深受其女性视角和立场的影响。作者蜜莉安·席尔（Myrian Cyr），现年四十九岁的加拿大学院派演员。在凝聚其主要成就的话剧舞台上，她第一次听到其他演员以法文朗读这五封书信，立时被带入情书撰写者和朗读者合力营造的戏剧环境，自此三年潜心“勤读资料”，“拼凑还原真相”。席尔的自述里看不到寻常史家的谨慎（或故作谨慎），虽然书后的附录和参考书目做得也算地道，但谈及动机，行文间总不乏浪漫想象与女权主张：“三百年来，被玛丽安娜的文字感动的人不知凡几，玛丽安娜却仍无机会站出来为自己发声。”“玛丽安娜的情书让受到情伤的女性找到宣泄心情的合理依据。女性读者终于可以坦承爱恨情仇，大方面对澎湃情潮。由此，男性不屑或矮化玛丽安娜的情书，也不奇怪。”卢梭的话大概对席尔刺激最深，成为她立论时攻击的头号靶子。卢梭的原话是：“大体而言，女性不喜欢艺术，不精此道，也无这方面的天分。她们只能在小品上成大器，作品欠缺深度，对于灵魂、品味和美感只能点到为止……女性形容不出爱情也感受不到爱情……我拍胸脯保证，《葡萄牙情书》铁定是男性所写。”（《给达布朗库的信》）

为了证明女性形容得出爱情也感受得到爱情，席尔行文间，时不时地要平衡文学想象和历史考证之间的关系，要按捺住抒情的冲动，讲点修道院内外的掌故，用来陈述情书的诞生是一件再自然不过的事。但凡在修道院里牵扯出男女之事，我们难免不联想到中世纪小说里的漫画式处理。薄伽丘就在《十日谈》里谆谆告诫：“别以为一个年轻的姑娘只要披上白头巾穿上黑长袍，就不是女人，没有女性的要求了。”于是，在薄伽丘笔下，修女要么被修士略施小计搞定——将他身上的“魔鬼”打入她体内的“地狱”，在“侍奉天主”的游戏里身体力行、乐此不疲；要么有勇有谋地与女修道院长 PK 偷情之胆识，彼此互授以柄，最终达成相安无事的默契。在与《葡萄牙情书》同时代的《卡萨诺瓦回忆录》里，某修女差不多相当于一位高级交际花，不但在修道院里款待外交官（特邀卡萨诺瓦在隔壁现场观摩），而且私家收藏了多种春宫画册。这些文字里究竟有多少是文学夸张，有多少出于改革派对天主教修道院体制的妖魔化，能在多大程度上反映修道院里的真实面貌，如今恐怕很难查考。而玛丽安娜所在的贝雅地区的圣母怀灵修道院，据席尔所说，乃是葡萄牙“最精致的”修道院，父亲送其入会，需要一次性支付相当于今天的一万三千美元的现金，并且在此后的一百五十年里，娘家年年都要捐赠给修道院一桶小麦。

这在当时绝不是一笔小数目，而娘家送玛丽安娜入会的最主要目的是怕家产作为嫁妆而流失（除玛丽安娜的姐姐以外，他们家其他女儿都进了修道院），可见玛丽安娜的家底并不寒碜。对昔日欧洲殷实之家的少女而言，入会清修也算是中上之选的出路，本书零星列出了几条好处：防止家产分化；规避家庭暴力（据说葡萄牙男人动辄殴打老婆）；毕生无须为饥荒担忧；修道院不间断地提供高等教育，因此后来用法文出版的《葡萄牙情书》完全可能是玛丽安娜用法文亲笔书写而不用劳动他人翻译（这也正是席尔回击“伪作说”的主要论据之一）；宗教地位使得修女可在某些层面与男士平起平坐。除此之外，我们还可以从大量小说情节里找到几条补充：贵族的旁系亲属在夺取遗产后可以将孤女冠冕堂皇地送去侍奉天主，政客去其他公国出任外交官时可将女儿寄养在修道院里读书、待嫁，《香水》里那位与“杀人猎香”者斗法的父亲，甚至干脆把修道院当成了保险柜，将身为“城中第一美人”的女儿藏入其中。总而言之，修道院盛产清丽脱俗、知书达理的女性，应该是合乎逻辑的事实。葡萄牙语中甚至因此而多出了一个词语——Freiráticos，专指爱上修女的男士，据说“以柏拉图方式为主”。

有需求的地方就会出现交易市场。虽然“圣母怀灵”明文规定“修女若被人发现与男性独处，不管是修道院内或修道院外，也不管对方是教会职员与否，都要单独监禁在老鼠为患的地牢达十年之久”，但修道院一碰到财务问题，规矩就开始松动，会客室不论日夜随时开放，男施主送钱送礼，修女则以终身习得的才艺（乐器、舞蹈、茶艺、烘焙糕点、促膝清谈）陪侍左右——理论上当然是卖艺不卖身的，为男性提供远离尘嚣的避风港。

今人治史，往往在潜意识里将前现代想象成未经启蒙的一块铁板，提到教会就是阴森可怖的裁判所，礼教与反礼教的斗兽场。而这本小书里的修道院，读来稍稍叫人吃惊，它既非淫乱不堪，也不是死气一团，而是圆融变通，行使着上流阶层高级会所的功能——其情其状，听来倒有几分像京都祇园的哪个艺伎馆。对于越界之举，一方面，修道院要积极而委婉地处处布防，甚至动用君主意志（国王约翰六世曾下令：由于太多非神职男性整天往修道院跑，决定加重处罚，处两月徒刑及罚金八万里斯——相当于如今的两千美元）；另一方面，又周到地埋下“天无绝人之路”的伏笔。据史家分析，这家修道院里附建的孤儿院，就是为寄养修女与神父的孩子而设立的。与此相应，露台上的滴水兽被刻成了修女蹲着分娩的模样——这些保存至今的滴水口大约颇让席尔震撼，在她努力“修复”的故事里，甚至让英俊的法国军官夏密伊初次走进修道院时，视线便久久逗留在“双腿大张，修女袍拉高至小腿，想尖叫又按捺住不敢叫”的画面上。

席尔想象，夏密伊就是从这一刻开始闯入玛丽安娜的世界，自此让她魂牵梦萦的。以下的故事，难免和情书本身一样俗套起来。夏密伊的血统如何高贵，作为如何英勇，如何随法葡联军立下赫赫战功，如何在战场情场双双得意，又是如何无辜卷进高层的政坛暗潮（这里头甚至牵涉到葡萄牙国王的阳痿隐疾和他那法国公主出身的王后替他戴上的绿帽子），如何被迫应召回法国，从而与玛丽安娜天人永隔……作者娓娓道来，读者姑妄听之。毕竟，这些假设环环相扣，随意抽走一处都难以为继，拿它当信史是要自寻烦恼的。不过，无论如何，既然前文对修道院的“人性化”氛围有过篇幅不小的铺陈，那么，玛丽安娜在被始乱终弃后的“千里修书追情债”之举，今人就没必要大惊小怪，书信出版后她没有因为“伤风败俗”（写信人以“玛丽安娜”自称，根据信中的内容也能猜出夏密伊的身份，所以，如果信并非伪造，则当时的八卦爱好者能轻易“人肉”出玛丽安娜的确切身份）而遭教会重罚，也就显得合情合理了。

同样饶有趣味的臆测也出现在故事的尾声。情书若非伪造，则纯属私人信件，怎么会落到出版社手里的呢？席尔说到此处，用了一大堆也许：也许夏密伊无比苦闷，忍不住将信交给同袍圣波，借此倾吐苦水；也许圣波被玛丽安娜的文字感动，迫不及待地拿去与母亲萨布雷侯爵夫人分享。也许，在后者那个享誉欧洲的沙龙（拉罗什富科这样的格言大腕就是该沙龙的 VIP）上，“信件很快就一传十十传百——典型的十七世纪消息传播方式。”在这条最容易被“伪作说”学派攻击的传播链上，席尔以女性的直觉，机智地抓住了一个细节：侯爵夫人有两大怪癖，沙龙上的新闻必留下书面记录，而这些记录必须严格消毒灭菌。玛丽安娜的书信原件上布满了异国细菌，需要有人抄写并顺便将信中的葡萄牙俚语翻译过来，侯爵夫人才敢放心地戴上手套阅读。这项任务顺理成章地落在了沙龙的另一个客人吉耶哈格肩上，后者最终以自己的名字申请到图书专卖权（专卖权的管理，比我国目下的书号还要严格，不但有时间期限，而且必须写上作者的实名，“玛丽安娜”这样的“莫须有作者”是混不过去的），狠狠发了一笔财，也成为“伪作说”学派认定的“真正的作者”。

《中性》三题

《中性》之中

六百四十一页的《中性》，在第三百零二页——篇幅将近正中心处——第一次出现了完整的书名。那一章的题目就叫 Middlesex，直译过来是“米德尔塞克斯”，那是美国底特律的一条街，小说里叙述的那个美国籍希腊裔家族，正是从这一页开始迁居此地的。鉴于本书主人公的双性人身份，谁都看得出这个地名语带双关；就好像，谁都看得出这条街上的“海格力斯热狗店”（Hercules）和“金羊毛美容院”，指涉人物背后悠远的希腊背景。

无论在结构还是在内涵上，这里都是《中性》的中点。在此之前，卡利俄珀/卡尔（“我”）的双性基因，通过一系列历史的偶然，终于合成完毕。这些偶然包括上世纪二十年代土耳其对希腊的入侵，主人公的祖父母从希腊逃亡美国的既艰难又浪漫的旅程（正因为去国离家，伦理才能被遗忘，姐弟才能变成夫妻），还包括第二次世界大战，经济危机，禁酒运动，底特律种族骚乱——所有这些历史事件里都包含了赋予那个特殊基因“生存权”的因子，因子与因子互相勾连，构成了“我”得以降生的条件。而在中点之后，“我”的成长正式展开，自然悄悄退场，文化取而代之，时而推动着，时而阻滞着“我”对自身性别的认同。以本章为中轴，站在米德尔塞克斯街上，瞻前则可见浩浩荡荡的家族传奇，顾后则重在窥探个人心理之演进——出版商是这么提炼的，书评人也是如此挈领的。

是的，整部《中性》几乎就是由许多组对称构成的。从希腊到美国的迁徙难道仅仅具有地理意义吗？在这个饶有意味的交点上，最古老的文明与最现代的产业想不碰撞，也难。还有科学之面无表情对照人文之曲折暧昧（如果说荷马是这个故事的老祖先，达尔文就是另一个——《纽约时报书评》），史诗的宏大叙事（那些仿荷马的华丽排比甚至被用来整段整段地歌咏底特律的汽车流水线）对照隐伏于个人体内的微观视角。我们刚刚因为“我奶奶”黛斯德蒙娜那只魔幻的、可以判断腹中胎儿性别的勺子联想到《百年孤独》，紧接着却要面对一份详尽的、足以发表在学术期刊上的医学报告。甚至，在“我”将要面对医生裁决——决定“我”必须按照哪种性别生活下去——的那天早晨，“我”的父亲特意戴上了一副“吉祥”的袖扣。“一个袖子上是表示悲剧的袖扣，另一个袖子上是表示喜剧的袖扣，在清早的阳光下闪闪发亮……一种跟做父母所产生的爱的能力同样惊人的脆弱，都在一副特有的袖扣上有所表现。”

读到这里，我们都会恍然大悟——是的，“悲喜剧”这个词儿，不正是希腊人发明的吗？于是评论界据此又找到了一把分析文本的钥匙：“《中性》有两个层面，一面是喜剧，一面是悲剧，小说把卡尔的成长故事演变成一首喧嚣的史诗，把性别错置和家族秘密处理得既有趣又凄婉……”

喜剧居左，悲剧居右，与小说对于其他对称关系的处理一样，作者尤金尼德斯再次把自己的位置选在了，正中。

《中性》之性

《中性》的悲喜剧特质，最集中地反映在其中的情爱描写上。这些在世俗意义上被冠之以“乱伦、不伦、畸恋”——乃至根本找不到现成词语形容的——感情，既要“异质”得震撼感官，又要掌握好冒犯的分寸，换句话说，它们必须写得匪夷所思，但仍然符合我们对“爱”的认定。

祖父母的姐弟恋或许被视为对人类起源的隐喻，或者至少是对赫拉与宙斯的戏仿。不过，一旦走进故事以后，我们还是暂时忘却术语吧。我们看到了晚霞中的甲板，看到“我爷爷奶奶”假装初次相逢，以至于“渐渐地，他们真的相信起来了，他们编造记忆，他们临时安排命运”，看到他们“握着手，绕着船长转了一圈，两圈，随后又是一圈，把他们的生活像蚕吐丝作茧似的连接在一起……当他们头一次在甲板上转悠的时候，他们还是姐弟，第二次，他们就是新郎和新娘了，到了第三次，他们就成为夫妻了”。陌生与熟悉，特殊与普遍，奇妙地融合在同一幅画面上。

到了“我爸爸”和“我妈妈”，一支单簧管成为互通款曲的桥梁。米尔顿把单簧管的喇叭口对着表姐特茜裸露的膝盖吹降D调，对她的锁骨吹“来跳比津舞吧”，对着她的红趾甲吹"去到你的脚跟前"。于是，"特茜让米尔顿用单簧管贴着她的皮肤吹，让她的体内充满音乐。她感到单簧管的震颤渗入肌肉，一阵阵直往里涌，最后她的骨头发出嘎拉嘎拉的响声……"这大概是全书中最"合法"的爱情了（至少，彼时，男女双方并不知道他们具有远比"表姐弟"亲近的血缘关系），因而，也就写得最为奔放。但是某种既诙谐又忧伤的性感，那种与隐秘的禁忌纠结在一起的东西，仍然浸湿在单簧管吹奏的曲子里。

翻开书之前，最担心的莫过于作者如何处理主人公的爱情——须知，"我"的所谓兼具两性特征，是要确确凿凿地落实到生理状况上的。如何处理得既"真实"又"优美"——读者期待的、文学化的优美，显然是个棘手的问题。然而，这一笔又是主人公最终确定自身性别取向的关键步骤，非但省略不得，而且虚晃、淡化都不足取。当小说在米德尔塞克斯街上跨过中点之后，"我"的视野里果然渐渐出现了以"那朦胧的人儿"为代号的恋爱对象。她是卡利俄珀的女同学——在外人看起来，她们只不过是一对要好的小女孩。顺理成章的，"我"走进了女伴的家，被女伴的哥哥一眼相中。"我"在情感上依恋妹妹，理智上却要用与哥哥的虚与委蛇来平衡内心的负罪感。与此同时，"那朦胧的人儿"自己也有了一个男性追求者。

好了，行文至此，尤金尼德斯已经搭好了他用来解决难题的框架。又是他驾轻就熟的对称关系。他安排四个情窦初开、各怀心事的少年到树林里野营，荷尔蒙的浓度在夜间升至顶点。小木屋里空间逼仄，大麻又创造了那么点恰到好处的幻觉，于是，"那人儿"和她的新男友，"我"

和“那人儿”的哥哥，就几乎是在面对面的情况下肌肤相亲。说实话，哪怕仅仅因为以下的神来之笔，尤金尼德斯也没有辜负2003年普利策小说奖的表彰：

“我觉得自己正在融化，正在变成水汽，我的灵魂有如教堂里的香烟，正朝着我的脑盖顶上飘浮。经过那些波旁威士忌酒瓶，我开始在另一张帆布床上空盘旋，朝下看着那人儿。接着，我突然明白了自己所有的神通，便悄悄地钻进雷克斯·里斯的身体。我像一个神灵那样进入了他的躯壳，因此亲吻她的是我，而不是雷克斯。”

通过雷克斯的身体，“我”与那人儿耳鬓厮磨，同时，“我”也清楚地意识到，她哥哥的身体正在向“我”进攻……意识进入“她”，而身体被“他”进入。在男性与女性这两面镜子的夹攻下，“我”的“中性”被置于灼灼强光中，成了一个不折不扣的“怪物”。（后来，“我”果然通过一系列关键词的搜索，在韦氏词典上为自己找到了恰如其分的定义——“怪物”。）其间，生理上的撕裂（千真万确，作者既没有绕过这个尴尬的问题，却也没有伤害自始至终萦绕在小木屋里的诗意）与心理上的觉醒彼此交缠，这般独一无二的阅读感受一旦化作文学评论，也不过是兑换一些诸如“魔幻、戏剧感、复调”之类的词儿吧。那是浓酒之于白水的落差，不说也罢。

《中性》之中性

贯彻《中性》始终的是作者“居中”的自觉意识。政治风云、历史变迁、两性矛盾、种族冲突，作者的评判既非置身局外，亦非被深深卷入其核心。借“我”的口，尤金尼德斯做过这样的表态："今天我才明白，我并不像自己以为的那么极端。写出我的故事并不像我原来希望的那样，是一个解放的勇敢行动。写作是孤独的、秘密的。而对这些情况，我都十分清楚。我是一个地下生活的高手。难道真是我那么不问政治的性格，使我跟中间性权利运动保持一定的距离？会不会也是心存畏惧？害怕公开表明自己的身份，害怕成为**他们**中的一员？"

害怕成为"他们"中的一员，哪怕这个"他们"打的是"中间性权利运动"的旗号。作为叙事者，"我"的中间位置是得天独厚的；然而，作为一个活生生的、必须在社会中立足的人，"我"又似乎在完成一种"不可能的任务"。因为，与这种不属于任何一个阵营的"逍遥"相生相伴的，恰恰是深入骨髓的孤独。非此即彼的裁决与归属总是容易的，从"我爷爷"到"我爸爸"，那种越来越坚决地认定自己属于"美国人"的自信，不是已经帮着他们发家致富了吗？

因此，故事越是推进到后面，"我"的困境就越是无可解脱。从卢斯医生那里逃出来的时候，"我"一口咬定"我不是一个女孩，我是个男孩"，但当"我"剪掉头发、四处流浪的时候，当"我"被发现"真相"的男孩子打得遍体鳞伤时，这种自信荡然无存。与其说，"我"到旧金山的夜总会里，任凭老板将自己变成供人猎奇的"赫马佛洛狄忒斯"，是因为生计所迫，倒不如讲，"我"是在用这种方式，强迫自己接受身为"怪物"的终极命运。不存在绝对真空的中间状态，"我"必须选择。哪怕是暧昧的、畸形的选择。或者男人，或者女人，或者"怪物"。既然男人和女人的阵营都不收容“我”，既然夜总会里收藏着各色各样的“怪物”，那么，“我”就在夜总会里暂时找到了归属。

如果在这条线上越走越远，那么后半部《中性》轻易就能变成一个类似于《男孩不哭》或者《断背山》那样为弱势群体抒情或者请命的故事。冲突，血泪，悲欢离合，势必滚成越来越大的雪球。然而，在这个时间跨度长达八十年的故事里，尤金尼德斯处理任何大事件都不会容许你在一种情绪里逗留太久，这一次也不例外。“我”还来不及被欺凌、被戕害，夜总会就被取缔，于是，“我”又上了路。

柏林是“我”最重要的落脚点，因为“这座一度分离的城市使我想到了自己，为了统一，为了形成一个个体，我所付出的努力。我来自一座仍然因种族仇恨而一分为二的城市，待在柏林，让我心里充满希望”。然而，紧接着，我又宣告，“在一两年内，我将离开柏林，被派往别的什么地方，为此，我将黯然神伤。”

是的，“黯然神伤”会是“我”永远的将来进行时。频繁迁徙，历来是规避从属于任何阵营，并享受其权利、履行其义务的最有效的办法。但是，“我”必须同时承受随之而来的“黯然神伤”。事实上，故事演进到这里，作者已经是将色泽调到无以复加的淡了，那种例行公事般的交代，那种轻慢的、流水账式的叙述口吻，使得“我”的解脱之道本身就像是一个反讽，一个玩笑，显得几近假冒、不胜虚无。“真的存在绝对意义上的‘中性’吗?”——或许，尤金尼德斯在苦苦坚持了六百多页独辟蹊径的"中间叙述"之后，在他几乎对任何问题都提出过温和的质疑之后，这个开放式问题，就是他最后想质疑的。

假不真时真岂假?

87版电视剧《红楼梦》当年首播时，我读小学五年级，刚在父亲的书橱里偷偷读完一百二十回的程甲本。读红楼容易犯傻，“这会子竟又痴了”之类的“红楼体”，上口容易，多念叨几遍，就入了心；若是碰巧书橱里，原著的左边搁着一本入门级的《红楼梦论稿》（蒋和森），右边躺着几本骨灰级的《红楼梦学刊》，那对于人生观世界观正处于八级地震期的我来说，犯傻能犯到何种程度，就可想而知了。我一边和着王立平（此公是八十年代最善于制造唯美旋律的作曲家）写的《枉凝眉》，揣摩配音演员一字一句拿捏的台词（这一版红楼的配音班底，基本上与当时中央广播电台的广播剧《红楼梦》重合），一边跟着“探佚派”们撒下的线头，在“红楼迷宫”里原地转悠，把曹雪芹和脂砚斋想象成类似于神雕侠侣的组合，仇恨那些可能参与篡改、毁灭原稿的阴谋集团，相信真正的、字字珠玑的后四十回，总有一天会在大荒山无稽崖青埂峰横空“出土”。在那时的红学政治气候中，高鹗和程伟元都是很不讨好的名字，“掉包计”和“兰桂齐芳”则成了后四十回俗不可耐、狗尾续貂的铁证。那一版的最后六集，也正是在这种指导思想的影响下，彻底推翻了后四十回的“合法性”，殚精竭虑地推出了当时红学界的“哥德巴赫猜想”：先是安排宝玉送妹远嫁而遇险，再是指挥黛玉闻讯泪尽而亡，紧接着才是宝玉回家完婚，最后让四大家族死得干干净净、不得超生，宝玉胡子拉碴地隐没于雪地高天，以完此劫。

我不喜欢欧阳奋强留络腮胡子的模样，进而隐隐地为这套粗枝大叶、四角俱全、“白茫茫大地真干净”的诠释而不安。但那个年代，或者说以我当时的年纪，对话语权本身，怀有如今无法想象的敬畏。不安持续了没多久，我也就学会说服自己，像宝玉接受金玉良缘一样，接受了红学家们的安排。平心而论，哪怕剔除先入为主的感情因素，87 版的许多单项指数，即便放到今天，亦属上乘，无论是戏剧节奏、人物基调还是服装化妆道具，都可以说“几无大错，常有高分”，不过，因为那时狂热地收集过《红楼梦》的相关剪报，所以我可以很负责任地说：彼时在各类报刊的文艺版上，在《大众电视》的读者来信中，对此剧也存在种种争议，除了对后四十回的修改有不同意见以外，几个主要人物的表演，也引来众说纷纭。那时公认度最佳的是邓婕演的王熙凤，而受到最多质疑的恰恰就是如今被网友们追认为“此女只应天上有”的陈晓旭，言其“尖酸有余，可爱不足”者，大有人在。如果当时也有网络也有论坛，那么，剧组也会收到板砖——未必成筐，却也成篮。

对于新版《红楼梦》的拍摄，我本来确实怀着比对新版《三国》更多的期待。比起“四大”里的另几部，《红楼梦》有更入世的面貌，却有更出世的心机，也有更立体的诠释空间和更多只能意会的灰色地带——这一切，拿到技术手段更为完善的今天，应该有的是新意可以施展。此外，随着阅历的增长，我本人对这部奇书的认识，也经历了一个“祛魅”的过程。我越来越倾向于认为，可能不存在狗尾续貂，更没有偷梁换柱，“红楼断梦”的说法只是红学产业链上一个极具话题价值（这种“传奇性”对于其江湖地位的巩固，似颇有裨益）的环节罢了，既缺少有力的人证物证，又没有文学批评上的实在意义，其最大的便利，是给很多人提供了饭碗；我越来越倾向于认同现存的一百二十回的完整性，它由一个人写完——不管他是不是曹雪芹——的可能性至少不比双人接力的可能性更小（近年来，红学界持此说者也并不罕见，他们的考证恕不一一列举），所以，对于《红楼梦》及其作者的文学价值的认定，就应该以这一百二十回本为根据。事实上，一旦扔开那些比推理小说更离奇的“红楼探案学”（说到这里，很难不联想到《秦可卿之死》），一旦回归文本本身，我们就能平心静气地读出更多一以贯之的东西，而不是被预设的“腰斩”扰乱了视野、搅翻了胃口。比如“兰桂齐芳”，为什么就不能退后一步，看到在盛极而衰之后再跟一个衰后渐兴，是一种颇具反讽意味的循环结构呢，为什么非得惨绝人寰，才是最高明的批判呢？在我看来，当李少红最终决定忠实于一百二十回本（相比之下，署名用“无名氏续书”可算是个不痛不痒的妥协，不影响实际效果），老老实实地让贾宝玉先中科举再当和尚时，这一版《红楼梦》就获得了重拍的意义。

然而，单凭这点意义，就能不辜负过亿的投资和观众的期望吗？《红楼梦》试播之初即被冠以“红雷梦”，其受到口诛笔伐的力度远远超过同期推出的新《三国》，大半原因还得从主创自己身上找。先说句公道话，滚滚雷声中，难免有个别“乱判葫芦案”的例子，比如有人贴出照片，林妹妹宝哥哥坐的船上竟挂着两只轮胎，但你若再耐心点，翻翻出处，就能发现那只是剧组开媒体见面会（顺便替乌镇做广告）时带妆亮相而已，远非剧照，更与剧情无涉。但除此之外，诸如铜钱头鬼叫门凌波步，诸如混血贾母耄耋贾政，再诸如四季麻袋装、配乐书朗诵，都是大抵不错的形象表述。至于那个最有喷饭效果的段子——贾琏“叫几个清俊的小厮出火”被拍成了“小厮替琏二爷拔火罐”——即便编导并非纯洁到连“出火”是什么意思都不懂，那至少也是他们在自作聪明，以为这样一来就能图解根本无法实拍的“出火”。画公仔无须画出肠，何况还是一段如此笨拙的肠子。

凭着全国那么多“红专”“红粉”的雪亮眼睛，再从新版红楼里挑出多少雷段子，怕也不是什么难事。更耐人寻味的，倒是“雷”从何来，这其中有没有编导在整体把握原著时的自乱方寸。要搞清楚这一点，我们还是先大体看看《红楼梦》究竟是一部怎样的小说。如果将《红楼梦》三维化，站在高处俯视它，你会发现它是那种景深超大的作品。前景是一个封闭的、呈内循环的家族的详尽起居注，沿着极其生活化的轨迹铺展线索，有时候琐碎得教读者迷惑，似乎无意抵达任何戏剧性，只是对“世事洞明皆学问，人情练达即文章”的精准诠释而已。这个家族中激起的所有矛盾，都像是小石子投入水面，水波是一圈圈漾开的，进而再与其他石子激起的水波交汇，纹丝不乱。然而，与此同时，我们从第一回起，就能看到前台的热闹背后，衬着虚无的底，补天顽石，神瑛侍者，绛珠仙草，一僧一道，真事隐假语存，宝玉、金锁、风月宝鉴、太虚幻境，来自后台的“运作”虽然着墨不多，却总是在关键节点上左右前景中芸芸众生的走向。这简直有点类似于《黑质三部曲》里的两个平行世界，一则虚一则实，各有各的体系和规则，而作者总是时不时地割开平行世界的窗口（那些大大小小的“托梦”，那块忽而被砸、忽而失落、忽而归来的玉），让我们透过“实”看到“虚”的控制，看到那只教人无限怅惘的翻云覆雨手。王安忆在《心灵世界》里，曾对《红楼梦》有过一段相当到位的解说，讲的就是这个意思：“（虚幻的后景）其实是一个形而上的境界，倘若没有它，那么前台的一切细节，便如一盘散沙，孤立地存在着，而它们的聚合则是出于偶然性。唯有在那个后景的笼罩下，它们才是一体的，并且这堆琐碎的事物才不再是琐碎的，终与日常的生活有了区别，不只是现实世界的局部的翻版……”

87版《红楼梦》把几乎所有的功夫，都花在了《红楼梦》的“前景”部分。有关太虚幻境的部分被删得一干二净，涉及“封建迷信”的部分被尽可能弱化，倒是秦可卿之死被坐实成了“淫丧天香楼”（那当然是另一项重要的“红学成就”）。这个指导思想落实到其他各个环节中，就是强化戏剧性，严格遵循正常的叙事逻辑，在服、化、道各方面都一丝不苟。可能正是意识到了旧版红楼在展现“后台”时的明显不足，而“空灵诡异”又恰恰是导演李少红向来善于驾驭的风格，因此，选择以这一点为突破口来凸显新版之“新”，也算合乎逻辑。于是乎，我们看到了过度戏曲化的人物造型，看到了昏暗、阴郁的画面，看到了大量棚内拍摄的、以灯光代替自然光的镜头。从潇湘馆看出去的视觉效果，就像站在拉斯维加斯五星饭店里的走廊上一样，蓝天白云也好，一弯冷月也好，都像是电脑动画、彩绘幕布加上灯光变幻的产物。于是乎，我们看到了被不厌其烦运用的“快进”镜头（李导说是为了让节奏更快，那直接切换镜头岂不更快?）和反常视角，听到了本土电视剧史上最毛骨悚然的音效。还有那个“从这间屋跑到那间屋”都要交代一番的旁白，一方面固然是为了掩饰演员表现力的不足，另一方面也在时时提醒观众跳出戏外，听听“说书人”怎么讲，从而强化了某种不真实感——须知，写实主义的至高境界，就是让读者/观众忽略叙事者的存在。总之，这一版红楼的宗旨，似乎是离“生活”越远越好，离真实越远越好。

也许，在编导看来，借着“唯美”和“梦幻”的名义，原著中强调的礼数伦常、等级差异，便不再是演职人员关注的重心，甚至，在人物关系上违反点基本逻辑，也不是什么大不了的事情。宝黛的年龄错位被解释成男女发育差异，黛钗的身材错位则用“气质遮百丑”来搪塞。也难怪观众咽不下这口气，哪里需要劳动什么红学家，只看过越剧或者连环画的老百姓都可以告诉你：“元迎探惜”的身高体重、长不长青春痘割没割双眼皮，都是小节问题，你爱怎么排列组合都无所谓；而女一号女二号的胖瘦，却是整部红楼的题眼，既关系到人物的终极命运，也弥漫在无数生活细节里，否则贾宝玉也不至于动不动给林妹妹披件衣裳熬个汤药，却对着宝姐姐雪白的、退不下玉镯的膀子发呆。你硬要拧巴，那就等于把杨贵妃变成赵飞燕，让孙悟空置换猪八戒。另外，在“照本宣科”（忠实原著）大旗的掩护下，编剧（说实话，按此剧现在的面貌，编剧的工序几乎可以省略）只要稍微来点“自我发挥”，就往往要闹笑话，前述的“拔火罐”是一个例子，在“荣国府元宵夜宴”里还藏着另一个：话说阖府老少聚在一起看戏，前面是昆曲《西楼会》，后面是说书《凤求鸾》，都是跟着原著来的，冷不防中间冒出几句过场——“花花草草随人恋，生生死死随人愿”——分明是《牡丹亭》里的著名唱段“寻梦”。《牡丹亭》是什么性质的戏？就在前几集里，林妹妹在行酒令时不小心念出其中的几句唱词就差点被宝姐姐勒令下跪，此刻它却堂而皇之地登上了荣国府的中心戏台，那是不是相当于如今哪个高级干部摆喜宴，席间却大张旗鼓地集体观摩A片？

整部《红楼梦》中，“虚”和“实”在不同的段落中各有侧重，简单说就是两头偏虚，中间偏实。尤其是“抄检大观园”的前前后后，其多头线索的并进与会合，偶合性与必然性的叠加，堪称中国古典写实水准攀至巅峰的典范。只可惜，这样“正面直击”、表现演员功力的重场戏，被新版红楼一以贯之地用“风格化”手法冲淡、抹平，就连探春打王善保家的那记响亮的耳光，都没给个像样的脸部特写，只照例用几个走位飘忽的鬼魅镜头，就轻易滑了过去。殊不知，红楼的“虚”不是铁板一块、空无一物的虚，而是依靠着逼真、实在的前景愈加反衬出后台的“冥冥天意”，反之亦然——这也正是“假作真时真亦假，无为有处有还无”的精髓所在。当“假”作不了“真”，骗不过观众的眼睛时，托在“真”背后的大虚无、大荒凉，也就显得既单调，又滑稽了。一味的“虚”和一味的“实”一样，都辜负了雪芹下笔时的孤诣苦心。总而言之，李少红在选择新版红楼的审美走向时，坚决地反 87 版之道而行之，却不知不觉走得太远太远——究其实，还是书没有读通的缘故。

菜谱文学和文学菜谱

一

据说评判好演员的标准，是看他能不能把一份菜谱念到让观众潸然泪下。这句俏皮话隐含的意义是：菜谱所唤起的——如果存在“唤起”的话——感官刺激是直接的呆板的粗率的憨傻的，在未经扭曲演绎的状态下，不可能激发所谓高尚的、形而上的情感。

我爱菜谱。喜欢“以热油炸至金黄捞出沥干”这样直接刺激鼻腔的句子。如果拿一篇硬要背上一筐文化拽起一车情调的美食随笔来 PK，可能我更愿意看一份既不招摇也不扭捏的菜谱——讲吃的文字，可以不高尚，可以形而下，总归不好离感官太远。

曾经编辑过一本名叫 Heartburn 的小说，因为太喜欢，还写了篇随笔交代小说的前尘后世。我写那作者（诺拉·爱弗朗，Nora Ephron）既是著名的女权主义者，又是《西雅图未眠夜》的编导，书里出轨老公的原形正是她自家的先生——此人是闻名全美的大记者，当年揭穿“水门事件”就有他一份。那部小说的幕后花絮委实是一锅八宝粥，一堆材料摆在我眼前，想不要宝也难。不过，写完以后才发觉，我忘了说，作为责任编辑，之所以对这部区区不过十万字的小说一见钟情，是因为翻到了分散在文本里的菜谱。书里的女主角瑞雪儿是个烹饪书作家，伤心事糟心事数着数着就端出一份菜谱来“以飨读者”。这是不按牌理出牌的写法，你会觉得全书的叙事节奏被这些菜谱颇为惊险地扰乱，线头线脚都拽得松松散散；然而，一本书读下来，菜谱与菜谱之间，本身勾连成一条五味杂陈的绳索，这么一来，即便故事模糊了，酸甜苦辣还在。

瑞雪儿怀着七个月身孕的时候，发现丈夫跟她最好的朋友上了床。挺着大肚子的女人整天颠三倒四，碰上天大的事（路上走着走着都会给人打劫）她也只是自顾自地走神，最精彩的走神笔记仍然跟菜谱纠缠在一起：

“我无论何时坠入爱河，总是以土豆开始……在无数次的恋爱中，我犯过无数次的错误，对大部分错误我抱憾终身，但对与爱情形影不离的土豆，我从来没有后悔过。”

这个调子一定，接下来，瑞雪儿就暂时抛开忧伤，眉飞色舞起来：白煮的土豆，在事情开始或者结束的时候是不能上桌的，因为太潦草，太“文化”；爱情开始的时候应该做煎土豆，因为耗时费力——“而时间，傻瓜都会告诉你，决定了什么是真正的爱情。如果你开始的时候不做，就永远也不会做了。”于是水到渠成地列举两种煎土豆的菜谱，怎么洗怎么切怎么滤怎么煎。接下来，两个信号可以判断爱情已发展至中段：其一，几个礼拜前买回家的土豆在冰箱里闲置日久，开始发软长芽；其二，你钟爱的人宣布，从今天开始，他要吃低碳低脂低盐食品，从而排除了吃土豆的可能。自此以后，爱情拾级而下，跌至谷底。结束以后怎么办？瑞雪儿说：“心情忧郁的时候，什么都比不上端着一碗热乎乎的土豆泥上床……但是让我们面对现实吧：你心情忧郁时，偏偏没人帮你做，吃到的时候，又总碰上时辰不对。土豆泥的做法是……”

在瑞雪儿的叙述中，菜谱成了某种极熨帖主人公身份的介质，但凡故事讲到有滥情危险的段落，她便能躲进这介质里去，稳一稳阵脚，重新找回那三分忧伤、七分自嘲的调调。以第一人称展开叙述的小说，又是从一开始就融入作者强烈爱憎的情节，能不能写好，全看这叙述腔调的分寸是否能始终把持得住——你是不是既钻得进来，又跳得出去。菜谱是可以让女主角（或许也可以等量代换成女作者）深感安全的领地，名词动词均匀分布，感官理性和谐交集，爱情的虚无渗透在菜谱的实在里，恰到好处地缭绕了一点叫人泫然欲泣的油烟气。

在为这本小说定译名时，我曾踌躇良久。当时查过《英汉大词典》，发现这实际上是个医学名词，直译应作“胃灼烧”或者“烧心”——这两个词从字面上看，一个烧的是胃，一个焚的是心，但描述症状都不够完全。所谓的 heartburn，其实是一种由于胃酸过多引起的毛病，灼烧感基于胃部，进而辐射到心口，病人难受起来朝那个区域划拉一下，你很难界定到底烧着了哪里。原文妙也就妙在这里。爱情这玩意，理所当然地被视为“心”的管辖区域，爱弗朗偏将位置挪低几公分，与胃交错起来，借此与其“菜谱策略”相映成趣。但“胃灼烧”实在不像个小说的标题，“烧心”用得也不普遍，在一般读者看起来总是颇为费解。权衡良久，最后还是只能跟着译者勉勉强强地以“心痛”意译之——严格地讲，这只能算是无奈的曲解，顺带着抹掉了作者转换立足点的良苦用心。

这种转换或许可以这样概括：小说里的爱情，暧昧地位于胃与心的中间地带。作者时而立足于胃，时而立足于心，或仰视或俯瞰，或冷观或热睹。如是，爱情的不同俗流而终究俗流的本质，就寻到了一种简单而独特的表述方式。这样的表述拿捏在作者手里，有一种很平滑很实用的感觉——就像那些菜谱。

二

再次让我对文本的表述方式产生惊艳之感的，竟然又是一本跟菜谱有关的书。如果说 *Heartburn* 是夹带菜谱的小说，因而可戏称为“菜谱文学”的话，那么，把智利作家伊莎贝尔·阿连德的《阿佛洛狄特：感官回忆录》定义成“文学菜谱”，就不能算夸张。这本书有将近三分之一的篇幅完全以标准的菜谱格式出现，细分成“酱汁、前菜、汤、开胃小菜、主菜及甜点”。而之前的三十多篇随笔里，以“实用性”或者“消费指导”面貌示人的文字也委实不少。再配上香艳可人的插图，乍一看，还真是将市面上时尚杂志的调调，集了个大成。阿连德写过魔幻现实主义的重头小说《幽灵之家》，本人头上顶着“穿裙子的马尔克斯”的美誉，何以兴致勃勃地炮制一本准菜谱？——这大约是拿起这本书来的人，心头浮起的第一个疑问。

先从书名说起。原文西班牙语 Cuentos，Recetas y Otros Afrodisiacos 直译应作“刺激性欲的菜谱秘方”，台湾译本定为“春膳”大抵恰如其分。相形之下，内地版标题把这个意思诠释得羞羞答答。“感官回忆录”这几个字不可谓不考究，但也把作者的自我定位（或者佯装的自我定位）抹杀得不露痕迹。阿连德告诉你，我这就是在写菜谱，写秘方，就好比，她在书中所配的肖像里举着一枚辣椒诡秘而性感地朝你眨眼睛，俨然就是不愿意人为提升本书文化品位的架势。同样饶有趣味的是，作者喜欢有意无意地在描述食品的时候披露自己的或者所谓“朋友”的情史，比如下面这一段：

“若干年前，我邀请一位风流成性的花花公子——当然带有勾引他的企图——共进晚餐，他是出了名的厨艺高手，逼得我不得不在菜单上别出心裁。我决定做松露烘蛋卷，上桌时再撒一些红色鱼子酱（灰色的超出我的财力所能负荷），挑明情欲的序曲，就像送他一朵红玫瑰外加一本《爱经》一样清楚。终于找到松露时，我在异国他乡的一份菲薄薪水，却根本买不起。”

这个小故事的开头和进展简直宛若《读者》里的某碗心灵鸡汤：熟食店的店员拿出有白松露香味的橄榄油，然后指点她洗掉黑橄榄原来的味道，切成小块，再浸到那橄榄油里。几个小时之后，那些橄榄“就跟松露一样浪漫，而且便宜得多”。阿连德照做了，烘蛋卷完美无瑕，花花公子给哄得喜出望外，那狼吞虎咽的表情“当时觉得魅力无限，但隔着时空的疏离，回想起来其实蛮可笑”。最末一句，心灵鸡汤终于走味，因为阿连德说“我很庆幸我给他吃的是橄榄，他的花名就跟松露一样言过其实”。

整本书似乎一直在重复一个从煞有介事到悄悄走味再到戛然而止的过程。她可以用那种永远热情洋溢的电视直销的口吻讲述一道春膳的催情效果，随即笔锋一转，妩媚地洒上几滴冷水："花一整天用金丝雀舌头调煮羹汤的人，事后当真有心情投入情欲的游戏？花光积蓄购买十来只这种娇贵的小鸟，然后无情地扯出它们的舌头，会让我们的力比多消失殆尽"；"试想，干酪唯一的成分就是牛奶，哪里谈得上什么催情效果？但是配上面包、葡萄酒、愉快的交谈，就变得像真有那么回事啦"；"密宗认为香蕉具有情色能量，它也是男性器官的最佳象征，虽然我不懂男人怎么会喜欢自己的东西色泽鲜黄，还长着黑斑"；"米是生殖力的象征，我们在新郎新娘步出教堂时，向他们撒米，似乎是种天真无邪的动作，但很少有人知道此举象征生命种子的喷溅，幸好没太多人知道。关于米的催情效果，我们之间的辩论之烈，可与一根针尖上能容多少位天使跳舞的辩论相较。有人说一碗饭不可能让任何人亢奋起来，但我母亲坚持，这种谷物威力无边，最好的证据就是中国人口过剩，独步全球。"……

就这样，作者先目迷五色地构建情色神话，再轻轻抽掉一两根关键位置的积木，进一句出一句热一句地冷一句地将神话悄然瓦解。然而，读者甚少产生被愚弄被冒犯之感，或许这很大程度上是因为阿连德在整个叙述过程中，积极地将自己卷入其中。自嘲是一种最安全的缓释剂，只要运用得当，反讽所激起的副作用可以降至最低。当她半真半假地在字里行间卖弄风情，当她恳切地告诉你"我十八岁时常梦想着成为一个阿拉伯百万富豪的第四个老婆，他最欣赏我的臀部曲线，放纵我一辈子大吃巧克力和读小说"时，你会觉得，哪怕她那些最犀利的"窥破"，也终究不是居高临下的。

最大的反讽是无声的：你可以数一数这本书究竟罗列了多少道“春膳”，涵盖了多少种“助性食品”。答案近乎无厘头——看起来，几乎所有可以吃的东西都是威力无边的春药。这简直是从根本上颠覆了鲜明地标榜在书名上的“秘方”之说，使得整本书成了一个精心预谋的活色生香的玩笑。作者把这样的“中心思想”藏在对春膳一词的定义中：“春膳是连结贪吃和好色的桥梁。我相信在完美的世界里，任何自然、健康、新鲜、美观、引人垂涎、有诱惑力的食物，也就是具备所有我们在伴侣身上寻求的条件的食物，都是春膳。不幸现实却恰巧相反。在永不厌倦地维持男性脆弱的那话儿硬挺，并矫正女性漠不关心的反应的努力之中，我们做得太过火，甚至不惜吞咽蟑螂粉末……”

荒诞指数等于或小于蟑螂粉末的春膳名目，在阿连德的笔下，是跟众多文化（写到这里，我终于被迫搬出了这个隆重的字眼）掌故交融在一起的。鳄鱼、河豚、食人鱼、乌龟、蜗牛、剧毒的斑蝥乃至各色动物睾丸（阐述这些睾丸的那一章名叫“春膳的暴行”。充溢于全书的对男性打一记撸一记的温情和揶揄，在这一章里，达到了酣畅淋漓的高潮），都是作者挥洒幽默感的好道具。同时，“春膳”的概念在文本中也被悄然延伸。气味、形象、声音、花语、文字、禁忌，纵情狂欢宴……正如所有的食品都可以催情，事实上，所有的感官手段也都可以激起最离谱的性欲——比如，拿破仑写信哀求约瑟芬从他自战场返家前数周开始，就不要洗澡，绝对不要。在这个经典的例子里，气味、文字、距离，都成了独沽一味的催情香草。

为了将这样的例子如水中细沙般弥散在文本里，大作家阿连德自称为这本题材看上去无足轻重的小书做了大量案头工作。这个过程本身，在我看来，大约可以代表阿连德对“色空”的基本理解，也可以直接拿来阐释这本书的基本态度：“我在自家的一个房间里写作本书，因为我不想把许多有露骨插图的书堆在办公室，暴露在我贞静的助理和偶有的访客眼前。我也不想把这些材料堆在家里，所以我起初总是把它们都锁起来，但等我熟悉所有可能的，甚至少数不可能的做爱姿势，以及市面上所有的性道具、催情药、油膏、乳液、香料、香草、药物、鸵鸟羽毛、阳具形糖果以后，我就开始把这些书扔得到处都是，我那些还不到懂事年龄的孙儿女，用它们搭玩具屋，仿佛它们是从另一座巴别塔上拆下的变态砖块。阅读它们这么长时间之后，我已经对它视若无睹，我的孙儿女亦如是。”

相当一部分——如果不是整个的话——人类文明，可以归结为“交媾禁忌”的建立与破解，以及两者之间虚推实挡的拉锯。说得通俗点，把材料“锁起来”是一种建立，最后“视若无睹”便是一种破解。这个说起来动辄可以搬出一大堆名词术语的问题，阿连德借助一堆菜谱就可以娓娓道来；而菜谱仍然还是菜谱，其通俗的实用性至少在表面看起来不受丝毫干扰。新一期的《天下美食》杂志照样可以为书里那些时尚特征明显的文字，配上女模特举起锅铲搔首弄姿的时装照片，而全不必理会文字背后究竟可以开掘出怎样的空间。

几乎像是一种偶然，我在这本满纸谐谑的书里找到了一句——仅仅一句，不那么调侃也无须从反面去理解的话：“经过数度为寻访催情药而踏遍世界每个角落，我发现唯一真正能令我亢奋的东西就是爱。”就好比在 *Heartburn* 里，瑞雪儿絮叨了一百多页，突然一个急拐，轻轻地说：“有时候，我相信爱是必不可少的，有时候，我又相信爱之所以必不可少，是因为如果不这样，你就会穷尽一生去寻找它。”

是猎手，也是猎物

我得承认，将《少女渔猎手册》排进阅读计划，大半是因为我无意中翻到了159页上的一段触动我职业神经的对话：

—“你老在说是否擅长干这一行，”他说，“问题的关键在于，你喜欢这份工作吗？”

—“可能我痛恨这份工作。”我说。

—他提醒说我一直喜欢看书。“我看的不是书，”我说，“我看的是那些还没好到可以印成书的手稿。”

这个“我”，是小说女一号简；“这一行”，是H出版社助理编辑；“他”是在“这一行”里摸爬滚打了数十年的老男人阿齐，简的第二任情人。他像一座一脚踏进去就知道总有一天会毕业的学校。浸润在他温柔而颓唐的目光里，她学会了修改书稿、编辑人生，然后，向出版社告别，向老男人告别，向青春告别。

我从窥视美国同行的职业环境（其琐碎与险恶交织的复杂程度似乎不见得比我们逊色）开始，一点点走进简的人生。这个二十几岁的单身女子，生于郊区的中产阶级家庭，在纽约工作，前后至少有过三个男朋友；长相一般，还算聪明，极度敏感；往深里看，格式化的写字楼和套装其实并不能湮没她内心的蠢蠢欲动，那种渴望独特的隐秘愿望……将伊人的轨迹从细节里抽象出来，你肯定会有似曾相识的感觉，可以拿来作比附定位的都市女性轻易便可以数出一串来：《BJ 单身日记》里那个一心要把自己嫁出去的胖妞；《欲望都市》里的凯丽——那个一亮相就跟老男人（好像比阿齐略年轻些）Mr. Big 比试眼波电力，以至于晕乎乎地给撞出了包里的安全套的摩登女郎；《六人行》里小事动辄泼翻一锅粥、大事不惜拧断一根筋的瑞秋儿……可能是因为尚未被影视改编凸显出铺张的戏剧效果来（不过据说已有好莱坞大牌导演有意染指此书），简的形象似乎比前几位少几许光泽，却多一点节制——那种对于处女作长篇而言，难能可贵的节制。她站在成长的台阶上怯生生四处张望的姿势，如同甜里带涩的露珠，濡湿了每一个被上司为难的尴尬场面，每一道被爱情的问号（他爱我吗我爱他吗？留下来，还是静静地走开？）轻轻划开的伤口，每一次豁然领悟后铺天盖地而来的怅然。但也就是濡湿而已。作者没有傻到在遣词造句时愣要黏答答潮乎乎得逼你在字里行间拧出水来。

除此之外，《少女渔猎手册》的其他特质倒是很符合处女作给人的一贯印象：新鲜的、跃跃欲试的细节无处不在，而搭建圆熟故事框架的力道总还欠那么一点点。好在作者拿出了颇为实用的解决方案——整部小说的主要人物贯穿始终，摆明了是长篇的格局，却以情节互相关联的七个短篇的面目出现。如是，则进可攻退可守，用不着在黏合剂和构造技巧上多费脑筋，只让细节的砖瓦，理直气壮地于小空间中致密，大格局里松散，拆分组合，由着作者的性子便是。当然，作者在这个问题上再度显示出良好的分寸感：哪怕是隔了几十页，她也没有傻到让笔下的人物前言不搭后语、上气不接下气。

这样做至少有一个好处，最大程度地甩脱了结构上的牵绊，引导读者最大程度地关注人物内心的微观世界。你可以忽略简从初恋男友到真命天子之间究竟需要经历怎样的过渡，但你肯定忘不了她那些自说自话的恋爱告白。走投无路时，她会偷偷地买一本《怎样邂逅并嫁给如意郎君》，在想象里把书的作者当成中学时代的闺中密友，娓娓教导她如何“捕猎、垂钓”——得到她一见钟情的男人。细读那书里的金科玉律，与其说是教你成为称职的猎人、渔夫，倒不如说是要你化主动为被动，退回到女性的传统角色里去，充当一只深藏不露的猎物、一尾随时准备咬钩的美人鱼。这么一来，简欲罢不能的冲动像是遇上了橡皮墙，横竖使不上劲。于是，戏剧效果出来了，能够发人深省的空间也辟出一大块来。时尚的、女权的、耽于表面的、直击心灵的感触都有了生发的可能。无怪乎此书在九九年被《出版商周刊》推选为年度最佳图书的同时也收获了一大堆风马牛不相及的评语，比如：“一本新鲜好玩的情爱指南，它指导二十世纪末的女性，既得始终保持神秘，又不能拒人以千里之外。——*ELLE*”和“《麦田守望者》以来最好的成长小说。——《堪萨斯星报》”以及“一部真正尖锐的小说。——《时代》”。

而我，像大多数普通读者一样，在简欲拒还迎的爱情游戏里看到了自己的尴尬，看到了现实的无可避免的不完美。因而，我也像大多数读者一样，对小说俗套而美丽的结局半信半疑却又那么愿意相信。在这个连三岁小孩都会唱《爱情三十六计》的年代，我们是那么愿意像简那样，依偎在爱人——真实的、虚幻的、终成正果的、失之交臂的——的怀里，噙着眼泪含着微笑，单纯而热烈地对自己说：我们俩既是猎手又是猎物，既是渔夫又是被钓的鱼。我们是配薯条和卷心菜色拉的海鲜特选。我们就是两只在夏日夜晚里缱绻的蜉蝣。

本文写于 2005 年 2 月 14 日。

王后的毯子，公主的鞋子

克娄巴特拉，或者说伊丽莎白·泰勒，把自己裹在一卷毯子里，遣人送到恺撒眼前。毯穷人现，丰臀，纤腰，红唇，电眼，次第徐来，静态的中景，因了这慢速的动态，顿时泼染开色泽，散逸出香味。被充分好莱坞化的《埃及艳后》将历朝历代蓄养在后宫与庭院里的女人的生存智慧，凝聚成更简洁更有冲击力的画面——杀伐决断者如克娄巴特拉，也晓得女人的野心，必须先寻到取悦男人的捷径。毯子绝不是可有可无的道具，从那里滑落的女人，不仅仅是一具暗夜生香的娇躯。在滑落之前，她已经替自己贴上了标明从属关系的标签："我是一件，可以折叠、适合收藏的，礼物。"

对于女人的最高褒奖，男人刻在诗里的辞藻是"女神"，窝在心里的字眼是"尤物"。根据历史经验判断，这似是而非的真理，女人还是宁可信其有，比较安全。

书架上永远能轻易找到让女人变得更聪明更安全的法宝，大多都裹在缺乏教化特征、柔软可人的封面里。抽一本《格林童话》吧，你看到了什么？看到哪怕是一只青蛙要求同床你也应该逆来顺受，因为，童话向你保证，青蛙一定会变成王子。大多数清洁宜人的选本里不会包含《蓝胡子》（一说此故事源自法国民间传说，欧洲各国童话的互相渗透亦属情理之中），即便有，往往也是被改写到第七稿的版本。最初那个与贞操带脱不开干系的传说自然是腥气逼人的，即便是现在通行于世的《蓝胡子》，也改不掉故事的核心情节：富翁“蓝胡子”把庄园里所有房间的钥匙都交给了新娘，但叮嘱其中有一间禁止闯入；新娘抑制不住好奇，趁蓝胡子出门时打开那间小屋，赫然发现屋里躺满了女尸，那都是蓝胡子以前的妻子……

这故事从某种程度上可以看作是对《青蛙王子》的反动。青蛙可能变成王子，王子一转身，也有化作恶狼的可能。最具震慑作用的画面是新娘打开小屋的那个瞬间。密室，血光，以各种姿态被戕害后陈列得宛若标本的女人……每一个元素，几经演化，都是构成惊险罗曼司的要件。

英国女作家安吉拉·卡特（Angela Carter）曾以“血窟”为题改写过“蓝胡子”。故事背景换成了现代社会，蓝胡子变成了法国富豪。那间致命的小屋自然逃不过浓墨重彩，卡特将“涂满了香料”“簇拥在玫瑰中”的“头颅”“乳房”乃至“兀自凝结在嘴角的微笑”，都勾勒得如此逼真，如此残忍，却又如此——没错，如此美丽。在这一段，作家的笔，深得童话原作的神髓，也掌握了“蓝胡子”/法国富豪将钥匙欲擒故纵地交给新娘的真正动机——这小屋，这“血窟”，既是捕获新猎物的陷阱，也是炫耀旧藏品的展厅。

不晓得算是幸运还是不幸，大多数女人在还是女孩的时候读不到《蓝胡子》。翻开《格林童话》，她们尽可以安全地沉醉在《白雪公主》的森林小屋或者《睡美人》的千年古堡里。后娘和女巫的加害只能让她们暂且沉睡，凝固的美丽的纯洁无瑕的睡眠状态最是一劳永逸；女神也好，尤物也罢，只需要一个热吻就能唤醒，只需要一匹白马就能带走。对于收藏者与被收藏者的心理预期而言，真的没有比这更节省成本的办法了。

唐纳德·巴塞尔姆（Donald Barthelme）写过一部几乎谁也不敢说看懂的《白雪公主》。在那里，生活在现代社会的白雪公主虽然“对自然世界中男性统治的现象经历着某种程度的愤怒”，可她仍然会将“黑如乌檀”的长发抛出窗外，巴望着引来某个王子的垂青，顺着头发爬上窗台，将她带出现实的泥沼，藏进虚幻的梦境。她的愤怒最后集中成一句呐喊：“……这个世界本身也有毛病，连提供个王子都做不到。连至少为这故事提供个合适结尾的修养都没有。”

“合适的结尾”存在且只存在于童话里。看看《灰姑娘》的结尾，王子的“弱水三千，唯取一瓢饮”被浓缩成了一双晶莹剔透的水晶鞋，别家姑娘的脚哪怕血淋淋地“削足适履”（对此，原版童话里确实有津津乐道的描述），也别想套进去。至此，辛德瑞拉的音容笑貌、脾气禀性、前世今生都被最大程度地淡化了，她的“唯一”只体现在一双与水晶鞋配合得天衣无缝的脚上。这种与外物生死攸关的联系，使得辛德瑞拉本身，也愈来愈像一个“物”，而非一个“人”。与裹住克娄巴特拉的那条毯子一样，辛德瑞拉的水晶鞋上也贴着一枚精巧的标签：“我是一件，轻易就能鉴别且时刻等待拯救的，礼物。”

美人须入画

在希区柯克的授意下，一束强光聚到琼·芳登脸上，后者在一把硕大的椅子上缩成一团，瘦小，苍白。她身后是一幅美人图，大部分画面都陷在黑暗中，但观众依然可以分辨出琼一身的装束跟画中人毫无二致。《蝴蝶梦》的制片人塞兹尼克看到这一幕重场戏，总算可以睡个好觉了：他顶住压力，弃名角费雯丽而选中初出茅庐的琼，到底走了一步好棋。琼清清楚楚地知道自己还不怎么会演戏，也晓得男主角劳伦斯·奥立弗因为费雯丽的落选难免迁怒于她。这被强化的自知之明经过镜头的夸张，呈现出多棱镜一般诡异的光泽——惊艳，恐惧，膜拜，坐立不安，急切而又绝望地想融入环境……那一双眸子里折射的，正是甫入深宅大院的平民女子，应该有的表情。

原著小说《蝴蝶梦》里的女主角，是刚刚套上水晶鞋的灰姑娘。虽说她也算富豪马克西姆明媒正娶的续弦，到底身份悬殊，几乎是被命运的手从芸芸众生里拎出来，扔进了一个她从小只在明信片上见过的庄园——曼陀丽。曼陀丽，曼陀丽，作者借了女主角的口一遍遍呼唤这神秘而森严的温柔乡。铺陈园内奢靡景象的篇幅，大到几乎让读者厌烦的地步。但杜穆里埃真的没有白费笔墨，她从“我”卑微的视角看出去，宅内的一切都须仰视才见，而“我”，就自然而然地“低到了尘埃里”。在前任女主人吕蓓卡的晨室里，“我”被屋内高雅的（“把二流的、平凡的东西统统抛在一边……”）藏品所震慑，被浓艳的、霸道的石楠花压得喘不过气来；在庄园的化装舞会上，“我”仿佛中蛊般，穿上宅子里画中美女的华服，宛若吕蓓卡重生……

这是极富象征意义的一笔。“我”与环境之间的紧张感达到顶峰。将自己的个性无限缩小，嵌入画中，进而服服帖帖地嵌入这收藏油画的豪宅……女性对于“入画”的渴望，本是后天诱导而成，但这诱导委实成功，以至于渐渐地成了先天的需求。当曼陀丽这样具有压倒性的环境呈现在“我”面前时，这种需求便如昙花般，粲然盛放。

居室环境之于室内的女人，永远具有超越想象的诱惑力和压迫感——当年查禁并公诉《包法利夫人》“有伤风化”的检察官，大约是深谙此理的第一人。他在举证书中引用了一个描写爱玛与莱昂偷情的旅馆房间的段落：“这个充满欢乐的温馨的房间，尽管华丽里透出些许衰颓，他俩依然钟爱无比……每次来总看到家具依然如故，有时还会在台钟的底座上找到几枚发夹……壁炉边上，有张镶嵌螺钿的黄檀木小圆桌，他俩就在这张圆桌上用餐……他们说我们的房间，我们的地毯，我们的椅子，我们的拖鞋……”

这是爱玛眼中的伊甸园。她那由浪漫驱动的目光替屋内陈设都镀上了一层金漆。与其说她是被莱昂征服，倒不如说是被自己的“收藏之梦”所擒获。而这些描写一旦触到了检察官过于敏感的神经，自然就成了小说“诲淫”的明证。

王安忆的《长恨歌》写了更典型的“急欲入画”的女子。李主任把弄堂碧玉王琦瑶收入帐下，藏进“爱丽丝公寓”里。此处，作者用了整整一章的篇幅，白描爱丽丝公寓里的千般物事、万种风情。下笔真够悠闲疏落：讲那蒙纱的灯光，满屋的镜子，进而写灯光下镜子里虚实无间的影；讲包藏在“爱丽丝”里的女人心，墙上挂着，地上铺着，梳妆盒里收着；讲厚窗幔后遽然响起的电话铃，那才是主宰这静流的源头，是住在“爱丽丝”里的女人们寄托梦幻的“主人”……

真是一幅好画。画外的美人被画的质地摄去了魂魄，便心甘情愿地委身其中。“这样的公寓，其实还是这心意的墓穴一类的地方，它是将它们锁起独享。它们是因自由而来，这里却是自由的尽头……”写到此处，“哀其不幸，怒其不争”的调子开始低回，女性作者的立场终究还是凸现出来。这一刻，王安忆身为写作者的那一面，暂时的，稍稍的，让位于发自女性心底的一声叹息：她们，我们，美丽的以及不美的女人，已经在画前徘徊了几千年，而且，终将继续徘徊下去。

“是你，就是你！”

《葡萄牙修女的情书》（德国，1977）从任何意义衡量，都不是在影史上留得下痕迹的作品——说白了，就是既不够强也不够烂。我没有找到足以佐证其文学蓝本的材料，但主观印象再鲜明不过：半遮半掩的色情外套里裹着早期哥特式小说的全套基本元素。

故事的时空背景设定在中世纪的葡萄牙。脸颊呈标准玫瑰色的处女因与情郎嬉戏，青天白日给神甫半是诱拐半是劫持地弄进修道院，后者基本上等同于一个只有进口没有出口的淫窟，乱“做”一团时胸口还挂着十字架、耳边还有人唱哈里路亚（整部片子最出彩的当属配乐），是高度仪式化的醉生梦死。处女（导演显然为了吊住男性观众的胃口，在四周熊熊蔓延的欲火中煞费苦心地保全了她的处女膜，使之成为踞高不坠的悬念）不甘沉沦，几近逃脱时又入魔掌，反遭诬陷，将赴火刑前做了一桩点题的壮举——修书一封，致亲爱的上帝，字里行间，尽诉冤情。此后的情节弱智得叫人瞠目，用大约十分钟的时间交代那信如何恰巧从窗口飘进路过的王子怀中，那王子如何不经过一点调查研究就奔赴火刑现场实施“最后一分钟营救”，末了淫棍神甫与为虎作伥的修女又如何被干脆利落地绳之以法……

以现在的眼光看，早期哥特式小说的套路几乎都有点类似的弱智。曾有人为了极言这种文学样式承前启后的地位，大笔一挥，就把爱伦·坡、狄更斯乃至勃朗特三姐妹的作品全归入“哥特”阵营——如是，强调了联系，却抹杀了致命的分别。当我们将《呼啸山庄》里的凄风苦雨与哥特式文学脸谱化的恐怖混为一谈时，看看《葡萄牙修女的情书》这样滑稽的后世仿作，或许更能参透“哥特”未经拔高的本来面目——究其本质，这仍然是一种以“教化”为主旨的文学。就拿处女/修道院这个常见套路为例：于处女，这故事的功能类似于童话“小红帽”，告诫你“不要同陌生人说话”；于神甫，则展示人欲与天理的惨烈搏杀，以及前者一旦占上风之后所必然遭受的万劫不复。

具有反讽意味的是，从另一个角度审视，修道院的一大功能恰恰是庇护、保全未成年女性的贞操、安全和健康。无论是纸上的文学还是纸外的历史，将女孩自幼送入修道院修行直至婚前方才“释放”的例子不胜枚举，而且不乏富贵人家、宫闱眷属——撇开某些复杂的家庭因素，此举多少也含有为处女的“收藏价值”增添砝码之意。被上帝以及上帝的臣仆洗过脑的纯白羔羊，正是男性最乐意收藏的品种。

在“哥特式小说”的代表作《修道士》（英国，马修·格雷戈里·刘易斯，1796）里，女主角安东尼娅自始至终，都是不见一丝杂色的纯白羔羊。她从踏入修道院的第一秒钟起，就成了被女妖腐蚀过的神甫安布罗斯计划收藏的猎物。比起合法收纳女性的男人来，神甫的“收藏”更像是一种疯狂的僭越，一次对多年压抑的反弹，因而，其手段也必然更变态更极端；等待那些羔羊的，也就不可能是“金雾”或者“金屋”，而是枷锁、密室乃至墓穴。

故事到了高潮，安东尼娅被安布罗斯以药物麻醉，状若香消玉殒。安布罗斯干脆连他平日与女妖专用的密室都跳过了，直接将羔羊运入古墓，待其苏醒后强行奸污，事毕又慷慨激昂地发布了一通永久性收藏宣言：“……可怜的姑娘，你必须和我一起留在这里！和这些腐烂的尸体在一起！你将留在这里，看着我忍受的苦难；你还会看到，在唾骂中呻吟，在绝望中死亡意味着什么！为此，我该感谢谁？是什么诱惑我去犯罪、杀人呢？难道不是你的美丽吗？是你，让我遭到谴责！是你，让我永受煎熬！你，不幸的姑娘！是你，就是你！”

美国人卡米拉·帕格利亚在她所著的《性面具》中，意味深长地提到，由古至今，哥特式小说的绝大部分目标读者，一直都是女性。可以想见，在享受“夹杂着愉悦的战栗”的同时，一代又一代的女人，也必然逃不开安布罗斯式的威慑：你的美丽和柔弱，是你与生俱来的错；正是你自己，成全了你被收藏的特质，决定了你被囚禁的宿命。

穿透镜面的代价

看《巴黎圣母院》，女一号爱斯美腊达始终如雾中花，色与香都隔着人一层，隐隐约约都在那里，却既看不仔细，又闻不真切，在上达国王贵族、下至贩夫走卒的风俗画卷里，显得苍白而抽象。她是叙事内外所有视觉的焦点，读者与每个叙述中的人物一起观察她、评估她，所有的视线在她身上聚焦成强光。在强光下，她却只是一个模糊的影子。她像一面镜子，读者透过她，可以观察小说中所有的男性，但如同镜子一般，她自己却只是一层不可穿透的冰冷平面，纯粹，莫测，印证罗塞蒂的诗句：女人不是作为她自己，而是作为男性之梦而存在。

爱斯美腊达是小说中所有男人的梦。小说开头，美女尚未出场，就将广场上狂欢群众的魂魄夺了去："……真跟耍魔术似的，大厅里剩下的人全都冲到窗口，爬上墙头，向外张望，叨叨着，爱斯美腊达！爱斯美腊达！……"人群敬之如女神，惧之若女妖，整个乞丐王国爱戴她，曾与她"摔罐成亲"的流浪诗人格兰古瓦倾慕她，御前侍卫队长孚比斯亵玩她，然而，这些与她扯得上表层关系的人物并未在真正意义上接近过她。对于爱斯美腊达那近乎神性的美，他们也从没机会徐徐打量，细细鉴赏。乍看去，整个巴黎好像是一座巨大的拍卖台，吉卜赛女郎爱斯美腊达便是台上那件既灼目又烫手的无价之宝。觊觎的不少，真正敢喊价的却不多。

芸芸众生里，只有两位真正的“鉴赏家”。副主教克洛德•弗罗洛凭着他的地位、知识和权力，得以从至高处俯视她；敲钟人卡席莫多则被自己的相貌和出身贬到了生活的最底层（世俗的目光几乎剥夺了他生而为“人”的权利，他更像是一头畸形的动物），因此只能从极低处仰视她。至高和至低是极险峻的视角，是透视的端点，能见人所未见。要将窥测目光穿越女性那“镜子”般的表面，那是最具可能性的位置。所以这一双男性目光，抽象凝聚着千古所有男性对女性纯粹的鉴赏眼光——抛开善恶判断标准，某种意义上，只有他们才真正懂得爱斯美腊达的女性美。

但处于至高者，众目睽睽之下，却受限于男性社会的禁制规范，位在最低者，缺乏猎取女性对象的基本条件，两者都失去成为“购买”或“收藏”者的潜在可能性。最具鉴赏眼光，却最无猎取能力，这两面所构成的张力，把他们的渴望逼迫到无以复加。

小说演至高潮，卡席莫多从刑场上救下爱斯美腊达，藏进圣母院里供犯人避难的小屋，与欲将其置于死地的克洛德展开决战。珍宝唯此一件，一方面是“我得不到你，也不让别人伤害（染指）你”，一方面是“我得不到你，也不让别人得到你”。爱斯美腊达之死，固然是克洛德主观上步步陷害的结果，客观上却也因为卡席莫多护佳人心切，乃至误解乞丐王国的营救计划，继而阴差阳错地换来了国王宣判的死刑令。极端纯粹的对女性的“审美”态度，最终“合力”把他们恋慕的对象击成碎片，他们本身也一同毁灭。这实在是富有启示录般象征性的情节。

对于女性美的极度审视，必然引发收藏这种美丽之物的极度渴求，但这种渴求，终将在男性社会的规制下被湮没——制度单只允许平庸者的寻常需求。爱斯美腊达作为一个完全抽象的个体，却成为全部女性美的象征，谁敢于把“她”收藏到自己的名下，必将冒犯众怒，受到制度的毁灭性镇压，因为“制度”本身就为权衡众望而设。

这两个处在极端位置的角色真正撑起了小说的灵魂，也在某条隐性的文学长河里树起了两根绕不过去的木桩。读《洛丽塔》，读者在那个将少女先驯养后虐杀的亨·亨身上瞥见了克洛德的魅影；看《香水》，观众在萃取少女体香以使其“永生”的格雷诺耶身上嗅到了卡席莫多的气味……一切真正穿透女性美那镜面般深邃的男性目光，视角无论于高处低处，都将至于毁灭。就这一点而言，亨·亨之于克洛德，格雷诺耶之于卡席莫多，算得上是隔了遥远时空的貌离神合的远亲。

只差一点点

“处女”这个词，在哈代的《德伯家的苔丝》里，出现的频率不算高，但地位显要。第一章名为“处女”，第二章的标题多了三个字：不再是处女。两章的交界处，哈代将苔丝的失贞置于月光下、树林中，让“枯叶堆上穿着白色细布衫的形体”发出“轻微、均匀的呼吸声”，顺手再添一笔，熟睡的美女睫毛上便“挂上了泪水”。在这一段重场戏里，作者既要交代关键情节，又不忍让“玷污”的过程沾染上一丝污浊之气。他的笔在犹疑中叹息，却也微妙地传达出某种隐秘的兴奋。在哈代的年代，入流的小说仍然以各种方式避开色情的嫌疑，古典式的性感，委实需要现代人大幅度降低阈值以后，才能些微体悟。没有一本现代色情小说，会像《苔丝》那样，将女人被诱奸的初夜，先描绘成一场美丽而哀婉的仪式，再接上三大段问天问地问命运的哲学思考。后者一层层加深了“仪式”的隆重感，暗暗将处女与非处女之间的鸿沟反复强化——欲言又止间，读者一面为苔丝的命运扼腕，一面却也充分领略了染指处子的荣耀与快感。

写到第五章，苔丝终于为“不再是处女”付出了最惨重的代价：新婚之夜，名叫“天使”（安琪儿）的新郎，坦白了自己曾在伦敦与陌生女子放荡四十八小时的劣迹，也瓦解了苔丝的警惕。于是她“把事情讲完了，没有申辩，也没有哭”。再以后，她周围的一切物体的外表都开始变化，“壁炉的围栏无所事事地咧嘴而笑，水瓶反射出来的光只关心颜色问题”；至于那位没长翅膀的天使，嘴上宣告：“我一直爱着的，是你这个模样的另外一个女人”，心里念叨的则是勃朗宁的诗句：“只差一点点，便有了天壤之别。”

这具有“天壤之别”的“一点点”，到了阿瑟·高顿那本已经足足畅销了十多年的《艺伎回忆录》里，有了颇为精确的度量。艺伎的“水扬”（初夜）都得先拿到拍卖场上竞价，而买主与此后包养艺伎的“旦那”（恩主）一般不是同一个人。也就是说，“水扬”是被单独抽离出来的项目，具有直接兑换成货币的价值。而艺伎最终的归宿是否圆满（即收藏她的“旦那”是否足以令其衣食无忧），又与“水扬”落槌时定下的价码休戚相关。在小说中，小百合的“水扬价”，创下了京都艺伎圈的新高。一掷千金的买主，是个收藏“水扬”成癖的医生。他以近乎科学实验的方法取下“水扬”的样本，装入玻璃瓶，然后心满意足地贴上“小百合”的标签，放进一只“独立式陈列箱”——在那只箱子里，这样的贴着标签的小瓶子，有四五十个。

在这场“实验”中，小百合目击着、配合着医生在炫耀藏品、收集样本时逐渐达到高潮，心里不断提醒自己，医生为这个优先权付了多少钱。她同样不会忘记，为了将自己的“水扬”价值最大化，她跟着师傅豆叶经受了怎样艰辛的色艺培训，怎样假借治伤为名激起医生的收藏癖，怎样利用另一个男人的爱慕造成拉锯式的抬价，又是怎样千钧一发地逃过了男爵对她的性幻想——唯有逃过，才能保全白璧无瑕，才能不因为“只差一点点”就前功尽弃。

就好比一件名瓷，须得找到足以佐证其官窑身份的标记，方才可以价值连城；千百年来，收藏女性的竞技场上，男人们也在努力寻找这样的标记，并且，以各种方式将这个标记本来趋近于零的使用价值无限夸大。唯其如此，藏品与藏品之间、收藏者与收藏者之间的高下之分，才能多出一个漂亮的参数来。在这样的环境里，也唯有如小百合这般生存能力强的女人，方才能将计就计地杀出一条血路。她用“水扬”换来的钱还清了艺馆的债务，并且攒下了大笔富余；向医生践约的当天，她躺在地板上，告诉自己，“无家可归的鳗鱼（指阳物）在他的领地上作了标志”。这些段落里寻不见苔丝式的绝望；我看到的，是一个看透了游戏规则的女人，嘴角上徐徐扬起的反讽。

“自然”致“文化”的情书

在色情小说谱系里，《O 的故事》不是最出名或者最露骨的，但它从二十世纪五十年代在法国问世以来，就构成了考验诠释者的陷阱。向来不算激进的女性主义学者苏珊·布朗米勒在回忆自己大学里读到这本书的感觉时，用了相当情绪化的字眼：“我合上书将它还回去时，恶心得想吐。”

以女权人士的眼光来审视，究竟“恶心”在哪里？语言不是问题，文字修养和分寸感都饱含精英文化的特质；内容问题不小，因为女主人公 O 从头到尾，都是积极地以殉道般的热情，在一个封闭的城堡里，甘愿忍受男人皮鞭、镣铐、贞洁带的惩罚和驯养，在“被奴役的幸福”中证明自己的爱情；更大的问题在于作者的身份。小说发表时署名波利娜·雷阿热。在此后将近半个世纪里，任凭小说本身一路走过遭禁、开禁、获奖、拍电影的跌宕命运，作者的真实身份却始终是个谜。即便如此，女性化的发表署名已经足以激怒当时正风起云涌的女权运动的大小旗手——她们（他们）鼓吹的范围从选举权直到避孕药，这些得来不易的成就被小说里的“O”和小说外的“女作者”拱手送还给了男人们。她“骄傲地看着自己的身体因为疼痛而日渐消瘦”，并在腰间烫上了男主人姓名的首字母。

1994 年，当前伽利马出版社女编辑多米尼克·奥利终于公开承认自己就是波利娜·雷阿热时，女权运动自身已时过境迁。在此期间，女人被口号领出家门，又被口号唤回家门，嚷过性解放，又对性解放逐渐厌倦。激情过后是对自身终极命运的反思——无解的反思。奥利的“自首”似乎再也激不起当年的惊诧和愤慨了。人们只是麻木地感叹：是，她是个女人；是，她出于自愿；不，小说里写的并非其亲身经历，她本人的生活（单身母亲，事业成功，爱情自主）在某些方面倒贴得上女权人士的标签；不，那只是一封奥利写给情人——著名出版人、有妇之夫让·保朗的长长的梦幻情书。

即便在粗糙的电影改编版里，小说中那梦幻的气息依然无处不在。每天都在上演施虐—受虐游戏的城堡与纳粹集中营毫无相同点，而其中衣着华美、“痛并快乐着”的女人们倒更像是从安格尔的名画《土耳其浴室》中款款走来的后妃。O 表面上呈现绝对的顺从，但她对自身的毅然弃绝发展到极致以后，似乎反倒有了某种奇特的主体性。于是，让女权主义者头痛的问题来了，揭开面纱的奥利反问道：“O 怎么见得没有利用这座城堡，这加诸她身体的荒淫，这铁镣来达到一种梦幻的最终完成——即摧毁，死亡？难道从另一个角度来说，暗地里，不是她在要求，是属于她自己的要求在限制他们，她的情人们？”

所有的女权问题，一旦纠缠到最后，几乎无一例外地都要掉进这样的迷局。与此相仿的一个重要命题是：弗洛伊德暗示我们，女心理学家海琳·道尔奇明示我们，大量男人和女人写的小说亦向我们反复强化，女性的性幻想天生含有受虐倾向，即所谓意念中的“强奸幻想”。每当将思路推到这一步，我都只能绕开问题本身，默念人类学家舍瑞·奥特娜那句著名的设问：“女性之于男性，不正像自然之于文化吗？”（Is Female to Male as Nature to Culture?）

这句话有多重诠释的可能。放到O的城堡里，加诸于受虐女性头顶上的超现实的光环，洋洋大观、自成体系的施虐工具，就完全当得起“文化”二字。夏娃是亚当的一根肋骨，文化是改造并统治自然的规则。在这样的语境下，幻想不可能逃脱规则的钳制。与其说女性的性幻想天生含有受虐倾向，毋宁讲，现成的文化并没有为女性提供受虐以外的性幻想。O的“自由意志”也好，所谓普遍的“强奸幻想”也好，都只是在有限的规则内寻找乐趣并沉醉于其中，都是“自然”致“文化”的情书。

小说到后来，O殒身不恤的积极性似乎让统治她的男主人都有些无所适从，他最后将其转赠他人的原因未尝不能作此理解；而小说外，男作家加缪在为小说辩护的同时，固执地不相信作者真的是个女人——这是不是意味着，当女性将男性世界的规则演至极端，也会激起男人们心底深处的不适与惶恐呢？正如，自然对于文化的低眉顺眼早已成为客观规律，但它的反戈一击，往往是致命的。

苍老的镜子

美少女被老男人囚禁在孤岛上，从十八岁一直关到三十岁。这个算得上老套的寓言模式，因为一个关键的细节而变得别致起来：岛上没有一面镜子，找不到一丁点可以反光的东西；窗户高到无法靠着玻璃照见自身；杯子必是粗瓷的，茶里一律加过奶，所有的金属餐具都没经过抛光处理；少女每次洗澡，浴盆里都会洒上香油把水搅浑；虽然凭海而居，但少女从来不肯到海边散步……所有这一切，都是因为老男人当年将昏迷的少女救出火海以后，就用谎言和一面特制的镜子，将她的信心全线击溃。在那面镜子里，少女看到了自己"毁容"以后的惨状，自此万念俱灰。除了将镜子打碎，"自愿"躲进老男人以欲念编织的保护伞，满怀感激地与世隔绝以外，她还能怎么办呢？

这是比利时女作家阿梅丽·诺冬的法文小说*Mercure*。这位酷爱双关游戏的炼字癖设计了一个几乎不可能翻译的书名：单就字面而论，你可以理解成"信使"（即墨丘利神），因为少女后来与外界恢复联系正是通过一位充当了信使角色的女护士；但你更可以理解成"水银"——制造镜子的主要原料。镜子是故事的关键，是少女得以定位自身的媒介。荒岛上求生的鲁滨孙不会把顾影自怜当成最迫切的需求，但已经当过十八年美女的阿彩却亟需一面镜子来确认她仍然具有在男人的世界里如鱼得水的能力。镜前的美人，与其说是要窥见自己的灵魂，倒不如说是在努力想象交织在她身上的目光，练习唤醒男性“视觉记忆”的种种技巧……

在没有镜子的孤岛上，老男人本身充当了唯一的反射界面，而这种强制性的反射从某种程度上说，更集中，更浓烈，营造出让女人难以抗拒的幻觉。小说中，美女明明得救了也不愿意离开老男人的“庇护”，而这一切也完全在后者的意料之中，他向女护士振振有词地说：“您从来没有尝过年轻女孩被囚禁、被压迫、被崇拜的滋味。但凡您曾经有过这些经历，您就会明白为什么这些小姑娘会如此喜欢这种决定命运的演出了。”

写到这里，诺冬开始举棋不定。她设计了两个大结局，但多少都有点无厘头，都不足以承载前半段本来已经夯实的分量。相比之下，处理类似的关系，菲利普·罗斯在《垂死的肉身》（*The Dying Animal*）里，就拿捏得老到许多。女学生康秀拉与老教授凯普什的肉体关系原本是一份心照不宣的买卖——以知识和权力兑换美貌与青春本来就是两性世界里最容易套用的公式；因而，顺理成章的，双方都在有意无意地避开把交易升华成某种更深挚的眷恋的可能。这样的关系均衡，公正，安全，流于浅表，所以后来轻易离散也似乎不足为奇，哪怕凯普什发泄在钢琴上的思念、康秀拉寄托在明信片里的思念，也证明不了什么。

随着康秀拉罹患乳腺癌，故事的轨迹有了戏剧性的转折。他和她重逢。一个真正地老了，一个要么即将在盛年死去要么残缺地活着。他们的关系再度达成了均衡和公平，只是，这一次，似乎连性也显得不那么重要了。康秀拉哭着告诉他，“你喜欢过我的身体，而我为此感到骄傲……你见过我最辉煌时的身体，因此我想让你在医生们把它给毁掉之前再看看它……”她要他拉上窗帘，打开所有的灯，找到合适的舒伯特的唱片，然后她摆出各种姿态，让他替自己拍下“尚且完整”的身体。

在这种特定的状况下，年老倒反而凸现出其无与伦比的优势。对于康秀拉而言，在一个眼看就要将她抛弃的男性世界里，凯普什的经验、权威和洞察力（或许还应该加上老教授本身已接近心如止水的处境），都足以构成她所能抓到的最后一面镜子。镜身固然斑驳，镜面固然浑浊，但良好的——如果不是绝佳的话——反射性能依然存在，而这，正是康秀拉迫切需要的。

小说最后，这面苍老的镜子如梦呓般絮絮独白：“她要我告诉她，她的身体有多美。她的身体。你认为做了手术后男人还会喜欢我的身体吗？这是她问了一遍又一遍的话……”

只管睡的美人

“客栈的女人叮嘱江口老人说：请不要恶作剧，也不要把手指伸进昏睡的姑娘嘴里。”

这是川端康成的短篇《睡美人》的第一句，也是加西亚·马尔克斯借来题在《追忆我那些忧伤的妓女》（中文译本的书名是：苦妓回忆录）的扉页上的话。两位诺贝尔奖得主迷恋着同样的故事（当然，马尔克斯明显是受到了川端的启发）：某位老年男子，在提供特殊服务的客栈（妓院）里，与熟睡中的少女静静地度过一个又一个暗流涌动、思绪澎湃的夜晚，但是，没有性，也没有“把手指伸进昏睡的姑娘嘴里”。

两本书里的两个少女之所以熟睡，都是因为老鸨事前下过药，既为了防止少女紧张，也为了避免老人尴尬。而这两位老人，也确实都到了尴尬的年龄。川端笔下的江口，虽然自诩为“还不属于那种可以放心的客人”，却也只能承认“自己已进入老丑之境，距凄怆之境为时不远”；而马尔克斯的想象还要更魔幻一些，他的主人公“我”开篇就口出狂言：“在我九十岁那年，我要与一个青春年少的处女一夜销魂，作为给自己的礼物。”然而，当他在九十岁生日前夕把电话打给熟悉的老鸨时，对方警觉地问：“你试图证明什么？”

“不要证明什么，”“我”的心明明被这种怀疑伤到了极点，嘴上却回答，“我很清楚自己能做什么，不能做什么。”

这实在是个搔到了痒处的问题。显然，两位老人都在试图抓住人生最后一道夕照，用女人青春的身体，证明他们作为男性的自己。不管是亚洲的江口，还是美洲的“我”，面对熟睡的少女，都将种种自相矛盾的情绪次第展开：愤怒有一点，感伤有一点，重头戏则是夹杂着优越感的忏悔。江口在日本茶和红叶尽染的风景画面前追思自己错失过、辜负过多少好女人；而“我”自从十三岁以来，头一次感受到摆脱了性的束缚，于是他焦灼而甜蜜地欢呼，“在我九十岁时，经历了人生的初恋。”

川端着力铺陈的是存在于江口视觉与嗅觉中的女人，当抚摸的动作越来越多——也就是触觉渐渐加进来以后，文本就开始隐隐传达出不安，如同常春藤的触须般，缓缓爬向无比阴郁的结局：少女服用了过量的药物，终于长眠不醒。相比之下，至少在表面上，马尔克斯要乐观得多，“我”甚至不需要仰赖过多的感官刺激，单单一个“睡美人”的画面，就能让他即便在白天独处的时候，都能在大脑的键盘上奏出狂想曲来。像所有准备收藏女人的男人一样，他开始布置房间，对着梦乡里的她唱情歌、讲故事。但是，请注意，“他并不喜欢她梦呓的声音，他更喜欢她不言不语的时候。”故事结尾，“我”踌躇满志地打算与这位处女相伴余生，希望能“在度过第一百个生日以后的某一天死在甜蜜而痛苦的爱里”——直到此时，我们还是看不到女孩醒来的样子。在这种语境中，“我”的臆想越是夸张离谱，就越是强烈地形成对现实的反讽。

所以，川端的灰暗与马尔克斯的明亮其实是一回事。在众多关于《追忆我那些忧伤的妓女》的书评中，另一位诺贝尔获奖者库切写道："关于所有睡美人的同一个问题，当然是她们醒来后会发生什么事情。"对此，约翰·厄普代克回答得相当干脆："睡美人只管睡就可以了，在他男性的凝视之下，她的美就是她存在的理由。被吻醒之后她做了什么我们不得而知。"

交易

当女性被视为私有财产，一种“交换舞伴”游戏也同时出现。结构主义人类学家列维-斯特劳斯告诉我们，历史现象之大要，有其正必也有其反。反面模式既是例外也是补充，应视为对正面模式的意义之巩固。

“换妻”绝不是前卫的白领生活方式，作为一种幻想，它一早就出现在古代市井故事中。《初刻拍案惊奇》卷三十二“乔兑换胡子宣淫，显报施卧师入定”一本，是这种幻想故事喜剧性模式的典型：“交换舞伴”演变为劫富济贫，贫穷智胜财富，劣币换回良币。

一开头照例是这类短故事删繁就简的格局：某时某地的姿色排行榜上，铁生之妻狄氏居第一，胡生之妻门氏列第二。铁胡二人“各有欺心，彼此交厚，共相交纳，思量一网打尽，两美俱备，方称心愿……意思便把妻子大家兑用一用，也是情愿的”。

此后一连串的计谋与巧合，都脱不开情景剧的俗套，有趣的地方在于对四位当事人心理的细致描摹。铁生性直而家富，非但豪爽散财，而且将觊觎门氏之心大鸣大放；胡生性狡而家贫，嘴上处处露怯，肚里时时藏巧。然而，两人真正的企图倒是不谋而合：既想夺人之美，又把自家老婆当成握在手里的底牌，绝不肯轻易抛出去。而两位太太深知个中利害，或是隐忍不发，或是暗度陈仓、满足私欲，但都本能地拒绝相信夫君“情愿兑换”的豪言——男人被冒犯的底线在哪里，她们再清楚不过。男权的悖论，注定了这是一场不可能在精神和实质上都获得双赢的战役，或者全胜，或者完败。

如是，几个回合下来，整出戏的狂欢意味愈演愈烈，男性作者在字里行间的眉飞色舞，亦历历可见。借着街坊们编的歌谣，作者对于胡生用智商和手段赢得的完胜激赏有加（只不过，因为忌惮着正统礼教，这份激赏得从奚落铁生的角度，反着说）：“……又何须终日去乱走胡行，反把个贴肉的人儿，送别人还债？你要把别家的，一手擎来，谁知在家的，把你双手托开……这样贪花，只弄得，折本消灾。这场交易，不做得公道生涯。”

至此，狂欢告一段落，作者脸上的笑影尚未褪尽，又要及时板起脸孔来，履行赋予作品“合法性”的劝世义务。铁生本无慧根，少不得要安排一个佛法无边的禅师将其于危难中点醒，并令胡生无端暴病而终，而与其通奸的狄氏既哀痛难当，又发觉正牌夫君已洞悉“桃色交易”之真相，于是，“恹恹成病，饮食不进而死”。如此这般，铁生顺理成章地把先前久未得手的门氏娶进门续弦，且因为受了这番变故的警示，自此修身养性，一心捍卫正统婚姻制度的尊严。

与此类章回小说一样，这则故事像极了攥在贾瑞手中的风月宝鉴，正面是美人之“色”，反面是骷髅之“戒”。胡生虽然不是这场桃色交易的发起者，但其瞒天过海、左右逢源的境遇既极大地满足了男性的性幻想，也在三年光阴中招致公愤，并潜在威胁制度化婚姻的平衡状态，所以，作者自然要设置一个生硬的结局，赏他一个骷髅，以完此劫。至于读者——男读者究竟是被骷髅吓倒，断绝“收藏极大化”的淫邪之念，还是在心底里怀着对胡生的由衷艳羡，忍不住将镜子翻过来……那可是凌蒙初概不负责，或者说心照不宣的。

语词幻术

汉语的一大妙处是基本单位轻巧灵活，拆开来每个汉字都能挤眉弄眼，有时候还会争先恐后。中学里念鲁迅的文章，学到“介绍”二字颠倒过来也可以作文章（后来才搞清楚这用法是从日本人那里直接搬来的），就学着在写给朋友的信里“绍介”一把，立时，眼前那信纸就泛黄了，就“五四”了。

这股子学生腔一路延续到大学时代写论文，动辄便是“语词”云云。顺手查查一贯滑头的《现代汉语词典》，它说“词语”的定义是“词，短语，字眼”，而“语词”的意思是“词、词组一类的语言成分”。你看得出什么本质区别吗？反正我不行。听说“语词”跟翻译呀哲学呀语言结构呀有些瓜葛，德里达什么什么的……我晕，我检讨，在我写过的所有文学评论里，真的没德里达什么事——写“语词”的时候，我脑瓜里想的，就是那个老土的“词语”。

如此微而妙的挪移，最登峰造极的例子当然是“情色”之于“色情”。“色情”是从 erotica 翻译过来的，典出希腊神话里的爱神厄洛斯——这一位，后来给罗马人添油加醋，成了拍着翅膀到处捣蛋的丘比特。有希罗神话在后面撑腰，erotica 先天就显得比较高级。维基百科上拿它和 pornography 对比，说“虽然二者看上去像是一种东西，但 erotica 的着眼点在于性场景的图像描绘，而 pornography 则常被描绘成腐朽的可耻的”。虽然这样的说法还是有点云山雾罩，但是，把 pornography 翻译成“淫秽”大抵没有错。所以，在老外这里，两个完全不相干的词儿，各自把守一扇大门，基本上可以做到井水不犯河水。

不过，爱神一莅临中国，就得犯迷糊。“情色”是什么？厄洛斯想破头也没有这么个孪生兄弟。网上有人列出十几条“情色”与“色情”的区别，比如“色情除了性还是性，情色除了性还有人性；色情色空，情色情实；色情人是性的奴隶，情色情是性的主人”，这种理论估计宙斯来了也看不懂。请教沪上名士小白，他发话：“这基本上是个自由心证的问题。好比说，德加是情色，毕加索是情色，杜布瓦就是色情。你觉得某某是大艺术家，他画什么写什么，就可以把‘情’放在前头。”

语言问题就是这样一下子转换到心理幻术的。依此类推，菲利普·罗斯写的小说当然是情色，琼·考琳斯就只能算色情。如此分类的实际功用，就在于轻而易举地瓦解你的心理防线，降低字眼的杀伤力，同时给词与词、人与人的从属阶级定个性。不信，如果我用“介绍色情词语”做本文的标题，一定不如现在这般婉约动人、高深莫测……于是我茅塞顿开，并热烈恭喜小白老师的锦绣文章早已够格晋升到了“情色”殿堂。

馊黄酱

英国的《文学评论》（*Literary Review*）不算名牌杂志，罗恩·萨默维尔（Rowan Summerville）也不是大腕作家，但前两天，Bad Sex in Fiction Award 高调发布，前者大张旗鼓地颁，后者半推半就地领，成就一年一度最招人窃笑的公关文化事件。奖座本身是个“半抽象的小雕塑”，一本敞开的书上骑着一名裸女，据说暗喻“五十年代的性”。

二十世纪五十年代尚属性解放前夜，一切在将懂未懂之间，态度暧昧点，姿势笨重点，吃相难看点，都是可想而知的。这个意象想必很让该杂志主编得意，至少生动地诠释了他在 1993 年创立该奖项时提出的宗旨：“为了将小说里那些粗俗的、品味低下的、通常多余的性描写段落示众，从而对这种现象予以打击。”话虽然说得正气凛然，但颁奖现场的照片上却浮现着三四张忍俊不禁的脸，让我觉得，如果正儿八经地翻译成“拙劣性描写小说奖”，多少有点中计。倒不如送个“馊黄酱”的别号，还比较对景。

罗恩的这部名叫“她的身段”（The shape of her）的得奖作品，在亚马逊上只能找到一小段内容简介，看起来路数多少有点像麦克尤恩的《在切瑟尔海滩上》。某男领某女去某海滨开房，事先打好了灵肉合一的算盘。但关键时刻心理作祟，什么童年情结啊，身份焦虑啊，统统躲在床笫之间施放冷箭。用作者的话说，这部小说之所以充斥性场面，乃是因为它的主题本来就是性——要不是出版社编辑横加干涉，小说标题一定会是“‘性’了好多年”（Sex That Lasts For Years）。作者既承认获奖让他曝光率猛增（原先早已下架的书大有重印的可能），又委屈地控诉此奖标准模糊、导向恶劣——鉴于该杂志向来标榜其职员均来自“上流社会”，而其评委会主席又曾暗示无论何种性描写都不可能得体，则此奖所体现的英国根深蒂固的保守兼势利传统，委实耐人寻味，云云。

颁奖典礼的高潮部分，是将几段获得提名的“馊黄”段落，当众念出来领受臭鸡蛋，《她的身段》当然是其中的焦点。老实说，将乳头比作“最可爱的夜间动物的鼻子”（是蝙蝠吗?），并不见得比亨利·米勒更粗鄙；至于把肉搏场面形容成“一位鳞翅目昆虫学家骑上一条硬皮昆虫，用太钝的针拧进去”，意象确实够阴森（想想昆虫学家的随身道具吧，放大镜、解剖针，空气里充满福尔马林的味道……），不过，一旦放到这本小说特定的心理畸变的背景上，也完全可以理解。该奖的另一个提名者，曾在布莱尔当政时期担任舆论导向专家的坎贝尔就对评奖结果很不服气，他巴不得凭借自己的第二部小说《玛娅》尝尝馊黄酱的滋味，并且借此大声疾呼，为性描写正名。

看看“馊黄酱”历年的获奖名单，不乏塞巴斯蒂安·福克斯、诺曼·梅勒这样的超大牌，老厄普代克临终前一年（2008）还领到了迄今唯一的终身成就奖。这种动不动拉名人下马的作风，其醉翁之意当然不在“酱”。不过，换个角度看，这差不多也是性在严肃文学中一向扮演尴尬角色的真实写照。从《包法利夫人》里马车中伸出的雪白胳膊（福楼拜曾因这段描写被告上法庭），到《她的身段》里被一根钝针钉住的“硬皮昆虫”，尺度在跃进，被示众的命运却相差无几。谁都知道，缺了一盘黄酱，文学这锅炸酱面非但拌不出“人味”，简直活活淡出个鸟来；然而，面一旦上桌，谁都有资格皱起鼻子——并以皱起鼻子的姿态足够优雅来显示自己的高贵——同时大声质疑：耶，味道不对嘛……

聂隐娘还是王佳芝

蹲足一夜，小说里的隐娘才提了人头回来。师父怒斥："何太晚如是?"隐娘答："见前人戏弄一儿，可爱，未忍便下手。"师父再逼一步："以后遇此辈，先断其所爱，然后决之。"

电影《刺客聂隐娘》的开头，黑白胶片上的聂隐娘并没有完成这个任务。她手里没有人头，对师父的这段话唯有麻木应对，仿佛被击穿了心理底线，知道"未忍便下手"将是此后她的人生舞台上反复上演的剧情。但裴铏笔下的隐娘，在刺客训练课里领到了合格证，只因"晚如是"被扣了几分。对于师父的残忍训诫，她的态度是"拜谢"。

这个"拜谢"既不代表隐娘从此被规范成杀人机器，也不是像电影那样走向反面——烧一锅简单的人道主义鸡汤，一日一剂。在小说里，隐娘以自己的方式听懂了师父的话，她触摸到了政治博弈的本质，也参透了刺客的职业宿命。这句训诫成了她人生的分水岭。她决心在大棋盘上悄悄挪动一下自己的位置，这一挪既不能太轻也不能太重，轻则于事无补，重则掀翻棋盘覆巢之下无完卵。

如此复杂的心理轨迹可以通过后来的故事发展来验证。隐娘被交还给聂家以后很清楚自己的经历和人生选择已经超越了俗世的理解范围，于是对父亲聂锋说："真说又恐不信，如何？”书上的聂锋远比银幕上的倪大红豁达，追问完故事以后虽然怕得不行，但没有反复絮叨“我真后悔”，而是从此既“不敢诘之”也“不甚怜爱”。磨镜少年上门，隐娘如掷一把飞刀一般迅速钉牢他的位置，向父亲宣告“此人可与我为夫”，聂锋不敢不从。

这是何等明亮任性的一笔，古典与现代性神奇地交织在一起。这些唐朝人物仿佛在刹那间就飞到《百年孤独》里穿行了一遭以后又飞回来。从这个“但能淬镜，余无他能”的少年身上，隐娘如天启般看见了自己下半生的另一种可能性。到了电影里，“此人可与我为夫”没了。编剧们辛辛苦苦替妻夫木聪写下了遣唐使的前世今生，甚至在新罗还有个发妻，这些累赘枝节被侯孝贤悉数剪去——剪得不可谓不对，问题是，剧本对这个人物“化神奇为庸俗”的设定是剪不掉的。最后我们看到的，是一个莫名其妙、神奇光泽被磨尽的磨镜少年。

电影编剧在改编小说的过程中，确实干过太多推倒重来的辛苦活。原著的后半程，隐娘周旋于魏博元帅与刘悟之间的斗法，这段情节对藩镇割据当然是有所指涉的，后面当然也隐约可见朝廷的背影，要时代有时代，要个体有个体。隐娘在其中的每一次入世，每一次出世，每一个主动出击而非被动采取的动作（更不是简单的“不杀”），每一句对局中人的点拨，都选择了最恰当的时机和最符合其性格特征的方式。最后刘悟之子不听隐娘箴言而“卒于陵州”的结局，更是从反面验证了隐娘的人生智慧。但电影编剧似乎从一开始就决意把小说扔到一边，先彻底拿掉刘家这条线，再抬高隐娘一家的政治地位，让所有的矛盾都归拢到田季安家族集中爆发。问题是，如果没有新鲜而锋利的切入点，复杂的家族树并不会让人性呈现出更复杂的面貌，也不会给故事的内核增加更多的阐释空间——有时候正相反。

一旦去掉剪接的障眼法，把电影里的人物关系理顺，你会发现这是一个异常好懂、简直好懂到俗套的故事：双胞胎公主，被政治联姻牺牲的青梅竹马，主母谋害宠姬，甚至还有被施了蛊术的纸人和假月事真鸡血瞒孕保命……这条故事线符合大众趣味，拿到任何一个商业片行货的熟练工手里都会成为更加称手的兵器，都会用更快的节奏、更清晰的叙事脉络、多上好几倍的镜头数以及更刺激视觉的动作场面让大众喜闻乐见，顺便还能套拍个八十集宫斗剧。这样做很工业也很有效，只要占到天时地利，完全有可能成为商业片中的好产品。

但这样当然不是侯孝贤。从这个故事结构定型的那一天起，原著与剧本、剧本与侯孝贤擅长的影像风格之间，便存在着尴尬的双重割裂。从最后的成片看，他应该也意识到了这种割裂，所以绝对避免使用商业片的影像语法，碰到需要交代人物关系和情节的地方，就用大段文言台词配上静止镜头，好让画风显得拙朴一点，至少看起来离商业远一点。那些东山魁夷或者安塞·亚当斯式的画框，人物在山山水水中走台的气度，有意无意地引导观众忽略故事究竟讲了什么。至于大幅度删剪对观众理解剧情造成的障碍，也不妨视为一种聪明的陌生化处理——乍一看，你会不明觉厉，你会相信这里面吞吐了多少野心。戛纳把最佳导演奖颁给侯孝贤，某种程度上，正是对这种聪明的表彰：无论多么违和的情节，都能纳入导演的风格化轨道，这是技术，更是气场。

但技术和气场并不能解决一切问题，尤其是先天问题。舒淇一遍遍地重复“这个杀手不太冷”的造型，见孩子不杀，见孕妇不杀，见旧情人也不杀，三个不杀之间没有递进也没有递退，没有发展没有转折，只有单调的委屈和为难——有一点像是《色戒》里王佳芝陷入的困境，却又远不如后者丰富立体。小说里那个有大智慧和复杂层次、善于化被动为主动的侠女，终于被庸俗的设定碾压成一个扁平的符号。侯孝贤对速度的抑制，对于静止状态下云气风势鸟叫虫鸣的渲染，都在呼唤一个线条更简单但阐释空间更大、人物的内在光谱更宽阔的故事，需要一座真正简洁剔透、有着多棱侧面、尖峰浮于海面的冰山（我们在影片的宣发过程中听到“冰山”这个词被主创人员反复提及）。让人费解的是，这样的故事明明就在小说里，你可以在此基调上丰富、补充、变形，但何必另起炉灶、舍近求远？

这其实是一个具有共性的问题。当年陈凯歌改《赵氏孤儿》，费尽力气要用现代人的道理，去解释程婴为什么要牺牲自己的儿子，保全赵家的骨血，于是节奏为之拖沓，人物为之纠结。无论站在艺术还是商业的立场上，这都是一个别别扭扭的作品。我不明白的是，为何大师们愿意花那么大力气做旧如旧，竭力在布景器物的气韵上追寻汉唐遗风，却拒绝吃透原著本身，不愿或者不敢信任古人的行为逻辑，非要把冰山变成杂蔓丛生的花果山，把聂隐娘变成抽象化的王佳芝？

杀人以后怎么办

这样不可复制的阵容如今想起来简直会忧伤：《双重赔偿》(1944)。詹姆斯·M. 凯恩的小说原著，雷蒙德·钱德勒的改编剧本，站在导演席上调度弗莱德·麦克莫瑞拿丝袜跟芭芭拉·史坦威克调情的是全盛时期的比利·怀尔德。还能怎样对路呢？只靠一枚打火机就能点亮一屋子影调并且盘活两个男人的前后三场内心戏的时代（请自觉在《双重赔偿》的碟片中搜索关于打火机的镜头），不是 2011 年的《艺术家》或者《雨果》用“技术仿古”就能真正再现的。胶片场景道具固然可以做旧，可是该怎样才能把银幕上的规定情境和观众席上对光影的敏感度，全调回黑白模式呢？事情就是这样：黑白电影的黄金时代，是看惯了彩色影像的眼睛，永远无法真正感知的。

不过，把小说和电影放在一起看，你还是能感觉到，黑白的凯恩、黑白的钱德勒和黑白的怀尔德之间，有那么一条暧昧的灰色地带。三位大师就在一团灰色中暗战。杀人是好办的，凯恩在原著中已经吃透了保险条例和火车运行的规律，鉴于当时具备车速缓慢和尸检水平相对低下这两项客观条件，整个过程确实经得起最挑剔的推敲——钱德勒没有理由不全盘照搬。故事的前半部逻辑复杂而人性单一，正是让电影人最舒服的套路：在这个类似于“《金瓶梅》前传”的故事模型中，怀尔德只要确保在“西门庆”扼杀“武大郎”的一刹那间聚焦在“潘金莲”的表情变化上，就能既忠实于原著，又不超越好莱坞的暴力尺度，顺便也让这个酷得要命的镜头成为黑色经典。

问题是，杀人以后怎么办？电影处理得干脆利落，基本扔开小说《双重赔偿》的设定，走的反而是凯恩前一部成名作《邮差总按两遍铃》的老路："潘金莲"和"西门庆"在得手后并没有欢天喜地如胶似漆大闹葡萄架，反而被巨大的心理压力一步步击溃了两人之间本来就脆弱的欲望纽带（"我的问题是选错了对手，"男主角这样向观众交代），无形中，互相猜疑的螺丝在一圈圈拧紧……另一方面，编剧给保险公司老板加了几场戏，悄悄改变了他在小说中始终被动的位置，那场老板深夜探访保险员的戏（女主角藏在门背后的桥段很适合发挥影像优势）以及老板与保险员虚与委蛇时进一句出一句的台词，部分满足了观众"邪不压正"的心理期待。当然，钱德勒毕竟是钱德勒，他不甘心让结局彻底滑入"邪必压正"或者"狗咬狗"的俗套，所以在男女主角拔枪相向时，没忘了陡然增加一丝诡异的温存：在说"我对你没有爱只有利用"时，女人眼含泪光，她不忍心及时补上第二枪，从而给了男人以绝地回击的机会。如是，一个你搞不清是自保还是殉情的场面出现了——我总觉得，后来的《太阳浴血记》，在处理结局时很可能受到了电影版《双重赔偿》的影响。

回过头来再看小说。那些被电影削弱的暧昧地带，那个让女主角眼含泪光的内在原因，其实在文本中历历在目——给读者造成理解障碍的，是具有巨大蒙蔽性的第一人称叙事。杀人后"我"的心理变化，那种急剧的过山车效果是“我”甚至无法向自己交代清楚的。让小说读者最困惑的情节是，为什么“我”（保险员）会在案发后突然觉得自己爱上了情妇菲丽丝的继女萝拉，并且声言是出于内疚、为了保护萝拉免受冤枉而主动向老板自首（这条线几乎被电影完全舍弃）？其实，只要稍加留意，就能发现，这既狗血又突兀的爱和“内疚”是在“我”听到萝拉单方面指控菲丽丝的“蛇蝎往事”（那意味着她对男人“只有利用没有爱”）而且认定此刻菲丽丝与萝拉的男友打得火热之后，才突然冒出来的。凯恩始终没安排这对奸夫淫妇在犯案后有机会串供，所以“打得火热”其实也完全可以理解成菲丽丝为了蒙蔽警方、间接保护“我”和她自己所做出的应激反应。然而，杀人时冷静如斯的“我”却想不到这种可能，截至此刻，他所有精密计算的本领都彻底失灵了。那么，能冲昏高度理性者头脑的是什么？恐惧、猜疑，以及，爱情。所以至少我们不能排除一种可能：他们真的有爱情，哪怕以最卑劣最令人发指最冒犯读者/观众的形式出现。

有评论认为，小说让“我”莫名其妙地“爱上”萝拉无非是为了横生枝节，最终难免沦为一处俗套的败笔。而我恰恰认为，正是这条分岔，才成了这部小说有别于小报谋杀案故事、同时也让电影改编者徒唤奈何的分野。“我”的前后矛盾、言不由衷不是作者的破绽，而是一个陷入致命诱惑的男人卖给人生的破绽。凯恩需要抵御多少叙事的诱惑，才能始终保持最为含蓄克制的笔触，不让作者视角代替人物视角，不急着替“我”自圆其说。如此步步为营之后，他知道，他安排的结局，是好莱坞编剧（哪怕是雷蒙德·钱德勒）不敢照抄的（并不是因为钱德勒刻意加入私货，而是小说中这样复杂的心理、这样费解的浪漫超过了电影语言所能表达的范畴，也会冒犯观众对于“爱情”的“正确”定义）。而对于那些有耐心反复解读其小说文本的读者而言，这个在船上戛然而止的凄冷结局，则会成为他们在恍然大悟与惘然若失间，收到的最难忘的回馈：

“我正在客舱里写下这些。现在大概九点半了。她正在她的客舱里做准备。她把脸涂得粉白，眼睛下面有黑圈，嘴唇和脸颊涂成红色。她穿着的那件红袍子，看起来真可怕。那只是一大块方形的红丝绸，裹在她身上，没有袖孔，她的手在下面动的时候，看上去好像断了一样。她看上去好像《古舟子咏》里上船掷骰子收魂的那个。

我没有听到客舱的开门声，但现在我在写字的时候，她就在我身边。我可以感觉到她。

（原文在此处，意味深长地空了两行。）

月亮。”

“你干吗替我想这么多？”

说来也巧，今年工作计划中邀请的两位外国小说家都在临买机票前一刻变卦，理由相差无几：法国的那位同时混电影圈，由他执导的新片档期有变，所以只能跟上海读者说抱歉；德国的那位，其代表作的电影改编问题正好到了节骨眼，兹事体大，无暇顾他。

所以说，文字与影像之间的“变形记”究竟意味着多少商业价值，能在如今这个被屏幕包围的世界上发挥怎样的传播效能，其实每个小说家心里都有一本账。反过来也差不多，据说如今各路影视制片和导演是寂寞的文学杂志最忠实、反应最快的读者——他们到处采购小说改编权，跟作者聊剧本，就是因为知道，找到一个现成的好故事，要比请十个麦基到国内来开坛授课更有效。不过，郎情妾意未必缔结美满婚姻。小说家游历电影圈之后的各种经验、遭遇或者八卦，是文化圈饭局上的经典话题。你看到的是墨镜王今天左手挽张嘉佳“从你的全世界路过”，明天右手拉金宇澄共赏《繁花》；你看不到的是，背后要经过多少迂回曲折的磨合，推倒了重来，破镜了重圆，才能真正成全一段佳话。

莫言对此大概深有感触，所以好几次在公开场合里讲过一件往事：当年他曾为张艺谋量身定做过一部名叫“白棉花”的小说——单单从标题看，复制《红高粱》成功经验的企图便昭然若揭。女一号是按照巩俐的形象写的，细节是按照分镜头剧本的要求处理的，但张艺谋没看上这部小说，理由恰恰是“你干吗替我想这么多?”，大部分时候，文字与影像之间的关系就是这么欲拒还迎、欲亲还疏，那种不远不近的理想火候以及天时地利的完美搭配，就连大师们也是可遇而不可求。

比方凑齐了一桌大师的《辛德勒名单》，就花了整整十年，才打完这一局名垂影史的好牌，其间还多次面临掀桌走人的险境。斯皮尔伯格本人就因为压力巨大打过几次退堂鼓，想推给罗曼·波兰斯基遭拒，再转而找马丁·斯科西斯。后者倒是欣然同意，没想到斯大师迅速反悔，玩了一把“最后一分钟营救”，拿自己正在筹拍的《恐怖角》赎回《辛德勒名单》。

斯皮尔伯格的纠结其实完全可以理解。托马斯·基尼利的小说原著虽然得到一大堆包括布克奖在内的小说奖项，但这种基于真人真事并提供大量出处加以佐证的写法基本上遵循的是非虚构的原则。面对如此严肃沉重的题材，面对一部直接用事件说话、刻意淡化“塑造人物”(因为事实本身已经足够震撼）的准报告文学，斯皮尔伯格以前得心应手的那套好莱坞法则基本派不上用场。影评界普遍认为，最后的成品（挑战观众耐受力的长度、黑白胶片，将近一半用手持摄像机拍摄的纪录片手法）不仅足够尊重原著，而且是斯皮尔伯格风格从此趋向多元的标志。耐人寻味的是，即便如此，九项奥斯卡也还是没法让文学界完全心服口服。小说作者基尼利就对辛德勒演讲的那场戏稍有微词，认为它比原著加强了煽情效果，却牺牲了事件的合理性。至于诺贝尔奖得主凯尔泰斯将其直斥为“媚俗”的反应，偏激是偏激了一点，却也多少点到了影像的死穴：它必然要比文字更多地屈从于感官的诉求。

在这件事上，英国作家约翰·福尔斯远比凯尔泰斯想得开。他认为：“面对一部包含大量你知道无法被拍成电影的元素的小说，将其中能被拍成的电影的元素拆卸后重新装配，这种活儿无疑最好留给受虐狂或自恋癖去做。”对于这些“受虐狂和自恋癖”，福尔斯没有不切实际的要求，他指出：“一位优秀的电影编剧能给导演的最大礼物不是写一个忠于原著的脚本，而是写一个忠实于电影极不寻常的生产能力（以及与观众的关系）的脚本。”

不过福尔斯的通情达理在很大程度上是因为他最著名的作品《法国中尉的女人》被扔进电影圈以后，运气还不算差。尽管开头也经历了一串离奇的故事（有人伪造了假合同邀请某著名女演员出山；某名人拒绝改编这部小说，只因为他“不能帮着传播一个如此偏向女性的故事”），尽管前后十年（又是十年）也差点耗完了福尔斯的耐心，但电影工业的不可思议之处在于——“当我们面对又一个拍摄方案被否决而悲观失望时，总有另一个候选者像青草一样从这日益光秃的草地上冒出来。”1978 年，这一串候选人在转过一圈后回到了原点，十年前电影公司试图说服却因故放弃的哈罗德·品特又出现在福尔斯面前。

还好是品特。很难想象换一个人能如此迅速地抓住问题的关键。这部小说的改编难点在于所谓的“元叙述”和立体交叉视角，自始至终都从维多利亚时代和现代两种视角展开，如果亦步亦趋地图解，只能让观众觉得太晕，作家觉得太浅。如果贪图方便去掉这一层，那么这部电影就成了山寨版的《纯真年代》，不再具有一丁点福尔斯作品的光泽。品特的解决方式既坚决又轻巧：砍掉大量小说中的旁征博引，在“戏中戏”里注入双重视角，让现代剧组演绎维多利亚时代的往事，相似的男女关系在戏里戏外同时展开，戏中人仿佛已经挣脱的桎梏，却被戏外的人重新背到身上——这不正体现了小说的开放式结尾，而且以一种格外自然格外简洁的方式？品特最聪明的一点就在于：他不偏不倚地站在文本与影像中间，既不会让一方替另一方“想得太少”，也不会反过来“想得太多”——他让两边都在对方的眼睛里看到了自己既陌生又熟悉的影子。

小说里的明星脸

盘点被翻拍次数最少的名著，《乱世佳人》得算正面典型。这部要场面有场面、要故事有故事、要人物有人物的小说，之所以被好莱坞屡屡放过，有且只有一个原因：1939 年的那个版本创造的视觉经验，太深入人心——而这种难以磨灭的印象，至少有一半得归功于选对了女一号。影评人常常会宣称，就艺术水准而言，《乱世佳人》被严重高估，但谁都无法否认，好莱坞不可能再复制一个费雯丽，费雯丽也不可能再复制一个像郝思嘉那样的机遇。当制片人大卫·塞尔兹尼克第一次在年轻的费雯丽脸上看到“纯粹淡绿不夹一丝茶褐”且“稍稍有点吊梢”的眼睛时，电影史达成了一次具有经典意义的天时地利与人和。

郝思嘉/费雯丽的案例甚至与演技无关——尽管费雯丽真是个好演员——这是一张脸创造的奇迹。千百万读者透过书页玄想的郝思嘉只是一团朦胧的雾，似有若无的吉光片羽，仿佛在梦中目击过的嫌疑犯。倏忽间，大银幕闪亮，云开雾散，嫌犯画像渐渐清晰，于是人人舒一口气，心里暗暗喊一声：“抓住你了，原来你就在这里。”

在小说转化成影像的过程中，选对一个角色、塑成一个人物的重要性和难度系数，有时候（如果不是“永远”的话）要比还原历史场景或者理顺叙事脉络更高。文本在读者的想象空间中烙下的印迹越深，这个变量就越大。一万个读者心中有一万个哈姆雷特，你可以用一具肉身、一抹微笑或者一个手势定格这种想象，也完全可能反过来摧毁它。同样是大卫·塞尔兹尼克，在制作 1957 年版的《永别了，武器》时，就亲手示范了这种摧毁能达到怎样的程度。

彼时《海斯法典》已经失去约束力，第二次世界大战也早就散尽硝烟。这一版《永别了，武器》的男女主角，终于不用像 1932 版那样，为了照顾后面的怀孕情节先补上一个婚礼（《海斯法典》不允许未婚同居，哪怕暗示都不行），也不用害怕墨索里尼的干涉而删去意大利军队溃败的场景。然而，原作者海明威在得知这一版的演员阵容之后，还是火冒三丈。他给塞尔兹尼克写信，粗话横飞："如果，你这部让三十八岁的塞尔兹尼克夫人扮演二十四岁的凯瑟琳·巴克利的破电影，最后居然赚到了钱，那我建议你捧起这些钱直奔本地的银行，统统换成硬币，然后塞进你自己的屁眼，直到满得从你嘴里吐出来。"

塞尔兹尼克夫人更为人熟知的名字是詹妮弗·琼斯，奥斯卡/金球奖双料影后，其主演的《珍妮的肖像》和《太阳浴血记》有资格跻身小说改编电影的佳作系列。但《永别了，武器》果然如海明威诅咒的那样票房惨败，而琼斯的眼袋、鱼尾纹和随着衰老越来越高的颧骨也确实应该负一半以上的责任。至于男主角罗克·赫德森，虽然颜值和年龄感都大体合格，但他凝望琼斯的眼神怎么看都像是弟弟看姐姐——多年以后赫德森出柜，人们回过头来想这一版《永别了，武器》的画面，荒诞感油然而生。

公允地说，古今中外，在塞尔兹尼克之前或者之后，制片和导演坚持重用太太或者女朋友都不是什么新鲜事物，也不乏成功的例子。但相对而言，在“作者电影”或者那类把演员当扁平符号的片子里，这样做还相对保险一点。至于小说，尤其是群众基础深广的小说，人物是早就成熟定型的，她们不可能为了制片人的太太就随意涂改自己的年龄和气质。如果一定要拧着来，那么，《永别了，武器》的失败已经证明：即便是塞尔兹尼克这样的行走江湖几无失手的大腕，一旦被私情干扰了判断，也会一头栽进文本与影像之间的鸿沟。

话说回来，在这条鸿沟中栽倒的大明星不计其数，他们总是一不小心，就让自己的满身星光遮蔽掉人物本身的特质。也难怪，习惯了被量身定做角色的明星们，很难放下身段去迁就小说人物具体而微的尺寸。比如近来，范冰冰团队为了打造“白璧无瑕”的明星形象，干脆把武则天和杨贵妃统统变成古装玛丽苏……好吧，这当然是个过于极端的例子，但即便提高几个数量级，无论是阿兰·德隆版的雷普利，还是迪卡普里奥版的盖茨比，也都或多或少地发作着类似的毛病。就连一直被神化的奥黛丽·赫本，在《战争与和平》中塑造的娜塔莎也是其个人演艺生涯中的失败案例。比起后来苏联邦达尔丘克版的《战争与和平》，比起那个眼神里装满惶惑与兴奋、在舞池中晕眩的娜塔莎（柳德米拉·萨维里耶娃饰演），赫本只是把《罗马假日》又重复了一遍而已。

其实赫本还演砸过一部小说：《蒂凡尼的早餐》——尽管，因为强大的时尚效应，这部电影至今仍然脍炙人口。这不能全怪赫本，因为从根本上，这部片子的初衷就跟卡波蒂的原作背道而驰。小说中的第一人称叙述者是个具有同性恋气质的男子，美国好闺蜜。从他的视角观察到的交际花霍莉性格放荡、情绪复杂、行踪神秘，是个无法被轻易归类或者降服的女人，所以最后的结局是“若得山花插满头，莫问奴归处”。在好莱坞的审美定势下，叙述者的性向必须改变，他和霍莉必须谈一场恋爱，所以霍莉这个人物的底色就必须比小说里更清纯、更简单。这也就可以理解，导演为什么坚决抵制卡波蒂的建议，弃梦露而选赫本。

为了这个角色，赫本也算使尽了浑身解数，临时补习乡下口音，学会抽烟撒泼，但结局的峰回路转——流浪猫回巢，风尘女知返——还是让她之前所有的努力，都成了最后优雅转身的铺垫。赫本还是那个赫本，她的《蒂凡尼的早餐》不过是把《窈窕淑女》又演了一遍。

总体上讲，越是质地优秀的小说越要慎用明星，这差不多可以成为一条法则。气场特别强大的导演，完全可以根据小说人物的需要，放胆使用气质契合的新人，使其一战成名，塑造人物和打造明星同步完成。琼·芳登之于《蝴蝶梦》、娜塔莎·金斯基之于《苔丝》抑或汤唯之于《色戒》，都是范例。如果是那类更成熟更多面台词更多的角色，那么，选择那些并不漂亮却可塑性极强的面孔，往往能收到奇效，因为这类演员总是能把自己恰到好处地掩藏在角色之后，比如《理智与情感》中的艾玛·汤普森，《英国病人》里的朱丽叶·比诺什，还有最近横扫艾美奖的《奥丽芙·基特里奇》里的弗兰西斯·麦克多蒙德。至于伟大的梅丽尔·斯特里普，她塑造人物的能力足以让你在观看两部根据同样著名的小说——《法国中尉的女人》和《廊桥遗梦》——改编的电影时，像是在欣赏两个女人的表演。

有些在小说中太立体太丰富的人物，也许不管找谁演都不够完美。比如说，提起安娜·卡列尼娜和爱玛·包法利，很多张明星脸重叠在一起，但我们至今也抓不住一个确定的形象。与之形成鲜明对照的是那些有如神助的改编：你看到那张脸、那个人，就知道整出戏都成了，就知道再也不需要第二个版本了——这是选角的至高境界。在我看来，费雯丽之于《乱世佳人》，罗莎曼德·派克之于《消失的爱人》，以及张国荣之于《霸王别姬》，都达到了这种境界。

升华是件力气活

安以轩亭亭玉立于山头，从头发到衣衫一路银光闪闪，左看右看都是美少女战士而不是白骨精。纵然是咬住嘴唇直发狠，圆嘟嘟的脸盘和空洞的大眼睛依然将编剧苦心经营的那一大串深沉的台词消解得七七八八。这一版《西游记》里的"三打白骨精"一折，貌似是要跟你搞搞脑子：悟空与妖精对话人与妖的辩证关系，明暗交界处，善恶一线间；唐僧狠心赶走孙大圣的动机，也从人妖不分的书生式迂腐，变成了有意点化石猴从"小我"走向"大我"的佛家大智慧。至于后面一集里师徒俩冰释前嫌，猴子钻进师傅怀里撒娇足足五分钟的戏则又公然切换成了琼瑶模式，让人又是好笑又是狐疑——不至于吧，不是都悟了么？

老实说新版《西游记》总体上还行，而且我很能设身处地地体谅这些将名著一改再改的主创人员的难处。声光电 3D 4D 什么的当然需要加强，但再强能强得过《阿凡达》吗？技术搭不够，就靠狗血凑。狗血是什么？说堂皇点就是撒上一层"古典流行化"的胡椒面，然后轻舒长臂，穿越时空拍拍吴承恩的肩膀："兄弟，你 OUT 了。"内地的作品，在这方面往往要比港台有更多的顾忌，既要标榜忠于原著，又忍不住偷眼瞄瞄近年来"大话西游"的丰硕成果（除了星爷，大话的当然还包括《悟空传》之类），这里取一点，那里挪一些，羞答答地剪贴到新版上。架子宛在，血肉稍改，而且修改思路多半都是将主人公拎起来往上托一把，是为升华，是为拔高，就算手艺差点，好歹也是力气活。

与《西游记》相比，去年的新版《水浒传》显然拔得更用劲，弄得观者如我都常常替剧中的一干好汉吃力，担心他们除了要应付高俅老贼之外，还得随时背上编剧们施舍的道德重负。为了让“三拳打死镇关西”的行为毫无瑕疵，郑屠户的罪行当然必须被添油加醋；为了让“计赚卢俊义”不成为宋江集团的政治污点，干脆整个拿掉卢第一次被骗上山的情节。总而言之，原作者认为血气与匪气在这一百单八将身上同时并存，但新水浒的编剧们却认为这种觉悟太低——英雄当然只能是英雄。在这样的指导思想下，李逵不可滥杀无辜，杨雄不能阴暗变态，最妙的还是鲁智深，在这一版里迹近完人。“倒拔垂杨柳”那集，大树连根拔起以后居然又被放了回去，紧接着，花和尚叮嘱手下将鸟窝挪到一棵“不吵人的树上去”，树和鸟一样都不准弄死。植物要保护，动物也要保护，外加美化环境、降低噪音，这样的鲁智深难道不比柏万青还操心？对照对照差距，施耐庵你难道没看见自己皮袍底下榨出的“小”吗？

何处高楼雁一声

十二三岁迷上《红楼梦》，读到八十回末捶胸顿足，恨不能搭上时光隧道半路截住曹氏雪芹——替他研磨煎药、赊酒熬粥、钞文存稿，怎么着，也要让那原装正版的后四十回成书传世才好。只可惜这样的隧道口在人世间遍寻不着，愤懑之余，我就只有在日记本上长歌当哭的分："挥万两金，何处觅，当年断梦重续……"真真是把青春期间歇性泛滥的酸文假醋都给泼尽了。

后来看问题换了角度，发觉写到紧要关头戛然而止也未必全是坏事。至少，针对红楼人物命运走向的续作、论文、猜测何止千万，反正谁比谁更接近曹雪芹永无定论，那么乐得大家一起拉动文化产业。再后来，读到狄更斯的全套文集，发现狄翁谢世（1870）之际，也留了一部未完待续的遗作《德鲁德疑案》，同样催生"探佚"之风勃兴，足可在"狄学"的大树上单独拉出一条旁逸斜出的分支来。书名既然以"疑案"（且整体构思确实与《月亮宝石》之类的典型侦探小说不无类似之处）为关键词，情节链上预设的锁扣，自然不到最后关头不会抖开。据说，临终前三个月，狄更斯曾在觐见维多利亚女王时表示，对于正在连载中的《疑案》，他已成竹在胸，但凡"陛下欲享有先知为快之特权"，则他将乐于和盘托出。怎奈天下显然有更值得女王关心的事，她只挥了挥衣袖，便将作家本人珍视的“特权”——那个已经冲到他喉咙口的秘密，婉拒于唇边。不晓得女王事后有没有空为此而扼腕。好在狄翁的老朋友兼传记作者约翰·福斯特，陆续抛出多条或明或暗的线索，成为好事者揣度《疑案》结局的最权威根据之一，大约也由此奠定了此公之于狄学——正如脂砚斋之于红学——的特殊地位。

然而作家的悲哀我们永远无法感同身受。直到生命之烛眼看着烧断了芯，狄更斯仍然在挣扎着要把《疑案》写完。他在那场致命的脑溢血当天，仿佛预见了什么，破例比平时多写了一个下午，总算赶完了第二十二章。相形之下，巴尔扎克的临终境遇更为凄苦：隔壁，他苦恋了二十余载的新婚妻子一边与情人缱绻，一边等待领受遗产；病床前，陪伴大文豪的只有一位医生，听他呼喊着小说人物的名字，哀求上天再多给一点时间——他的《人间喜剧》本来搭好了一百三十七部小说的框架，而今，依仗着挥霍咖啡、透支生命，他也只完成了九十六部！

菲茨杰拉德在四十四岁（1940）因心脏病猝死时，他的长篇《最后一个巨头》刚刚写完第六章——彼时，笔头荒疏许久的作家，刚刚从家变的废墟里探出头来，才呼吸了一口久违的文字的芬芳；四十四年之后，杜鲁门·卡波蒂作别尘世之际，最耿耿于怀的是迫于显贵的压力，没有完成他想象中的宏篇巨制《应了愿的祈祷》，那是他胸口化不开的死结。一年之后，菲利普·罗斯的恩师马拉默德病入膏肓，罗斯赶到其寓所，听他颤颤巍巍地诵读刚刚写了头两页的新作，一篇永远没有完成的新作。

2004 年，当加西亚·马尔克斯继续以血肉丰满的新作实践他“活着为了讲故事”的宣言时，手里的诺贝尔奖还没焐热的奈保尔已颓然宣称，即将付梓的《魔种》将是他最后一部小说，因为，“我已经失去了写下一本的精力。”放弃也是一种选择，至少，由未竟之愿衍生的痛楚，奈保尔大约可以豁免了。

想起举凡音乐家传世的最后一支曲子，世人皆称之为天鹅之歌，比如柴可夫斯基的《悲怆》。但套用到那些至死都握牢了笔的作家身上，我总觉得少了些许凄惶与不甘的意味。那是热爱他们的读者望穿纸背也看不见的一长串省略号，那是回荡在碧云天黄叶地西风紧中的遽然嘶鸣，那是晏殊的一句好词：

何处高楼雁一声？

舌尖之痛

我在一所典型的外语学府里接受过四年典型的中国式英语教育。弥漫于整个校园的氛围，怎么说呢，就是你一大早蓬头垢面地冲往晨练操场签到时，环顾四周，触目皆是一边跑一边塞着耳机、拽着天线听 BBC 广播的人；每个人脸上的表情，都是踌躇满志交织着苦大仇深。置身于其中，有时候恍惚着，真恨不能找个地方洗脑，然后，一觉醒来，think in English（用英语思考）。毕业多年以后，我仍然自觉保持着与尚在海外吃洋面包的同学通英文电邮的习惯，不晓得算不算忆苦思甜。有一回，忘了给哪个词绊住了思路，我写着写着就恼起来，恨恨地用“智能ABC”在键盘上痛快而酸楚地敲出一行方块字来：“你知道我即便以中文的‘钝笔’，亦可生出比这美妙百倍的‘花’来，然而……”

这个“然而……”，到了村上春树笔下，就格外凝练地概括成村上式警句：“其实讲外语这个活计或多或少都含有‘说可怜也可怜说滑稽也滑稽’的成分。”（随笔《终究悲哀的外国语》）村上常年旅居海外，无论是作品风格还是文化取向，那种字里行间的、于微醺中不由自主地摇摆起来的节奏，显然更亲近菲茨杰拉德抑或美国爵士，而非紫式部抑或日本能乐。即便如此，“每次被商店的女孩大声反问‘what’或去汽车修理厂面对着半大老头汗流满面结结巴巴地说明故障情况时”，他还是会觉得“窝囊”。在母语的疆域里，永远有着外语差一口气够不到的边边角角——这是没有办法的事情，何况对于生来以驾驭语言为己任也反过来被语言所囚禁的作家们？

不过，村上春树的尴尬只停留在纸面以外的地方——他始终也不用像他那位日裔同胞石黑一雄那样，必须以英语写作（尽管石黑能把英语写得“比英国人还好”，但他一直念念不忘幼年从日本移居英国时发奋苦读英文的艰辛与谦卑）。凡是对那些最终选择以非母语书写的作家，我都怀有某种深深的敬佩和淡淡的好奇——好比做缝纫活，偏要割舍早已熟稔的绣花针，另寻一根别人家的铁杵从头磨起，如此有悖常理的扬弃，背后总该有个云遮雾罩、峰回路转的故事才对。布罗茨基的说法比我深刻得多全面得多，大意是：做出如是选择，或是出于生存之必要，比如康拉德；或是出于征服之野心，比如纳博科夫；或是刻意求得某种创作疏离感，比如贝克特；或是为了取悦大师，比如他自己（布氏视奥登为偶像）。

近年来大有拿遍美国重要文学奖项之势的华裔作家哈金，应该属于当代非母语写作的成功范例。他在披露自己的“英语写作动机”时，几乎将上述理由一网打尽。但，毫不迟疑的，他还是将“为了生存”放在第一位：“……（美国的）学校要求每年都要发表作品，四年后根据发表的东西决定是否继续雇佣你……这是个生死的问题，不是你愿不愿意写的问题”。显然，“用中文写”和“不写”一样，都无益于保全职位，这是他无法回避的现实。有整整四年的时间里，哈金一边怀疑自己是否走上了

“死路一条”，一边呕心沥血地打磨英文小说《等待》，写完了让美国话说得更溜的儿子提意见。当《等待》终于等来全美图书奖时，评论家们在哈金的英文里读出了“孤独、沉默的力量”。这力量从何而来？哈金本人的说法大约可以作为参考答案：“用英语写作，使我感到孤寂……我得接受我作为一个放逐者的身份。”

早在三十多年前，米兰·昆德拉就接受了这种“放逐者”的身份，以及随之而来的荣耀与代价，但他真正决定弃捷克语而改用纯法语写作，也只是近十年的事。许多人都拿昆德拉的法语小说《慢》《身份》和他的捷克语代表作《玩笑》《不能承受的生命之轻》机械对照，比较其所谓“捷克周期”与“法国周期”的不同。最直观的一点是，后者显然较前者简短。篇幅短了，句子短了，“在一个最小的空间里，容下最大的深度感、变奏以及语意上的复杂性”。不同的人可以从不同的角度解释这种“简短”对于灵感、文体以及主题的建设意义，而我，却好像隐隐看到了作家在两种语言间犹疑盘桓的侧影。政治与文化上的皈依远比消解、转换母语在潜意识里烙下的印记容易。当思维的瀑布无法依托母语的山崖飞流直下时，简短与节制也许是最无奈也最聪明的出路。

探索文学与母语之间的爱恨交缠，大约找不到比犹太作家辛格更好的例子。辛格在二战中仓皇迁居美国，躲开法西斯的同时也与意第绪语生死隔绝。而他的脑细胞的活性似乎唯有在这种“将要死去”的语言里才会锋芒毕现。从1935年到1945年，他的笔拿起来又搁下，热情才涨潮又速冻成冰。用英语，他一个字也写不出来；用意第绪语，他写了也没人看。幸好，上天在十年之后开始对辛格慷慨回馈：凭借包括索尔・贝娄在内的朋友的翻译，辛格终于原路折回，再开笔戒，最终以新创作的意第绪语小说的英译本问鼎诺贝尔奖。结局当然是皆大欢喜，但每次读到辛格的文字，我都会想到作家生命里那段空白的、在语言的夹缝里苟延残喘的岁月。那是怎样的十年？

回过头来再说我文章开头提到的那封给朋友的信。在“然而……”之后，我又磕磕绊绊地写了一段英文，形容自己无力用外语充分表情达意时，那种感觉宛若 pain at the tip of my tongue（我的舌尖之痛）。朋友回信说，用更纯正的英语，也许应该写 itch（痒）而非 pain。我再度激动地以中文向他强调：不全是蠢蠢欲写的痒，更像是茫茫若失的痛。从本质上讲，这与辛格十年里写不出一个好故事的那种痛没什么两样，只是浓度被岁月与境遇稀释了而已。

飞鸟行状录

十五或十九世纪的水手的嘴里“是一锅杂烩，把各种语言的碎屑煮在一起，指望对方能够碰巧从中捞出意义。这不是巴别塔里的混乱，而是浪迹天涯的人们笨拙地反抗上帝的阴谋，语言的混乱使人相互隔绝，但冲破隔绝的另一种混乱可能使你幸运地、偶然地听懂对方的声音”。

毫无预警的，我在一本通常被贴上“历史散文”标签的文集里看到这些力透纸背的句子。一身冷汗。细看，这篇长达七十五页、显然作为《青鸟故事集》题眼主文的《飞鸟的谱系》，通篇如此——往小里说，也是一排晶莹闪烁的背上芒刺。再细看，以这篇为中心，“飞鸟”确实担负着统摄全书的重任。你以为在大腿里埋进珍珠的胡人，或者被神秘化之后成为海上贸易动力的龙涎异香，就编不进飞鸟的谱系吗？天空没有翅膀的痕迹，并不能改变鸟已飞过的事实。

我坐在《青鸟故事集》的读书会观众席里，一边翻书一边走神。同样毫无预警的，作者李敬泽话锋一转，从晚清的通事指向现代意义上的“翻译工作者”：“你们并没有意识到（翻译）这种职业曾经是那么卑微，那么危险，那么……”作者停顿，表示以下省略若干让人难过的形容词。又是一身汗。这回是热的，像兜头浇下一锅气味可疑的热汤。

卑微，危险，抑或省略号里的那些形容词，真的只属于译者的“曾经”吗？我在汗如雨下中自问。我的思绪飞出五道口三联书店，孤独地盘旋在一群鸟与另一群之间。我得承认，《飞鸟的谱系》选择“译者”作为一种人类标本加以研究，这个角度够刁钻也够通透。这里的“译者”当然可视为隐喻，这一群“飞鸟”指向所有左右为难的中间人，宿命的背叛者，自虐的解码工，一切盘桓于时空夹缝中、既不属于此境也不属于彼岸的流浪者。然而，身为“翻译工作者”，我还是感觉自己受到了更直接的震撼。既然“听懂对方的声音”纯属偶然，则“误解”便是必然。这公式简单粗暴，却饱含真相。

让我们回到《飞鸟的谱系》。1837 年的广州，真真假假的通事们合演的闹剧被一层层剥开，翻译草莽时代的画面仿佛直扑到我们眼前。作者隔着千山万水下判语，语气一半调侃，一半悲悯：“所以，古人之忧并非杞忧，‘译’很可能也是‘讹’和‘诱’。甲乙双方时时会有疑虑和恐惧浮上心头，这第三者会不会是一只‘鸟媒’？他流利的声音或许掩盖着陷阱？谦卑的‘通事’侍立于我们身边，有时你会觉得他在极力缩小，缩小成一条舌头——当中国和西方在十六世纪最初相遇时，翻译就被称为‘舌头’……”

是的，舌头。作为甲乙双方，如果交流看起来一切顺利，你甚至不需要分出一点儿心思，把你们中间的“舌头”还原成一个完整的人，一只完整的鸟。飞鸟的工作通常不事张扬，一只成熟的鸟懂得掩饰自己的喜怒哀乐。一旦你意识到了他们的存在，注意到他们局促不安的眼睛或者扑棱翅膀的声音，那往往意味着他们捅出了娄子或者受到了伤害。比如，把蒋介石翻译成常凯申。

然而，译者究竟有没有可能浑身涂满保护色，把自我掩藏得不露些许痕迹——哪怕他们主观上也想这么做？他们以口头或者笔墨传输的信息里，究竟应该让“翅膀的痕迹”淡到什么程度，才可以洗脱“讹”或“诱”的罪名？难道真的存在如塞缪尔·约翰逊所说的那种“最高奖励”，在翻译的时候能够“只改变语言而不改变其他任何东西”？在译者有意无意制造的交流陷阱里，多少是出于才疏学浅、玩忽职守，多少是出于环境压力，又有多少是出于潜意识里的文化归属？《飞鸟的谱系》，乃至整本《青鸟故事集》（尽管它当然不是一本翻译理论书），把这些问题一路追到了最深处。认真读下来，你会觉得自己根本无可逃遁。

我想起十多年前，那时办公室里还经常有老翻译家们出没的身影。终身未娶的吴劳（《老人与海》的译者），揶揄同样终身未娶的蔡慧（《牛虻》的译者），说他翻译有洁癖，碰到男男女女欲行苟且之事，就忍不住偷工减料，连脏话黄段子也文绉绉起来。

“我没觉得啊……虽然我看到这些，是有点不适意的。”蔡慧话不多，被人说急了也最多慢腾腾争辩一句。

待他一转身，吴劳就跟我说：“这个人呀，在原文里看到一只枕头，伊自己就先发起抖来。”

我喜欢蔡慧漂亮的译笔，碰到这种时候总是要替他撑腰：“可蔡老师稿子真的好看啊，您别生气哈，我就是觉得比您的稿子看起来顺。”

“那他自己把缝都填平了还抹上油，当然就顺啦。”吴劳的音量又拔高了一层。

俱往矣。如今，这两个老头只能在我听不到的世界里争吵。但他们留下的问题，须臾不曾放过我——只要我还在翻译，还在鸟群中。而鸟群的终极困境，在苏珊·桑塔格的《论被翻译》中表达得相当清楚：“在翻译的伦理学中，规划中的东西是一个完美的仆人——这个仆人永远愿意承受更多痛苦、持续更久、重新修改。好、更好、最好、完美……无论译本多好，永远可以改进、做得更好。会有一个最好的译本吗？当然。但那个理想的（或完美的）译本是一头永远在后退的怪物。无论如何，这完美是根据什么标准？”

一些鸟比另一些更不安分。我们在越来越多现当代作家的履历里，看到他们同时是或者曾经是翻译家的身份。在摆脱“鸟媒”枷锁的刹那，在从“舌头”恢复人形的瞬间，长久压抑之后巨大的反弹力，重获主体性所激发的狂喜，会不会也构成了村上春树和莉迪亚·戴维斯们旺盛创作力的一部分？很有可能。

然而还存在一个著名的反向的例子：纳博科夫。在已经用小说征服世界之后，纳博科夫本人却更想征服“完美的译本”这头怪兽。“我将因为《洛丽塔》和我在《叶甫盖尼·奥涅金》方面的工作而被人铭记。”他在 1966 年这样说。这个漫长而枯燥的故事，最后以纳博科夫拿出了史上最难读的《奥涅金》英语译本、掀起六十年代最猛烈的跨洋文学讼争并且与多年好友埃德蒙·威尔逊交恶（到死他们也没有和好）告终。这个译本及其所附的一千二百页评注具有极高的研究价值，却从一开始就摆出了让英语读者无法亲近的姿态。纳博科夫对母语、对普希金的忠实，让他的直译变得几近偏执。如果纳博科夫会说苏州话，应该也会用吴劳那样的口气大声疾呼，告诉我们原文里没有一个字可以被辜负。只不过，纳博科夫的体力显然比吴劳更好，主张也更激进。他就像一只从天而降、冲进鸟群的老鹰，随时准备挑战所有习惯于优雅流畅的译文的读者。他扬起硕大的翅膀，在其他温驯的飞鸟（包括我）身边，扇起一阵飓风：

“憔悴、笨拙的直译者绝望地四处摸索，寻觅那个冷僻的词语，以求热烈的忠实，其间又积累了大量的信息，只是让那些漂亮伪装的辩护者们哆嗦或嗤笑。”

但飞鸟无权逃避这种绝望。我把李敬泽的《青鸟故事集》推荐给初涉译坛的年轻人，事先把书签夹进了《飞鸟的谱系》那一页。“读完以后如果你还铁了心吃这碗饭，”我说，“那就来吧。”

生活与传奇

——我所认识的小白

《封锁》起初并不叫“封锁”。我在手机上看到它的雏形时，那只是一个三千字的故事梗概。那个晚上还在春节里，烟花弹在窗外不时掠过，我的眼前一阵亮一阵暗——故事就摇晃在明暗之间。遥远的年代，紧张到几乎要绷断的人物关系。顺着故事的藤爬上去，结构越来越惊险，作者不惜把自己逼到墙角。

然后是爆炸。爆炸发生在字面意义上，也发生在象征意义上。故事的结尾被炸得豁然开朗。作者小白从墙角走出来，毫发无伤。我拿着手机的手居然有点发抖。无论线条看起来多么粗略，我也能辨认出一个好故事的轮廓和气味。我没法不激动。

但是小白不激动，至少是装作不激动。“你问这机关是怎么想出来的?”他在微信上轻描淡写地说，“查资料，画图，使劲想。三天。”

他画的是一个藏在热水瓶里的爆破装置的剖面图，他查的资料是让很多不可能变成可能的理论基础和生活依据。不过，没人能搞明白小白的“使劲想”究竟是什么状态。我们远远地看，他要么是在干一大堆跟写作没什么关系的事，要么是在你以为他要封笔改行的时候突然拿出一个能震住你的故事。我们无从揣度，他“使劲想”的过程有多使劲。

大约是从 2006 年开始，我跟很多《万象》杂志的老读者一样，第一次看到了小白的文章——看他在希腊古瓮、庞培遗址或者欧洲画廊里勾勒人类社会的欲望地图。题目之险峻，角度之刁钻，行文之自由，知识背景之深不见底，都让我吃惊。没有习气，没有谱系，是悬崖上的奇花异草。作为已经替《万象》写了六年的作者，我以为可以抄个近道，于是抓起电话跟掌门陆灏打听。陆灏笑而不语，说秘密武器怎可轻易交底。

好在互联网四通八达。某天，跟我同样好奇的管风琴给我发来攻略，在 MSN 上抓住小白的真身。网上的小白很能聊，天文地理，仕途经济，提香油画上贵妇膝头的瘀青，某个海上小岛的史前社会，他抓住任何线头都是一篇新鲜的杂文——这些灵光，别人早已换了十几篇稿费，他却随意挥霍。陆灏是第一个怂恿他捡回一点碎片拼出一团锦绣的人，我想当第二个。

那时，除了当图书编辑以外，我在尚未停刊的《译文》杂志也还兼着副主编的衔。我约小白的文章，他一口答应，爽快交稿，只是在关掉 MSN 窗口前顺口说一句：“明天我去南京动个手术，可能十几天上不了网。稿子如果有什么问题，你就顺手改吧。”

我以为只是割个阑尾清个结石那样的手术，后来才慢慢知道，那是要在脊柱上动刀，属于外科大手术。好久以后，在饭桌上，又是以一种轻描淡写的方式，小白提起手术前住院检查，身边那张床就躺着一个因为同样的手术失败、只能瘫痪卧床的病人。

“你猜我接下来干了件什么事儿？我把南京城最好吃的馆子撸了一遍。一个人啃一盘烤羊背。以后有没有机会吃，不好说。”

正是从那时起，关于他的更为丰富的细节，才慢慢涌现出来。一个人不可能仅仅是神奇的百科知识搜索引擎或者文字的魔术师，他也有病痛，有历史，有若隐若现的坎坷，有丰富的日常生活。他不刻意掩藏，只是不习惯抒情——直到现在，你如果逼着小白上台朗读一段他自己的作品，他也会浑身不自在，把本来该读重的地方一律读轻。他身上似乎总有一种反高潮倾向：站在聚光灯下，他很可能会觉得这样的自己，有点陌生。

这几天，他就站在聚光灯下。那个关于爆炸的故事梗概扩充成六万字的中篇小说。《封锁》拿了第七届鲁迅文学奖。我问他得奖了有什么不一样，他说：“能有什么不一样？也就是这两天手机电要充足，多接两个电话而已。”

其实这对他已经算个不小的变化。他身边所有的朋友，几乎都有过一连几天联系不到他的经历。他偶或闹过记错时间的乌龙，但大体靠谱，会及时出现在应该出现的地方——但在此之前，他的散漫作风会让人惴惴不安，一路嘀咕到终点。你着急的时候，他很可能把手机设个静音扔进抽屉里，然后关上抽屉，在电脑上看最新的美剧或者一帧一帧拉《第三个人》那样的老片子。《上海文学》的编辑崔欣盯他的稿子盯到几乎绝望，但最后他还她一个鲁奖，于是崔欣用谈论菩萨的口气跟我说：“小白，好人啊。”

鲁奖评委会对《封锁》的说法是“在小说叙事艺术上

作出可贵的探索”。只要事关“叙事艺术”，散漫的小白就收敛了散漫，有时近乎偏执。你要是感叹一句“生活比小说更精彩”，他会认认真真地跟你讲道理，从古时候大槐树底下的说书人讲起，他会告诉你小说的责任不是记录，而是发明：“我们在虚构中发明事件和改造世界，可以比在现实中操作具有更高自由度。”听不懂也没关系，小白会自顾自地说下去，跟你讲小说里的视角是怎么悄悄地从一个人转到另一个人，中文模糊的时态是如何阻碍叙事者进入状态——而你又该怎样抵抗它。我学着写小说，拿给他看，常常撞个灰头土脸。“这是人物小传，”他说，“不是小说。小说写事件，你不能停着不动，你得冒险。”

跟这样一个朋友交往，时时幸运，也常常气馁。翻译和写作中碰上需要查找材料、解决疑难的，让他来帮忙，他不会吝惜时间成本。我翻译麦克尤恩的《甜牙》时就从他那里批发了不少只有熟谙间谍史的人才可能掌握的知识。反过来，想让他放低标准，和个稀泥什么的，也很难做到。你没法让他参与一个他不感兴趣的话题，或者赞美一本言之无物的书——哪怕抵押上十几年的交情也不行，他会说这样的事情太不环保。

迄今为止，小白所有的虚构作品，都与上海有关。

如果用那句滥俗的话，说这些小说是写给上海的情书，那小白一定要跳起来反对——所有肉麻的词汇都不在他的词典上。但是你在《租界》里读八十年前的上海，在《封锁》里读七十年前的上海，在《局点》和《特工徐向璧》里读二十年前的上海，都会读出让汗毛悚然一竖的现场感。无论如何，一个有本事把你直接带进现场的人，除了揣着丰富的阅历，也必然揣着深沉的情感。

属于他的阳光灿烂的日子，大约是 80 年代的上海中心城区。那时候街没有现在这样宽，马路这边说话的时候，对面能听得清清楚楚，马路上没有那么重的能砸死人的广告牌。那时候，像他这样的中学生不用上那么多补习班，每个周末可以从老西门的省版书店逛到南京东路书店的二楼夹层。那时候，黑格尔的《小逻辑》和张爱玲的《沉香屑》都藏在书桌里，老师看见也装没看见。那时候，少年小白往《萌芽》投稿，拿捏着沈从文的口气写灰暗的犯罪故事（看不到原稿，我只好想象那是上海版的《牯岭街少年杀人案件》），收到手写的客气的退稿信。

再往后的人生，细碎，多样，拼不成统一的整体，笼统说是跟随着这座城市的发展轨迹载沉载浮。成为一个小说家终究是有好处的：所有过往的经历——校园、职场甚至病床——都不是虚掷时光。知识体系的庞杂，经历的跌宕，对世俗的执迷，渗透在他小说的细节里。

所以，前一分钟还沉浸在虚构世界里的小白，放下键盘，就能切换状态。他不抗拒日常生活，家里养一只狗和一只猫，不知道用什么神秘的方法教会它们和平相处。他像一个典型的上海男人那样善于且喜欢下厨，甚至为了煮一锅理想的鸭蛋面添置了天晓得会用几次的轧面机。“在美食问题上，”他说，“我是原教旨主义者。”我在微信上讨他的原教旨菜谱，发现要诀总是铁锅和猛火，糖醋小排要倒半瓶醋，蛋炒饭要撒半斤葱。我照着做，好吃是好吃的，但比起在陈村家宴里小白亲自掌勺的那些菜色，总好像少了一点什么。

在陈村家的灶台边，我看到专注地在蒸好的鳜鱼上刺啦啦浇一层热油的小白，突然明白《封锁》里的鲍天啸何以在命悬一线时仍然惦记着松鹤楼的虾油拌面和美琪大戏院门口卖的包子。日常生活与历史传奇在小说中同步进行，互为注解——这是《封锁》和上海这座城市的最迷人之处，也倒映着同一个小白的不同侧面。

时间的猛兽

我记得，念小学五六年级那会儿，在无线电厂当科技翻译的母亲并没有给我开过多少英文小灶。除了命我反复听新概念磁带校正发音外，她送给我一本《新英汉词典》，教会我如何使用它。日后回想起来，初学英语时就开始熟悉《新英汉》中大量典型而准确的例句翻译，实在是少走了很多弯路。毫不夸张地说，这是我一生学习翻译的最重要教材，无论是什么“观”还是什么“体系”，都是通过这些具体而微的例子一点点积累起来的。

“中学毕业前用这本就够了，”母亲说，“读大学如果上专业课，那得换我这本。”她指的是她常用的上下卷《英汉大词典》，厚厚两大本一摊开，我们家的书桌就全占满了。我看到，两部词典的主编是同一个名字：陆谷孙。

显然，这个名字是母亲的骄傲。作为复旦大学英语系六八届本科毕业生，母亲那一拨正好赶上陆先生刚开始他长达五十余年的教学生涯。六八届也赶上了运动的高潮，教学动不动被无限期搁置，所以其实陆先生只能在“复课闹革命”时才能给他们上几堂课。但我看得出来，当母亲指着词典上的名字说那是她的老师时，神情颇为自得。

谁不愿意当陆谷孙的学生呢？母亲说起陆老师当年如何以英语零基础开始（陆先生念的中学里只教俄语），如何在短短一年之后成绩就甩开别的同学一大截，自己任教后课又是讲得如何生动精彩，还多才多艺能在舞台上演《雷雨》——她用的简直是传奇故事的口气，于是我也瞪大眼睛，像听评书那样默默地替这故事添油加醋。以至于多年后，每每遥想半个世纪前风华正茂的陆先生，儿时擅自叠加的岳飞秦琼杨六郎，依然隐约可见。

再续上这个传奇，是我 1997 年进入上海译文出版社之后的事情了。新进社的编辑，第一件事就是领一本《英汉大词典》缩印本，容量跟我妈用的上下卷并无不同，只是字号小一点，给办公桌省出一块空间。退休返聘的老翻译家吴劳博闻强识，嘴里从不饶人，听说私下里他和陆先生也常常会在电话里争论，电话粥一煲就是一个多小时。但在办公室里，背着陆先生，吴劳不止一次地告诉我，对这部词典，他是“服气”的。他说，无论对译者还是对编者，这都是须臾不可离手的工具。有时候从稿子里挑出硬伤，吴劳会敲敲桌上的词典，声如洪钟地嚷，“越是看起来不大的问题，越是不能自作聪明。老老实实查一下‘陆谷孙’不就行了?”吴劳总是记不住“英汉大”，只管它叫“陆谷孙”，以至于陆先生的名字每天都在办公室里回荡。

我相信陆先生对这呼唤是有感应的。两年前吴劳辞世，告别仪式将近尾声，人群渐渐散去，我看到陆先生还在那里，又深鞠躬三次，久久伫立。他珍惜他们单独相处的最后时光。

近几日思虑深重，在记忆里上穷碧落，也想不出第一次见到陆先生是什么场合。只记得时间是 2000 年前后，究竟是通过“英汉大”编纂组引荐，还是因为我那时开始替《万象》写稿，于是在陆灏攒的饭局里叨陪末座——老实说，我记不清楚了。但我记得我语无伦次地告诉他，家母是他的学生。他问了母亲的名字和年纪，想了没多久就反应过来：“你妈写得一手好字啊。”陆先生果然记忆过人，但一想到母亲的书法基因没有一丁点传到我身上，我一时尴尬得接不上话。陆先生当然也看出来了，于是把话题岔开：“虽然我比你父母年长不了几岁，不过，按师门规矩，你得排到徒孙辈啦。”说完朗声大笑，那股子胸襟坦白的侠气，完美地契合了我儿时想象中的一代宗师。

从此，“徒孙”和“师祖”成了我和陆先生闲聊时最常用的“典故”，这多少弥补了我当年为了逃避高考（因为得到了上外的直升名额）没能成为编内弟子的遗憾。我张罗请陆先生到社里来给青年编辑做业务培训讲座，本来也是随口一提，没想到曾推掉无数大型活动的陆先生爽快应承，还手书三页纸的提纲，嘱咐我打印好事先发给来听讲座的同仁。讲座名为“向外文编辑们进数言”，勉励我们务必以“知书习业、查已识人、深谙语言、比较文化”为己任，穿插其间的是十几个双语案例。昨天找出来，提纲上的黑色水笔字迹清晰如昨。再细看，有些短语旁边还有淡淡的铅笔字：“请打作斜体。”

陆先生人生的大半精力，都用在编撰辞书、高校教学和莎学研究上。相比之下，尽管他一直对英译汉很有心得，留下的数量有限的几部译著却只能展示其才华的冰山一角。前几年与编辑冯涛“密谋”请陆先生出山翻译英国作家格雷厄姆·格林的传记《生活曾经这样》，打动他应约的是格林追忆童年往事的举重若轻的口吻，恰与他近年的情绪合拍。不过，我们还来不及窃喜太久，就开始有点不安起来，因为他的学生告诉我，陆先生每有稿约便急于“偿债”，译到兴起还会熬夜，不到两个月已经完成大半，间或还要与时时作祟的心脏讨价还价。我说您悠着点啊，不是说过一年交稿吗，他摆摆手，说伸头一刀缩头一刀，不如早点了却心事。

问题是，陆先生的心事了完一件还有一件，教书之余要翻译，课堂之外有辞书，英汉完了有汉英，第一版之后有第二版，勤勉不辍，无穷匮也。心无旁骛，一息尚存就要榨取时间的剩余价值，这大约是陆先生毕生的态度。于健康而言，这有点与虎谋皮的意思，但换个角度——换个像陆先生这样的老派文人的角度想，留下实实在在、泽被后世的成就，或许是征服时间这头猛兽的惟一办法？

然而猛兽总在暗处咆哮。站在陆先生的灵堂，我想把时间往回拨两个月。那时，我的翻译遇到难题，没敢惊动师祖，只在朋友圈里发一条信息求助朋友。没过两分钟，小窗就亮起来，陆先生（他的微信昵称是 old ginger——老姜）照例主动提出他的解决方案，照例加上一句“斗胆建议，不怕犯错，真是仅供参考的”。

往回拨三个月，陆先生听说我在学着写小说，嘱我务必将已发表的刊物寄过去让他过目。我想他往日更爱传记，很少看当代小说——何况是像我这样的“实习期”作者。我想他问我讨，不过是鼓励“徒孙”的客套。没想到他不仅认真读了，还强烈建议我扩展小说里的一条人物线索：“希望看到你下一篇写一个出生在二线城市里的人物，我想看。”

如果还能再往回拨一个月，时间就在 2 月份定格吧。

那天，跟几个朋友去陆家，他一见到我就开玩笑，说我控制不住体重就像他戒不了烟——然而，减肥的事情以后再说吧，他家冰箱里的冰淇淋是不能不吃的。那天，陆先生笑眯眯地看着我们吃完，状态之好，兴致之高，是我近几年从未见过的。那天，春节刚过，小小的客厅里洒满午后三点的阳光，时间的猛兽在打瞌睡，你简直能听见它轻微甜美的鼾声。

迢迢牛奶路

原则上任何坏事都有变成好事的潜质。育儿专家以及妇科专家们倡导了多少年“全母乳喂养”终于有望蔚然成风。一溜新闻看下来，本单位的新妈妈不仅增长了冷僻的化学知识，还决定从即日起全面“自取其乳”。她们的决心是这样表的：虽然我们没有一千多道检测工序，但相信能生产出比较正宗的免检产品。

牛奶靠不靠谱如今还真不好说，那就不说为妙；不过“牛奶路”是翻译史上一桩最出名的公案，我这个从业人员还有资格多嘴。当年赵景深不知 milky way 就是“银河”，想当然译作“牛奶路”，被鲁迅揪住辫子，作诗云：“可怜织女星，化为马郎妇。乌鹊疑不来，迢迢牛奶路。”查查网络，以“牛奶路”为话题的翻译专业论文不下一打，阐述的尽是异化呀归化呀意象呀之类的宏大话题，替赵翻案的也不在少数。其实，把来龙去脉理一理，就能看出，“牛奶”绝对是错了——这案子翻不过来，问题是，译成“银河”，就一定对吗？

据说，英文里第一次出现 milky way，是在乔叟的 House of Fame（the Galaxyë Which men clepeth the Milky Wey），典故则来自希腊神话的一则仙界家务事：宙斯照例猎艳，本次选秀相中了有夫之妇阿尔克墨涅，于是肉身怀上神胎，得子赫拉克勒斯。宙斯想借老婆赫拉的乳汁赐爱子永生，又不敢明说，只好趁妻熟睡时让儿子用力吸吮其乳房。小赫用力过猛，老赫惊醒后大怒，将孩子一推，乳汁遂狂泻作漫漫天河。这故事着实朴素得可爱，宙斯就算站在奥林匹斯山之巅，也少不得偷鸡摸狗；赫拉虽然呷醋，到底不够歹毒。但凡她将计就计，在奶汁里加点作料提高点蛋白质含量什么的，小赫长大以后也成不了那个又强健又俊朗的希腊神话男一号。

如此说来，从功能对等的角度看，译作“银河”当然是不二之选，否则中国读者想不到作者说的就是牛郎织女之间的那条。但是这么一来，背后的那个好玩的故事就不见了。办法也不是没有，字面译作“神乳路”，底下做一串注解，啰啰唆唆的讨人嫌。翻译往往就是这么讨嫌的工作，明知不可为而为，大约是译者的宿命。

好在译者也有自得其乐的时候。比方说，知道了这迢迢奶路的源头，近来不免作发散性思维：一样举头望天，老外的故事编得实实在在，有奶便是娘，泼乳自成路。咱们比他们浪漫，于星汉灿烂间看见了整整一条流水线的银子……打住，打住。

打开窗门讲沪语

大学寝室里的聊天是方言杂烩的盛宴，我记得当年最开胃的一道小菜是讨论那种冬日街头随处可见、瞥一眼就心生暖意的小吃。“我最爱吃烤地瓜了。”山东同学喜滋滋地说。“哦，我们那里叫煨番薯。”广东妹在终于弄明白那是什么东西以后，恍然大悟。我也跟着笑，用上海话告诉她们，从小，我只知道把这甜甜软软的玩意唤作“烘山芋”。

烤地瓜，煨番薯，烘山芋，九个字里没有一个重复，构词形式却高度一致；偶尔交汇，仿佛看见思维在穿透了语音的屏障之后相逢一笑、默契于心。方块字的海洋边，常常的，我们都会在隔了千万里的滩涂上，拾到色彩迥异而形态同工的贝壳。

不过，细想下去，方言的独特性还是会执拗地浮出水面。就说这学名“甘薯”的“山芋”吧，上海人在前头轻轻巧巧加了个“洋”字，就直接拿来称呼另一种植物（马铃薯）。同样的物件，到了北方就完全从其生长的特点出发，干干脆脆地叫它“土豆”。从“洋山芋”的意义分析，显然上海人吃到马铃薯要远比接触甘薯更晚，所以相对于同样来自异域（查资料，原产地是南美）的后者来说，前者就更具有舶来品的意味。我猜想，但凡上海人当初跟广东人一样叫“番薯”，那么，后来引进马铃薯时也会义无反顾地称之为“洋番薯”。至于“洋”和“番”到底是不是语意重叠，搁在一起是否显得冗余，是否还存在更精简的命名方式，那绝对不成问题——上海话历来有这样的宽容度。不信，你想想，时至今日，阿拉上海人不是还把“洋番茄”叫得很顺吗？

上海话“叠罗汉”的杂耍工夫俯仰可见。沪语常以“头”为名词后缀，若译成普通话，有一部分是可以用“子”来代替的，比如“篮子”之于“篮头”、“盒子”之于“盒头”（这两种说法在沪语中并存）；但也有很多，是别处（至少是吴语区之外）鲜见的用法，比如纸头、布头，更有甚者，小时候喝猪肺汤，听外婆一声声叫什么“肺头”，纳闷了很久。你如果硬逼着上海人讲“一张纸”而不是“一张纸头”，肯定会活活把他别扭死。

如果说上述前后缀还不能充分说明问题的话，那么，下面两个例子是直观到了极点的。昔日上海人家多用铅制的水桶，渐渐的几乎所有的桶都给叫成了“铅桶”。“一桶水”是没问题的，但“一只桶”似乎就没有“一只铅桶”叫得顺溜。时移世变，塑料桶大行其道，但时不时的，你还是可以听到满耳的“塑料铅桶”，说得恳切、听得自然，反正大家都晓得在说什么。以此类推，如果你习惯了“塑料铅桶”，那么，对于类似“汏（沪语念‘打’音）脚面盆”和“汏浴面盆”，也就可以见怪不怪了。同理，如果有个上海人嚷嚷着要“开窗门”，你大可不必令门户洞开——须知，这个“门”字跟在“窗”后面，功能与“铅桶”的“铅”字相当，只能让音节更铿锵，并没有表意的用处。

还有个更戏剧化的例子：初来上海者，大抵不晓得本地人在讲“吃茶”的时候，杯子里可能飘着几片茶叶，也可能只是清清爽爽的白开水。这里的“吃茶”，常常只是饮水的代称。问题是，如果在某些语境中需要强调是真的要泡一杯茶喝，该怎么办呢？这可难不倒上海人，他们会随口说——“来，阿拉吃杯茶叶茶。”

母语这东西，早就融在血液里循环不息，不必经过大脑，自然天天从舌头里蹦出来。但细想来，上海话的拉杂、絮叨、叠床架屋，纵然上升不成严谨的语法规律，却自有它缓和语势、增添情趣的家常妙用。仅举一例：两个人吵架，一方大吼一声“滚”，那一定是出离愤怒了；加一个字成“滚蛋”，则情绪已经有了微妙的变化；加三个字“滚侬格蛋”（滚你的蛋），骂人的那位脸上没准窥得见一丝笑影；地道的上海话还有一句最绝的：“滚侬格五香茶叶蛋”，脆生生地喊出来，当真是色香味俱全的调笑乃至娇嗔了。

听来的电影看来的歌

一

除了坐出租，我已经多久没有听过广播了？我甚至不知道现在还有没有那种叫“电影录音剪辑”的节目——应该是早就绝迹了吧？《艺伎回忆录》上礼拜刚在东京首映，今天就有人从网上下载下来，笑眯眯地看章子怡噼里啪啦地挨巩俐耳光，这样的时代还需要什么“电影录音剪辑”？

也就是十五六年前吧，我在念小学。那时候好像还不时兴放学以后补课学画练钢琴，我每天下午四点总是可以准时到家，扭开广播，就是“电影录音剪辑”时间。八十年代中后期，露天电影院的岁月已经淡出，VCD、DVD、大片、院线尚未淡入；电视里可怜巴巴的七八个频道里放的电视剧还不如现在的广告花俏；《大众电影》是学校阅览室里最抢手的圣经，一个中午如果想连着看几期，至少得三个同学配合“卡位”，你传给我我传给你，馋得别班孤军作战的同学咬牙切齿……看电影，至少在那时，还是一桩需要一点努力才能做到的事，兴奋指数只比春游秋游略微差那么一丁点，约等于现在攥着五百大洋的票子上大剧院观摩《剧院魅影》。

听“电影录音剪辑”的兴奋指数还要再低几分，妙处却也含在这唾手可得的便利里：五官、手足各司其职，一心分作两处用。作业本上平面几何题的辅助线画了半截，耳边响起配音演员李梓以叶塞尼娅的名义喊出来的那一嗓子“当兵的！……”，端的是万种风情都在想象里铺开了大幕，任那数字、图形、符号于其间闪展腾挪，将台词撕成雪片，在记忆里漫天飞舞。我记得，《喜盈门》里孙女向爷爷无意间揭露了妈妈私藏好一碗饺子，随后，广播里听到的是死一般的沉默，弄得我多年以后都还惦记着那碗从来没见过的、想必很好吃的饺子，以及，爷爷那双想必很苍凉的眼睛；我记得，《两个人的车站》末尾那一段越过高墙、回荡在雪地上的手风琴——在我的想象里，它总是很诡异地与《苔丝》的女主角被捕前只有疲倦没有畏惧的叹息交织在一起；我还记得，罗切斯特先生伴着钢琴曲轻柔地问简·爱小姐：“真的愿意嫁给一个比你大二十岁的瞎子吗？”“再真不过了。”从无线电里第一百遍听到简清晰坚定的回答，我还是会有想哭的冲动。

那些在记忆深处流连不去的电影，那些动不动就会脱口而出的台词（比如，波洛在《尼罗河上的惨案》末尾庄严宣告：“女人最大的心愿，就是希望有人来爱她……”，那个停顿，那声叹息呀……），究竟有多少是以这样的方式听来的？有一些隔了几年以后再补看，竟然会招来莫大的失落：比如，那部叫《夜茫茫》的波兰电影，男主角的面孔再怎么英俊，似乎都对不起童自荣吹毛断玉、削铁如泥的好嗓子。银幕上那男子笑，那男子哭，远不及广播里那般亲善可人，生生地化开了你的心——仿佛映在银幕上的脸反倒是模糊的，而曾几何时，守在广播前我自己在想象里勾勒的那张脸、那双眼睛才是真真切切的。

第一次听到《茜茜公主》，就被她纵马跨栏时喊出的那一声“哟嗬”摄去了魂魄。望穿秋水才盼来电台重播，我思忖实在受不了再望一次秋水，便在重播前做好了录音准备。家里就一台单卡录放机，不带收音机、没法内录的那种，我拿它对准收音机，屏息静气按下键来。整整一个钟头，门窗紧闭，家人被迫噤若寒蝉。事后细辨，除偶有窗外的爆竹声搅局外，还真没有什么差池。就连那爆竹，也恰恰响在戏里宫廷舞会上烟花大作的瞬间，浮在拉德斯基进行曲表面，真是天的造化。

然后的然后，才在电视里正式看到了化身为茜茜的罗密·施奈德，为她那正好卡进骑装里的腰肢惊叹不已。罗密薄薄的嘴唇一张，我就知道她要说什么——她的词儿早已透过录音带在我大脑皮层上碾过了深深浅浅、凹凹凸凸的印痕。我在心里跟她一起笑，一起恨，一起爱上那个傻头傻脑的国王。

二

念初中那会儿，正逢上流行歌曲虽渐成气候、到底犹抱琵琶的当口。市面上正式出版的录音制品还是少，盒带的引进速度远远跟不上电台上的排行榜，更跟不上校园里流传得如火如荼的拷带。所谓“拷带”，大多是一些有神通弄到原版的人——俗称“拷兄”——用空白录音带反复转录而成的。那时节，城市的角角落落里颇有些“拷兄”的流动据点，他们摆开地摊做生意，卖得比那些正经引进的盒带还贵，我们这些穷学生大部分都只有眼馋的分。至于那些流传在校园里的，往往已经是拷带的拷带，彼此兜兜转转地实现资源共享——虽然听 Rolling Stone 的看不起听罗大佑的，听罗大佑的看不起听谭咏麟的，听谭咏麟的随时准备和听张国荣的拼刺刀……

我是那种零投入的共享者，自己没钱买带子，只有等人家轮了三五圈以后才有资格分一杯残羹冷炙。然而慢也有慢的好处，一盘带子，尚未有机会染指，先听那么多人口传笔诵地预热了一番。口传，是评点，是传唱，等于替我筛了一道，类似于“海选”，口碑不佳、旋律不入耳的我也就不去动那借的脑筋；笔诵，是把那张皱巴巴的歌词（原版磁带封套复印件，黑白，模糊到从那上面看歌星照片，你会觉得梅艳芳和蔡琴长得没什么区别）手手相传，一字一句地抄在歌词本上。在八九十年代里上中学的人，大概很少会有人没攒过至少一个歌词本。讲究一点的都是裹一层旧挂历的硬面日记簿，美人玉腿或者桂林山水露在外头，里面按歌星姓氏拼音字母 A 到 Z 分段排列；翻一翻，这边跳出一句“外面的世界很无奈”，那边冒出一条“徐徐回望，曾属于彼此的晚上”，间或还能看到明星大头贴，刚粘上去的时候鲜亮，年深日久了就会黑一块白一块的，恍若沦落风尘。还有，我总依稀记得，或者说分明相信，字与字之间，晕开的泪痕——黄黄的，假假的，是最纯真与最刻意的交集，是那个年纪的主色调。

属于我的那一本，在搬过三次家以后终于失踪。但我闭上眼睛，仍然可以想起那里面抄过《水中花》《穿过你的黑发的我的手》《我要的不多》《天花乱坠》……抄得最多的是黄舒骏。在亲耳听到他那首著名的《恋爱症候群》之前约莫半年，我就读到了那七百多字的歌词。仿佛被人当头砸了一闷棍，还来不及揉揉肿了多大的包，我就激动得恨不能伸出手去，穿过空气，攥住写歌唱歌的那个人。“在我落寞的岁月里，你的温柔解脱我的孤寂，带给我深深的狂喜，如此颤动着我的心灵……”这一段绝对不是黄舒骏最精彩的手笔，却让十三四岁的我从此给所谓“爱情”树起了一根至高无上的标杆。爱的缘起、高潮、幻灭，乃至幻灭之后的终于不能忘情，构成了一个迷人的圆。起点与终点重合，然而，其间已过万水千山……《恋爱征候群》的野心，便是企图将这一切全融化在一首歌里。透过字里行间，我被这野心忽悠得头晕目眩，全然想象不出怎样的调子才配得上这歌词，怎样的声音才能唱得既幽默又严肃，既开心又伤心。

可想而知，半年后真的听到了，我总是难免有一点点失望——失望的，并不是歌不好听，而是：尚未诉诸听觉的歌词是静静地躺在照相机里的胶卷，既然没有冲印出来，我就永远可以凭着按下快门的瞬间，给光与影的游戏想象无数种可能。一旦胶卷变成了照片，词与曲凝结成了歌，可能性就缩水成了现实中的唯一，不可逆转的唯一。

写这些字的时候，就手在网络上一搜便找到了黄舒骏的所有歌词。鼠标一点，它们就统统打包装进了桌面上的文件夹。再不需要一个字一个字抄了，再不需要在别人龙飞凤舞的歌本上连猜带蒙，费力地拼一个我自己的版本。我们面对的是一个信息密集、务实高效的世界。一个逼得想象力无处藏身的世界。

伦敦日记

北京时间2006年11月20日晚21点

周一　维珍航空经济舱

维珍的饭菜一如既往地寡淡。广播里预报牛肉饭、鸡肉土豆泥的话音未落，空姐已经推着车笑眯眯地走过来，轻声软语：对不起，只剩下蔬菜饭了。真是名副其实的蔬菜饭，我从鼻腔到肠胃都没有找到一丁点荤腥。同伴在我耳边一路描述汉莎航空的好，说那里是头盘主菜甜点一应俱全的。这梅委实太远，我望不见，也止不了渴。

我直着脖子要了两个小时的毯子，最终还是靠意志和外套克服了这项并不迫切的生理需求。好在从椅背的屏幕上可以看几场半生不熟的电影——我依稀记得这是维珍的特色。我选了《达·芬奇密码》。比我预想中好看。至少，导演气喘吁吁地把故事讲完了，而看的人没有困惑得气喘吁吁。这不是一件容易的事。但我还是对这个类型的片子没有什么感觉。对原著小说也是如此。忘了哪个朋友跟我说过：这是用脑子写的小说，不是用心。

八小时之后，格林威治时间11月20日晚

21点，Cumberland饭店

夜与夜冗长连缀，被地球的公转自转消磨了色泽，惨淡得像一层锡纸。踏上异地的兴奋与飞机上积累的倦意彼此拉锯，再被时差反应（据说与所谓“褪黑激素”有关）猛推一把，人的肢体与思维便会不由自主地直打激灵。

来接机的小伙子叫 Alex。夜色里看不清他的脸，但那一口悦耳的英文是听得真切。说了好久才晓得他原来是德国人，到伦敦来打工，只是因为这里住着他的法国女朋友。“有时候我自己也不知道为什么会来。”他一边开车一边抒情。移民人口众多的国际大都市总是少不了富有戏剧性的相聚或者离别，我对自己说——再往车窗外看，大片近郊的印度人聚居地正缓缓掠过。房子是掠过去了，可那商店橱窗里一件件莎丽的颜色还滞留在视网膜上。艳得惊心动魄。

彼时城里飘着点雨。正是下班高峰，车在雨中长龙里三步一停。我倦极，半眯起眼，听那司机一站一站地报地名：Shepherd’s Bush，Notting Hill，Hyde Park，Oxford Street……睁大眼睛，发现果真到了牛津街。两年半前的夏天我在这里住过三天，那时的天色是到了七八点仍然不肯暗下去的；而此刻（刚过五点），整条街道却全靠被雨水化开的灯光照明。英国的高纬度是一把偏心的剪刀，裁去秋冬的光，贴补春夏的白昼。

灯光里处处可见 Merry Christmas 的招牌。“你们还好赶在圣诞前来，”Alex 说，“否则，连公共厕所也不开的。”

Cumberland 饭店离我上回住的那个老老旧旧的 St. Giles 很近，风格却是牛头不对马嘴。Cumberland 的大堂宽敞得叫人发呆，抽象画和现代雕塑面面相觑，账台上方的两个大屏幕构成一组电视艺术装置，循环慢速播放演员的舒展、翻滚、腾挪——据说这象征着一天二十四小时的更替演进。办理入住的时候我一边盯着这装置看，一边和着拍子替它配上张惠妹的歌：我一个人跳舞，从清晨到日暮。

格林威治时间 11 月 21 日　周二　多云

阳光，阳光。每一个初见我们的英国人都在恭喜我们头一天就享受了这么慷慨的阳光。在英国，就算没有雨的日子也感觉得到风雨欲来，所以阳光背后总还衬着乌云的底子。我举起照相机，取景框里的每一幅画面都是好的，可我晓得这小小的数码宝贝没办法把天、由浅而深的云、光、水、阴影合力勾勒的数不清的层次一并收进去。用笔写也是徒劳。生活里到处都是无法复制的美，从阴翳中突围的伦敦阳光，可以算一个。

第一站是“伦敦南岸中心”（South Bank Centre），号称是全球（他们用的词是 on the planet）最大的创意文化中心。这名头可能听上去有点玄，实际上，它的地理概念是一群音乐厅、剧院、画廊、教育场所、游乐设施（最著名的就是那个叫“伦敦眼”的摩天轮）及配套商业设施聚拢在泰晤士河南岸；人文概念是目前每年有五千两百多场（天！）演出和展览，曾经以古典为主，而今现代艺术、流行文化的成分越来越多；政治概念是此地与英国政府联系紧密，配合 2012 年伦敦奥运会的系列文化活动将在此处启动；经济概念是：支撑在它背后的，有成分复杂、分工详尽的资本系统（最近的一次整合耗去了一亿多英镑），包括政府投入、企业及个人捐赠、房屋租赁、彩票融资、票房收入，等等。

一连接触了几个南岸中心的职员。听得出他们言语之间对这么大的一个赢利艰难的机构居然能够成功运转颇为自豪。“早就嚷嚷着要整合扩建了，但真正能做成这件事的只有迈克尔·林奇，只有他既懂艺术，又懂经营，还晓得怎么协调好关系。”如果你亲眼看到他们的表情，就会认定，这话绝不仅仅是背后拍老板马屁那么简单。林奇是土生土长的澳大利亚人，一个征服了英国人的澳大利亚人，肚子里该藏着多少故事？

林奇驾到。跛足。拄拐。大嗓门。一进门就扯起当年兴建上海大剧院时来当过顾问的旧话，伴之以朗声大笑。果然是个懂得怎么拉近距离、如何调节气氛的人精。采访才十几分钟，没指望从这人精嘴里套出多少故事，但我心里多少有点恍然大悟——就凭他说话的感染力，在政府官员或者企业领导跟前阐述个什么雄心勃勃的计划，应该是绰绰有余的。

有时候，英国人骨子里的那点倨傲和谨慎，可能是需要一缕持久而热烈的澳洲阳光，才能催化出激情来吧。

这阳光似乎没照到南伦敦画廊。这个小小的非赢利性展览馆也坐落在南岸，不过位置更偏，据说是伦敦的下只角。画廊的总监语调舒缓，连连感叹生存不易。毕竟，这个画廊的宗旨是展示现代前卫艺术。那委实是个既难以评判，又乏人喝彩的领域，而画廊的性质又与商业无关，完全靠政府津贴和捐赠，总是未免寂寞的。

画廊里的一个小间，墙上挂着七个屏幕，同时播放从七个角度拍摄的同一场车祸的全过程，连同这事故的毫无逻辑关系的“前因”和“后果”，一共二十分钟。这是法国一位现代艺术家的新作。观众不到十个。我想谁都看得出拍摄的难度有多大，但谁也不敢说看懂了作者的初衷。面对现代艺术，往往，我们最大的收获就是这样一种情绪：怎么样的阐释都是可能的，怎么样的阐释都是无用的。

片子里弥漫着阴郁的变种东方音乐。我出门上车，这音乐还仿佛在耳边响。快回到饭店门口时，今天的新司机 Shawn 用 BBC 标准音抑扬顿挫地告诉我们：饭店所在地 Marble Arch 以前是个将死囚斩首示众的地方。晚上有五万多幽魂陪我们倒时差。阿门。

格林威治时间 11 月 22 日　周三

多云转阴转大雨

旅程的时间安排总是让人有得有失：错过了斯蒂芬·金在伦敦的新书发布会，却恰好撞上了平时住在伯明翰的戴维·洛奇到伦敦来参加派对。坐在他伦敦寓所的客厅里，我一边接过他递来的红茶，一边细细打量这位英国的钱锺书。个子不高，长相平平，听力障碍并不像传说中那样严重。至少，我没有发现助听器的痕迹。看得出来，这位七十一岁的老作家有的是应付媒体的经验，非但主动问我们需不需要录音、录音设备放哪里比较合适，而且干脆利落地许诺：假如在规定时间里没有问完所有的问题，敬请在电子邮件中追访。见我和同伴拿出两个 MP3，他笑得脸上的皱纹全都舒展开了。于是，我录下的第一句话就是："嘿，这些玩意看上去可真够高科技的。"

我告诉他，《小世界》在中国的知识圈里很有影响，常常给人拿来跟 *Fortress Besieged*（《围城》英文版）作类比，他果然来了好奇心，一连叫我重复了三遍书名，最后还是只能摇摇头，礼节性地表示："我似乎听说过那个名字，但是，应该说我不了解这本书。"

采访按部就班。我以前就喜欢《小世界》，来伦敦前又恶补过三部曲里的另两部（《换位》《好工作》）以及《治疗》，再加上几个身为"奇粉"的朋友热情相助，因此准备好的问题有不少是深入细节的。而那些滑出常规之外的兴奋点，也确实在细节中。在重听录音之前，我记得最真切的大概是这么几条：

其一，洛奇和《治疗》中的男主人公一样，经历过心理上的"沮丧期"，而且膝关节同样饱受病患之苦。当然，我不会傻到指望洛奇承认这本小说等同于自传。"我和老婆可没有离婚。"不等我追问，他自己已经微笑着撇清了。

其二，说到《好工作》里的主人公维克多·威尔考克斯竟然与《霍华德庄园》里的人物同名，而且两部小说所反映的主题不无异曲同工之处，洛奇忍俊不禁。他说这个问题是写到一半才发现的，后来也就顺其自然了。然后，他饶有兴味地把名字拆开来细细咀嚼："维克多（victor）代表胜利，威尔（will）是意志的象征，考克斯（cox）与男性生殖器谐音……我和福斯特想到一块去了。"我也报以微笑，心里在回忆他的《小世界》有多少人物姓名都是有圆桌骑士的典故藏在里面的——对人名游戏的热爱，洛奇真是一以贯之。

其三，我告诉他，我们的《英汉大词典》里收录的不少例句都选自他的作品，他马上补充了一条花絮："前些时我自己在读书时看到 ring off 这个词，不禁心生疑窦，不晓得这么用合不合乎语法规范，于是查某词典。这一查才发现，这个短语所引用的例句就是我戴维·洛奇写的。"

采访这样的作家，随时响起一点高质量的笑声，是在意料之中的。但是我没想到临近末尾时听到一个心酸的故事：洛奇的幼子先天患有唐氏综合征，至今仍需要他们的照料。"这件事给我们带来不少困扰，尤其是我太太，人生轨迹因此而改变了许多。"

他说这话时还是在笑。这笑容不属于作家，属于父亲。

从洛奇家出来，直奔剑桥。约了一位剑桥的英文教授和另一位驻校作家，随便聊几句，其实更大的动机还是看看剑桥。呵呵，照我们一位同伴的话说，就是那个被徐志摩"妖魔化"的"康桥"啊。但是聊完出门，天色已经黑了大半，雨下得正密，不管是据说没有一根钉子的数学桥，还是四面围起木栅栏的叹息桥，看上去都凄迷得恰到好处——没有徐志摩，你也会在关于它们的想象里塞进几个暗夜生香的故事。一位陪我们在校园里逛的中国留学生说："比起阴柔的剑桥来，牛津的线条完全是阳性的。"

不过这两所名校都是学院制的格局。连学院的名字都很像，不外乎国王、女王、三一之类。学院其实是一个生活区域的概念，同一个专业的学生可能会分布在不同的学院里，而且学院内部也配有小型图书馆和各专业的指导教师，属于在你吃腻了大锅饭以后回来加小锅菜的地方。只是这小锅菜的代价委实不菲，剑桥昂贵的学费中，有很大一部分是支付给学院的。

国王学院（King's College）据说是剑桥气派最大的学院，其中就读的学生，绝大部分，不是有权就是有钱。就连门房间也有好几十平方的样子。再瞧那看门人的标牌，差点昏倒——Senior Porter. 高级门卫。那留学生告诉我，这个职称，别处的门房都是没有的。

站在那块每年都要演莎剧的草坪边，我听到个很英国的段子。剑桥与牛津都有个女王学院，但前者是 Queens' College 而后者是 Queen's College。原因是剑桥的这个学院先后有两位女王御驾光临。于是，一代又一代的新生都要听院长开同一个玩笑：你们在这里至少能搞清楚名词复数所有格的用法。一代又一代的学生笑了，不是因为笑话好笑，而是因为他每年都讲。

格林威治时间 11 月 23 日　周四　晴

上午去诺曼·福斯特建筑师事务所。我基本上是外行，不过是跟着两个跑艺术的记者去看个热闹。但是那司机的兴奋让我突然感觉到了此行的珍贵。“福斯特太牛了，”他一个劲地说，“要不是替你们开车，我大概一辈子都不晓得他的事务所原来藏在这里。”我一路上都在想，上海的出租车司机会不会知道任何一个中国建筑师的名字？或者说，中国有没有连出租车司机都崇拜的建筑师？

福斯特本人恰好在马德里出差。接待我们的是他的合伙人大卫·尼尔森（David Nelson）。整个采访过程中，他们那几个标志性工程——香港机场、汇丰银行、柏林议会大厦、泰晤士河上的千禧桥自然是不能不提的。最华彩的桥段是要他比较一下大英博物馆和卢浮宫的改造工程：二者性质完全相同；前者是福斯特的得意之作，以新旧结合得不露痕迹著称；而后者是贝聿铭最受争议的工程，那座离经叛道的玻璃金字塔曾被人说成是“巴黎的一道永恒的伤疤”。做这样的比较当然正中尼尔森的下怀，但他显然在尽力克制自己的得意，先是对新卢浮宫创造的客流奇迹狠狠表扬了一通，末了加上一句颇具国际水准的外交辞令：“卢浮宫真的很成功，也许，太成功了。”隔了几个话题，尼尔森又迂回着接上刚才意犹未尽的话茬：“变化可以是迅疾的、喧闹的，也可以是微弱的、细节的……”

没有人料到尼尔森会反复提到他们前几年在特拉法加广场上打造的将广场与国立美术馆连通的阶梯。因为有了这些阶梯，走累的人们一个不经意就能撞进达·芬奇、拉斐尔的世界。“这工程很不起眼，但改变了人们的习惯和生活。”尼尔森随口都是警句：“所谓的‘前卫’，既可以是技术上的，也可以是人文上的。”

下午是此行最累人的项目。赫赫有名的企鹅出版社一连出动三个人接受采访。其实这样的访谈你要是一句一句记录下来实在索然无味，但闭上眼睛把他们的言语和神态交叠起来，倒是有很漂亮的蒙太奇效果。

集团总裁梅金森，永远不等我们把问题讲完就开始侃侃而谈，对每个答案的熟练程度都是至少操练了三十遍以上的，一边说一边明显在控制时间，礼貌地暗示我们快点收尾，因为门外还有一队人马在等着召见。这样的局面是很容易让记者沮丧的，我印象里他只有在回答一个问题时稍微停顿了一下——问：为什么你会在中国选择一个在翻译出版方面并没有显赫声名的出版社（重庆出版社）作为出版“企鹅名著”的合作伙伴？答：哦——这个，是我的一贯方针。我需要一个严格按照企鹅方式打造的出版、营销模式。所以那个合作伙伴的历史，以及它的品牌，也许越淡薄越好。

营销部的主管乔安娜小姐一脸疲惫，整个过程几乎都是半闭着眼睛应付下来的。刚才我问过梅金森文艺类畅销书有多大程度上要依靠运气，他的答案是标准的营销书上的套路：通过市场细分摸透畅销规律，同时根据不同性质的图书控制营销投入比例，能最大限度地规避风险、掌握图书是否畅销的命运……同一个问题，乔安娜的回答则全然是一个天天拼杀在一线、满脑子不是报纸书评版位就是书店铺货位置的营销人员的生理反应——她给了我们一个自然的、百感交集的苦笑。“……《裸体厨师》（明星厨师杰米·奥立弗的烹饪书）在英国本土就能卖掉八十万册，”她说，“所以那作者只要一有搁笔的意思，那一年我们就非常非常恐慌，我们不知道能拿什么去填补他留下的空洞……”

第三个上场的是被企鹅集团并购的独立出版社 Hamish Hamilton 的头儿西蒙·普罗瑟（Simon Prosser）。说是个出版社，其实连西蒙在内统共只有两个员工，都是图书策划人。说白了就是一个精简得不能再精简的工作室。在图书业各道工序外包化程度越来越高的今天，这样的以骨干编辑为灵魂人物的作坊已经不是什么新事物。不过，这个小作坊今年的收成震撼了整个书业，三大主要文学奖（布克、橘子以及惠特布莱德）的得主竟然全是这两位策划人力推的小说。

西蒙戴着一副扁扁的黑边眼镜，口音重，语速快，那些早就听惯的单词从他嘴里出来，似乎个个都给掐了头去了尾，彼此没有什么起承转合，就随口连缀起来——怪了，居然，我也猜得出大半。面对遥远的来自上海的采访，他先是困惑不解，接着又报以羞涩的微笑——在我看来，是那种具有艺术家气质的人近乎脸谱化的羞涩。他当然不像总裁那么滴水不漏，说到最直接的竞争对手时一个弯子也不绕，几乎是半个身子直扑向前，嚷起来："当然是 Jonathan Cape（被兰登并购的独立出版社），我嫉妒他们！"他也不像营销经理那样忧心忡忡，在他看来，那些技术层面的因素不是他要考虑的。他一遍一遍地跟我们提起编辑的 taste 有多么重要，却似乎总也说不清自己选择作者的 taste 究竟从何而来。他老是说着说着就从书架上抓起一本书来，下意识地摩挲着翻动着，最后我们要走的时候干脆每人手里塞了两本，说是让我们在回去的飞机上看。一时间，我简直要笑出声来——当了整整十年的编辑，身边都是离不开书的人和离不开人的书，这样的动作，这样的表情，我实在太熟悉了。

从西蒙办公室出来，一边往外走一边扫视刚才来不及细看的那一个个办公室。拆包的和没拆包的书。贴满了作者像的墙。横七竖八的易拉宝招贴广告。围在一起看封面图样的编辑……我像是回到了自己每天要上班的地方。

和同伴交流采访感受，我说了一句自己都不太懂的话：这个总裁真像总裁，这个营销经理真像营销经理，这个策划编辑真像策划编辑。

格林威治时间 11 月 24 日　周五　时雨时阴

国立美术馆。接待我们的小姐三转两转，就把我们带到了特纳的风景画跟前。在这个世界首屈一指的美术馆，在这个挤满了鲁本斯的裸女和梵高的向日葵的地方，小姐的安排显然不是无心插柳。在古典油画领域，英国人的整体实力排不上超一流；而在这个美术馆里，特纳的光芒也完全可能被那些来自意、法、西、荷的结结实实的人物画轻易遮挡。好在小姐是爱国的，她让我们先来朝拜特纳。

反正我们那位画家朋友已经晕了。开馆前这一个钟头是我们特许拍照的时间，他便举着照相机一路猛按快门。间歇时只听到他说了一句话：“一部西方美术史就这么扔过来，哪能吃得消？”另一位干脆拿了本美术馆藏品的印刷图册一张张对过去，一边对一边摇头：“你看这狗的毛色，这么一印，就一点层次全没了。要命啊以前看到的全错了。”

我当然发不出这样的感慨。没有他们的点拨，我不会注意凡·爱克笔下的农妇眼睛里有那么一点匪夷所思的高光，我甚至不知道达·芬奇是用蛋清作画而非现代意义上的油画。但我感受得到任何一个置身于其中的专业人士心底里会涌起怎样无力的悲哀。已逝的大师与盛世散布在四面墙上，你不能不隔着玻璃承受他们的嘲讽。

当日馆内有西班牙画家委拉斯开兹的特展。我被人流推到《镜前维纳斯》，想象着自己的目光狠狠地在维纳斯背部的线条上烙了几道深痕。亲眼看到一幅过分眼熟的美术名作总是尴尬的，你本该怀有的崇敬早就被太多的复制品消解了。

下午转战泰特美术馆。看他们在北岸的古典部分(Tate Britain)，我几乎提不起任何兴致——不是东西不好，实在是本来就不发达的艺术味蕾完全被上午的重油猛料给麻翻了。2006 特纳奖的六件提名作品也陈列在里面，我飞快地扫过去，只记得有个纪录片是反反复复地讲述电视脱口秀节目给普通人生活带来的灾难性的影响。纪录片没什么特别，但放映方式有点花样：东西两面墙各安置一个屏幕，同时放映被访者与采访者的图像和字幕，所以坐在房间里看纪录片的人就只能像看网球比赛一样，脑袋忙着往两边转动。

这几件现代艺术品算是拉开了我们下一站的序幕：坐上 Tate to Tate 的旅游船，我们穿过泰晤士河，来到南岸的泰特现代艺术馆。这几天几乎所有见到我们的伦敦人都在热情推荐 Tate Modern，说你们哪怕里面的展品都不看，也得看看那建筑吧——那是我们的发电厂改建的呀。

他们有理由骄傲。这几十年来，老谋深算的伦敦一直致力于用尼尔森所说的那种微弱的、细节的变化，一步步完成城市功能的大幅度转换。老牌工业城市的内芯，给耐心地一点点抽空，取而代之的是那些能耗趋近于无的产业——金融、创意（建筑设计、工业设计……），等等。泰特现代艺术馆那形同烟囱（它本来就是个烟囱!）的拙朴外观与其内部光怪陆离的创意环境所形成的反差，那种奇妙的时空倒错，就是这种转换的直观代表。

钻进烟囱，大厅里迎面就是个直达顶层的螺旋形滑梯，全封闭的，要玩这个你得把自己蜷缩起来钻进去——怎么说呢，我想这件既可以娱乐也可以“艺术”的玩意，完全可以被解释成人体的肠道，游客的参与不啻为体验某种被现代社会“消化”的感觉——呵呵，苏珊·桑塔格若是听到这话，会一字一顿地说：反对阐释。

毕加索不需要阐释。达利不需要。安迪·沃霍尔也不需要。我的认知范围内有限的几位现代艺术大师挨个从我身边掠过——应该说我掠过了他们。剩下的，是一堆全然陌生的名字和拒绝阐释的线条、色块、树根、废铜烂铁、钢丝、幻灯、电视录像……我在满满一个展厅的仿佛随意捏就的小泥塑里发现了两个躺在床上的小人。旁边的标牌写着：刚刚怀上天才阿尔伯特的爱因斯坦夫妇。

假如缺失了这种让你嘴角禁不住一抖的幽默——无论是那种冷冷的反讽的幽默，还是闪烁在这两个小泥人身上的温暖的幽默，那么，现代艺术对于我，真的不是那么容易亲近的。还好，艺术万变，幽默不死。

我攥着那张可以被“消化”的滑梯票子，到底也没有去。我的胃已经被西餐和艺术撑到了接近胸腔的位置。我走到艺术馆四楼的那个著名的阳台，据说这里看得到全伦敦最美的河景。已过晚上六点。我在随身带的小本子上记下这么几个词：冷。冰凉的铁栅栏。彼岸的灯光。

夜幕下的泰晤士河远不如塞纳河旖旎，但它其实暗地里也懂得跟那似有若无的雾气调情，把对岸的灯光全化开了一层光晕。我还是没有随时摸照相机的习惯，只歪着头看身边所有的人都在拿铁栅栏当三脚架，屏住呼吸，长时间曝光，想拍一张合意的夜景。我想象，那些驶过泰晤士河的船上的点点灯火，会在他们的照片上拉出一道长长的光弧；我想象，回到故地，他们会得意洋洋地把这些光弧指给那些没来过伦敦的人看。他们不知道，他们屏住的那口长长的呼吸，也编进了我的听觉记忆，成了这夜、这河、这阳台的一部分。

格林威治时间 11 月 25 日　星期六　雨

周末我们的司机不上班，这两天的交通全靠地铁。

一张非高峰时间（九点半以后）的 one-day pass（当日通票）只要四镑九，握在手里，半夜十二点前全伦敦十三条地铁以及地面上的公交线都可以无限次换乘。当然，前提是你在他们阡陌纵横的地铁图面前不至于乱了方寸。其实乱了方寸也不要紧，一般你只要在站台上盯着路线图皱紧眉头踌躇一分钟以上，就会有个老绅士探头过来：“Can I help you?”

依稀记得有本书叫《地下伦敦》。揣着 one-day pass 实地勘察以后，才明白地下的伦敦为什么值得写一本书。比如，老早就晓得伦敦的地铁有个专用名词叫 tube，但是非得进去了，你才会恍然大悟：这轮廓、这格局果然像“管子”一般浑圆、局促啊，如是，果然只能用一个“钻”字才妥帖呀。1860 年的伦敦人第一次钻进了这样的管子里，从此人类就多了一个维度的世界，一个挥霍着时空、效率、爱情和罪恶的世界。我倚在粗糙的水泥方柱上，看着对面墙壁上方搅成一团的裸线，想象着 1860 年的挖土机钻头只能掘出这样的弧度、这样的尺寸，眼前的景象顿时不可遏止地恍惚起来。

伦敦地面的土质允许将地铁挖深。所以走进闸道口以后仰望自动扶梯，真是觉得既高且陡，一眼望不到顶。踩上扶梯，正盯着海报出神，后面就有人大喊 excuse me，我几乎有些踉跄地往右边一躲，立时便有等不及扶梯慢行的人流从我身边挨个蹭过，小跑着赶过去。此后，每次走上这扶梯，无数次地提醒自己要往右边让，却无数次地忘记。在这些拥挤的管子里，你总是那么容易就成为别人的障碍。

计划是连逛两天的周末集市。我素来不善血拼——大约也是因为无血可拼，所以早上搭地铁去西区的 Portobello Market 时，一路上都懒洋洋地看野眼。居然就看到了集市口上有栋白房子外挂着个不起眼的蓝牌子——凡需要保护的建筑外面都会挂，上面标着“乔治·奥威尔故居”，心里由不得咯噔一下。奥威尔活得不长，且毕生足迹遍布欧亚多国。临时翻检我记忆里储存的作家档案，他是一定得归入“居无定所”那一类的。印象里，他与伦敦之间，大约最显著的符号就是那本他第一次以“乔治·奥威尔”为笔名写的纪实小说《巴黎伦敦落魄记》。手边当然一下子变不出那本书来，但看那房子的外观，应该不是“落魄”时期的栖居之所。多半还是他晚年疾病缠身时的住处吧。

然后就是那些常规旅游项目。长长一条挤满了果蔬摊档的街，不就是《诺丁山》里那个春夏秋冬一刀切的长镜头吗？再往前走到头，不就是朱莉亚·罗伯茨跟休·格兰特初遇的旅游书店吗？进去一探头，就撞上那小老板的一双长着漂亮睫毛的褐色眼睛——被那么多旅客当成景点里的活道具，他的眼睛，若是练不成含情脉脉的凝视，哪里说得过去？

出来再逛。被呼啦啦一阵急雨逼到角落的某个小摊，翻 beatles 的香烟牌子，十张左右的一套要好几十镑。幸好那刚刚痒起来的心眼儿立马就被旁边铺天盖地的各种花色的香烟牌子给按捺下去了。实在太多，买无可买，于是安慰自己：我见即我有，何苦又搭上那些个花花绿绿的钞票？更具诱惑力的是一个皮面的账簿，大约是维多利亚时代的，外面的精致花纹不去说了，里面还真记着牛奶多少个便士，一天要多少瓶。摊主咬定六十镑不还价，我盘桓良久，还是搁下了。

下午到查令十字街（Charing Cross）看书店。其实店子的数量真的是不多，店堂也真的是不大。不管进哪一家，那店主都会告诉你地下室里还有乾坤，不可错过。有个专卖侦探小说的 Murder One 书店，橱窗里摆了个蜡像——看装束必是福尔摩斯无疑了，那面相偏又光溜溜嫩生生的，叫人忍不住地笑。我推门进去，方寸之地竟然七拐八弯地变出三层来，光克里斯蒂的各种版本就占满整整一个书柜。深吸一口，空中都是腥甜的杀气。

预想中的高潮当然是 84 号。虽然早晓得那地儿如今已不是书店，不过，作为所谓的出版从业人员，不去朝圣一下终归说不过去。如今的店名叫 med kitchen，一看就知道是餐馆。门面轩敞，市口黄金，现金流不晓得是书店的多少倍，真也难怪一本煽情如斯的畅销书都救不了马克斯科恩书店，救不了弗兰克与海莲的漂在大西洋上空的精神家园。我站在门口，夕阳很默契地洒下来，我攒足了凭吊的情绪，到底哑然失笑。报上见到这个星球上一拨又一拨独立小书店静静地关门，那些婉约的叹息已经滥俗到毫无想象力，我还有必要添上一笔吗？

格林威治时间 11 月 26 日　星期日　雨

又是一个湿漉漉黏答答、泡在雨中集市里的日子。Bricklane（“砖巷”）在相对贫瘠的东区，开膛手杰克犯案的“白教堂”（White Chapel）也在这一带。想想昨晚临睡之前，BBC 四套就在放强尼·戴普版的开膛手，心里又禁不住咯噔一下。再看四周的环境，色调是一味的浓重，透过斑驳的绕着铁丝的某扇门望见远处著名的高科技建筑——“小黄瓜”（瑞士再保险公司总部大楼），那感觉——怎么讲呢，既偷懒又准确的形容——真的是非常后现代。不过 Bricklane 集市本身的历史并不长，设施远比昨天去的那个 portobello 要先进，至少在雨季的伦敦（听英国人讲 11 月是雨季的时候，我心里直纳闷，这里有非雨季吗?），市场上空那硕大的顶棚，看在眼里，叫人觉得格外安全。

除了几件可以回去哄孩子的圣诞挂件，我依然什么都买不成。但同去的女伴已经是环佩叮当地选了一大串，一边买还一边嚷“天啊，此地焉能久留？谁来救我的英镑?”。那些首饰，大半是附近的设计学院的学生自己打造的，所以摊主的脸都极年轻，其中还有不少亚洲人。若留心看，确实随处可以见到叫人心生欢喜的物件。我记得一组用绿色电路板做的灯罩，半透明，又古典又当下的，灯泡在里头一亮，立时就活了一大片气场。那是整个市场里我流连最久的地方。

傍晚又坐地铁哐啷哐啷地颠到西区，手里攥着作家阿兰·德波顿（Alain de Botton）的地址满以为找人不费吹灰之力。怎知那居住区里本来人就不多，好容易逮住人也往往只能指个大概方向。就这么一棒接一棒地问到门前时，不能不感叹英国住家的彼此隔绝。

两年多不见，德波顿的样子一点没变。笑容依旧是带一点腼腆的，年岁的增长也越发给谢顶赋予了合理性。他最近出版的书叫《幸福的建筑》，透过新话题玩他的老花样：哲学美学心理学，总之是才子式的信手拈来皆学问。我看他的书，并不指望被某种创见振聋发聩，但小处的会心往往连绵不绝。来之前我就揣测，这个花了一年多研究“建筑之幸福”的作家，自己会喜欢哪种装潢风格。进门一看，果然是想象中的极简派。墙是白的，橱是白的，厨房与小客厅之间的隔断也只是再简洁不过的白色方柱。大量的原木结构，清爽的窗帘与桌布。

跟这样的老朋友会面是不需要 MP3 的。你也不用担心冷场，他的问题永远比你更多。从两年前的中国之行说起，他记得我们每个陪同人员的名字，记得故宫里的星巴克，记得某个大雨滂沱之夜狼狈不堪地赶到复旦演讲。然后话题又自然过渡到我们这次来伦敦的见闻，他一会儿关心我们这些遭遇了英国菜的中国胃（“替你们难过，真的。”），一会儿又详细盘问我们在企鹅出版社碰上的甲乙丙丁（“Simon 吗？我认识好多年啦！”），逼得我几乎背了大半个日程表给他。趁他起身倒水的当口，我总算找到了机会发问：“你不是写过《身份的焦虑》吗？那么，当下的英国作家，会为自己的‘身份’（status）而焦虑吗？”

他的回答和剑桥的驻校作家差不多：就一般意义而言，英国的作家很穷，而普通人也不会在意作家到底发出了什么声音、在写什么作品。如果不是在大学里兼职，或者像J. K. 罗琳一样交上了好运，那么，作家想体面地养活自己，并不容易。

好在这个叫阿兰·德波顿的作家显然并不穷。其一，他出版的几本书都挺叫座，国际版权出售情况良好；其二，他本人不是那种困在书斋里的作家，场子越大他越能说，若是搁在中国大概上个百家讲坛不成问题。BBC 四套拿他当老关系户，合作的文教知识类专题片已经有了好几部，平时的大小访谈节目也经常晃过阿兰智慧的脑门和羞涩的微笑。难怪前几天跟几个英国人提起此行要见到的作家，他的名字引起的惊呼最多——尤其是年轻的女孩子；其三，德波顿出身于富商之家，而他的太太夏洛特也是经管科班、理财高手。“我们挺互补的。”德波顿的语气里有掩饰不住的骄傲。如今根据他的书制作的电视节目都少不了夏洛特的合作，从书斋到市场的那点距离在他们家庭内部就已经实现了最小化。

话题发散得很远，他像每个伦敦人一样讴歌 Tate Modern 的美好，像每个作家一样痛惜独立书店被连锁书城渐渐淹没。除了出国旅游，他很少出门，已经若干年没有去超级市场买东西，一切生活用品都在网上订购——包括眼前这满满一碟配 high tea（英国人特有的习惯，傍晚五六点钟的茶点，若是认真吃起来，完全可以省略晚饭）的意式点心；但他可以为了满足儿子的好奇心专门推着童车跑到地铁里，坐几站出去，再坐回来……我们这边一路海聊，那一头德波顿两岁半的儿子 Samuel 始终在不甘寂寞地强调他的存在。拿小榔头敲桌子，咿咿呀呀地跑过来找爸爸……末了大人说得差不多了，小孩子也洗完了澡，光着身子跑出来在地毯上转圈子，嘴里喊着“wowbody，wowbody”。经家长翻译，我方才明白他是在叫 everybody 都站起来和他玩儿。有哪个敢不听呢？于是四个大人牵着小 Samuel 在地毯上一边转圈一边唱中英两国的童谣，若是这一幕拍下来大概可以剪辑成诠释“和谐世界”的宣传片。恍然不觉间，保姆推门进来，手里抱着才两个月大的婴儿。我顿时大悟，为什么临来英国前与德波顿通信，他提到的是 children 而不是 child……

格林威治时间 11 月 27 日　星期一　多云

此行唯一自由安排的上午。我去了布鲁姆斯伯里。

此地真是无处下笔。故事太多，可以容纳想象的环境又似乎太小。我没有时间到戈登广场拜望狄更斯和叶芝故居，径直穿过伦敦大学校区（路上倒撞见了乔治·艾略特的旧屋），来到塔维斯托克广场。著名的五十号很容易找。白墙，红门，褐色的圆牌子告诉你：二十世纪前半叶，这里住过所谓的布鲁姆斯伯里集团的成员，包括伍尔夫姐妹和克里夫·贝尔——至于往来于门前的车马喧腾，乃至登堂入室的才子文人，那一长溜名单便不是这小小的牌子能列下来的了。将近一个世纪之后，这里的门关得严严实实，在外面用足五分钟，转上两三圈，也看不出它跟别的房子在外观上有什么两样。再往外围绕，好歹在广场的街心花园里，在铺满了一地的黄叶中，看到一尊 2004 年 6 月方才塑成的伍尔夫雕像。金属铭牌上引了弗吉尼亚·伍尔夫写在随笔里的一段话："后来，有一天，当我绕着塔维斯托克广场散步时，我构思了——如同我有时候构思自己的小说一样——《到灯塔去》，出于某种强烈的、显然不由自主的冲动。"

那铜像显然是根据伍尔夫年近不惑时那张著名的照片雕的。我踩着软软的黄叶，被铜像的质地死死地抵住了目光——想起多少年前，就着一堆文字和图片，我也写过三十七岁的伍尔夫，对于这张照片的描摹大约是这样的："……一过中年，依然是那样精致的、有雕塑感的五官，却凹陷得厉害，一色的象牙白，眼睛里空洞洞的，连悲意也无。"伍尔夫似乎永远有一股叫你欲罢不能的力量，这力量，隔着岁月，传达到雕塑者的刀尖，当年那个为赋新词强说愁的我，也自以为触摸到了。

下午去设计博物馆。伦敦的博物馆绝大多数都不需要门票（其中的特展除外），因而像"设计博物馆"这样进去一次就得收六英镑的博物馆显得特立独行。此地的宗旨，一是展示所谓"设计改变人生"的理念。戏台上套在演员头上的道具马（虽然我个人并不喜欢如此直白的具象出现在戏剧中），如今已经停飞的协和飞机那尖尖的机头，第一个出现在火车站的壳牌广告，都是在"设计"的海洋里随手舀起的浪花。最有意思的是进馆第一件展品：前后两张地铁图，改良前的完全按照地势的真实走向画出，繁琐无比；改良后的则只按照站点与站点的相对关系把走向简化得横平竖直，这个看上去并没有多少技术含量的改动实际上树立了此后全球地铁图的标准模板，沿用至今。当人们在地铁站里的换乘效率大大提高时，当这种提高在不知不觉间累积成一股改变世界的能量时，“设计”的真谛就凸显了出来。这一系列展品里实在找不到什么惊天动地、让你觉得高不可攀的发明。一条思路，一个念头，一星灵光，仅此而已。

馆内的另一部分则直接充当了英国设计产业链上的一环：每年都会有八位设计师的作品在馆内轮流推出，而那些付六英镑上门的人里不乏业内精英、商界名流，他们进来转一圈相当于跑进戏园子里选角儿、找伴儿（合作搭档），好戏分分钟都有开锣的机会。

有两件极妙的给搁在了一个小厅里：稀松平常的一张桌子，翻过来，就能拆下一只桨，整个桌体就变作一条诺亚方舟，让你在洪荒来临时杀出一条血路。据说设计者曾在泰晤士河上公开试验，观者如云，个个都想看那设计师落水，但那船——那桌子到底还是稳稳地浮了起来；另一件，是一排用细丝线悬在天花板上的白色圆球，若是没有解说，决想不到球竟是用来装骨灰的。拿它挂在自家的庭院里，风吹日晒，细线终有断的一天。线断，球落，那质料是一碰地就必碎的。于是风扬起亲人在这世上留下的最后一点痕迹——有形的，无形的，尘归尘，土归土。大自然最终会在哪一天夺去斯人魂魄，你永远预知不了。

实用而荒诞，有理而竟至于无理，冷血而竟至于温情……于是，死死，生生，在这厅里幽默地循环。而观者如我，在心里，替这循环的路径，轻轻打上一道追光。

格林威治时间11月28日　星期二
雨转多云

Rich Mix。又是一个类似于“创意产业园区＋娱乐中心＋艺术教育中心”的地方。不过这一个建在人口庞杂、经济相对落后的东区，因而主办者的口号里，强调了要“创造一个平台，使各民族的富人和穷人，融合在一起”。很主旋律。那个叫基思的头儿本身就是一副“多民族熔炉”的架势，祖籍在南美某小国，却长了双印度人的眼睛，一捧印度人的胡子，一口标准的伦敦音，一副标准的绅士做派。“我很遗憾在伦敦总是听不到中国人的声音，”他的口气很认真，“相对于华裔人口的实际比例而言，那声音太微弱了，我辨别不出特别的个性来。”

Rich Mix里的各项设施、各种机构目前大半只是刚刚成型，都在逐步完善之中。那些用声光电堆起来的新潮影院，躺上去可以全身按摩的音乐床，还有什么在门外把普通汽车当场改成跑车的孟加拉国艺术家，都只是一鳞半爪的印象，彼此连缀不起一个鲜明的整体印象来。倒是在顶层楼面上撞见BBC在这里驻扎的一个分部。他们领我们到演播室之外的平台，说这里便是他们的新闻主播经常出的“外景”。基思一边说一边比画：“如果要报道伦敦的市政建设、国计民生之类比较重头的新闻，那么主播的背就得朝西，背景上依稀看得见伦敦最核心最富庶也最古老的CITY区；但凡是见到主播的背景换成了东区，那么必然是反映社会问题或者治安顽症的新闻；这平台还能清清楚楚地看到2012年伦敦奥运村的概貌，主播只消把身子轻轻一转，有关的体育新闻就可以娓娓道来了……”

思绪没法不条件反射地抽象一下：大城市，无论伦敦、纽约、东京或上海，永远都是多种结构并存的立体画卷。任何结构都是可以栖居的。置身于其中，既没有必要也无法真正揣知别样的结构。然而，当立足点升高，站在这样的平台上，那么，结构与结构的转换，也就在一转身之间。

离晚上看戏还有四五个钟头，司机领着我们一路瞎逛：报馆和新闻社林立的舰队街，私人诊所麇集的哈雷街，以及那个我搜肠刮肚也不知道该如何翻译的Inns。后者是个幽静雅致的住宅群，大大小小的律师事务所济济一堂，附带着还有不少法律机构及法律界人士聚会的私人会所。我记得庭院里那眼小小的喷泉，掩映在树丛里，水声潺潺，似乎特为了将周围的静——既晓得此地的功用，我总不免要觉得这“静”里藏着剑拔弩张——衬得恰到好处。

这一带很有些可看的物事。塞缪尔·约翰逊的故居只能匆匆扫一眼，我只记得那里的摆设是素净的，而灯光的那抹油黄却有种华丽的意味，随便取哪个角落都入得了伦勃朗的画。对于约翰逊在词典编撰及文学上的功绩，我有一套纯教科书式的印象。但真正鲜活的记忆来自《塞缪尔·约翰逊致切斯菲尔德勋爵书》。隐忍七年之后终于爆发的快感，像一双俏皮的眼睛，在彬彬有礼的措辞中，一眨一眨。有人把这封信升华成“作家的‘独立宣言’”，我却宁可把它看作是约翰逊耍耍性子的游戏之作——酸是有点酸的，迂是有点迂的，却难得没咬紧牙关、假模假式地表现他的“恕道”。

从这房子里出来，没走几步就拐进一个名叫 Ye Olde Cheshirecheese 的老酒馆。据说此地初建于 1667 年，眼前的这一家是后来在原址上重建的。门口的灯上那古里古气的花体字列出一堆当年来过这酒馆的人名，狄更斯、博斯威尔、兰姆以及约翰逊都曾是这里的常客。推门进去，光暗得实在看不清楚内部陈设，但见坐在里面的全是穿黑西装的白胡子老克勒，戴礼帽，系领带——这样的人路上撞见一个你会肆无忌惮地盯着瞧，可是冷不丁看到酒馆里坐了一排，立时就被那股子庄严肃穆的仪式感给吓得一激灵，赶紧关上门落荒而逃。仿佛再逗留一会儿，就会给吸到时光隧道的那一头去了。

维多利亚剧院。戏终于在八点开场。圣诞前正是各种舞台剧全力争夺观众的黄金档期。在地铁里我就见到过《剧院幽灵》的海报铺得满天满地，以 Phantastic Christmas 为广告语（Phantastic 取“幽灵”的英文 phantom 的前半段，加上“如梦似幻”的英文 fantastic 的发音及拼写的后半截，合二为一，典型的不可译的英语文字游戏），配上那张熟悉的面具，端的是弹眼落睛。不过，今天我们挑的戏码是《比利·艾略特》，这是近几年来在英国相当轰动的音乐剧，而根据此戏改编的电影也是得过奖的名作。

果然有圣诞气氛。中场休息后还特意插了一段台上台下齐唱圣诞歌的噱头。演主角比利的一看就是亚洲人，唱功尚可而“舞”艺高强。这个角色本来是为西方面孔设定的，若不是这个黄种孩子有高出他人一筹的实力，绝没有入选的可能。戏里有段芭蕾舞体贴地加进了几个典型的中国武术动作，那一拳一脚看得人不由心里一热：果然没猜错，真的是华裔。

故事用一句话可以概括：穷孩子比利偷偷弃拳击而学芭蕾，在这片本来只属于“上等人”的领域里展示天分，最终获得家人理解，一步步走向皇家芭蕾舞校。戏里看得到撒切尔夫人当政时期大量工人失业所带来的社会矛盾，进而不免有狄更斯（整个剧情可以套得上前半部《远大前程》的框架）式的微言大义，台词的研磨可谓精致，舞美的衔接可谓工巧，可以算是“好看”得面面俱到的那一种。

好歹有一处别出机杼：比利弃拳击之刚而就芭蕾之柔，他在性别认同上的某种微妙情愫在戏里有相当谨慎的传达，否则无法解释为什么会有一大段戏展示他和另一个要好的男孩轮流换上女装的狂欢。那段戏设计得极用心，于低沉的调子里奏出一串唯美的华彩，在情节链上简直突兀，在情绪链上却成就了整出戏事实上的高潮。在观众看来，两个小男孩之间的依恋，仿佛，可能，似乎，是超越了友谊的。

不过，编导终究没忘记在戏里安排一个向比利示爱的女生。这个可有可无的角色最大程度地平衡了观众或者审查者可能产生的疑虑和愠怒。编导随时可以把这个角色抽出来充当自己的挡箭牌。音乐剧到底是给大众看的。而大众对于这类戏剧，就如同对于好莱坞影片一样，潜在的期待永远是：意识必须健康，政治必须正确，人性必须在“安全”的范围内复杂，在“复杂”的环境中安全。

格林威治时间 11 月 29 日　星期三　晴

一天三个博物馆。打乱时间顺序，按惊喜程度排列，两年前我已经逛过半天的大英博物馆肯定是最平淡的一个。导游说她至少来过一百遍，走进埃及馆和希腊馆的时候她几乎是闭着眼睛，在半睡眠状态中侃侃而谈。木乃伊，雅典卫城，帕特农神庙，她说得烂熟，我也看得烂熟——除了上一次的印象，这些宝贝在各种媒介中频频出现，早已看得人眼皮都磨出了茧。此地真的是够大，够浩瀚，也够随意——那些价值连城的、缺脑袋少胳膊的雕塑就那么没遮没拦地摆在你伸手可及的地方——唯其可亲如斯，你倒反而会产生某种强烈的不真实感。这几天老泡在各种博物馆和名人故居里，这种不真实感如潮水般时涨时退；而我，成了堤岸边，被动等待着潮水涌来的那根木桩。

在博物馆里那一队队穿蓝色校服的孩子们眼里，这种“不真实”究竟会显得更强烈还是更微弱？他们就那么三三两两坐在地上，随意找一样展品在纸上胡乱涂抹几笔，这大抵是他们的作业。“大英”里永远汹涌的人流，有相当部分是由这些孩子构成的。不管怎么说，在伦敦读书的孩子眼界不会窄：那么多免费开放的博物馆，里面有那么多引诱着他们把历史遗迹当成玩具来看待的展品，我想，这应该算是一种幸福吧。

比起“大英”来，V&A 肯定属于国外旅客甚少光顾的所在。这家博物馆的名字来源于维多利亚女王（Victoria）与其夫阿尔伯特（Albert）。这家博物馆正是他们当年在伦敦主办的第一届世博会后刻意凝固下来的袅袅余音。当时留下来的展品是基础，此后历经不断扩充，就成了现在的格局：热闹，旖旎，色彩与色彩之间眉来眼去，最后终于撞得火星四溅，总之是唯美到不讲章法的地步，处处弥漫着英国人对维多利亚时代的复杂情感，既骄傲得不知所措，又心痛（盛世已逝）得无以复加。雕塑、服装、花花绿绿的各色器皿，种种镂空花纹的铁栅栏……偌大一块地盘（据说走完一遍有八英里路程）愣是撑得盆满钵满，每一条过道都不闲着。进门的挑高大厅上挂着现代艺术家用五彩玻璃做的花饰，庭院里的大草坪上陈列着声光电堆砌的音乐柱……于是，你看，你叹，然后你沉默，你轻轻地，闭上眼。